顾随

中国现当代最富影响的学者之一。北京大学毕业后即从事教育工作,曾任燕京大学、辅仁大学等校教授、系主任。他有广泛的兴趣爱好,既是作家、诗人、剧作家、理论批评家,也是鉴赏家、书法家、禅学家、讲授艺术家,被誉为"一位极出色的大师级的哲人巨匠"。

叶嘉莹

当代知名学者。南开大学中华古典文化研究所所长、中央文史研究馆馆员,加拿大皇家学会院士、不列颠哥伦比亚大学终身教授,曾任中国台湾大学教授,美国哈佛大学、哥伦比亚大学等校客座教授。荣获"2015—2016年度影响世界华人大奖"终身成就奖。

顾 随 讲

叶嘉莹 笔记

顾之京 高献红 整理

上册

驼庵 中国文学讲记

北京大学出版社
PEKING UNIVERSITY PRESS

图书在版编目(CIP)数据

传学:中国文学讲记/顾随讲;叶嘉莹笔记. —北京:北京大学出版社,2019.6

ISBN 978-7-301-29336-2

Ⅰ.①传… Ⅱ.①顾… ②叶… Ⅲ.①中国文学—基本知识 Ⅳ.①I2

中国版本图书馆 CIP 数据核字(2018)第 036922 号

书　　　名	传学——中国文学讲记(上、下册) CHUANXUE——ZHONGGUO WENXUE JIANGJI(SHANG、XIACE)
著作责任者	顾随 讲　叶嘉莹 笔记　顾之京　高献红 整理
组稿编辑	王炜烨
责任编辑	王炜烨　杨书澜
标准书号	ISBN 978-7-301-29336-2
出版发行	北京大学出版社
地　　　址	北京市海淀区成府路 205 号　100871
网　　　址	http://www.pup.cn　新浪微博 @北京大学出版社
电子信箱	zpup@pup.cn
电　　　话	邮购部 010-62752015　发行部 010-62750672 编辑部 010-62750673
印　刷　者	北京汇林印务有限公司
经　销　者	新华书店
	965 毫米×1300 毫米　16 开本　66 印张　880 千字 2019 年 6 月第 1 版　2019 年 6 月第 1 次印刷
定　　　价	198.00 元(上、下册)

未经许可,不得以任何方式复制或抄袭本书之部分或全部内容。
版权所有,侵权必究
举报电话:010-62752024　电子信箱:fd@pup.pku.edu.cn
图书如有印装质量问题,请与出版部联系,电话:010-62756370

>>> 1943年,顾随先生(前坐者)与叶嘉莹(右二)等学生在一起。

上册

001	序一　顾　随
001	序二　叶嘉莹
001	开场白　感发作用
007	第一讲　《诗经》讲萃
087	第二讲　《论语》撷英
129	第三讲　楚辞释读
141	第四讲　《中庸》解析
205	第五讲　曹氏诗之力与美
225	第六讲　《文赋》要义
295	第七讲　说陶诗
357	第八讲　《文选》精华

下册

465	第九讲　初唐三家诗
477	第十讲　王绩之寂寞心
483	第十一讲　王维诗品讲

515	第十二讲	太白古体诗散讲
557	第十三讲	杜甫诗讲论
595	第十四讲	退之诗说
621	第十五讲	李贺三讲
635	第十六讲	讲小李杜
657	第十七讲	李商隐诗梦的朦胧美
673	第十八讲	唐诗短讲二题
681	第十九讲	宋诗讲略
695	第二十讲	陈与义诗简讲
707	第二十一讲	真实诗人陆放翁
723	第二十二讲	词之三宗
743	第二十三讲	《樵歌》闲讲
761	第二十四讲	稼轩词心解
803	第二十五讲	说竹山词
825	第二十六讲	宋词短讲
837	第二十七讲	元曲指要
847	第二十八讲	王静安讲论
887	第二十九讲	古代不受禅佛影响的诗人
895	第三十讲	古典诗词的知、觉、情、思
907	第三十一讲	古典诗词的欣赏、记录、理想
915	第三十二讲	古典诗词的传统
925	第三十三讲	漫议古典诗词之形式
929	第三十四讲	杂谭古典诗境
947	第三十五讲	杂谭古典诗词之特质
965	第三十六讲	杂谭古典诗人之修养
983	第三十七讲	杂谭古典诗词之创作
1029	后记	

序一

一种学问,总要和人之生命、生活发生关系。凡讲学的若成为一种口号(或一集团),则即变为一种偶像,失去其原有之意义与生命。

序二

叶嘉莹

顾师羡季先生，本名顾宝随，河北清河人，生于1897年2月13日（丁酉年正月十二日）。父金墀公为前清秀才，课子甚严。先生幼承庭训，自童年即诵习唐人绝句以代儿歌，五岁入家塾，金墀公自为塾师，每日为先生及塾中诸儿讲授《四书》《五经》、唐宋八家文、唐宋诗及先秦诸子中之寓言故事。1907年先生十一岁始入清河县城之高等小学堂，三年后考入广平府（即永年县）之中学堂，1915年先生十八岁时至天津求学，考入北洋大学，两年后赴北京转入北京大学之英文系。他改用顾随为名，取字羡季，盖用《论语·微子》篇中"周有八士"中"季随"之义；又自号为苦水，则取其发音与英文拼音中"顾随"二字声音之相近也。1920年先生自北大之英文系毕业后，即投身于教育工作。其初在河北及山东各地之中学担任英语及国文等课教师，未几应聘赴天津，在河北女师学院任教。其后又转赴北京，曾先后在燕京大学及辅仁大学任教，并曾在北京师范大学、北平大学、女子文理学院、中法大学及中国大学等校兼课。新中国成立后一度担任辅仁大学中文系主任。1953年转赴天津,在河北大学前身之天津师范学院中文系任教。他于1960年9月6日在天津病逝,享年仅六十四岁。先生终生尽瘁于教学工作,新中国成立前在各校所曾开设之课程,计有《诗经》《楚辞》《文选》、唐宋诗、词选、曲选、《文赋》《论语》《中庸》及中国文学批评等多种科目。新中国成立后在天津任教时又曾开有毛主席诗词、中国古典戏曲、中国小说史及佛典翻译文学等课。先生所遗留之著作,就嘉莹今日所搜集保存者言之,计共有词集八种,共收词五百余首;剧集二种,共收杂剧五本;诗集一种,共收古、近体诗八十四首;词说三种《东坡词说》《稼轩词说》以及《毛主席诗词笺释》;佛典翻译文学讲义一册;讲演稿二篇;看书札记二篇;未收入剧集之杂剧一种,及其他零散之杂文、讲义、讲稿等多篇。此外,尚有短篇小说多篇,曾发表于20世纪20年代中期之《浅草》及《沉钟》等刊物;又有《揣龠录》一种,曾连载于《世间解》杂志;及未经发表刊印之手稿多篇,分别保存于先生之友人及学生手中。

　　我之从先生受业,盖开始于1942年之秋季,当时甫升入辅仁大学中文系二年级,先生来担任唐宋诗一课之教学。先生对于诗歌具有极敏锐之感受与极深刻之理解,更加之先生又兼有中国古典与西方文学两方面之学识及修养,所以先生之讲课往往旁征博引,兴会淋漓,触绪发挥,皆具妙义,可以予听者极深之感受与启迪。我自己虽自幼即在家中诵读古典诗歌,然而却从来未曾聆听过像先生这样生动而深入的讲解,因此自上过先生之课以后,恍如一只被困在暗室之内的飞蝇蓦见门窗之开启,始脱然得睹明朗之天光,辨万物之形态。于是自此以后,凡先生所开授之课程,我都无不选修,甚至在毕业后我已经在中学任教之时,仍经常赶往辅仁大学及中国大学旁听先生之课程。如此直至1948年春我离平南下结婚时为止,在此一段期间内,我从先生所获得的启发、勉励和教导是述说不尽的。

　　先生的才学和兴趣方面甚广,诗、词、曲、散文、小说、诗歌评论,甚至佛教禅学,都曾留下了值得人们重视的著作,足供后人之研读景仰。但对于一个曾经听过先生讲课有五年以上之久的学生而言,我以为先生平生最大之成就，实在还并不在其各方面之著述，而更在其对古典诗歌之教学讲授。因为先生在其他方面之成就，往往尚有踪迹及规范的限制，而唯有先生之讲课则是纯以感发为主，全任神行，一空依傍。先生是我平生所接触过的讲授诗歌最能得其神髓，而且也最富于启发性的一位非常难得的好教师。先生之讲课既是重在感发而不重在拘狭死板的解释说明，所以有时在一小时的教学中，往往竟然连一句诗也不讲，自表面看来也许有人会以为先生所讲者都是闲话，然而事实上先生所讲的却原来正是最具启迪性的诗歌中之精论妙义。昔禅宗说法有所谓"不立文字，见性成佛"之言，诗人论诗亦有所谓"不涉理路，不落言筌"之语。先生之说诗，其风格亦颇有类乎是。所以凡是在书本中可以查考到的属于所谓记问之学的知识，先生一向都极少讲到，先生所讲授的乃是他自己以其博学、锐感、深思，以及其丰富的阅读和创作之经验所体会和掌握到的诗歌中真正的精华妙义之所在，并且更能将之用多种之譬解，做最为细致和最为深入的传达。除此以外，先生讲诗还有一个特色，就是常把学文与学道以及作诗与作人相并立论。先生一向都主张修辞当以立诚为本，以为不诚则无物。所以凡是从先生受业的学生往往不仅在学文、作诗方面可以得到很大的启发，而且在立身、为人方面也可以得到很大的激励。

　　凡是上过先生课的同学一定都会记得，每次先生步上讲台，常是先拈举一个他当时有所感发的话头，然后就此而引申发挥，有时层层深入，可以接连讲授好几小时甚至好几周而不止。举例来说，有一次先生来上课，步上讲台后便转身在黑板上写了三行字："自觉，觉人；自利，利他；自度，度人。"初看起来，这三句话好像与学诗并无重要之关系，而只是讲为人与学道之方，但先生却由此而引发出了不少论诗的妙义。先生所首先阐明的，就是诗歌之主要作用，是在于使人感动，所以写诗之人便首先须要有推己及人与推己及物之心。先生以为必先具有民胞物与之同心，然后方能具有多情锐感之诗心。于是先生便又提出说，伟大的诗人必须有将小我化而为大我之精神，而自我扩大之途径或方法则有二端：一则是对广大的人世的关怀,另一则是对大自然的融入。于是先生遂又举引出杜甫《登楼》一诗之"花近高楼伤客心,万方多难此登临"为前者之代表,陶渊明《饮酒》诗中之"采菊东篱下,悠然见南山"为后者之代表;而先生由此遂又论及杜甫与陆游及辛弃疾之比较,以及陶渊明与谢灵运及王维之比较;而由于论及诸诗人之风格意境的差别,遂又论及诗歌中之用字遣词,和造句与传达之效果的种种关系,甚且将中国文字之特色与西洋文字之特色做相互之比较,更由此而论及于诗歌中之所谓"锤炼"和"酝酿"的种种功夫,如此可以层层深入地带领同学们对于诗歌中最细微的差别做最深入的探讨,而且绝不凭借或袭取任何人云亦云之既有的成说,先生总是以他自己多年来亲自研读和创作之心得与体验,为同学们委婉深曲地做多方之譬说。昔元遗山论诗绝句曾有句云:"奇外无奇更出奇,一波才动万波随。"先生在讲课时,其联想及引喻之丰富生动,就也正有类乎是。所以先生之讲课,真可说是飞扬变化、一片神行。先生自己曾经把自己之讲诗比作谈禅,写过两句诗说:"禅机说到无言处,空里游丝百尺长。"这种讲授方法,如果就一般浅识者而言,也许会以为没有世俗常法可以依循,未免难于把握,然而却正是这种深造自得、左右逢源之富于启发性的讲诗的方法,才使得跟随先生学诗的人学到了最可珍贵的评赏诗歌的妙理。而且当学生们学而有得以后,再一回顾先生所讲的话,便会发现先生对于诗歌之评析实在是根源深厚、脉络分明。就仍以前面所举过的三句话头而言,先生从此而发挥引申出来的内容,实在相当广泛,其中既有涉及诗歌本质的本体论,也有涉及诗歌创作之方法论,更有涉及诗歌之品评的鉴赏论。因此谈到先生之教学,如果只如浅见者之以为其无途径可以依循,固然是一种错误,而如果只欣赏其当时讲课之生动活泼之情趣,或者也还不免有买椟还珠之憾。先生所讲的有关诗歌之精微妙理是要既有能入的深心体会,又有能出的通观妙解,才能真正有所证悟的。我自己既自惭愚拙,又加以本文体例及字数之限制,因此现在所写下来的实在仅是极粗浅、极概略的一点介绍而已。关于先生讲课之详细内容,我多年来保存有笔记多册,现已请先生之幼女顾之京君代为誊录整理，可供读者研读参考之用。

至于就先生的著述而言，则先生所留下来的作品，方面甚广，我个人因本文篇幅及自己研习范围之限制，不能在此做全面的介绍和讨论，现在只就先生在古典诗歌之创作方面的成就略做简单之介绍。先生自二十余岁时即以词见称于师友之间，最早的一本词集《无病词》刊印于1927年，收词八十首，当时先生不过三十岁；其后一年(1928)又刊印《味辛词》一册，收词七十八首；又二年之后(1930)，又刊印《荒原词》一册，收词八十四首。在《荒原词》之卷首，先生之好友涿州卢宗藩先生所写的一篇序文，曾经叙述先生"八年以来殆无一日不读词，又未尝十日不作，其用力可谓勤矣"。然而自《荒原词》刊出以后，先生却忽然对于写词感到了厌倦，于是遂转而致力于诗之写作。四年之后(1934)，遂有《苦水诗存》及《留春词》之合刊本问世，卷首有先生之《自序》一篇，叙述平生学习为诗及为词之经过，自云"余之学为诗几早于学为词二十年，顾不常常作"，又云自1930年冬"以病忽厌词"，于是自1931年春"遂重学为诗"；先生自言其为诗之用力亦甚勤，云"余作诗虽不如老杜之'语不惊人死不休'，亦未尝率意而出，随手而写，去留殿最之际，亦未尝不审慎"，然而先生却自以为其诗之成就不及其词，并引其稺弟六吉之言，以为其所为诗"未能跳出前人窠臼"。先生自谓"少之时，最喜剑南"，其后"学义山、樊川，学山谷、简斋，唯其学，故未必即能似，即其似故又终非是也"。而先生之于词则自谓"并无温、韦如何写，欧、晏、苏、辛又加何写之意"，以为"作诗时则去此种境界尚远"。故于《苦水诗存》刊出以后，先生之诗作又逐渐减少，乃转而致力于戏曲，两年后(1936)遂刊出《苦水作剧三种》，共收《垂老禅僧再出家》《祝英台身化蝶》《马郎妇坐化金沙滩》杂剧三种及附录《飞将军百战不封侯》杂剧一种。先生既素以词名，故其剧作在当日并未引起广大读者之注意。然而先生在杂剧方面之成就，则实不在其词作之下。原来先生在发表此一剧集之前，对杂剧之写作亦曾有致力练习之过程。盖早在1933年间，先生即曾写有《馋秀才》之二折杂剧一种，其后于1941年始将此剧发表于《辛巳文录初集》之中，并附有跋文一篇，对写作之经过曾经有所叙述，自云此剧系去1933年冬"开始练习剧作时所写"。其后自1942年开始，先生又致力于另一杂剧《游春记》之写作，此剧共分二本，每本四折外更于开端之处各加《楔子》，为先生所写之杂剧中最长之一种，迄1945年始正式完稿，刊为《苦水作剧第二集》。当先生之兴趣转入剧曲之写作时，曾一度欲停止词之写作，在其《留春词》之自序中，即曾写有"后此即有作亦断断乎不为小词矣"之语。然而先生对词之写作则实在不仅未尝中辍，而且在风格及内容方面更曾有多次之拓展及转变。先是在1935年冬，先生于病中曾写有和《浣花》词五十四首，其后于1936年又陆续写有和《花间》词五十三首，和《阳春》词四十六首，统名之曰《积木词》（此一卷词未曾见有刊本问世，今所收存为我于1946年时自先生手稿所转抄者）；其后先生于1941年又曾刊有《霰集词》一册，收词六十六首，1944年又曾刊有《濡露词》及《倦驼庵词稿》合刊本一册，共收词三十二首；新中国成立后，先生亦写有词作多首，曾陆续发表于天津之《新港》杂志及《天津日报》等报刊，总其名为《闻角词》，然未尝刊印成册。计先生平生虽然对于古典诗歌中诗、词、曲三种形式皆尝有所创作，然而实在以写词之时间为最久，所留之作品亦最多，曲次之，诗又次之。所以本文对先生古典诗歌创作方面之介绍，便将以先生之词作及剧作二种为主，而以诗作附于词作之后略作简单之介绍。

如我在前文所言，我聆听羡季先生讲授古典诗歌，前后曾有将近六年之久，我所得之于先生的教导、启发和勉励，都是述说不尽的。当1948年春，我将要离平南下结婚时，先生曾经写了一首七言律诗送给我，诗云："食茶已久渐芳甘，世味如禅澈底参。廿载上堂如梦呓，几人传法现优昙。分明已见鹏起北，衰朽敢言吾道南。此际泠然御风去，日明云暗过江潭。"先生又曾给我写过一封信，说："不佞之望于足下者，在于不佞法外，别有开发，能自建树，成为南岳下之马祖，而不愿足下成为孔门之曾参也。"先生对我的这些期望勉励之言，从一开始就使我在感激之余充满惶愧，深恐能力薄弱，难副先生之望。何况我在南下结婚以后不久，便因时局之变化，而辗转经由南京、上海而去了台湾。抵台后，所邮运之书籍既全部在途中失落无存，而次年当我生了第一个孩子以后不久，外子又因思想问题被捕入狱。我在精神与生活的双重艰苦重担之下，曾经抛弃笔墨、不事研读、写作者，盖有数年之久。于时每一念及先生当日期勉之言，辄悲感不能自已。其后生事渐定，始稍稍从事读、写之工作，而又继之以飘零流转，先由台湾转赴美国，继又转至加拿大，一身萍寄，半世艰辛，多年来在不安定之环境中，其所以支持我以极大之毅力继续研读、写作者，便因为先生当日对我之教诲期勉，常使我有惟恐辜恩的惶惧。因此虽自知愚拙，但在为学、做人、教书、写作各方面，常不敢不竭尽一己之心力以自黾勉。而多年来我的一个最大的愿望，便是想有一日得重谒先生于故都，能把自己在半生艰苦中所研读的一点成绩，呈缴于先生座前，倘得一蒙先生之印可，则庶几亦可以略报师恩于万一也。因此当1974年，我第一次回国探亲时，一到北京，我便向亲友探问先生的近况，始知先生早已于1960年在天津病逝，而其著作则已在身后之动乱中全部散失。当时中心之怅悼，殆非言语可喻。遂发愿欲搜集、整理先生之遗作。数年来多方访求，幸赖诸师友同门之协助，又有先生之幼女现在河北大学任教之顾之京君，担任全部整理、抄写之工作，行见先生之德业辉光一向不为人知者，即将彰显于世。作为先生的一个学生，谨将自己对先生一点浮浅的认识，简单叙写如上。昔孔门之弟子，对孔子之赞述，曾有"仰之弥高，钻之弥坚，瞻之在前，忽焉在后"之语。先生之学术文章，固非浅薄愚拙如我之所能尽。

受业弟子叶嘉莹谨识

开场白

感发作用[①]

[①] 此部分文字原是在讲唐宋诗词之前所讲,叶嘉莹在此段笔记前加括号总结为"感发作用"四字。

自觉　　觉人
　　自利　　利人
　　自度　　度人
　　自了汉　自救不了

平实　儒　知耻近乎勇(《中庸》二十章)
虚无　道　　　萎靡　否定
空　　佛　　　　　大雄

意在救人尚不免于害人,况意在害人?

《论语》有"闻一以知十"(《公冶长》)、"举一隅不以三隅反,则不复也"(《述而》)之言,皆推而广之、扩而充之之意。孟子言"推恩足以保四海,不推恩无以保妻子"(《孟子·梁惠王上》),孔子所谓"仁",即孟子所谓"推"。人、我之间,常人只知有我,不知有人;物、我之间,只知有物,忘记有我,皆不能"推"。

诗根本不是教训人的,只是在感动人,是"推"、是"化"——道理、意思不足以征服人。"自君之出矣,不复理残机。思君如满月,夜夜减清辉"(张九龄乐府古题《赋得自君之出矣》);"举头望明月,低头思故乡"(李白《静夜思》,此二句易懂不易讲),此皆是"推"、是"化"。《花间集》①中顾敻词曰:"换我心为你心,始知相忆深。"(《诉衷情》)做人、作诗实则"换他心为我心,换天下心为我心"始可。

佛家说,学佛当好制心;六祖说,即心即佛。② 此正是说"诗心"。王国维《人间词话》③曰:"诗人必有轻视外物之意,故能以奴仆命风月。又必有重视外物之意,故能与花鸟共忧乐。""木叶落,长年悲"(《淮南子》);"启四体而深悼,惧兹形之将然"(陆机《叹逝赋》);"落日心犹壮,秋风病欲苏"(杜甫《江汉》),与花鸟共忧乐,即有同心,即仁。感觉锐敏,想象发达,然后能有同心,然后能有诗心。

---

① 《花间集》:五代十国时期后蜀赵崇祚所编词集,收录唐五代温庭筠、韦庄、牛峤等18位词家的500首词作,内容多为旅愁闺怨、合欢离恨,风格婉约缠绵、妩丽香艳。

② 《坛经·机缘品》载法海初参六祖惠能事:"问曰:即心即佛,愿垂指谕。师曰:前念不生即心,后念不灭即佛。成一切相即心,离一切相即佛。"《祖堂集》卷二亦载六祖惠能以"即心即佛"开示弟子:"汝等诸人自心是佛,更莫狐疑,外无一物而能建立,皆是本心生万种法。故经云:心生即种种法生,心灭即种种法灭。"

③ 王国维(1877—1927):字伯隅,一字静安,号观堂、永观,浙江海宁人。近代学者,《人间词话》为其论词名作。

>>> 人、我之间,常人只知有我,不知有人;物、我之间,只知有物,忘记有我,皆不能"推"。诗根本不是教训人的,只是在感动人。做人、作诗实则"换他心为我心,换天下心为我心"始可。与花鸟共忧乐,即有同心,即仁。感觉敏锐,想象发达,然后能有同心,然后能有诗心。图为明朝唐寅描绘文人雅士集会的《兰亭雅集图卷》。

第一讲

《诗经》讲萃

第一节

《诗经》概述

关于《诗经》,班固①《汉书·食货志》有言曰:

> 孟春之月,群居者将散,行人振木铎,徇于路以采诗,献之大师。

"行人",官名,采诗之官;"大师",亦官名,乐官之长。班固谓诗为"大师"所采。

王者←——大师←——行人←——民间

班固《汉书·艺文志》又有言曰:

> 《书》曰:"诗言志,歌咏言。"故哀乐之心感,而歌咏之声发。诵其言谓之诗,咏其声谓之歌。故古有采诗之官,王者所以观风俗,知得失,自考正也。孔子纯取周诗,上采殷,下取鲁,凡三百五篇,遭秦而全者,以其讽诵,不独在竹帛故也。汉兴,鲁申公为诗训故,而齐辕固、燕韩生皆为之传。或取春秋,采杂说,咸非其本义与不得已,鲁最为近之。三家皆列于学官。又有毛公之学,自谓子夏所传,而河间献王好之,未得立。

---

① 班固(32—92):字孟坚,扶风安陵(今陕西咸阳)人。东汉史学家、文学家,著作除《汉书》外,尚有《两都赋》《白虎通义》等。

>>> 自"孔子纯取周诗"至"不独在竹帛述也",说明《诗经》的成因。图为清朝顾见龙《孔子出游图》。

班氏一段文字：

自"《书》曰"至"咏其声谓之歌"，释《诗》。

自"故古有采诗之官"至"自考正也"，叙《诗》之由来。

自"孔子纯取周诗"至"不独在竹帛故也"，述《诗》之成因。班氏曰"纯取周诗"，而又曰"上采殷，下取鲁"，此言必有意义。或虽曰殷商，而周时尚皆流行。读《史记》可马虎，读《汉书》则不可。

自"汉兴"至"三家皆列于学官"，记最早说《诗》之三家。说《诗》三家："申公"，《史记》作"申培公"；"辕固"，《史记》作"辕固生"；韩生名婴，汉燕王太傅。（训诂释字，传释义。）三家之衰亡：齐亡于汉，鲁亡于魏，韩亡于隋唐。关于毛传，陈奂①《诗毛氏传疏》曰："平帝末，得立学官，遂遭新祸。"范晔②《后汉书·卫宏传》曰："马融作《毛诗传》，郑玄作《毛诗笺》。"自兹而后，说诗者多尊毛，齐、鲁二家遂灭亡于汉。

"或取春秋，采杂说，咸非其本义与不得已。"唐颜师古③注："与不得已者言皆不得之。三家皆不得其真，而鲁最近也。""取春秋，采杂说"，《春秋》言及《诗》者甚少，疑当为《春秋左氏传》。（《左传》有"钼麑触槐"，见晋君令钼麑杀赵盾事。）唯《左氏传》谈《诗》往往断章取义，多不可凭信，左氏谈《诗》于原文多不可通。

此一段中，须注意班固所谓"不得已"。"不得已"，不为威胁利诱；"不得已"，是内心的需要，如饥思食，如渴思饮。必须内心有此需求，才能写出真的诗来，不论其形式是诗与否。文学作品中多有"诗"的成分，如《左传》《庄子》。声韵格律是狭义的诗，广义的诗，凡真实之作品皆是诗。了解古人诗，最重要是了解古人内心的需要。有时客观条件虽需要，而非内心需

---

① 陈奂(1786—1863)：字硕甫，号师竹，江苏长洲（今江苏苏州）人。清朝经学家，著有《诗毛氏传疏》《毛诗说》等。

② 范晔(398—445)：字蔚宗，南阳顺阳（今河南淅川）人。南朝宋史学家，曾删取各家《后汉书》之作，著《后汉书》，成纪传90卷。

③ 颜师古(581—645)：名籀，字师古，以字行，祖籍琅邪临沂（今山东临沂），后迁京兆万年（今陕西西安）。唐朝名儒，精于训诂，著有《汉书注》《急就章注》等。

要,则写亦不能是诗。诗人绝不写应景文字。

由此看,作《汉书》之班固是一个诗人,至少是最了解诗的(狭义的诗)。

"史""汉"都是好作品,不过班固乃后天学者,司马迁①比起班固来更为诗人气些,亦即司马迁比班固更富于诗人之天才。吾人虽未见司马迁之诗,而《史记》中往往有诗之意境。《汉书》则不然,以读文眼光视之,《汉书》不及《史记》,诗味儿差,故不起劲。司马迁即使没读过"三百篇",也不害其为诗人。班固天才虽不及马,而对"三百篇"之功夫真深于马。马是诗人,班是学者。《史记》之了不起在"纪传",《汉书》之所以了不起在"志"。

An educated know something of everything of every of some.

一个受过教育的人(所谓学人者),全体(所有)学问知其一二,一二学问知其全体。前者略通大义,后者无所不知。班固可以当"学人"二字,班氏即"全体学问知其一二,一二学问知其全体"。"十三经"都读过,而后专一经。班氏可谓专《诗》,在研究上真了不起。《汉书》之《艺文志》《地理志》《食货志》诸"志"往往引《诗》,且诸"志"又皆以《诗》解之,可见《诗》无处不在。由此亦可知,班氏真通于《诗》,真深于《诗》。

诗人的学者,学者的诗人。

诗是引人向上的,故一民族之强弱盛衰可自文学中看出。英国之伟大不在属地遍全球,而在维多利亚时代诗人之多;其衰老亦不自此次大战②看出,而自其文学可看出,维多利亚而后便无大诗人出现。而中国民族之所以堕落,便因其诗堕落腐烂。"因过竹院逢僧话,又得浮生半日闲。"(李涉《题鹤林寺僧舍》)诗是唐人味,但我们不该欣赏这种诗;这种境界可

---

① 司马迁(前145—?):字子长,夏阳龙门(今陕西韩城)人。西汉史学家、文学家,其所著《史记》为我国第一部纪传体通史,被鲁迅誉为"史家之绝唱,无韵之离骚"。
② 此次大战:指第二次世界大战。

以有,但我们不配过这种生活。如领袖人物一天忙于国家大事,要说两句这样话还可以。我们常人像煞有介事的,实则已经太闲了,再闲更成软体了。

章学诚①(实斋)以为,战国学术,其源多出于诗教,都是《诗》的影响(《文史通义·诗教》);余则以为,战国学术只可说是诗之末流,绝非诗教正统。然余之意,尚不在诗教,而在诗义。其实,古所谓"教"即含有"义",天地间必含有诗义。吟风弄月、发愤抒情皆非诗义,诗是使人向上的、向前的、光明的,诗理想了现实。"货,恶其弃于地也,不必藏于己;力,恶其不出于身也,不必为己。"(《礼记·礼运》)"谁知盘中餐,粒粒皆辛苦"(李绅《悯农》);"半丝半缕,恒念物力维艰"(朱柏庐《朱子治家格言》),皆此意,但皆不及《礼运》之大。一个人不知道自己力量究竟有多么大,便因没试过。没力可卖了,算了。力,有一分力,便要尽一分力,不必问为谁。一切诗人皆是如此,写诗不必藏之名山,传之后世。白乐天②发俗,自己将自己诗写成若干份藏于各庙。诗人该是无所为而为,这便是"力,恶其不出于身也,不必为己",只要将我自己的力量发挥出来,便完了,不必为己,甚至不必为人。只要把我自己力量发挥了,理想实现了,不必为己。若明白此道理,虽作不出一句合平仄的诗,但行住坐卧无时不是诗。否则,即使每日为诗,也仍不是诗人,似诗人,似即似,是则非是。今日所说是"第一义"(《大集经》)③,大上乘。

再说大、小序④之由来与区分。

---

① 章学诚(1738—1801):字实斋,会稽(今浙江绍兴)人。清朝史学家,提倡"六经皆史",著有《文史通义》九卷。
② 白乐天(772—846):白居易,字乐天,原籍太原(今属山西),后迁下邽(今陕西渭南)。唐朝诗人,与元稹并称"元白",共同倡导新乐府运动,著有《白氏长庆集》。
③ 《大集经》:"甚深之理不可说,第一义谛无声字。"第一义,佛教用语,指无上甚深、彻底圆满之妙理。
④ 大、小序:毛诗于《诗经》各篇名下均有一段阐述该诗作者或解释诗义之文字,称为小序;首篇《关雎》小序后有一总纲式序论,较为全面地阐述了《诗经》的性质、体裁、表现方法与社会功用等,称为大序。

《诗》有诗序,相传为子夏①所作,实汉儒伪托。《后汉书·卫宏传》:"九江谢曼卿善毛诗,乃为其训。宏从曼卿受学,因作《毛诗序》,善得风雅之旨,于今传于世。"盖相传《诗》为子夏所传,故讹传云尔。至于大、小序之分,宋程大昌②《考古编》曰:"凡《诗》发序两语如'关雎,后妃之德也',世人之谓小序者,古序也。两语以外续而申之,世谓大序者,宏语也。"程氏又曰:"使宏序先毛而有,则序文之下,毛公亦应时有训释。今唯郑氏有之,而毛无一语,故知宏序必出毛后也。"程氏此说甚明。

《诗》又有"六义":风、雅、颂,赋、比、兴。

先看风、雅、颂。

何为风?《诗序》谓:"上以风化下,下以风刺上。"冲这,就不是子夏的话。"君子之德风,小人之德草,草上之风必偃。"(《论语·颜渊》)此虽非至理而是事实。其实,风即是风,风土之风。家有家风,校有校风。国风代表一国民风,故谓之风。"《关雎》,后妃之德。"冲这,毛氏就该杀。原为民间歌谣,何有风化、风(讽)刺之说?

雅,正也。或谓雅是贵族(门阀、门第,又为知识阶级)的。太炎③先生以为不然。曰:雅、疋、乌三字古通,故雅又训乌。李斯④《谏逐客书》及杨恽⑤《报孙会宗书》皆言及"乌乌秦声"。周之镐京,秦之咸阳,今之长安,故疋(雅)即秦声,谓镐京左右之歌也。聊备一格。如此讲,真是二达子吃螺蛳——绕那么大个弯子。大、小雅之分别,即如大、小二字之分。大雅,贵

---

① 子夏(前507—?):卜氏,名商,字子夏,春秋时期晋国温(今河南温县)人,"孔门十哲"之一,以文学著称。

② 程大昌(1123—1195):字泰之,徽州休宁(今属安徽)人。南宋学者、经学家,著有《诗论》1卷、《考古编》10卷、《演繁露》16卷等。

③ 太炎:即章炳麟。章炳麟(1869—1936),字枚叔,号太炎,浙江余杭(今浙江杭州)人。清末民初学者,著有《章氏丛书》。

④ 李斯(?—前208):字通古,战国时期楚国上蔡(今属河南)人。曾为秦国客卿,著有《谏逐客书》等。

⑤ 杨恽(?—前54):字子幼,华阴(今属陕西)人。西汉政治家,以才能著称,著有《报孙会宗书》等。

族气较深。

颂,功德。祭祀歌颂鬼神功德,故颂与鬼神有关。梁任公①说,颂、容古通。皆从公。容,形貌,舞。风、雅,歌诗;颂,舞诗。歌诗咏其声,舞诗观其容。

风、大雅、小雅、颂,又称"四诗"。东坡有对曰:"三光日月星,四诗风雅颂。"②

《诗》又有"四始"之说:《关雎》,风之始;《鹿鸣》,小雅之始;《文王》,大雅之始;《清庙》,颂之始。其说始自司马迁。司马氏《史记》是诗,而司马氏对《诗》之功夫并不深。司马氏主孔子删诗,班氏则否。"四始"如此排列不知其是否有意?余以为虽然似乎有意,亦似无意,实在有意、无意之间。

再说赋、比、兴。

赋:(1)铺,陈,张;(2)敷、布(布,犹铺也)。直陈其事谓之赋。铺张与夸大又有不同。"周余黎民,靡有孑遗"(《大雅·云汉》),此是夸大,不是铺张。汉赋《两京》《羽猎》,铺张。

比:朱子③曰:"以彼物比此物也。"(《诗集传》)朱传凡物、事(诗旨)之有相类性者谓之比。如:"螽斯羽,诜诜兮。宜尔子孙,振振兮"(《周南·螽斯》),朱注:"比也。"再如:"桃之夭夭,灼灼其华。之子于归,宜其室家"

---

① 梁任公(1873—1929):梁启超,字卓如,号任公,又号饮冰室主人等,广东新会人。近代思想家、文学家、学者,倡导文体改良,著有《饮冰室合集》。

② 此对之成,异说颇多,其一为杨彦龄,其一为东坡。北宋杨彦龄《杨公笔录》:"世所谓独脚令者,唯'三光日月星',以拘于物数为最不易酬答者。元祐三年夏,余待试兴国西经藏院,夜梦一客举此为令,若欲相屈,余辄应声答曰:'四诗风雅颂'。客遂惭服而去。"南宋·岳珂《桯史》:"承平时,国家与辽欢盟,文禁甚宽,辂客者往来,率以谈谑诗文相娱乐。元祐间,东坡尝膺是选。辽使窃闻其名,思以奇困之。其国旧有一对曰'三光日月星',凡以数言者,必犯其上一字,于是遍国中无能属者。首以请于坡。坡唯唯,谓其介曰:'我能而君不能,亦非所以全大国之体。'四诗风雅颂',天生对也,盍先以此复之。'介如言,方共叹愕。坡徐曰:'某亦有一对,曰"四德元亨利"。'使睢盱,欲起辨。坡曰:'而谓我忘其一耶? 谨阁而舌,两朝兄弟邦,卿为外臣,此固仁祖之庙讳也。'使出不意,大骇服。既又有所谈,辄为坡逆夺,使自愧弗及。迄白沟,往返龁舌,不敢复言他。"

③ 朱子:即朱熹。朱熹(1130—1200),字元晦,号晦庵,徽州婺源(今江西婺源)人。南宋理学家,一生主要致力于著述与讲学,著有《四书章句集注》《诗集传》等。另有与弟子问答之记录《朱子语类》。

(《周南·桃夭》),正比;"相鼠有皮,人而无仪"(《鄘风·相鼠》),反比。富于幻想者好用比,如李白;老杜则多用赋。(李杜诗才高于我们,而对诗的研究未必有我们到家。)

兴:郑康成①说:"兴者,托事于物。"如郑氏所言,是比而非兴。(盖汉儒师说,即于比、赋二者亦别之不清。)有的人自己有思想而不肯研究别人学说,结果是武断;又有人肯研究古人学说而自己无主见,结果是盲从。(胆小是好处,如作文细心。然有时胆小使人不敢说话。)刘彦和②既不武断又不盲从。刘彦和说:"比者,附也;兴者,起也。附理者,切类以指事;起情者,依微以拟议。"(《文心雕龙·比兴》)"微",小物;"拟议",修辞。"情",是自己诗心;"起情",引起自己诗心。唐孔颖达③说:"兴者,起也。取譬引类,起发己心,诗文诸举草木鸟兽以见意者,皆兴辞也。"(《毛诗正义》)朱熹则说:"兴者,托物兴辞";"兴者,先言他物以引起所咏之辞也";"因所见闻,或托物起兴,而以事继其声"(《诗集传》)。事,诗;声,也是诗,而何以一谓之事,一谓之声?事是本义,声非本义。如:"关关雎鸠,在河之洲",是所见所闻,是声;"窈窕淑女,君子好逑",是事,前后无联贯,以声引其事。《桃夭》《相鼠》则前后文有关,是比。《关雎》一首,毛传曰:"兴也。关关,和声也。雎鸠,王雎也,鸟挚而有别。……后妃说乐君子之德,无不和谐。又不淫其色,慎固幽深,若关雎之有别焉。"雎鸠,王雎,"王",盖有大意;"挚",郑笺训"至"。"挚",诚也,厚也。鸟类雌雄多挚,不独雎鸠。夫妇有别,相敬如宾。夫妇不患不相亲,患不相敬。人有后天修养,当易做到。鸟则不然。"有别",是别人教的,还是自己修养的?何谓"有别"?何谓"无别"?汉儒

---

① 郑康成(127—200):郑玄,字康成,北海高密(今山东高密)人。东汉经学家,著有《毛诗笺》《三礼注》《论语注》等。
② 刘彦和(466?—521?):刘勰,字彦和,原籍东莞莒县(今属山东),世居京口(今江苏镇江)。南朝梁文学理论家,著有《文心雕龙》,为中国文学批评史上第一部系统阐述文学理论之专著,以"深得文理"而著称。
③ 孔颖达(574—648):字冲远,又字仲达,冀州衡水(今河北衡水)人。唐朝经史学家,唐贞观年间奉诏命编订《五经正义》。

就不明白孔子"《关雎》乐而不淫"(《论语·八佾》)的一句话。若依毛诗之说,则此诗乃比而非兴矣。推其意,盖文中所用譬喻曰比,其用于开端者曰兴。然则"关关雎鸠"既与淑女君子无关,那么为什么把两个连在一起?此所谓"无关",乃意义上无关。

兴:(1) 起也,introduce;(2) 兴也,兴之所至,inspiration。其实,兴,凑韵而已,没讲儿。

总而言之,《诗》有六义:风、雅、颂、赋、比、兴。前三项,《诗》之性质;后三项,《诗》之作风(法)。儿歌就是《国风》,"小蚂蚱,土里生。前腿爬,后腿蹬。长个翅,翅棱棱"——赋也。"小板凳,朝前挪。爹喝酒,娘陪着"——兴也。老杜偏于赋,皇皇大篇,直陈其事,故有"诗史"之称。太白号称仙才,以其富于幻想、联想天才,多用比也。兴,只有儿歌中保有的最古、最幼稚,故后未灭亡。

"三百篇"好,而苦于文字障,先须打破文字障碍,才能了解其诗之美。

第二节

《国风》选萃

一 周南·汝坟

> 遵彼汝坟,伐其条枚。
> 未见君子,惄如调饥。
>
> 遵彼汝坟,伐其条肄。
> 既见君子,不我遐弃。
>
> 鲂鱼赪尾,王室如燬。
> 虽则如燬,父母孔迩。

有关《汝坟》诗旨,《诗序》云:"道化行也。文王之化,行乎汝坟之国,妇人能闵其君子,犹勉之以正也。"《韩诗外传》①云:"贤士欲成其名,二亲不待,家贫亲老,不择官而仕。诗曰:'虽则如燬,父母孔迩。'此之谓也。"以《韩诗外传》较近情理,当为乱世所作。

首章:"遵彼汝坟","坟"②,毛传:"大防也。"《说文》③:"坟,墓也。"又:

---

① 西汉经学家韩婴传《诗》,今仅存《韩诗外传》。《韩诗外传》凡 360 条,一般每条均以一《诗经》引文作结论。以下凡说"韩诗"即指《韩诗外传》。
② "坟"字繁体作"墳",故下文云"从'贲'"。
③ 《说文》:《说文解字》的简称,东汉文字学家许慎著,中国第一部系统分析汉字字形、考究字源的著作。

"坟,大防也。"毛诗盖以"坆"为"坟",防者犹今言堤防之防。防、坊通。《礼记》言礼者"大为之坊"(《坊记》),坊、范双声。或曰:"坟",即濆水也。余以为不然,"坟"盖即堤也。(从"贲",皆有"大"义;亦如"骨朵"之音,多有"小"义。)

"惄如调饥","惄",毛传:"饥意也。"郑笺:"思也。"《说文》"惄"下:"一曰忧也。"韩诗作"愵",《说文》:"愵,忧貌。"《方言》①:"愵,忧也。""调",毛传:"朝也。"《释文》②"本又作輖"。按:韩诗多今本,《说文》二徐本③注只作"朝"。

第三章:"鲂鱼赪尾",《陈风·衡门》有"岂其食鱼,必河之鲂";"岂其食鱼,必河之鲤"之句。毛传云:"鱼劳则尾赤。"这未免望文生义。郑笺:"君子仕于乱世,其颜色瘦病,如鱼劳则尾赤。所以然者,畏王室之酷烈。是时纣存。"余以为:"鲂鱼赪尾",兴也,与下句义无关。

"王室如燬","燬",毛传:"火也。"韩诗多今本,《说文》引俱作"㷄"。《尔雅·释言》④:"燬,火也。"《说文》:"火,㷄也。"按:火、燬、㷄,一声之转。此句正是《论语》所谓"危邦不入,乱邦不居"(《泰伯》)。

"父母孔迩",郑笺:"辟此勤劳之处,或时得罪,父母甚近,当念之,以免于害,不能为疏远者计也。"然此与诗何关?或曰:父母谓文王也。尚合。

---

① 《方言》:《辎轩使者绝代语释别国方言》的简称,西汉扬雄著,中国第一部比较方言词汇的著作。
② 《释文》:《经典释文》的简称,唐朝陆德明著,解释儒家经典文字音义的著作。
③ 二徐本:南唐徐铉(917—992)、徐锴(920—974)兄弟,人称"二徐",又称"大徐、小徐"。二人皆精于小学,皆校订《说文解字》,经徐铉校订的本子人称"大徐本",经徐锴校订的本子人称"小徐本",合称"二徐本"。
④ 《尔雅》:中国最早解释词义的著作,也是第一部按义类编纂的词典。《尔雅》最早著录于《汉书·艺文志》,未载作者姓名,整理成书在西汉时期。

二　周南·麟之趾

> 麟之趾,振振公子,于嗟麟兮。
> 麟之定,振振公姓,于嗟麟兮。
> 麟之角,振振公族,于嗟麟兮。

《麟之趾》如《汉广》,不可讲。

诗之美是最大真实,而虚无缥缈、不可捉摸,可意会不可言传。

> 诗无达诂。(董仲舒《春秋繁露·精华》)

> 说诗者不以文害辞,不以辞害志。以意逆志,是为得之。(《孟子·万章上》)

文是表现美的,辞以明志。

孔子曰:

> 兴于诗。(《论语·泰伯》)

诗是感发。或曰:看花下泪,大煞风景。(李商隐《义山杂纂》)"看花下泪",正有其不得不然者。"看花下泪",与指其为"大煞风景",都不对,亦都对,不可以客观批评。下泪不是为花开,正如饮酒也不是为花开呀!既可"看花饮酒",何妨"看花下泪"!"孰知天下之正味"[①],此正董氏所谓"诗无

---

① 《庄子·齐物论》:"民食刍豢,麋鹿食荐,蝍且甘带,鸱鸦耆鼠,四者孰知正味?"

达诂"。强人同己,乃大不通。饮酒、下泪,皆是花所给之"兴"。

"尽日觅不得,有时还自来"(贯休《咏吟》)二语,或曰指作诗,或曰指寻猫。① 若谓之讲诗,则客观条件不能成立。

《麟之趾》三章,章三句。"麟之趾……麟之定……麟之角……",一好百好,不必以辞害意。

首章毛传于"麟趾"下曰:"趾,足也。麟信而应礼,以足至者也。"郑笺亦曰:"与礼相应。"第三章"麟角"下毛传则曰:"所以表其德也。"郑笺则云:"麟角之末有肉,示有武而不用。"然第二章之"麟定",毛无传,郑无笺,不谓之词穷不可也。"定",顶也。一本作"颎"。顶、颠,《诗》"有马白颠"(《秦风·车邻》)之"颠",即"麟之定"之"定"。又如"题"字,亦"颠"字一声之转,有在前之意。

"振振公姓","公姓",《礼记》郑注:"言子姓者,子之所生。"又:"子姓,谓众子孙也。"疑为俗所谓外孙也。此或为外孙,故从女。

作诗要能支配诗之声音,"振振公子",真好,由声音可表现气象。后之诗狭小卑劣,不能如此。以声音表现气象,一必心中有此感觉,二能以音节表现,如此气象乃出。若感觉不是,则所找音节不对,气象也不是了。"振振公子""振振公姓""振振公族",每个都好。

《周南》始于《关雎》,终于《麟之趾》,可见中国社会以家族为中心,所写不过男女爱悦、夫妇嫁娶、家庭子孙。

(1) 身 ⟵—— (2) 家 ——⟶ (3) 国

---

① 欧阳修《六一诗话》:"圣俞尝云:诗句义理虽通,语涉浅俗而可笑者,亦其病也。如有《赠渔父》一联云'眼前不见市朝事,耳畔唯闻风水声',说者云:'患肝肾风。'又有《咏诗者》云'尽日觅不得,有时还自来',本谓诗之好句难得尔,而说者云:'此是人家失却猫儿诗。'人皆以为笑也。"

"欲治其国者,先齐其家"(《礼记·大学》),以家为中间枢纽,化家为国。

个人太小,不能成为力量。(法西斯知道这点,故令人集合于一主义下。)——"我是我自己的上帝"(斯提尔纳语)、"最孤立者是最强者"(易卜生[Ibsen]《人民公敌》)。强尽管强,而不免失败。

"身"太单薄,"国"太玄虚,故须有"家"。在家中须有牺牲精神,集家成国。

三　豳风·七月

七月流火,九月授衣。
一之日觱发,二之日栗烈。
无衣无褐,何以卒岁。
三之日于耜,四之日举趾。
同我妇子,馌彼南亩。田畯至喜。

七月流火,九月授衣。
春日载阳,有鸣仓庚。
女执懿筐,遵彼微行,爰求柔桑。
春日迟迟,采蘩祁祁。
女心伤悲,殆及公子同归。

七月流火,八月萑苇。
蚕月条桑,取彼斧斨。
以伐远扬,猗彼女桑。
七月鸣鵙,八月载绩。
载玄载黄,我朱孔阳,为公子裳。

四月秀葽,五月鸣蜩。

八月其获,十月陨萚。

一之日于貉,取彼狐狸,为公子裘。

二之日其同,载缵武功。

言私其豵,献豜于公。

五月斯螽动股,六月莎鸡振羽。

七月在野,八月在宇,九月在户,

十月蟋蟀入我床下。

穹窒熏鼠,塞向墐户。

嗟我妇子,曰为改岁,入此室处。

六月食郁及薁,七月亨葵及菽。

八月剥枣,十月获稻。

为此春酒,以介眉寿。

七月食瓜,八月断壶。

九月叔苴,采荼薪樗,食我农夫。

九月筑场圃,十月纳禾稼。

黍稷重穋,禾麻菽麦。

嗟我农夫,我稼既同,上入执宫功。

昼尔于茅,宵尔索綯。

亟其乘屋,其始播百谷。

二之日凿冰冲冲,三之日纳于凌阴。

四之日其蚤,献羔祭韭。

九月肃霜,十月涤场。

朋酒斯飨,曰杀羔羊。

跻彼公堂,称彼兕觥,万寿无疆。

有关《豳风》,《汉书·地理志》云:"昔后稷封斄,公刘处豳,大王徙岐,文王作酆,武王治镐,其民有先王遗风,好稼穑,务本业,故豳诗言农桑衣食之本甚备。"(后稷,周之始祖;斄,即邰;豳,即邠。)隋文中子王通①之《中说》(又名《文中子》)云:"程元曰:'敢问《豳风》何也?'子曰:'变风也。'元曰:'周公之际,亦有变风乎?'子曰:'君臣相诮,其能正乎? 成王终疑,则风遂变矣。非周公至诚,孰能卒之哉?'"

旧说风、雅有正、变之分。太平之世中正和平之音为正风;乱世之诗怨恨讽刺,而非温柔敦厚之音,为变风。旧说如此,而不太可信。班固但言《豳风》"言农桑衣食之本",何变之有? 文中子之言不可信。扬雄②仿《易经》作《太玄》,王通仿《论语》作《文中子》,皆无聊。胡适③说中国中古无思想家,有之则是佛家,是外来的。说王通是饭桶,真不冤枉他! 文章要说得恰如其分,不可为其美言、甘言所惑。班固说话老实极了,好引《诗》而真能了解,既不夸张又不穿凿。

"风",本地人民之风俗,其生活与性情、习惯有关。故滨海者多灵敏,故靠山者多保守厚重。我们自"风"可看出其当地生活影响于人民之性情、习惯。

《豳风·七月》八章,章十一句。

有关《七月》诗旨,《诗序》云:"《七月》,陈王业也。周公遭变,故陈后稷先公风化之所由,致王业之艰难也。"周公摄政,成王疑之,人之谗曰"将不利于孺子"(《尚书·金縢》),所谓"遭变"也。而以诗看并无此意,《诗序》说不可信。

---

① 王通(584—617):字仲淹,河东龙门(今山西河津)人。隋朝大儒,卒后门弟子私谥"文中子"。

② 扬雄(前53?—18):字子云,蜀郡成都(今四川成都)人。西汉文学家,著有《甘泉赋》《河东赋》《羽猎赋》等辞赋,又有《太玄》《法言》等著作。

③ 胡适(1891—1962):字适之,安徽绩溪人。现代学者,新文化运动代表人物,提出"白话文学论"与"历史的文学观念论",著有《中国哲学史大纲》《白话文学史》以及白话诗集《尝试集》等。

>>> 《豳风·七月》是农事诗。中国以农业立国,得天独厚。这首诗真是一篇杰作。唯有这一类诗难写,没有一点儿幻想色彩,也没有一点儿传奇色彩,全是真实的,所以难写成诗;它又是非个人的;它还是平凡的,这与真实相近而实不同,历史上许多真实事并不平凡;它更写出中国民族的乐天性,它写人民生活,不得不谓之勤劳,每年每月都有事,而他们总是高高兴兴的,这样的民族是有希望的,不会灭亡的。图为《豳风·七月》诗意画。

《七月》是农事诗。中国以农业立国,得天独厚。百足之虫,死而不僵,但是无神经中枢,无中心、重心、轴心,所以事推行不动。中国如海蜇,割下一块照样活。

《七月》首章:

"七月流火,九月授衣","流火",毛传:"火,大火也。流,下也。"服虔①曰:"大火,心也。"大火,星名。夏,当南方中心;秋,则向西,故曰大火西流。"九月授衣","授衣",与之衣,或曰使之治衣。后说为长。

"一之日觱发,二之日栗烈","一之日",毛传:"一之日,十之余也。一之日,周正月也。""二之日",毛传:"殷正月也。"朱子《诗集传》曰:"一之日,谓斗建子,一阳之月。二之日,谓斗建丑,二阳之月也。变月言日,言是月之日也。"夏、商、周之历法:夏历(今阴历),正月建寅;殷(商)正,夏之十一月,建丑;周正,夏之十二月,建子。一阳之月,夏至一阴生,冬至一阳生。冬至在夏正十月,故十月谓小阳月。冬至谓之长至,夏至谓之短至,皆简称至日。此诗所说"七月""九月",乃夏历;至"一之日""二之日",乃用周正。(孔子,周人,主张夏之时。)故《七月》凡言"月",皆夏正;凡言"某之日",皆周正。

"一之日觱发","觱发",毛传:"风寒也。"《说文》作"滭冹",马瑞辰②以为本字。余以为凡"滭冹"之音,皆有盛意。如《诗经·召南·甘棠》"蔽芾甘棠",正茂盛发扬之意。兼士③先生不承认本字与假借字,如"嘅叹"之"嘅"或写作"槩""概",乃假借。对"觱发"二字,兼士先生以为不然。盖古者有音无字,故随便写,故言冷冽曰"滭冹",言草木盛则曰"蔽芾"。"蔽芾",古轻重唇通,《水浒》"剗剥"亦此音之转。

---

① 服虔:初名重,又名祇,后改名虔,字子慎,荥阳(今属河南)人。东汉学者、经学家,著有《春秋左氏传解谊》《春秋汉议驳》等。

② 马瑞辰(1782—1853):字献生,又字元伯,安徽桐城人。清朝学者、经学家,著有《毛诗传笺通释》32卷。

③ 兼士:即沈兼士。沈兼士(1887—1947),名臤,以字行,沈尹默之弟,浙江吴兴(今浙江湖州)人。近现代语言文字学家,曾任教北京大学、辅仁大学,顾随之师。

"二之日栗烈","栗烈",《广韵》①:"溧冽,寒风。"《玉篇》②:"溧冽,寒貌。"《玉篇》《广韵》之释诗故作"溧冽"。今以"溧冽"为本字,其实此二字盖后起字。现在人认字多本末倒置。如"账"原为"帐","舖"原为"铺","赈"原为"振"。

"三之日于耜","于耜",毛传:"始修耒耜也。"朱子《诗集传》:"于,往也。耜,田器也。于耜,言往修田器也。"余以为:"于",非"始"亦非"往";"于",从事之意,干也、作也、治也。耒耜,柄曰耒,齿曰耜。(耙,把也、搔也。)

"四之日举趾","举趾",毛传谓"举足而耕",即开始工作之意。"馌",毛传:"馈也。"郑笺:"饷、馈也。""南亩",向阳之地,南北为陇受阳。

"田畯至喜","田畯",田大夫,管农事。"喜",朱注如字。郑笺:"喜读为饎。饎,酒食也。"

宋哲宗朝有宗子为打油:"日暖看三织,风高斗两厢。蛙翻白出阔,蚓死紫之长。泼听琵梧凤,馒抛接建章。归来屋里坐,打杀又何妨。"或问诗意,答曰:"始见三蜘蛛织网子檐间,又见二雀斗于两厢廊。有死蛙翻腹似出字,死蚓如之字。方吃泼饭,闻邻家琵琶作《凤栖梧》,食馒头未毕,阍人报建安章秀才上谒。迎客既归,见内门上画钟馗击小鬼。故云:'打死又何妨。'"(邢居实《拊掌录》)郑笺便如此,文法不完全。

《七月》首章前半言衣,后半言食。言衣"显说"——"九月授衣""无衣无褐";言食"隐说"。在作者或原无意于"显说""隐说",行乎所不得不行,止乎所不得不止,是"不得已",且为发自内心非自外来。在作者是行所不得不行,止所不得不止。在读者要行其所行,止其所止。在作者之行止与天才、修养、情意有关。(1) 天才。太白与老杜天才不同,李之不能为杜,亦犹杜之不能为李。佛说经常举狮象代表力,但狮是狮的力,象是象的力,

---

① 《广韵》:《大宋重修广韵》的简称,北宋真宗朝陈彭年、丘雍等奉诏编修,中国第一部官修及现今保存最完整的韵书。
② 《玉篇》:南朝梁顾野王著,中国第一部以楷书建字头以辨析形义的字书。

不能说象强于狮或狮强于象。各有各的力量,亦犹人各有各的天才。(2)修养。天才是先天的,是基本;修养是后天的,是预备。(3)情意。此乃动机。如伐树,一须有力——天才;二须有斧斤——修养、预备;然还须有情意。有此三者,便是班固所谓"不得已"(《汉书·艺文志》)。然在读者更要看出其行、其止,《七月》首章何以一"显说"、一"隐说"?

次章:

"春日载阳","载",始也。

"女执懿筐,遵彼微行,爰求柔桑","懿",厚也,引申为深。"懿筐",深筐。《周南·卷耳》"不盈顷筐","顷筐",浅筐也。"爰求柔桑","爰",句首语词。

"春日迟迟,采蘩祁祁","蘩",白蒿。陆农师佃①曰:"今覆蚕种尚用蒿。"因陈、香蒿、白蒿盖即此类。

"殆及公子同归","公子",朱子《诗集传》:"豳公子也。"其实公子即男子尊称,如今之先生、汉魏之王孙。"归","之子于归"(《周南·桃夭》)之"归"。在"三百篇"中看出已有重男轻女之势。上古是女性中心,故姓从女,如姬、姚、姒。两性经过长久斗争,男性得胜。可见有的社会乃女性中心,其所谓得胜乃经济权在谁手里,便谁得胜。故男女平等必先经济平等。"三百篇"所处时代,已为男性中心社会。如,女子出嫁曰"归",因为"丈夫生而愿为之有室,女子生而愿为之有家"(《孟子·滕文公下》),然女子不以父母之家为家,而以夫家为家,故曰"归"。

《七月》首章言农事——食,次章言桑蚕——衣。

三章:

"八月萑苇","萑苇",荻草与芦苇,苇穗圆,荻穗如鸟翎。

---

① 陆佃(1042—1102):陆佃,字农师,号陶山,越州山阴(今浙江绍兴)人。宋朝学者,精于礼家名数之说,著有《礼象》《春秋后传》等。

"蚕月条桑,取彼斧斨","蚕月",南宋严粲①《诗缉》引程子②曰:"当蚕长之月也。计岁气之早晚,不可指定几月也。"

"猗彼女桑","猗",赞美之词。余以为:"猗",叹词。(叹与歎不同。歎,悲歎;叹,叹美。)"猗欤休哉",即今口语"好哇"。"猗彼女桑",对于此句,毛传:"角而束之曰猗。"朱子曰:"取叶存条曰猗。"不通。采桑无取叶存条之说,朱注非。郝懿行③之妻王照圆④(郝作有《诗问》,王问郝答。《郝氏遗书》内有王照圆辑《梦书》,亦不完备),曾作《诗小纪》曰:"桑树荾荑弥茂。猗,言茂美也。女,言柔弱也。今浙中种桑皆小桑,其枝每岁皆经荾荑。""女",形容词,有柔小之意,如女墙、女萝。

由此看来,学确实要注意实地生活,使生活与书本打成一片,"多识于鸟兽草木之名"(《论语·阳货》)。古语云:"一物不知,儒者之耻。"也可说:"一事不能,儒者之耻。"此事未必办得到,然而此心绝不可无。自爱因斯坦发明相对论,罗素⑤发明数理哲学,现在这些空谈家只是嚷嚷几个口号,其实什么都不知道。"五四"前后,文坛上忽而倡大众化,忽而倡民族主义。鲁迅先生只是在旁冷笑,因为他们只会嚷嚷一顿,结果什么也做不出来。如写战争,我们根本没上过前线,只说大炮一响,血肉横飞。这是口号,不是文学。西班牙涅巴奈兹(Ibanez)⑥《启示录的四骑士》写德法战争,写炮

---

① 严粲:字坦叔,一字明卿,号华谷,邵武(今属福建)人。南宋学者、诗人,著有《诗缉》。
② 程子:北宋理学家"二程"中的程颢。程颢(1032—1085),字伯淳,世称明道先生,洛阳伊川(今属河南)人;程颐(1033—1107),字正叔,世称伊川先生。二人著作由朱熹编为《二程全书》。
③ 郝懿行(1757—1825):字恂九,号兰皋,山东栖霞人。清朝学者,著有《尔雅义疏》《山海经笺疏》等。
④ 王照圆(1763—1851):字瑞玉,一字婉佺,山东福山(今山东烟台)人。清朝诗人、训诂学家,著有《列女传补注》《晒书堂闺中文存》等。
⑤ 罗素(Russell,1872—1970):20世纪英国哲学家、社会活动家,分析哲学主要创始人,著有《数学原理》《数理哲学导论》《西方哲学史》等。
⑥ 涅巴奈兹(1867—1928):今译伊巴涅兹,西班牙共和党领导人、小说家,著有小说《血与沙》《农舍》等。

声、子弹飞走声,真好,真是音乐的。若是文学只是床上架床①,一点新的装不进去,那么文学只有退步没有进步了。

四章:

"四月秀葽,五月鸣蜩","葽",严氏《诗缉》曰:"远志也。"

"八月其获,十月陨萚","萚",落叶。

"一之日于貉,取彼狐狸,为公子裘","貉",毛暖,然为贱者之服。孔颖达疏:"礼无貉裘之文。"

"二之日其同,载缵武功","同",郑笺:"其同者,君臣及民,因习兵俱出田也。"程子曰:"谓会聚共事也。"《论语》曰:"宗庙之事,如会同。"(《先进》)即今所谓通力合作。"载缵武功","载",句首语词,始,哉。

五章:

"五月斯螽动股,六月莎鸡振羽","斯螽",蝗之类。《诗缉》:"蚱蜢也。""莎鸡",《诗缉》引陆农师(佃)说以为络纬。络纬又名络丝娘,又名棺材头,乃象形。古谚云:"络纬鸣,懒妇惊。"

"十月蟋蟀入我床下",似有诗意,可是实在真吵人。天下没有不能写成诗的,只在一出一入,看你能出不能,能入不能。不入,写不深刻;不出,写不出来。

"穹窒熏鼠,塞向墐户","穹",毛传:"穷。""窒",毛传:"塞也。"马瑞辰谓"穹"训"治","窒"训"实"。"穹"似今所谓根治、彻底清除。"墐",以泥涂之,犹今以纸糊之。

"嗟我妇子,曰为改岁","曰为",语词,或单用"曰",如毛诗"曰归曰归"(《小雅·采薇》)等于《论语》"归欤归欤"(《公冶长》)。曰,句首语词。《尚书》语词有"粤若",又作"聿"。《魏书》有"岁聿云暮"(《乐志》),"聿云"犹"粤若""曰为"("曰为"重,"聿云"轻),"聿云",句中语词,其实"岁聿云暮"即"曰

---

① 颜之推《颜氏家训·序致》:"魏晋以来,所著诸子,理重事复,递相模教,犹屋下架屋,床上施床耳。"

为改岁"。而"聿云""曰为"不能通用。文法是依句子推出来的,而句子不是依文法造的。

六章:

"六月食郁及薁,七月亨葵及菽","郁",毛传训"棣属";"薁",严氏谓"薁"即"郁"。非是。"葵",南北朝贾思勰①《齐民要术》谓"有紫葵、白葵二种",然则非今习见之向日葵也。《左传·成公十七年》:"葵犹能卫其足。"旧注以为葵花向日,故能卫足。(不可解。)其所谓葵绝非今日向日葵。杜诗:"刈葵莫放手,放手伤葵根。"(《示从孙济》)"放手"犹言信手之意。老杜所言葵乃宿根植物,而非今所谓向日葵。"菽",豆也。菽乳,豆浆。

"八月剥枣,十月获稻","剥",毛传:"击也。"陆德明《释文》:"普卜切。"毛盖以"剥"为"扑"之假。

"为此春酒,以介眉寿","介",郑笺:"助也。""眉寿",毛传:"豪眉也。""豪",盖即"毫"。毫,后起字。(毫厘、豪釐,同。豪、釐,原皆为动物名。)

"七月食瓜,八月断壶","壶",毛诗作"瓠",后谓之葫芦。(吾人每于一字声与韵之间加来母。)

"九月叔苴,采荼薪樗,食我农夫","叔",毛传:"拾也。"《说文》:"从又朩声。"叔、收、拾,一声之转,或作"掓"。"采荼薪樗","樗",臭椿也。

七章:

乡语云,宁做十年道,不做一年场。

"九月筑场圃,十月纳禾稼","筑",以杵击之。今俗语"揍",盖即"筑"之转。"傅说举于版筑之间。"(《孟子·告子下》)"禾稼",总称;单称"禾",谷也。(谷子,小米。)"纳禾稼","耕""种""获""舂""纳",至"纳"一年之农事完了。

"黍稷重穋,禾麻菽麦","重",先种后熟;"穋",后种先熟。

---

① 贾思勰:齐郡益都(今山东寿光)人。北魏农学家,所著《齐民要术》为中国现存最早最完整的综合性农书。

"嗟我农夫,我稼既同,上入执宫功","我稼既同","同",《诗缉》曰:"聚也。"有功成之意。"上入执宫功","上",毛传:"入为上,出为下。"(如上城下乡。)"宫功",郑笺:"上入都邑之宅,治宫中之事矣。于是时男之野功毕。"("野功",野,农田;功,农事。)朱注:"宫,邑居之宅也。或曰:'公室官府之役也。'"马瑞辰《毛诗传笺通释》曰:"按古者通谓民室为宫,因谓民室中事为宫事。《夏小正》'三月妾子始蚕,执养宫事',《昏礼》'戒女词曰,夙夜无违宫事'是也。《尔雅》:'公,事也。'宫公即宫事也。……宋儒以'宫公'为公室宫府之役,误也。正义本作'执宫公',今本作'执宫功'者,从唐定本改也。公、功,古通用。《六月》诗'以奏肤公',即以奏大功也。《瞻卬》诗'妇无公事',即妇无功事也。功与公皆为事,定本不知公与功同义,故易之耳。"

清治毛诗者二家:一陈奂,专尊毛;一马瑞辰,兼采毛、郑,或独出新意。陈奂文字学亦深,唯稍嫌固执耳。欲治毛诗,应通古社会学。治文学亦该有科学脑筋,字字如铁板钉钉,句句如生铁铸成,丝毫不能放松。

"昼尔于茅,宵尔索绹","于茅","于",於,从事也。"索绹","索",毛传:"绞也。"即搓也。

"亟其乘屋,其始播百谷","乘",毛传:"升也。"郑笺:"治也。""屋",郑氏谓屋为野庐之屋,乃田中草舍也。(草团瓢①,纪晓岚②谓当作团焦。)"亟其乘屋",朱注:"亟升其屋而治之。盖以来岁将复始播百谷,而不暇于此故也。""其始播百谷",郑笺:"谓祈来年百谷于公社。""播",布也。

八章:

"二之日凿冰冲冲,三之日纳于凌阴","冲冲",毛传:"凿冰之意。"(意在事先。)朱子《诗集传》从之。严氏《诗缉》谓为"和也"。凿冰即凿冰,何

---

① 草团瓢:指圆形茅屋。亦作草团标、团焦。
② 纪晓岚(1724—1805):纪昀,字晓岚,晚号石云,直隶献县(今河北献县)人。清朝学者,曾任《四库全书》总纂修官,撰《四库全书总目提要》及《四库全书简明目录》,著有《阅微草堂笔记》《唐人试律说》等。

"意"为？冲、和互训,如意志、智慧,可并举,可单举。讲"冲"为"和",或谓其人和同心协力欤？按:"和",当训为"人和"之"和"。"三之日纳于凌阴","纳","内"之后起字。纳,原当作"内"。

"四之日其蚤,献羔祭韭","蚤",早。

"九月肃霜,十月涤场","肃",毛传:"缩也。"万物收缩故曰"肃霜"。"十月涤场",即前章之"十月纳禾稼"。"涤",扫光。

"朋酒斯飨,曰杀羔羊","朋",毛传:"两樽曰朋。"朋、比互训。"斯",是。"朋酒斯飨"即"朋酒是飨"。"斯""是",语词,用于动词前。《尚书》"惟妇言是用"(《牧誓》),实即唯听妇言之意。"是用",加重语气,如西洋助动词 auxiliary verb。"曰",语词,韩诗"曰"作"聿",一声之转。

"跻彼公堂,称彼兕觥,万寿无疆","公堂",毛传:"学校也。"朱子《诗集传》:"君之堂也。"公堂盖即共同聚会之所,公共场所。"称彼兕觥","称",朱子《诗集传》:"举也。"然此外未见"称"作"举"解者。余以为:"称"即呼也。举酒而呼,万寿无疆。"万寿无疆","疆",境也,竟也。(境,后起字。)境、界、疆,一音之转。"万寿无疆",韩诗作"受福无疆",总之颂祷之词。

《诗经》现在需要训诂,此乃时代关系,实即当时方言。《七月》一首,最"达"而且最"雅"。

诗有叙事、写景、抒情。

抒情诗最易写。《国风》中亦以抒情诗为多,无论其写得美丽或沉痛,美丽可感动人之感觉,沉痛可感动人之感情。

写景:大自然,风月、山水。(大自然原是美的。西湖美为洋楼所毁,大明湖朴实可爱亦毁于洋楼。人毁坏大自然之美。)写景亦可写得美丽沉痛,景中有情。

最难写的是叙事的诗,难于写得美,因少幻想。如白居易《长恨歌》,自开始至贵妃死都写得不好,勉强凑合,几不成诗。至"忽闻海上有仙山"才写得好了。"上穷碧落下黄泉,两处茫茫皆不见",颇有老杜气概,而较老杜自在从容,因此是幻想,故易写。此外就是"传奇"的,也易写得好,如白居易《琵琶行》,虽无《长恨歌》之奇情壮采,而尚能动人,便因其为"传奇"的。(传奇,此乃翻译,实应为浪漫的,romantic,非真实的。)其不同于幻想者,幻想是鬼神的,传奇是人事的,而二者有一相同点,即全为非真实的。

《诗经·豳风·七月》真是一篇杰作。

唯有《七月》一类诗难写,没有一点儿幻想色彩,也没有一点儿传奇色彩,全是真实的,故难写成诗。所谓难写,并非不能写;难,是我们才力不到。天地间事物没有不能写成诗的。《七月》所写是老百姓平常人的平常生活,难写而写出来了,而且写的是诗,不是日记,不是账本子,不是有韵散文。(我们写日常生活,不是日记,便是记账。)

同时,《七月》又是非个人的。《长恨歌》《琵琶行》皆有主人翁,是个人的。老杜名为"诗史",但如其《北征》《赴奉先县咏怀五百字》,亦仍嫌其个人色彩太重,不过从其个人描写中可看出别人乱离生活。虽然如此,但究竟是以自我做中心,少普遍性。普遍性令人想到近代所谓"集团"。集团性力量非常大。近代作家提倡集团,但其作品仍是偏于个人而非集团性的。《七月》真是集团性的,不是写的一两个人,是写豳地所有人民。《长恨歌》只是杨玉环,《琵琶行》只是商人妇;而《七月》是豳地所有人民,比前二者伟大。

再其次,《七月》是平凡的。这与真实相近,而实不同。历史上许多真实事并不平凡。洋车夫的生活是平凡,也是真实,但很难写得好,最好是他们自己写。最要者,真实中还要有韵味,余味不尽。写"集团",难得是调和,在团体中找出共同性;平凡是难于写得伟大(神秘)。

同时,《七月》又写出中国民族之乐天性。这是好是不好,很难说。如天真是好,而天真是幼稚;坦白是好,而坦白是浮浅。中国人易于满足现实,这就是乐天。乐天者爱和平,即便是阿Q也爱和平。"争地以战,杀人盈野"(《孟子·离娄上》),就因为不乐天。人不该这样生活。乐天是保守,不长进;而乐天自有其伟大在,不是说它消极保守,是说它的积极性,人必在自己职业中找到乐趣,才能做得好,有成就。《七月》写人民生活,不得不谓之勤劳,每年每月都有事,而他们总是高高兴兴的。这样的民族是有希望的,不会灭亡的。

《七月》从头到尾都是男性的诗,硬性的,阳刚,力的表现。力即美,但分言之,力与美又为二者,只言美则偏于优美。但《七月》中仅有第二章一章中音节柔和、调谐、优美,有女性美:

> 七月流火,九月授衣。
> 春日载阳,有鸣仓庚。
> 女执懿筐,遵彼微行,爰求柔桑。
> 春日迟迟,采蘩祁祁。
> 女心伤悲,殆及公子同归。

这一章先用阳声韵,接着是后世的"四支""五微"韵,细声,是对比——前半宏大,后半纤细;前半偏动,后半偏静。第一章前半言衣是显说,后半言食是隐说,显隐之别是文字上的;第二章动静之别是音节上的。

《七月》作者是男性,阳刚,但第二章女性美写得真好,把女性的感觉、感情都写出来了。但一起两句"七月流火,九月授衣",放在这里真不调和,此是"兴"也。此二句在第一章是"赋",在第二章是"兴",以此二句引出以下九句,故曰"兴"。第三章"七月流火,八月萑苇"二句,"赋"与"兴"兼而有之。且前既言"七月",何以后又言"七月",而中曰"蚕月"? 盖亦"兴"也。

清代牛运震①《诗志》言《七月》:

> 此诗……平平常常,痴痴钝钝,自然充悦和厚,典则古雅。此一

---

① 牛运震(1706—1758):字阶平,号真谷,山东滋阳(今山东兖州)人。清朝学者,著有《空山堂文集》《史论》等。

诗而备三体,又一诗中藏无数小诗,真绝大结构也。
·····

牛氏有志推作者之意,而以文学欣赏法去看,其志可嘉。然尚恨其时有经生气也(经生之见)。"充",充满之意。诚于中形于外,内心充满则所表现自是"悦"。"充悦",真好,毫无虚假。"充悦和厚,典则古雅",中国旧美学之高处便在此。

写长一点的作品,必须一大段中分若干小段,分之则清清楚楚,合之则浑然无迹,天衣无缝。如《史记·项羽本纪》《逍遥游》。创作必要做到此地步。若一大段糊里糊涂,分不出小段,则你写时没法写,人读时也没法读。然若能分出不能合,零零碎碎也不成,合之则异常完密。牛氏之言是,但牛氏未言其何以能如此,何以"一诗而备三体"且"一诗中藏无数小诗"(分之清清楚楚,合之天衣无缝),此便因《七月》所写是团体,只写个人总差。《七月》人多、时多、事多,自易一诗内藏许多小诗。

四 豳风·鸱鸮

鸱鸮鸱鸮,既取我子,无毁我室。
恩斯勤斯,鬻子之闵斯。
迨天之未阴雨,彻彼桑土,绸缪牖户。
今女下民,或敢侮予。
予手拮据,予所捋荼。
予所蓄租,予口卒瘏,曰予未有室家。
予羽谯谯,予尾翛翛,予室翘翘。
风雨所漂摇,予维音哓哓。

《鸱鸮》四章,章五句。

有关《鸱鸮》诗旨,郑笺有云:"鸱鸮言:已取我子者,幸无毁我巢。"郑氏读书虽多,而不了解古人文心。实则,《鸱鸮》一篇"特奇"(牛运震《诗志》),借用鸟语。诗人以鸟比人,且以自己比为一鸟。

"予羽谯谯,予尾翛翛",承上"予手拮据"而言。有一分心,尽一分心;有一分力,专一分力。但结果好了吗?"予室翘翘,风雨所漂摇"而"予维音哓哓",有什么用呢?(固然我们作诗并不求有什么用。)我们生在此大时代,但我们不能说他是痛苦还是幸福。如屈原被放,就世俗看是不幸,但就超世俗看来未始不是幸,否则没有《离骚》。再如老杜,值"天宝之乱",困厄流离;老杜若非此乱,或无今日之若干伟作亦未可知。在生活上讲来,固是不幸,宁为太平犬,不为乱世民;但在诗上说,未始不是幸。但若条件够了,自己没本领,有材料不会作,也没办法。我们生此大时代,该有好作品出现了。以时考之,是其时实则至矣,"然而无有乎尔,则亦无有乎尔"(《孟子·尽心下》)。人在少年气盛时总是"我来",人在老年时代总希望"别人来"。余今日如隐士,初原不甘,但八年来惰性养成,无可奈何。在此时,希望不但要有扛枪杆的,还希望有扛笔杆的。

写诗写长篇,必写叙事诗不可,抒情诗还是短了好,如《豳风·鸱鸮》。

《七月》八章,章十一句;《鸱鸮》四章,章五句。即因《七月》是叙事的,《鸱鸮》是抒情的;而且《七月》是集团的,《鸱鸮》是个人的。即以拿破仑(Napoleon)盖世英雄,滑铁卢一战仍不免一败涂地。便因集团是大的,个人是小的。

《七月》是集团的,《鸱鸮》是个人的,不以是分大小。但一般理论皆以为集团的是伟大的,个人的是渺小的。集团文学并不见得对,而将来一定了不得。凡天下事,穷则变,变则通,个人主义的文学已至穷途末路。《七月》是我国上古团体的、实际的生活。我们尽管以新文学眼光去看中国旧诗《七月》,但仍自有其价值在。而《鸱鸮》也与现在时代切合,仍是活鲜鲜的。实则《鸱鸮》《七月》二者半斤八两相等,若有畸轻畸重之见,则不免有所偏:偏个人者,以为《七月》琐碎、乱;偏集团者,以为《鸱鸮》无用,叫唤叫唤就完了。

伟大的人是不朽的,因为他的精神是永久活下去的。佛讲无生、舍身,《佛遗教经》则言,我死之后,汝等行之,如我在世。此即精神不死,精神在世。(中国无宗教,一切宗教皆外来,真可怜。)死人活在活人的记忆,假使活人不记得了,死人才是真死了。人如此,作品亦然。人为不朽之人,作品为不朽之作品。《七月》写乡村,现在农村生活虽无何改进,此诗是活下去的。《鸱鸮》则与现在时代切合,仍是活鲜鲜的。我希望它朽,但它不朽!怎么样,"好人不长寿,祸害一千年"。希望不成,理想也不成。事实是如此。

《从五五宪草到国共合作》,此篇文章真好,虽然火候还差一点。余不懂政治学,但此人文章真写得好。"予维音哓哓",但是嚷嚷有什么用!

五 豳风·东山

我徂东山,慆慆不归。
我来自东,零雨其濛。
我东曰归,我心西悲。
制彼裳衣,勿士行枚。
蜎蜎者蠋,烝在桑野。
敦彼独宿,亦在车下。

我徂东山,慆慆不归。
我来自东,零雨其濛。
果臝之实,亦施于宇。
伊威在室,蠨蛸在户。
町畽鹿场,熠耀宵行。

不可畏也,伊可怀也。

我徂东山,慆慆不归。
我来自东,零雨其濛。
鹳鸣于垤,妇叹于室。
洒扫穹窒,我征聿至。
有敦瓜苦,烝在栗薪。
自我不见,于今三年。

我徂东山,慆慆不归。
我来自东,零雨其濛。
仓庚于飞,熠耀其羽。
之子于归,皇驳其马。
亲结其缡,九十其仪。
其新孔嘉,其旧如之何。

《东山》四章,章十二句。

《七月》是写农人,《鸱鸮》与现在情势多合,而《东山》恰好是战争后军队复员之作。周有"三监之乱",故东征三监(武庚、管叔、蔡叔)及淮夷。

"我徂东山"之"我",虽是个人,同时也是代表全体。《七月》纯乎集团,《鸱鸮》纯乎个人,《东山》写集团中有小我,小我中有集团。

《东山》首章:

"我徂东山,慆慆不归","慆慆",毛传:"言久也。"按:"慆慆",同"滔滔"。"滔滔者,天下皆是也"(《论语·微子》),《史记》引作"悠悠者,天下皆是也","悠悠",久也。

"我徂东山,慆慆不归。我来自东,零雨其濛",我往东去,好久没回来;回来时,"零雨其濛",真好。"其",盖即现在语文中之"那么";"零雨其濛",雨下得"那么"濛濛的。

"我东曰归,我心西悲","曰",语词。我从东归,非我归东。"我心西悲",看似简单,而非常绕弯子。创作上作者作得绕弯子,那必让读者读得亦绕弯子。我从东边回来时,想起我西边家来,我悲哀了。如此绕弯子而一转过来了,此之谓"履险如夷,举重若轻"。在创作上,非有此劲不可。鲁迅先生还不能"履险如夷,举重若轻",虽也过去了,也举起来了,但总觉得费力了。此是火候。

"制彼裳衣,勿士行枚","制"即"製"也。"裳衣",上曰衣,下曰裳。裳衣,平居之服。"制彼裳衣",言今可脱军装而着裳衣了。"勿士行枚","士",毛传:"事。"动词,从事之意,干也。"勿士行枚",即鲁语"不再干那个茧儿了"。

"蜎蜎者蠋,烝在桑野","蠋",桑虫也,盖即今毛毛虫之类。"蠋"原作"蜀"(𧍒),从虫。"烝在桑野","烝",毛传:"寘也。"郑笺:"古者声,寘、填、尘同也。"马瑞辰曰:"烝与曾同音,为叠韵,烝当为曾之借字。曾,乃也。凡书言'何曾',犹何乃也。烝之义亦当为乃。"(《毛诗传笺通释》)乃,语辞。朱注:"烝,发语辞。"是也,句首语词。

"敦彼独宿,亦在车下","敦",毛无传,郑有笺,"敦敦然独宿于车下",然等于不讲。朱注:"敦,独处不移之貌。"总之,"敦"为副词,形容车下独宿之貌。然此独宿车下者为何物?蠋欤?人欤?曰人,则始言我。此言"彼",彼何指而言?若谓指兵士,当言"敦我"。除非谓作诗之人见蠋在桑野一条条的,众兵卧宿于地,貌与蠋同。而言独宿者,言无家室也。战争完了回家,首发失妻之感。

次章:

"果臝之实,亦施于宇","果臝",瓜蒌也。毛传作"栝楼"。"亦施于宇","施""延""引",一声之转,皆影母。"施于宇",施于屋上也。

"伊威在室,蟏蛸在户","伊威",湿地所生之虫;"蟏蛸",长脚蜘蛛。蟏蛸张网,故"在户"。

"町畽鹿场,熠燿宵行","畽",《释文》本一作"疃"。今尚有此语。"町睡",毛传:"鹿迹也。"此盖望文生义。"町畽鹿场","町畽"非所言"鹿场"也,乃形容"鹿场"。"熠燿宵行","熠燿",毛传:"燐也。燐,萤火也。"非。"熠燿"形容"宵行","宵行"才是萤。"熠燿",明也。且此篇第四章尚有"熠燿其羽","熠燿"绝不可释为"萤"。

"果臝",叠韵;"亦施",双声;"伊威",叠韵;"蠨蛸",叠韵;"町畽",双声;"熠燿",双声。

"不可畏也,伊可怀也","不",他本又作"亦";"不可畏也",作"亦可畏也"。余以为"不"字好。这有什么可怕,那是我的家呀!——"伊可怀也"!"不可畏也,伊可怀也",诗句如《离骚》,叶韵外加一"也"字,其意味更长,感情更深。诗中杂言甚多"也"字,绝非凑韵,乃表达其情感。

《东山》共四章,每章前四句皆相同:

> 我徂东山,慆慆不归。
> 我来自东,零雨其濛。

真好。第三章:

> 自我不见,于今三年。

八个字,字形上笔画少,句子是白话,而读后在人心里盘桓不走。这是真正白话,真难写,真写得好。现在白话文一发展便走向古典派去了,便走入"自杀"之路,真不可救药。

第三节

《小雅》选萃

"变雅"乃乱世之音。《诗经》风、雅中只正风、正雅(治世之音)始是表现温柔敦厚,中正和平。至若"变风""变雅",虽"三百篇"亦不能温柔敦厚,正如老实人在遇到不共戴天之仇时,也会杀人放火。儒家云"乐天知命"(《易传·系辞传》),佛家云"随世随缘",《西游》云"哭不了所以笑"[①]。某禅宗弟子行脚,其师问,弟子曰:"不知。"师曰:"不知最亲切。"[②]"亲"字最好。人身中的蕴藏,有时不自知,非常时自能显出。

治世之音,雅;乱世之音,变雅。此如镜之有明、暗二面,常人只认明的一面是镜子,实则此种认识错误。

《小雅》之诗,毛分七什(十篇为什),为:(1)《鹿鸣之什》(2)《南有嘉鱼之什》(3)《鸿雁之什》(4)《节南山之什》(5)《谷风之什》(6)《甫田之什》(7)《鱼藻之什》。朱分八什,仅首什同,余皆不同。《小雅》中有数篇有目无辞,毛删,朱不删,亦算入什篇之内,故所分不同。依毛氏所分,《小雅》中《鹿鸣》《南有嘉鱼》《鸿雁》之什,多酬酢宴饮乐歌,有佳作,亦仍为中正和平、温柔敦厚之音;《小雅》自《节南山》之后乃有所谓"变雅"之音。

[①] 《西游记》第五十一回:"行者道:'你说烦恼,终不然我老孙不烦恼?我如今没计奈何,哭不得,所以只得笑也。'"

[②] 《五灯会元》卷十载法眼文益禅师事:"(法眼文益)后同绍修、法进三人欲出岭,过地藏院,阻雪少憩。附炉次,藏问:'此行何之?'师曰:'行脚去。'藏曰:'作么生是行脚事?'师曰:'不知。'藏曰:'不知最亲切。'"行脚,又作游方、游行,指僧人为求法、传法而游食四方。

一 鸿雁之什·黄鸟

> 黄鸟黄鸟,无集于榖,无啄我粟。
> 此邦之人,不我肯榖。
> 言旋言归,复我邦族。
>
> 黄鸟黄鸟,无集于桑,无啄我粱。
> 此邦之人,不可与明。
> 言旋言归,复我诸兄。
>
> 黄鸟黄鸟,无集于栩,无啄我黍。
> 此邦之人,不可与处。
> 言旋言归,复我诸父。

《黄鸟》三章,章七句。

诗首章言"此邦之人,不我肯榖。言旋言归,复我邦族";二章言"此邦之人,不可与明。言旋言归,复我诸兄";三章言"此邦之人,不可与处。言旋言归,复我诸父"。可见此但为羁旅之词,非乱世之音。

"不我肯榖","榖",善。此四字言不肯善待我。人在他乡原有作客之悲,而人又喜欺负外乡人。诗是使人彼此了解的,简言之曰"通"。然世上还是不通的人太多,世上根本就没有真正了解人的人。人常是只以自己为是。人作客他乡,原有人地生疏之感,而人仍迫害之,何也?自己欺负外乡人,而作客他乡时也怕人欺负。

>>> 治世之音,雅;乱世之音,变雅。此如镜之有明、暗二面,常人只认明的一面是镜子,实则此种认识错误。《小雅》之诗,毛分七什(十篇为什),依毛氏所分,《小雅》中《鹿鸣》《南有嘉鱼》《鸿雁》之什,多酬酢宴饮乐歌,有佳作,亦仍为中正和平、温柔敦厚之音;《小雅》自《节南山》之后乃有所谓"变雅"之音。图为宋朝马和之《小雅·节南山之什图》之《鹿鸣》。

鹿鳴之什

毛詩小雅

鹿鳴燕羣臣嘉賓也既飲食之又
實幣帛筐篚以將其厚意然後忠
臣嘉賓得盡其心矣

呦呦鹿鳴食
野之苹我有嘉賓鼓瑟吹笙吹笙
鼓簧承筐是將人之好我示我周
行呦呦鹿鳴食野之蒿我有嘉賓
德音孔昭視民不恌君子是則是
傚我有旨酒嘉賓式燕以敖呦呦
鹿鳴食野之芩我有嘉賓鼓瑟鼓
琴鼓瑟鼓琴和樂且湛我有旨酒
以燕樂嘉賓之心

鹿鳴

二 节南山之什·节南山

节彼南山,维石岩岩。
赫赫师尹,民具尔瞻。
忧心如惔,不敢戏谈。
国既卒斩,何用不监。

节彼南山,有实其猗。
赫赫师尹,不平谓何。
天方荐瘥,丧乱弘多。
民言无嘉,憯莫惩嗟。

尹氏大师,维周之氐。
秉国之钧,四方是维。
天子是毗,俾民不迷。
不吊昊天,不宜空我师。

弗躬弗亲,庶民弗信。
弗问弗仕,勿罔君子。
式夷式已,无小人殆。
琐琐姻亚,则无膴仕。

昊天不傭,降此鞠讻。
昊天不惠,降此大戾。
君子如届,俾民心阕。
君子如夷,恶怒是违。

不吊昊天,乱靡有定。

式月斯生,俾民不宁。

忧心如酲,谁秉国成。

不自为政,卒劳百姓。

驾彼四牡,四牡项领。

我瞻四方,蹙蹙靡所骋。

方茂尔恶,相尔矛矣。

既夷既怿,如相酬矣。

昊天不平,我王不宁。

不惩其心,覆怨其正。

家父作诵,以究王讻。

式讹尔心,以畜万邦。

《小雅》自《节南山》之后始有"变雅"。

《节南山》十章,前六章章八句,后四章章四句。

"节南山"之标目,王先谦①《三家诗义集疏》作"节"。

第五章:"昊天不傭","傭",韩诗作"庸"。中庸,庸者,常也。"不庸"即"非常"之义,"非常"即"讻"、即"乱"。

"降此鞠讻",毛传:"鞠,盈;讻,讼。"马瑞辰曰:"鞠讻,犹言极凶。与'大戾'同意。"(《毛诗传笺通释》)是也。"鞠鞠"乃穷极之意。

然而此一章只是记述,不能算好诗。

第六章:"不吊昊天","吊",叔。叔、淑古通。淑,善。诗云"不吊",即

---

① 王先谦(1842—1917):字益吾,晚号葵园,世称葵园先生,湖南长沙人。清朝学者、经学家,著有《诗三家义集疏》28卷。

不善之意。"式月斯生","式",发语词。

前章为粗说,此章更细述之,然诗之为诗不在此,《节南山》之所以为《节南山》亦不在此。今不但要找出变雅中写乱之情形,且要看其中有无佳句,此才是诗之所以为诗。

第七章:"四牡项领","项",大也。

"蹙蹙靡所骋","蹙蹙",缩小之意。《诗经·大雅·召旻》:"日蹙国百里。"据云古无"缩"字,多以"肃"字或"蹙"字代之,如《诗》"十月肃霜"(《豳风·七月》),"肃",毛训"缩"。"骋",驰也。马壮地广,虽然能跑,可往何处跑?"蹙蹙靡所骋",此乃诗人之感觉。

诗人之主观有时能转变客观的条件。当然神经锐敏好,过敏则不好,至衰弱则是病。有一种疯子叫"迫害狂",乃变态心理,先是感觉锐敏,由锐敏而过敏,而衰弱,结果成迫害狂。乐天知命固然是没有出息,消极;然能如此,必须健康,无论心理、生理有一点不健康,便不能乐天知命。乐天知命不但要一点功夫,且要一点力量。力量固然是功夫,然也是天生的。陶公"乐天知命"。陶公曰:

审容膝之易安。(《归去来兮辞》)

"容膝""易安",是不长进,没出息,而陶公实际积极进取,唯在享受上只需"容膝"而已。这还是因为他生理、心理都健康。而《节南山》"我瞻四方,蹙蹙靡所骋",天地之大无所容我,这是不健康。天地之大,何处不可容身?杜甫《不见》云:

世人皆欲杀,吾意独怜才。

姑不论其人之好坏,必何样心思、力量,才能挣到"世人皆欲杀"这五个字?如王敦①、桓玄②、曹孟德③。要是人活得像影儿似的,活也不多,没也不少,何能挣得此五个字?必有胆量、有毅力、有心胸始可。人活着,若别人不但不喜欢,且不讨厌了,真渺小。"蹙蹙靡所骋",自己恐吓自己,是乱世心理。

诗人应感觉锐敏,神经如琴弦,但应身体如钢铁,二者合起来,才是诗人的健康,缺一不可。前一条件(神经如琴弦)不容易,而诗人凡能成功者多能如此;后一条件(身体如钢铁),则中国诗人多是病态的。由生理身体之不健康,影响到心理之不健康,此乃中国诗人最大毛病。陶公心理健康,这一点上连老杜也不成。老杜就不免躁,躁是变态。

三 节南山之什·正月

> 正月繁霜,我心忧伤。
> 民之讹言,亦孔之将。
> 念我独兮,忧心京京。
> 哀我小心,瘨忧以痒。
>
> 父母生我,胡俾我瘉。
> 不自我先,不自我后。
> 好言自口,莠言自口。

---

① 王敦(266—324):字处仲,琅邪临沂(今山东临沂)人。东晋初期权臣,后叛乱。刘义庆《世说新语·豪爽》篇载:"王处仲每酒后,辄咏'老骥伏枥,志在千里。烈士暮年,壮心不已',以如意打唾壶,壶口尽缺。"
② 桓玄(369—404):字敬道,谯郡龙亢(今安徽怀远)人,东晋大司马桓温少子。东晋末期篡位称帝,国号楚。
③ 曹操(155—220):字孟德,小字阿瞒,沛国谯(今安徽亳州)人。东汉军事家、政治家、诗人。汉献帝封其为魏王。后其子曹丕称帝,追谥曹操为"武皇帝",史称魏武帝,后世文学著作或史书简称"魏武"。

忧心愈愈,是以有侮。

忧心惸惸,念我无禄。
民之无辜,并其臣仆。
哀我人斯,于何从禄。
瞻乌爰止,于谁之屋。

瞻彼中林,侯薪侯蒸。
民今方殆,视天梦梦。
既克有定,靡人弗胜。
有皇上帝,伊谁云憎。

谓山盖卑,为冈为陵。
民之讹言,宁莫之惩。
召彼故老,讯之占梦。
具曰予圣,谁知乌之雌雄。

谓天盖高,不敢不局。
谓地盖厚,不敢不蹐。
维号斯言,有伦有脊。
哀今之人,胡为虺蜴。

瞻彼阪田,有菀其特。
天之扤我,如不我克。
彼求我则,如不我得。
执我仇仇,亦不我力。

心之忧矣,如或结之。
今兹之正,胡然厉矣。
燎之方扬,宁或灭之。

赫赫宗周,褒姒灭之。

终其永怀,又窘阴雨。
其车既载,乃弃尔辅。
载输尔载,将伯助予。

无弃尔辅,员于尔辐。
屡顾尔仆,不输尔载。
终逾绝险,曾是不意。

鱼在于沼,亦匪克乐。
潜虽伏矣,亦孔之炤。
忧心惨惨,念国之为虐。

彼有旨酒,又有嘉肴。
洽比其邻,昏姻孔云。
念我独兮,忧心殷殷。

佌佌彼有屋,蔌蔌方有穀。
民今之无禄,天夭是椓。
哿矣富人,哀此惸独。

《正月》十三章,前八章章八句,后五章章六句。
《节南山》是初秋,《正月》是深秋。
《节南山》是秋,《正月》是冬。
《节南山》是忧惧,《正月》是凄凉。
首章"我心忧伤""忧心京京""瘣忧以痒",用三"忧"字,在后之诗人不敢如此用。文学上用字重复而成功者,在中国是楚辞《离骚》一篇。《离骚》在重复中有其价值在。如父母丧失了最亲爱的子女,若诉说此事断不会有头有尾,而是乱七八糟。后之诗人写悲哀写得那样有条有理,是身体如琴弦、心理如钢铁。诗人的健康是从修养得来,然亦有得天独厚者。在极悲哀时能写得有条有理,往好了说是修养到家,而另一方面就疑心他感情是否真实。真实与艺术几乎不能调和,艺术好了,真实性就动摇了。除非说诗人的真实与世人的真实是两回事。

《正月》是字的"复",句法不重复,意思总之是忧,而三个"忧"字有深浅层次之分。"忧心京京","京京",毛传:"京京,忧不去也。"余意不然,"京"有大义。"瘨忧以痒",毛传:"瘨、痒,皆病也。"余意"瘨"当是形容"忧","痒"是结果。"瘨"当作"鼠"。《节南山之什·雨无正》曰:"鼠思泣血。"是此"鼠"字,"瘨"乃后起字。鼠胆小,故诗写忧以"鼠"字形容,走一步,动一动,都要小心,是乱世。王先谦《诗三家义集疏》以为:"瘨乃后人所改,毛原作鼠。"如"痢",本字是"利",反义。"痒",盖即《国风·邶风·二子乘舟》"中心养养"之"养"。"哀我小心,瘨忧以痒",真过不去了,受不了了。

首章:"正月繁霜","正月",毛传以为乃夏之四月,各家说诗多从之。或以为"正月繁霜"是"四月繁霜",是天变。余以为"正月"即正月,正是过年时。"正月繁霜"即特别乐之时下起霜来,真受不了哦,不但悲哀,简直是凄厉。——从热锅提出,放到冰窖里。诗人心是凄厉,故所写亦出乎常规。

第二章:"胡俾我瘉","瘉",毛传:"瘉,病也。""瘉"近愈,病愈也。而毛云病也,亦反义。中国人最敬的是天地,最亲的是父母,对此只有赞美,没有怨恶。而《节南山》怨天,《正月》怨父母,此与常情不合,是越于常轨。唯此,才知道"我心忧伤"。

第六章:"谓天盖高,不敢不局。谓地盖厚,不敢不蹐。"此《节南山》诗人之感觉"蹙蹙靡所骋"。"不敢不局","局",三家诗作"跼",曲也。"不敢不蹐",毛传:"蹐,累足(小步)也。"此四句言:人谓天高地厚,而我(诗人)不敢不局、不蹐,简直是"瘨忧以痒"。此四句感觉真锐敏。

觉、悟。觉,感觉;悟,反省。诗人"觉"与"悟"是二事。杜诗云:

许身一何愚,窃比稷与契。

(《自京赴奉先县咏怀五百字》)

致君尧舜上,再使风俗淳。

《奉赠韦左丞丈二十韵》

诗人感觉是有的,而反省不足。

感觉与反省,是学文与学道之分水岭。学道的有反省,悟是真悟;诗人是感觉锐敏,诗人有感觉,没反省,诗人是自苦。诗人是公共厌物。人不能离开宇宙、人类,诗人很少能自食其力。互助,是人之所以为人;互助,是人类美德,别的动物没有。离不开天地而怨天地,离不开人类而厌恶人类,这样只好上吊。而诗人所以会有此感觉,即以生于此乱世。诗人也是人,便须有生,而诗人的生是自苦。诗人是无能的,像太白、杜甫能干什么?陶渊明能种地,而也未必种得好,不过说得好。诗人在诗上成功,在人世上是失败,其愤慨即失败之哀号,不会好听。

以下说《正月》之末三章。

第十一章:"鱼在于沼,亦匪克乐。潜虽伏矣,亦孔之炤。忧心惨惨,念国之为虐。"诗人所见没一个可安生的。安生,平安、完全的生活。

"虐",迫害,"国之为虐",正害自己。

此章以鱼自比,诗人有时是最大"迫害狂",不必别人和他过不去,自己就和自己过不去。

第十二章:"彼有旨酒,又有嘉肴。洽比其邻,昏姻孔云。念我独兮,忧心殷殷。"写法与前一章通,唯十一章先写他物,十二章先写他人。前一章为"比",此一章为"赋"。

"洽比其邻","洽",《左传》作"协"。叶、协古通,训和、合。马瑞辰《毛诗传笺通释》认为:合、协,古音同(晓母)。

"昏姻孔云","云",毛传:"旋也。"陈奂《诗毛氏传疏》:"《说文》:'云,象回转之形。'旋即回转之义。《诗》中"旋""还"同,如《鸿雁之什·黄鸟》"言旋言归"即"言还言归"(还,"往还"之"还")。

此章中,"洽比其邻"指朋友,"昏姻孔云"指亲戚。"彼有旨酒,又有嘉肴";而"念我独兮,忧心殷殷"。诗人这种心理可原谅,而不可说好。

《正月》之末三章,千古"穷诗"之祖。穷人说阔不成,阔人说穷也不成。而中国诗说穷已成传统。

第十三章:"佌佌彼有屋","佌佌",毛传:"小也。""蔌蔌方有谷","蔌蔌",毛传:"陋也。"郑笺以为小、陋指别人,余以为"佌佌"形容屋,"蔌蔌"形容谷,言我屋小谷陋。"蔌蔌方有谷"句,《后汉书·蔡邕传》注引诗作"速速方谷"。马瑞辰谓"佌佌彼有屋"与下之"民今之无禄"相对成文,"蔌蔌方谷"与"夭夭是椓"相对成文(《毛诗传笺通释》)。词、曲中此谓之隔句对。马说可存。

"夭夭是椓","夭夭",毛诗作"杍杍"。王先谦《诗三家义集疏》曰,鲁作"夭夭"。"夭夭是椓",毛传:"君夭之,在位椓之。"——此乃添字注经,不可信。"夭夭",训"少(去声)好"(训"盛",引申作"少壮"解)。"椓",训"破",破坏、摧残。"夭夭是椓",谓连少壮之人也遭摧残,且很厉害。

"哿矣富人","哿",毛传:"可。"《孟子》赵岐①注:"哿,可也。"与毛同。

"哀此惸独","惸",毛无传。《孟子》作"茕",赵岐注:"茕,孤也。"此二句言富人尚可,茕独可哀。欧阳修②《诗本义》曰:"国君既不能恤矣,彼富人之有余者尚可哀此惸独而恤之也。"可备一说。

"佌佌""蔌蔌",写其之仅有也;"夭夭是椓"故"哀此惸独"。前几章写自己之感觉、心情,此章写社会之普遍现象与感觉。

写长篇要波澜起伏,如老杜之五七言古,而他人多平铺直叙。然波澜

---

① 赵岐(约108—201):初名嘉,字邠卿、台卿,京兆长陵(今陕西咸阳)人。东汉儒家学者,著有《孟子章句》。

② 欧阳修(1007—1072):字永叔,号醉翁,又号六一居士,庐陵(今江西吉安)人。北宋前期诗文革新运动领袖、文学家,著有《欧阳文忠公集》。

越多,越难收煞。然《史记》中"太史公曰"几句,真结得好,如《项羽本纪》末几句:

> 太史公曰:吾闻之周生曰"舜目盖重瞳子",又闻项羽亦重瞳子。羽岂其苗裔邪?何兴之暴也!夫秦失其政,陈涉首难,豪杰蜂起,相与并争,不可胜数。然羽非有尺寸,乘执起陇亩之中,三年,遂将五诸侯灭秦,分裂天下,而封王侯,政由羽出,号为"霸王",位虽不终,近古以来未尝有也。及羽背关怀楚,放逐义帝而自立,怨王侯叛己,难矣。自矜功伐,奋其私智而不师古,谓霸王之业,欲以力征经营天下,五年卒亡其国,身死东城,尚不觉寤而不自责,过矣。乃引"天亡我,非用兵之罪也",岂不谬哉!

非如此结不可。司马迁有材料,更能整理。凭感兴,只能写短诗;仅感兴,不可靠,不能写长篇,长篇须"意匠经营惨淡中"(杜甫《丹青引》)。篇幅越长,结越难。《正月》之第十三章是结。结本来是收,而善结者收处有放。此章不但是结束,而且扩大了。

四　节南山之什·十月之交

> 十月之交,朔日辛卯。
> 日有食之,亦孔之丑。
> 彼月而微,此日而微。
> 今此下民,亦孔之哀。
>
> 日月告凶,不用其行。
> 四国无政,不用其良。

彼月而食,则维其常。
此日而食,于何不臧。

烨烨震电,不宁不令。
百川沸腾,山冢崒崩。
高岸为谷,深谷为陵。
哀今之人,胡憯莫惩。

皇父卿士,番维司徒。
家伯维宰,仲允膳夫。
棸子内史,蹶维趣马。
楀维师氏,艳妻煽方处。

抑此皇父,岂曰不时。
胡为我作,不即我谋。
彻我墙屋,田卒汙莱。
曰予不戕,礼则然矣。

皇父孔圣,作都于向。
择三有事,亶侯多藏。
不慭遗一老,俾守我王。
择有车马,以居徂向。

黾勉从事,不敢告劳。
无罪无辜,谗口嚣嚣。
下民之孽,匪降自天。
噂沓背憎,职竞由人。

悠悠我里,亦孔之痗。
四方有羡,我独居忧。

民莫不逸,我独不敢休。

天命不彻,我不敢效我友自逸。

《十月之交》八章,章八句。

首章:"日有食之",日食,今虽不迷信其为凶兆,而总不免有些恐怖、惊悸。此不仅为遗传,且因太阳与我们感觉最亲。

"亦孔之丑","丑",兼内心、外表言之,然此章尚非诗之描写表现。

第三章:"烨烨震电,不宁不令。百川沸腾,山冢崒崩。高岸为谷,深谷为陵。哀今之人,胡憯莫惩。""烨烨震电","震",霹雳;"电",闪,用"烨烨"表现。"不宁不令","令",善也。"山冢崒崩","崒",毛无传,郑笺云:"崔嵬(巍)。"高也。又云:"山顶崔嵬者崩,君道坏也。"汉人诗心、诗情,都被书压死了,自己不能作,别人作也不懂了。"崒",碎也。马瑞辰:"'崒',亦作卒,碎之省。"(《毛诗传笺通释》)此写山岭之崩陷。

诗写愉悦者少,"三百篇"尚有,后人便不能写了。诗写伤感者最多,伤感如伤风,最易传染。伤感不好看,而诗人最爱就这事儿。诗中写惊悸者少,"三百篇"《十月之交》真写得好,波澜起伏。

曹孟德的诗在"三百篇"以后,异军突起,乃出于"变雅"。魏武帝《步出夏门行》:

> 东临碣石,以观沧海。
> 水何澹澹,山岛竦峙。
> 树木丛生,百草丰茂。
> 秋风萧瑟,洪波涌起。
> 日月之行,若出其中。
> 星汉灿烂,若出其里。

写荒凉易归于衰飒,写荒凉而能有力且表现出壮美者,唯有孟德。京

剧舞台上,黄三①号称"活曹操",唱《华容道》②满口"君侯饶命",而横劲、气概不减。杜工部③有一部分是得力于孟德诗,如:

> 浮云连阵没,秋草遍山长。
> 闻说真龙种,仍残老骕骦。
> 哀鸣思战斗,迥立向苍苍。
>
> （《秦州杂诗二十首》其五）

"仍残老骕骦","残",留也,余也。黄季刚④先生说,后来人的修辞能力高于前人,但未必佳于前人。老杜"国破山河在,城春草木深"（《春望》）,念起来就好;"感时花溅泪",还成;"恨别鸟惊心",不佳;"烽火连三月,家书抵万金",不高。一部"三百篇"其共同色彩是笃厚,孟德是峭厉,"向上一路,千圣不传"（圆悟克勤禅师语）⑤。

余今所说皆诗之"第一义"（《大集经》）。

《十月之交》是圆的,孟德诗不圆。东方美以圆为最。恐怖的诗颇难写得圆美,恐怖而写得圆美者,唯此《十月之交》第三章。恐怖一般不能写得圆美,但诗人能,因为他是非常人。

世纪末 fin de siècle⑥,《十月之交》即此感觉,因日蚀而觉凶兆,此为诗人之直觉。杜甫诗:

---

① 黄三:即黄润甫。黄润甫(1845?—1916),北京人,因行三,人称"黄三"。清朝京剧净角,因演连台本戏《三国志》而获"活曹操"之美誉。

② 《华容道》:京剧传统剧目,叙曹操兵败赤壁,狼狈北逃华容道。曹探知华容道为蜀将关羽把守,且知关羽重于信义,乃苦苦哀求。关羽果为所动,义释曹操。

③ 杜工部:杜甫曾居官检校工部员外郎,故称。

④ 黄季刚(1886—1935):黄侃,字季刚,又字季子,晚年自署量守居士,湖北蕲春人。近现代语言文字学家,著有《说文略说》《文心雕龙札记》等。曾任教于北京大学。

⑤ 圆悟克勤禅师(1063—1135):字无著,名克勤,号碧岩,北宋临济宗杨岐派代表人物。高宗赐号"圆悟",世称圆悟克勤。《碧岩录》卷二:"向上一路,千圣不传,学者劳形,如猿捉影。"

⑥ fin de siècle:法文,意为世纪末。

子规夜啼山竹裂,王母昼下云旗翻。

(《玄都坛歌寄元逸人》)

"山竹裂""云旗翻",此为诗人的联想,亦是直觉的。(联想,有——有;幻想,有——无。其实凡说得出来的就有。龟毛兔角,龟、兔有;毛、角亦有。极旧的东西,拼得好,就新鲜。)再如余之友人写母亲的死:

守着在爆裂的蜡烛,似是永远的黑夜。

此与"子规夜啼山竹裂",皆是直觉的。

人称鲁迅是中国的契柯夫(A. Chekhov)[①],他骂人时都是诗,但 Chekhov 无论何时其作品中皆有温情。鲁迅先生不然,他作品中没有温情。《呐喊》不能代表鲁迅先生的作风,可以代表鲁迅先生作风的是《彷徨》,如《在酒楼上》,真是砍头扛枷,死不饶人,一凉到底。因为他是在压迫中活起来的,所以有此作风,不但无温情,而且简直是冷酷。但他能写成诗,《伤逝》一篇,最冷酷、最诗味。《朝花夕拾》写幼年的回忆,比《野草》更富于诗味。

唯佛能知。
唯有上帝知道。

宗教中这样说。我们说,有些事唯诗人能知。我们研究诗人的心理,就看他的感觉和记忆。诗人都是感觉最锐敏而记忆最生动的,其记忆不是记账似的、死板的记忆,是生动的、活起来的。诗人所以痛苦最大,亦在其感觉锐敏、记忆生动。

---

① 契柯夫(1860—1904):今译契诃夫,俄国 19 世纪末期批判现实主义作家、短篇小说大师,著有《变色龙》《套中人》《小公务员之死》等。

五 节南山之什·小弁

弁彼鸒斯,归飞提提。
民莫不穀,我独于罹。
何辜于天,我罪伊何。
心之忧矣,云如之何。

踧踧周道,鞫为茂草。
我心忧伤,惄焉如捣。
假寐永叹,维忧用老。
心之忧矣,疢如疾首。

维桑与梓,必恭敬止。
靡瞻匪父,靡依匪母。
不属于毛,不罹于里。
天之生我,我辰安在。

菀彼柳斯,鸣蜩嘒嘒。
有漼者渊,萑苇淠淠。
譬彼舟流,不知所届。
心之忧矣,不遑假寐。

鹿斯之奔,维足伎伎。
雉之朝雊,尚求其雌。
譬彼坏木,疾用无枝。
心之忧矣,宁莫之知。

相彼投兔,尚或先之。

行有死人,尚或墐之。

君子秉心,维其忍之。

心之忧矣,涕既陨之。

君子信谗,如或酬之。

君子不惠,不舒究之。

伐木掎矣,析薪扡矣。

舍彼有罪,予之佗矣。

莫高匪山,莫浚匪泉。

君子无易由言,耳属于垣。

无逝我梁,无发我笱。

我躬不阅,遑恤我后。

《小弁》八章,章八句。

诗旨:

(一)孟子说

《孟子·告子下》:"公孙丑问曰:'高子曰:《小弁》,小人之诗也。'孟子曰:'何以言之?'曰:'怨。'曰:'固哉,高叟之为诗也!有人于此,越人关弓而射之,则己谈笑而道之;无他,疏之也。其兄关弓而射之,则己垂涕泣而道之;无他,戚之也。《小弁》之怨,亲亲也。亲亲,仁也。固矣夫,高叟之为诗也!'曰:'《凯风》何以不怨?'曰:'《凯风》,亲之过小者也;《小弁》,亲之过大者也。亲之过大而不怨,是愈疏也;亲之过小而怨,是不可矶也。愈疏,不孝也;不可矶,亦不孝也。孔子曰:舜其至孝矣,五十而慕。'"

(二)赵岐说

《孟子》赵岐注:"《小弁》,《小雅》之篇,伯奇之诗也。怨者,怨亲之过,故谓之小人。"

《凯风》"有子七人,莫慰母心""母氏圣善,我无令人",不怨。

"是不可矶也","矶",赵注:"激也。"朱注:"水激石也。"

伯奇,尹吉甫之子。尹氏,周宣王时贤大夫,妻死续娶,憎伯奇,逐之。伯奇作《履霜操》,吉甫射杀后妻。

赵岐注不可信。

(三)诗序说

《毛诗序》:"《小弁》,刺幽王也,大子之傅作焉。"

(四)朱子说

朱熹《诗集传》:"幽王娶于申,生大子宜臼,后得褒姒而惑之,生子伯服,信其谗,黜申后,逐宜臼,而宜臼作此以自怨也。序以为大子之傅述大子之情,以为是诗,不知其何所据也。"

《小弁》所写只为一懦弱诗人在乱世生活之悲哀,与亲道无关。

"弁",毛传:"乐也。"《说文》:"昪,喜乐也。"

《小弁》首章"民莫不穀,我独于罹","罹",毛诗作"罹",唐石经①作"离",朱子《诗集传》从石经。是也。

诗人最易感到的是孤独,因孤独而感到寂寞。"君平既弃世,世亦弃君平。"(太白《古风》其十三)严君平②有能力为官,却隐居不仕,卖卜成都。是因弃世而世弃,还是因世弃而弃世?盖互为因果。由孤独、寂寞而生诅咒。

屈原云:

> 哀吾生之无乐兮,幽独处乎山中。
>
> (《九章·涉江》)

---

① 唐石经:即开成石经。开成石经以楷书刻《易》《书》《诗》、"三礼"等十二经,始刻于唐文宗大和七年(833),成于开成二年(837)。

② 严遵:字君平,西汉蜀郡(今四川)人。好老庄思想,隐居不仕,著有《老子指归》。

鲁迅作《呐喊》以前,一度如精神上的活埋,屈原亦是精神上活埋。苏轼曰:

万人如海一身藏。
（《病中闻子由得告不赴商州三首》其一）

东坡"万人如海一身藏",讨厌,不能与屈子"幽独处乎山中"比。屈原行吟泽畔是苦闷,东坡"万人如海一身藏",有点得意,不藏又怎样？藏又怎样？此又不能与陶渊明"结庐在人境,而无车马喧"相比。陶公:

结庐在人境,而无车马喧。
问君何能尔,心远地自偏。
　．．．．．
（《饮酒二十首》其五）

"心远",弃世;"地自偏",世弃。陶公不弃世而弃世,不世弃而世弃。此非技术问题。以表现论,屈子、陶公、东坡,陶最高,乃是见道之言。诗人与哲人不同,"一箪食,一瓢饮,在陋巷,人不堪其忧,回也不改其乐"(《论语·雍也》),哲人之乐不是"哀吾生之无乐"。渊明诗人而见道,有自得之趣;东坡是自喜,二者差之毫厘,谬以千里。老杜"岂有文章惊海内,漫劳车马驻江干"(《宾至》)、元遗山①"空令姓字喧时辈,不救饥寒趋路傍"(《再到新卫》),亦是差之毫厘,谬以千里。

每一种情感皆有向上、向下之分,向上可以升华,向下也可以堕落。儒家以为一切情感皆可以升华成真、美、善。禅宗一切否定也太过。元氏之诅咒是"名士十年无赖贼"(清舒铁云《金谷园》),然升华可成为反抗精

---

① 元遗山(1190—1257):元好问,字裕之,号遗山,世称遗山先生,太原秀容(今山西忻州)人。金末元初文学家、文学批评家,仿杜甫《戏为六绝句》体例作有《论诗三十首》。

神,引起社会之改革、改进。大概中国诗人所感只至"空令姓字喧时辈,不救饥寒趋路傍"而止,不能改进、反抗。常人对帝王将相不敢与他抗,对贩夫走卒不屑于抗,鲁迅先生则不然,不论何人皆可反抗。鲁迅先生虽看不起诗人,而鲁迅先生实是诗人。

《小弁》第二章:"踧踧周道,鞫为茂草",即"国破山河在,城春草木深"(杜甫《春望》)。"城春草木深"还是一团,"鞫为茂草"是一片。"我心忧伤,惄焉如捣","捣",韩诗作"疛","疛",病也。"假寐永叹,维忧用老","假寐","假",韩诗作"瘕"。"疛""瘕",二字皆当从韩诗。"用",以也,而也。

《小弁》第三章:"维桑与梓,必恭敬止",毛传:"父之所树,己尚不敢不恭敬。"故里、故乡称"桑梓",父母之邦。马瑞辰《毛诗传笺通释》引《旧五代史》曰:"桑以养生,梓以送死。"孟子曰:"五亩之宅,树之以桑。"(《孟子·梁惠王上》)《国风》又有:"椅桐梓漆。"(《鄘风·定之方中》)古有桐梓之棺。

"靡瞻匪父,靡依匪母。不属于毛,不罹于里"四句,毛传:"毛在外,阳,以言父;里在内,阴,以言母。"陈奂:"靡,无。匪,非。"(《诗毛氏传疏》)靡,莫、微,靡、莫双声。陈氏又曰:"非父则无所瞻视,非母则无所附离。父者,属于毛,非父则不得附属矣。母者,属于里,非母则无所附离矣。"(同上)其意为"匪父靡瞻,匪母靡依"。"匪父靡瞻"与原诗"靡瞻匪父"不同,"匪母靡依"与原诗"靡依匪母"不同。朱子《诗集传》曰:"言桑梓父母所树,尚且必加恭敬;况父母至尊至亲,宜莫不瞻依也。"马瑞辰:"《甘棠》,美召伯,思其人,因爱其树也。《桑梓》,怀父母,睹其树因思其人也。故上言'必恭敬止',下即继以'靡瞻匪父,靡依匪母'也。思其人而不见,处处仿佛遇之。"此必思之诚,始能如此,所谓"食则见羹,卧则见墙"①。"靡瞻匪父",实已无父可瞻;"靡依匪母",实已无母可依,而思之诚,处处仿佛见之。

"不属于毛,不罹于里",是天地间最孤立的。对于孤立,天下有两种态

---

① 范晔《后汉书·李固传》:"昔尧殂之后,舜仰慕三年,坐则见尧于墙,食则睹尧于羹。"

度:(1)自由。学道,割断一切烦恼牵扯,"寸丝不挂"(《楞严经》)①、"万仞峰头独足立"(天衣怀偈语)②,得大解脱。(2)强有力。世上最强的人是最孤立的,所谓奋斗、挑战皆此种人,"举世而非之而不加沮"(《庄子·逍遥游》)。

《小弁》第五章:"鹿斯之奔,维足伎伎","伎伎",毛传:"舒貌。"《释文》:"本亦作'跂'。"《淮南子》高诱③注:"跂跂,行貌。"按:伎伎,即跂跂,只是鹿奔貌,不必依毛传训"舒"。舒、徐双声,字义亦相通。朱子为之说曰:"宜疾而舒,留其群也。""雉之朝雊,尚求其雌",鹿合群,雉求侣。"譬彼坏木,疾用无枝","用",以、因。"心之忧矣,宁莫之知","宁",郑笺云:"犹曾也。"按:《诗》中"宁""曾""乃"三字互训。朱注:"宁,犹何也。"非是。

"譬彼坏木,疾用无枝"("用",以、因),庾信④《枯树赋》"此树婆娑,生意尽矣"同此意。宋陈去非⑤则云:"枯木无枝不受寒。"(《十月》)哲人的反省是发现自己缺点去矫正;诗人反省是欣赏自己态度。贾宝玉以杨树自比,而不肯以松柏自比⑥,颇有诗人味。

第六章:"相彼投兔,尚或先之","投",郑笺云:"掩。"按:即"掩捕"之"掩"。朱注谓为"投人之兔"。非是。"先之",郑笺谓为"先驱走之",朱注

---

① 《楞严经》:"寸丝不挂,竿木随身。"
② 天衣怀(993—1064):名义怀,宋朝云门宗著名禅师,因卓锡越州天衣山,人称天衣义怀。《五灯会元》卷十六载天衣义怀事:"寻为水头,因汲水折担,忽悟,作投机偈曰:'一二三四五六七,万仞峰头独足立。骊龙颔下夺明珠,一言勘破维摩诘。'"
③ 高诱:东汉涿郡(今河北涿州)人,受学于卢植,著有《淮南子注》《战国策注》等。
④ 庾信(513—581):字子山,南阳新野(今属河南)人。南北朝文学集大成者,因其官至骠骑大将军,开府仪同三司,世称庾开府,著有《庾子山集》。
⑤ 陈去非(1090—1138):陈与义,字去非,号简斋,洛阳(今属河南)人。南北宋之交诗人,著有《简斋诗集》。
⑥ 《红楼梦》第五十一回,宝玉评王太医药方时说:"这才是女孩儿们的药,虽然疏散,也不可太过。旧年我病了,却是伤寒内里饮食停滞,他瞧了,还说我禁不起麻黄、石膏、枳实等狼虎药。我和你们一比,我就如那野坟圈子里长的几十年的一棵老杨树,你们就如秋天芸儿进我的那才开的白海棠,连我禁不起的药,你们如何禁得起。"麝月等笑道:"野坟里只有杨树不成? 难道就没有松柏? 我最嫌的是杨树,那么大笨树,叶子只一点子,没一丝风,他也是乱响。你偏比他,也太下流了。"宝玉笑道:"松柏不敢比。连孔子都说:'岁寒,然后知松柏之后凋也。'可知这两件东西高雅,不怕羞臊的才拿他混比呢。"

谓为"先脱之"。

第七章："君子不惠,不舒究之","惠",郑笺云:"爱。"惠、慧古通,"秀外慧中"又作"秀外惠中"。"不舒究之",郑笺谓为"不舒谋也"。按:舒、徐互训,"不舒究"犹言不徐察之也。"舍彼有罪,予之佗矣","佗",毛传:"加也。"驼、驮、佗,古通用。

《小弁》末章:"君子无易由言","由",马瑞辰曰:"《尔雅·释诂》:繇,于也。繇、由古通。"

末章开端云:"莫高匪山,莫浚匪泉。"郑笺谓:"山高矣,人登其巅;泉深矣,人入其渊。"朱子从之。此亦不免添字注经。余以为:此二句即谓天盖高,人不敢不跼;泉盖深,人不敢不蹐。此乃诗人小心之极,见一切皆怕,山不甚高,泉不甚深,而诗人视之为甚高、甚深而畏之,故下句接"君子无易由言,耳属于垣"。人好说不好,当少说话多做事,尤其做领导的。不但来说是非者,便是是非人;简直爱说是非者,便是是非人。爱说话的人面前,易有逸人;不爱说话的人,心里有准,不易进逸言。唐代宗谓郭子仪曰:"不痴不聋,不作阿家阿翁。"①

"无逝我梁,无发我笱",桥通两岸,而"梁"不通,所以登舟如码头,然又以捕鱼为说。

此诗原与幽王及太子宜臼无关,乃诗人忧谗畏讥之作也。

小孩子任性纵情而行,不懂忧谗畏讥。不懂忧谗畏讥,而究竟还有"谗""讥"在;小孩子根本不知道有它。人的多所顾忌就从忧谗畏讥来,办坏事怕,办好事还怕,真可怜。若不顾忌还是消极的,积极的则是挑战。

鲁迅先生有"小心是空闲中的忙碌"之言,鲁迅先生所谓"小心",是忧

---

① 唐赵璘《因话录》卷一:"郭暧尝与升平公主琴瑟不调,暧骂公主:'倚乃父为天子耶?我父嫌天子不作。'公主恚啼,奔车奏之。上曰:'汝不知,他父实嫌天子不作。使不嫌,社稷岂汝家有也!'因泣下,但命公主还。尚父拘暧,自诣朝堂待罪。上召而慰之曰:'谚云:不痴不聋,不作阿家阿翁。小儿女子闺帏之言,大臣安用听?'锡赉以遣之。尚父杖暧数十而已。"

谗畏讥。① 小心并非外向的,是内向的,不是由观察得来,是由反省得来。最难过是"空闲中的忙碌"。(鲁迅先生真是伤感,其所写每篇文的序都像杂文,如《呐喊》《小说史》之序。其亦有诗云:"惯于长夜过春时,挈妇将雏鬓有丝。梦里依稀慈母泪,城头变幻大王旗。忍看朋辈成新鬼,怒向刀丛觅小诗。吟罢低眉无写处,月光如水照缁衣。"鲁迅先生对自己分析得真苛酷。)

《小弁》与《邶风·柏舟》通篇有相似之处,都是忧谗畏讥。《柏舟》第四章:

忧心悄悄,愠于群小。
觏闵既多,受侮不少。
静言思之,寤辟有摽。

"忧心悄悄","悄悄"两字就了不得。"悄悄",静也。"愠于群小"是全篇主干。"小"未必"群""愠",而至少自己已感觉如此。诗人神经锐敏,意志又衰弱。"静言思之,寤辟有摽","辟",擗"之省字,毛传:"拊心。""摽",拊心貌。

有的诗,论内容当持批评态度,论作风则是欣赏态度。表现作风真高,不论其内容可取否。如"解牛",虽残忍而好手做出来是艺术,以批评态度看是残忍,以欣赏态度看是艺术,"道也,进乎技矣"(《庄子·养生主》)。诗人看事、看人,也当如庖丁解牛,不可只见全牛,当看出其间隙来。

---

① 鲁迅《彷徨·孤独者》:"山阳的《学理周刊》上却又按期登起一篇长论文:《流言即事实论》。里面还说,关于某君们的流言,已在公正士绅间盛传了。这是专指几个人的,有我在内;我只好极小心,照例连吸烟卷的烟也谨防散散。小心是一种忙的痛苦,因此会百事俱废,自然也无暇记得连殳。"

六　节南山之什·巷伯

萋兮斐兮,成是贝锦。
彼谮人者,亦已大甚。

哆兮侈兮,成是南箕。
彼谮人者,谁适与谋。

缉缉翩翩,谋欲谮人。
慎尔言也,谓尔不信。

捷捷幡幡,谋欲谮言。
岂不尔受,既其女迁。

骄人好好,劳人草草。
苍天苍天,视彼骄人,矜此劳人。

彼谮人者,谁适与谋。
取彼谮人,投畀豺虎。
豺虎不食,投畀有北。
有北不受,投畀有昊。

杨园之道,猗于亩丘。
寺人孟子,作为此诗。
凡百君子,敬而听之。

《巷伯》七章,前四章章四句,五章五句,六章八句,七章六句。

诗人怎样生活呢?

《小雅》中的诗人在乱世中生活,取何种态度?

孔夫子说:

邦无道,危行言孙。(《论语·宪问》,"孙"是"逊"本字)

"三百篇"说:

不敢暴虎,不敢冯河。
人知其一,莫知其他。
战战兢兢,如临深渊,如履薄冰。

(《小雅·节南山之什·小旻》末章)

温温恭人,如集于木。
惴惴小心,如临于谷。
战战兢兢,如履薄冰。

(《小雅·节南山之什·小宛》末章)

契柯夫云:"诗人无能,但可爱。"(《可爱的人》,周岂明①译)

诗人处乱世,取何种态度?大抵有二:(1) 持身(对己);(2) 处世(对人)。

(一) 持身(持躬)

隔岸观火,看得清楚也好。云里看厮杀,看出许多矛盾,但一发表自会引人反对。诗人必须有冷静观察功夫,而中国人这方面也差。受压迫便

---

① 周岂明:即周作人。周作人(1885—1967),原名周櫆寿,字星杓,号起孟、启明,又作岂明、起明等,鲁迅二弟,浙江绍兴人。现代散文家、诗人,五四新文化运动代表人物之一,著有散文集《谈龙集》《谈虎集》等。

>>> 诗人怎样生活呢?《小雅》中的诗人在乱世中生活,取何种态度?《小雅·小宛》写到:"温温恭人,如集于木。惴惴小心,如临于谷。战战兢兢,如履薄冰。"图为宋朝马和之《小雅·节南山之什图》之《小宛》。

求发泄,由发泄可得到安慰,诗人骂街即为此。(以前讲和平奋斗救中国,和平是消极。)

持躬在己,不是放纵,是约束。由于约束便有反省工夫,反省是进德修业之路。学道的人反省,发现自己缺陷想法补充。人自身必有连自己也不能满意的地方,如此发现而补足之,使之完成完美人格。中国之有孔子,印度之有释迦,西洋之有耶稣,并非自天上突然掉下来的。天下无突然的事,必有原因,不是"偶",是"渐"。

诗人发现自己缺憾后,不是反省、补足,而是暴露。精神上完全健康的人很少,多少有点变态。常人皆有变态心理,而不一定近于疯狂;诗人变态心理有一种暴露狂(裸露狂),此与学道之人的反省截然二事。自己的怯懦无能,人都愿意隐藏;诗人之暴露,往好说是诚。宗教中有所谓忏悔,是意识的,有心如此,乃灵魂上鞭打、精神上惩罚;诗人之暴露是无意识的,其实不是无意识,是下意识——"拿不是当理说"。诗人使酒骂座,有优先权。人有时有缺点是可爱,诗人写缺点亦是可爱,如工部"麻鞋见天子,衣袖露两肘"(《述怀》)。

别人的反省是发现自己缺点去矫正,诗人反省是欣赏自己的态度。

观察是向外的,反省是向内的反照。只有观察,没有反省,是浮浅;只有反省,没有观察,是狭隘(狭小的)。二者合二为一,才是完全诗人。先观察而后反省,或先反省而后观察,皆可。所谓思想,皆由观察、反省而得。"譬彼坏木,疾用无枝"(《小雅·节南山之什·小弁》),必对此木有所观察,然后反省,方知我生机之缺乏与此树同。"子在川上曰:逝者如斯夫,不舍昼夜。"(《论语·子罕》)亦是观察、反省。

诗人反省与哲人反省不同,诗人观察与哲人观察也不同。陈去非以前诗人只是"枯木无枝",观察所得是悲哀,应求改进方法,而陈氏所说的是"不受寒"——"枯木无枝不受寒"(《十月》),是岂木之性也哉?宋以前诗人只到"枯木无枝"而已,其后有"不受寒"了。而仍非办法。近代文学太注意观察,而忽略了反省,近代文学应想出办法。

《节南山之什·小宛》,诗好。《小宛》末章云:

> 温温恭人,如集于木。
> 惴惴小心,如临于谷。
> 战战兢兢,如履薄冰。

此一章,一、三、五句写实;二、四、六句是形容,形容得好。"温温恭人",性温、态恭,俨乎其然是礼乐场中人物。"如集于木",可见其战栗。人在乱世,对付不了便如此。一失足成千古恨,再回首,回不了头了。没有迷信,一点仗恃都没有。炼铁成钢,炼不出来,化灰完事。"如临于谷",然脚跟站稳就成。"如履薄冰",一点据点儿也没有,小心也不成,也没用。若是英雄,可拨乱反正、转危为安,那是造时势的英雄;另一种人虽不能拨乱反正、转危为安,而会趁火打劫、顺水捞鱼,也成,可得一时之安。我们的诗人往上不是英雄,往下又非世俗人,不用说不肯,肯也不能。世法所谓好人,多是无能的人。诗人结果只是停顿在此,反省、暴露自己,可怜亦可爱。

(二) 处世(对人)

其实持躬也就是处世,不过持躬对人一方面少。

《节南山之什·巷伯》,其第五章云:

> 骄人好好,劳人草草。
> 苍天苍天,视彼骄人,矜此劳人。

"骄人好好","好好",毛传:"喜也。""劳人草草","草草",毛传:"劳心也。"按:"草草",一作"慅慅","草草"乃假借。《国风》"忧心悄悄"(《邶风·柏舟》),亦当为"慅慅"。人体劳尚可,心劳则了不得。《小宛》中所谓"集木""临谷""履冰",人亦有不集、不临、不履之时,然不集、不临、不履,心劳亦不成。人敬天畏天,故《巷伯》"骄人好好,劳人草草"后呼"苍天苍天",接下来"视彼骄人","视"字好,只言"视",不言如何对待。

诗人、哲人,反省、观察。(观察盖从西洋之 to observe, observation。)反省向内,观察向外。对天地间事物先须有检点、观察功夫,然后始可言反省。否则,反省自何入手?以何对照?一观察、二反省,此两步诗人、哲人同,至第三步则不同:哲人观察、反省,目的是修正完成;诗人观察、反省,结果是享乐,所谓"法悦""法喜"①、ecstasy,诗人不是修正完成,是自己欣赏自己。"集木""临谷""履冰"是苦,而诗人表现之后是"法喜",得到一种满足。人若没如饥如渴的精神不能学文、学道,必有此精神然后得到之后是满足,自己满足。吃饱了,没人赞美,是为自己舒服。老杜"麻鞋见天子"(《述怀》),是苦,也是法喜。人是要在矛盾中得到调和,喜昼也喜夜。诗人、哲人,第四步又相同,都是满足。以图示:

```
哲人 ╲                       ╱ 修正完成 ╲
      ＞ 一观察、二反省、三 ＜              ＞ 四满足
诗人 ╱                       ╲ 欣赏     ╱
```

不必好是满足,坏也是满足。如酒之发酵,葡萄酒是葡萄腐烂、发酵而成,腐朽化为神奇,酒乃成天之美禄,让人喜爱。(我们爱的不必是对,对的不见得爱。)发酵文学亦如此。黄山谷②诗可自其中得"法",而不会使人爱,就因其诗乃用公式写出。张衡③之《四愁诗》,亦是公式文学。

中国文学有限制,有范围。到一时候,或破坏之,或扩大之,然又有一新的限制、范围随之而来。人不会有完全脱离限制、范围的一天。孙悟空

---

① 法悦、法喜:佛教术语,指因闻见、参悟佛法而产生的喜悦。
② 黄山谷:即黄庭坚。黄庭坚(1045—1105),字鲁直,自号山谷道人,晚号涪翁,又称豫章黄先生,洪州分宁(今江西修水)人。北宋文学家,诗与苏轼并称"苏黄",江西诗派领袖,著有《黄山谷集》。
③ 张衡(78—139):字平子,南阳西鄂(今河南南阳)人。东汉文学家,长于辞赋,著有《二京赋》《思玄赋》及诗作《同声歌》《四愁诗》等。

一筋斗十万八千里,然亦只此而已,无论如何不能离地球。这个范围,弄好了是艺术,弄坏了是束缚。艺术范围,要之,"恰好"之处。孟子曰:

> 由射于百步之外也,其至,尔力也;其中,非尔力也。(《孟子·万章下》)

"其中,非尔力",便是诗,是文学。"中"是范围,而"中",非人力。"骄人好好",真写得好,真是"中"。

中国诗写恨(hate)的少。诗中的恨只是悲哀,余所说恨是憎恶。由憎恶而生者,有二种:一种消极的,是诅咒;一种积极的,是改革。凡改革皆对旧的有憎恶。中国诗太优美,太软性,缺乏壮美。由我之"草草"恨人之"好好",故诅咒——即《巷伯》之第六章:

> 彼谮人者,谁适与谋。
> 取彼谮人,投畀豺虎。
> 豺虎不食,投畀有北。
> 有北不受,投畀有昊。

"投畀有北","有北",荒凉之地。咒人至死,不英雄;有本事出来打呀!

七 谷风之什·谷风

> 习习谷风,维风及雨。
> 将恐将惧,维予与女。
> 将安将乐,女转弃予。

习习谷风,维风及颓。

将恐将惧,寘予于怀。

将安将乐,弃予如遗。

习习谷风,维山崔嵬。

无草不死,无木不萎。

忘我大德,思我小怨。

《谷风》三章,章六句。

《谷风》,毛诗在"谷风之什",朱子《诗集传》在"小旻之什"。

此诗或以为:"刺幽王也。天下俗薄,朋友道绝焉。"(《毛诗序》)参看《邶风·谷风》篇,当是"刺夫妇失道"(《毛诗序》)。

此二篇,《小雅·谷风》写得扼要,《邶风·谷风》写得详明。然无论粗细,都是写真。真有事物之真,有意象之真。"想当然耳","想"是不可靠的,而"当然"是可信的。

首章"习习谷风,维风及雨","及",非"与"(and)之意,有"渐"意。次章"习习谷风,维风及颓","颓",毛传:"风之焚轮者也,风薄相扶而上。"《庄子》曰"扶摇"。《尔雅·释天》曰:"焚轮谓之颓。"胡承珙[①]曰:"焚轮,叠韵。《文选·海赋》注:'濆沦,相纠貌。'又《封禅文》注:'纷纶,乱貌。'皆叠韵形容字。颓风曰焚轮者,谓其回旋纠乱之状,犹濆轮、纷纶也。"《释文》:"焚,本或作'焚'。""焚",亦乱也;"轮",取其转意。"习习谷风,维山崔嵬","崔嵬",毛传:"山巅也。"郑笺:"山巅之上,草木犹及之。"

"将恐将惧,维予与女。将安将乐,女转弃予",爱情是不可靠的,可与共患难,不可与共安乐。爱情应以理智作后盾。欲维系夫妇间关系,须由爱情转为朋友感情。"将安将乐,弃予如遗",真是朴实、朴厚,后来之"十九

---

① 胡承珙(1776—1832):字景孟,号墨庄,泾县(今属安徽)人。清朝学者、经学家,著有《毛诗后笺》《小尔雅义证》等。

首"亦有"弃我如遗迹"(《明月皎夜光》)句。

"忘我大德,思我小怨。"对此种人、此种事,在少年,多愤慨;在中年,多报复、嘲骂;而在老年,则微笑对之。俗话说,阅尽人情暗点头。在将就木焉的暮年,真是人情阅尽!

八　谷风之什·蓼莪

蓼蓼者莪,匪莪伊蒿。
哀哀父母,生我劬劳。

蓼蓼者莪,匪莪伊蔚。
哀哀父母,生我劳瘁。

缾之罄矣,维罍之耻。
鲜民之生,不如死之久矣。

无父何怙,无母何恃。
出则衔恤,入则靡至。

父兮生我,母兮鞠我。
拊我畜我,长我育我。
顾我复我,出入腹我。
欲报之德,昊天罔极。

南山烈烈,飘风发发。
民莫不穀,我独何害。
南山律律,飘风弗弗。
民莫不穀,我独不卒。

《蓼莪》六章，前四章章四句，后二章章八句。

《毛诗序》谓本篇："刺幽王也。民人劳苦，孝子不得终养尔。"本篇主旨：(1) 思亲，(2) 刺乱世，(3) 传统的孝道。(古有《孝经》，但此乃伪书，非孔子弟子作。)

"蓼蓼者莪"，"莪"，抱娘蒿，因陈为其别名。"匪莪伊蔚"，"蔚"，马瑞辰以为乃齐头蒿(据"本草")。

第三章"缾之罄矣，维罍之耻"，毛传谓："缾小而罍大。"郑笺谓："刺王不使富分贫、众恤寡。"然此句与思亲又何关？缾小，自喻也；罍大，喻亲也。"缾之罄矣，维罍之耻"，这是说自己不要好还不要紧，给老子丢人，这是传统的孝的思想。

"身体发肤，受之父母。不敢毁伤，孝之始也"(《孝经·开宗明义章》)，这是中国传统的孝的思想；而"战阵无勇，非孝也"(《礼记·祭义》)，这也是中国传统的孝的思想。传统的孝，做人是为父母做人，不承认儿子自己的人格(身份)，没有自主自由，成为父母的附属物件。此易流为消极，无进取心，且成为依赖。若与此相反，则即孟老夫子所谓"孤臣孽子"(《孟子·尽心上》)，有点儿苍苍茫茫的劲！

"天下无不是的父母"，此非儒家真正精神。

父慈子孝，有意如此是其次，最高是忘其为慈为孝。

九　谷风之什·四月

四月维夏，六月徂暑。
先祖匪人，胡宁忍予。

秋日凄凄，百卉具腓。
乱离瘼矣，爰其适归。

冬日烈烈,飘风发发。
民莫不榖,我独何害。

山有嘉卉,侯栗侯梅。
废为残贼,莫知其尤。

相彼泉水,载清载浊。
我日构祸,曷云能榖。

滔滔江汉,南国之纪。
尽瘁以仕,宁莫我有。

匪鹑匪鸢,翰飞戾天。
匪鳣匪鲔,潜逃于渊。

山有蕨薇,隰有杞桋。
君子作歌,维以告哀。

　　《国风》中伤感诗多与《小雅》"变雅"同一作风。"莫奈何""没办法",是中国伤感诗普遍现象,如童养媳趁婆婆不在家找人诉一回委屈,而回家来还是照样受下去。有好些人就是这样活下去的。而"变风"与"变雅"作风又不尽相同。"变雅"是枯燥的,在困苦环境中写出来的东西易如此,虽"变雅"比"变风"篇幅长得多。"变风"是温润的,人写快乐该温润,"既见君子,我心则降"(《小雅·鹿鸣之什·出车》)。(现在人写快乐,只是浮浅油滑。)"变风"中的快乐如天阴尚不久,或虽已阴而有裂隙可见阳光,诗人虽处乱世而究竟还有希望。至"变雅",则是诗人的心整个被黑暗所笼罩,对顺境、治世觉其远哉,遥遥如同隔世;别说不记得,即使记得,也很模糊、朦胧了。

　　枯燥是硬性,温润是软性;"变雅"是硬性,"变风"是软性。由硬而再软是忍——忍性。

《四月》八章,章四句。

首章:"四月维夏,六月徂暑","徂",毛传训"往",郑笺训"始"。"先祖匪人","人"者,仁也。"先祖匪人,胡宁忍予",本不当疑而竟疑者,心情枯燥。

次章:"秋日凄凄,百卉具腓","腓",《尔雅》及《玉篇》引作"痱",注:"痱,病也。"写秋,秋是凄凉,应用纤细之文字、声音去写。写夏,夏是大,难写。《诗》写夏"夏屋渠渠"(《秦风·权舆》),《骚》写夏"滔滔孟夏兮,草木莽莽"(《九章·怀沙》)。"秋日凄凄,百卉具腓"二句,将秋的纤、细、瘦全写出,有力,且另有其特别诗情。如此情境真是怎么敢写?有些人对此不敢看,不敢写。曹孟德敢,而且有办法;孟郊①一类诗人走此派,虽没办法,但敢睁眼看。"秋日凄凄,百卉具腓",有了此二句,后二句才是诗。然怎么敢写?《小雅·谷风》末章还有"习习谷风,维山崔嵬。无草不死,无木不萎"之语,"秋日凄凄,百卉具腓"也许没有"无草不死,无木不萎"有力。没有极深的爱,便也没有极深的憎。如《谷风》四句,一般人不但怕说、不敢说,简直怕"热"②、不敢"热",而诗人竟如此写出。诗人是"仁",而有时别人不敢说的敢说,不敢热的敢热,这便是"忍"。

"铁肩担道义,辣手著文章"③,便是忍。凡诗人皆有此二重性格,一方面是"仁",一方面是"忍"。"路见不平,拔刀相助",是仁抑是忍?是爱抑是憎?

"乱离瘼矣,爰其适归","爰",辞也,郑笺云:"曰也。"《孔子家语》引作"奚",《诗集传》从之。"乱离瘼矣","爰其适归"已可怜,"奚其适归"则可悲矣。写文章真是要有辣手,知道怎样狠而且狠得上来。近来作家仅鲁迅先

---

① 孟郊(751—814):字东野,武康(今浙江德清)人。唐朝诗人,多写凄怆寒苦之生活,诗境逼仄,风格峭硬,著有《孟东野诗集》。
② 此"热"字,或当为"惹"字。
③ 杨继盛(1516—1555),明朝谏臣,因抗御强暴、反对权奸严嵩而惨遭杀害,临刑前于狱壁题写"铁肩担道义,辣手著文章"。

生一人,因为他知道怎样是温柔,如此才知道怎样辣手。最能奉承人的便最能骂人,"能令公喜,能令公怒"(《世说新语》)。①《召南·小星》中"抱衾与裯,寔命不犹"二句,与"乱离瘼矣,爰其适归"意义同,而《国风》温润,《四月》枯燥。

《四月》第三章:"民莫不穀,我独何害",按:《诗经》"穀"训"好""善"。你何以知道人家便好?此不但主观,简直是直观。情、事、理三者,诗人所言不但理不真,事亦不真,只是情真。

第四章:"山有嘉卉,侯栗侯梅","侯",郑笺:"维也。""侯"是否与"或"有关?"废为残贼,莫知其尤","废",毛传:"废,忕也。"《释文》:"废,如字,忕也。""忕,时世反。"《尔雅·释诂》"废,大也。"郭璞注引诗作"废为残贼"。《说文》:"㡜,大也。"

作品一起就高已不易,更难是高而后低、低后再高。律诗一起高固然好,而难在五、六句再起来。老杜《春望》,"国破山河在"一起便高,而至"烽火连三月,家书抵万金"一联,要起没起来。

第五章:"滔滔江汉,南国之纪","纪",纲纪一方。"尽瘁以仕,宁莫我有","有",郑笺以为"保有",非是。"有",友也,此"宁莫我有"之"有"当即"友"。杜预《左氏传注》:"有,相亲有也。""亲有",亲友也。

《论语》说"人不知而不愠"(《学而》),又说"不怨天,不尤人"(《宪问》),而诗人专怨天尤人。《礼记》云:"遁世不见知而不悔,唯圣者能之。"《易经》云:"遁世无闷。"《易经》是人由生活经验所得之智慧,故而《易经》使人趋吉避凶。然此非世法,世法趋吉避凶,是不由其道;智慧趋吉避凶,是基于道的,无闷而自得。

人当观察、经验、思索,不可武断。中国智识阶级一方面装士君子态度,一方面内心苦痛。诗人中只陶渊明真是儒家。诗人都是情真,故后之

---

① 刘义庆《世说新语·宠礼》:"王珣、郗超并有奇才,为大司马所眷拔。珣为主簿,超为记室参军。超为人多髯,珣状短小,于时荆州为之语曰:'髯参军,短主簿,能令公喜,能令公怒。'"

诗人都与佛家禅宗有关,愈是大诗人愈如此,不然受不了如此苦。唯陶渊明所用全是儒家,"遁世无闷"。我们说"三百篇"是幼稚的,陶渊明是成熟的。"三百篇"以后四言诗人曹孟德、陶渊明都是"变"。余以前以为陶与"三百篇"乃外形不同,非也。陶表面字句与"三百篇"一鼻孔出气,只是内容不同。"三百篇"无思想,陶诗有思想。

十　鱼藻之什·苕之华

苕之华,芸其黄矣。
心之忧矣,维其伤矣。

苕之华,其叶青青。
知我如此,不如无生。

牂羊坟首,三星在罶。
人可以食,鲜可以饱。

《苕之华》三章,章四句。

《小雅》末一篇第一句便是"何草不黄",这句真好,可是表现乱离不如《苕之华》(静安先生有《苕华词》)。

首章四句三"矣"字,很缠绵。次章,节奏急。首章诗人以自我为出发点,"心之忧矣,维其伤矣","忧"是薄的、浅的,"伤"是深的、厚的,忧可以忍受,伤便不可忍受。所以说"乐而不淫,哀而不伤"(《论语·八佾》)。第二章"知我如此,不如无生",无生还不至受这些罪! 此是小我。第三章"人可以食,鲜可以饱",此由小我推及人群。可以食,食什么? 草根、树皮。以此二句结,真沉痛。

钟嵘①《诗品》评阮步兵②"源出《小雅》",所作亦有忧生之嗟。"知我如此,不如无生。"静安先生则是"人天相对作愁颜"(王静安《浣溪沙》),此亦忧生之嗟。

第三章"牂羊坟首","坟",三家作"羵",或作"贲"。从"贲"者多有"大"义,如《桃夭》"有蕡其实"。

"三星在罶","罶",韩诗作"雷"。若作"罶",罶,留也,所以网鱼。旧注:三星,参星也。"三星在罶",言无鱼,因参星夜深始出。旧注云:罶中无鱼,喻人生之艰难。毛传:"三星在罶,言不可久也。"不通。郑笺附会之曰:"不可久者,喻周将亡如心星(即参星)之光曜见于鱼笱之中,其去须臾也。"毛可恕,郑难容;毛尚老实,郑胡说。若作"雷",乃"中雷"之"雷","三星在雷",犹言三星在户。地上"牂羊坟首",仰首"三星在户",写家室荒凉而空虚。故"罶",当从韩诗作"雷"。

人人在追求真理,人人自以为得到真理,唯说得好的能使人相信。世法皆有"辙",有来有去,有头有尾。诗人之心没"辙",没辙便不可用世法去看、不可用常法去解。渊明"采菊东篱下,悠然见南山"(《饮酒二十首》其五),各人懂个人的,未必是陶公当年之意。唯说得好的始能得一部分听众、信徒。如"隔墙飞过熟鸭子来",天下未必有此事,而有此情理。讲得圆全,便能令人信。

---

① 钟嵘(468?—518?):字仲伟,颍川长社(今河南长葛)人。南朝梁诗论家、文学家,著有《诗品》。《诗品》仿汉代"九品论人,七略裁士"之著书先例,将两汉至梁之诗人诗作,分上、中、下三品评论,故名。

② 阮步兵:即阮籍。阮籍(210—263),字嗣宗,陈留尉氏(今河南尉氏)人。三国时期魏名士,"竹林七贤"之一。因曾任步兵校尉,世称阮步兵。著有《阮步兵集》。

附 《小雅》碎语

诗人的人生有五种境界：

(一) 出世。得到精神的自由。此太道学味。

(二) 入世。强有力，奋斗，挑战。屈原写《离骚》，有奋斗精神，而其奋斗精神为伤感色彩所掩；老杜奋斗中亦有伤感气氛。反常必贵，物稀为贵。在寂寞中得大自在(出世)，在困苦中得奋斗力(入世)，都是反常，所以可贵。但反常有时又可为"妖"。① 此太西洋味。

(三) 蜕化。既非出世的一丝不挂，又非入世的挑战、奋斗，是"结庐在人境，而无车马喧"(陶渊明《饮酒二十首》其五)。然"人皆有兄弟，我独亡？"(《论语·颜渊》)这种境界是欢喜还是苦恼？这种境界是人情味的，然亦非常人所能，如陶公"富贵非我愿，帝乡不可期"(陶渊明《归去来兮辞》)，将入世、出世打成一片。此是真诗人。

(四) 寂寞。此中又有两种不同者：一为寂寞；一为能欣赏寂寞的，如"终日昏昏醉梦间，忽闻春尽将登山。因过竹院逢僧话，又得浮生半日闲"(唐李涉《题鹤林寺僧舍》)。上述"结庐在人境，而无车马喧"是自得；此曰"过"、曰"逢"、曰"竹院"、曰"僧"，是自喜。此是伪诗人。诗人或太道学味，或太西洋味；或是真诗人，或是伪诗人。装假不好，而装得好便是艺术。譬如那画的山水，有时比真山水还好看。

(五) 悲伤。五种诗人中此种最有人情味。"无父何怙，无母何恃"(《小雅·谷风之什·蓼莪》)，哪里都好像是父亲、母亲，可是哪儿也没有，真是悲伤。"不属于毛，不罹于里"(《小雅·节南山之什·小弁》)，可哀，孤立，四海无归。"天之生我，我辰安在"(同上)，真是孤独的悲哀。还有"知

---

① 叶嘉莹此处有按语：反常不可为妖，要归于正。

我如此,不如无生"(《小雅·鱼藻之什·苕之华》)、"我生之初,尚无为。我生之后,逢此百罹。尚寐无吪"(《王风·兔爰》),真是人情味。

前四种都有点勉强、做作,只有后一种最人情味。寂寞中感到孤独的悲哀,而此种又是顶不振作、顶没出息的了。

人有心怎么做、不怎么做,如为线所扯,"后台意识",Arrière Pensée①。"三百篇"是有什么就喊什么,想说什么就说什么,想怎么说就怎么说。古人诗是如此,后人有意避俗免弱,便不真。"真",就是人情味。现在人有许多话不敢说。而胆大是文人心理的健康。要胆大,但不要妄为。胆大要自然而然,适可而止,不可"成心"②。

诗,可以兴,可以观,可以群,可以怨。(《论语·阳货》)

"诗,可以群"。"群",人是得要"群"。最繁殖的动物是最合群的动物,如蜂、如蚁;而最强的动物是最不合群的动物,如狮、如虎。科学家谓此种动物必将灭亡。人最无能,所以能生存,便因人能合群。孤独是最不合群。然只举目无亲,不用别人攻击,自己就受不了。

汎彼柏舟,亦汎其流。
耿耿不寐,如有隐忧。
（《邶风·柏舟》）

"耿耿不寐,如有隐忧","如",而也;"隐",痛也。"如有隐忧",痛与忧并列。后二句不是诗③,前二句真是诗。"汎彼柏舟,亦汎其流",悲哀无边无岸,正是《小弁》第四章所言"菀彼柳斯,鸣蜩嘒嘒,有漼者渊,萑苇淠淠。

---

① Arrière:法文,意为后面的;Pensée:法文,意为思想。
② 叶嘉莹此处有按语:成心,即有心为之。
③ 叶嘉莹此处有按语:后二句也不错啊。

譬彼舟流,不知所届",柳上之蜩合群,水中之苇合群,我则如舟流不知所属。孤独之后,是强有力还是悲哀？中国诗表现的是后者。

诗人是寂寞的,哲人也是寂寞的。诗人情真,哲人理真,二者皆发于寂寞,结果皆是真。诗人是欣赏寂寞,哲人是处理寂寞;诗人无法,哲人有法;诗人放纵,哲人约束,故在中国文学与哲学势同水火。然余以为,就其极致而言,大哲人也是诗人,大诗人也是哲人,普通则是格格不入。顶点是合流,一般是反对。

第二讲

《论语》撷英

第一节

"君子"与"士"

"君子"一词,含义因历代而不同。字是死的,而含义现装。讲书人有自己主观,未必为作者文心。

一切皆须借文为志达,好固然好,而也可怕——写出来的是死的。生人、杀人皆此一药,药是死的,用是活的。用得不当,人参、肉桂也杀人;用得当,大黄、芒硝也救人命——而二者药性尚不变。而文字则有时用得连本性都变了。

"君子"向内方面多而向外的少,在《论语》上如此。向内是个人品格修养,向外是事业之成功。此是人之长处,亦即其短处。

佛教"度人",即儒家所谓"己欲立而立人,己欲达而达人"(《论语·雍也》)。而佛教传至中国成为禅宗,只求自己"明心见性"。再看道教,老子原来是很积极的,老子"无为"是无不为①。"水善利万物而不争"(《道德经》八章),但什么都受它支配;"天下莫柔弱于水,而攻坚强者莫能之先"(《道德经》七十八章)。可是现在所说黄老、老庄,只是清静无为,大失老子本意。

君子不仅是向内的,同时要有向外的事业之发展。向内太多是病,但尚不失为束身自好之君子,可结果自好变成"自了",这已经不成,虽尚有其好处而没有向外的了——二减一,等于一。宋元明清诸儒学案便只有向内,没有向外。宋理学家愈多,对辽、金愈没办法,明亦然。

----

① 《道德经》三十七章:"道常无为而无不为。"四十八章:"为学日益,为道日损,损之又损,以至于无为,无为而无不为矣。"

只有向内、没有向外,是可怕的。而现在,连向内的也没有了——一减一等于零了。《官场现形记》①写官场黑暗,而尚有一二人想做清官。《阅微草堂笔记》②记一清官死后对阎王说,我一文钱不要,"所至但饮一杯水"。阎王哂曰:

> 植木偶于堂,并水不饮,不更胜公乎?(卷一《滦阳消夏录一》)③

刻一木人,一口水不喝,比你还清。而那究竟还清。其实只要给老百姓办点事,贪点儿赃也不要紧;现在是只会贪赃,而不会办事——向内、向外都没有。这是造成亡国的原因。老子"无为"是无不为。

曾子在孔门年最幼,而天资又不甚高,"参也鲁"(《论语·先进》)。孔子评众弟子有言曰:"回也其心三月不违仁,其余则日月至焉而已矣。"曾子虽"鲁"而非常专。"鲁",故专攻,故固守不失。然此尚为纸上之学、口耳之学,怎么进来,怎么出去,禅家所谓稗贩、趸卖,学人最忌。曾子不然,不是口耳之学,固守不失;而是身体力行,别人当作一句话说,而他当作一件事情干。他是不但记住这句话,而且非要做出行为来。他的行为便是老师的话的表现,把语言翻成动作。所以颜渊死后只曾子得到孔子学问。

何以看出曾子固守不失、身体力行?有言可证:

> 曾子曰:"士不可以不弘毅,任重而道远。仁以为己任,不亦重乎?死而后已,不亦远乎?"(《论语·泰伯》)

---

① 《官场现形记》:清朝谴责小说,李宝嘉著。小说以19世纪中下叶中国官场为表现对象,集中叙述封建社会崩溃时期官场各个层面的种种腐败、黑暗与丑恶情形。

② 《阅微草堂笔记》:文言短篇笔记体志怪小说,清纪昀著。小说多记各种狐鬼神仙、因果报应、劝善惩恶等之乡野怪谭,或则亲身听闻之奇情轶事。

③ 《阅微草堂笔记》卷一《滦阳消夏录一》:"北村郑苏仙,一日梦至冥府,见阎罗王方录囚。……有一官公服昂然入,自称所至但饮一杯水,今无愧鬼神。王哂曰:'设官以治民,下至驿丞闸官,皆有利弊之可理。但不要钱即为好官,植木偶于堂,并水不饮,不更胜公乎?'官又辩曰:'某虽无功,亦无罪。'王曰:'公一生处处求自全,某狱某狱,避嫌疑而不言,非负民乎?某事某事,畏烦重而不举,非负国乎?三载考绩之谓何?无功即有罪矣。'"

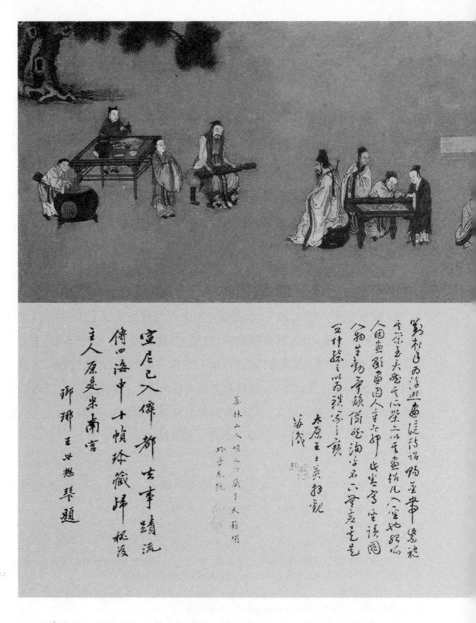

>>> "君子"一词，含义因历代而不同。讲书人有自己主观，未必为作者文心。"君子"向内的方面多而向外的少，在《论语》中就是这样。向内是个人的品格修养，向外则是事业的成功。这既是人的长处，亦即其短处。君子不仅是向内的，同时要有向外的事业发展。图为宋朝刘松年《孔子圣迹图》（局部）。

匹夫而為百世師一言而為
天下法慮患矣吾夫子千古之
定評也糟迹伐木道大
英察然僅能見困于吾夫子之
身而不能見困于吾夫子之衛
此儀封人之天將以夫子為木
鐸亶其然乎是卷為宋畫
院劉松年寫聖蹟十幀雖不
足以盡夫子之行實然云
過合亦可少見矣若夫畫之
妙前人論之詳兩令人心之服
余亦何容贅
英國公張輔

此曾子自讲其对"士"的认识。"士"乃君子的同义异字。我们平常用字、说话、行事,没有清楚的认识,在文字上、名词上、事情上,都要加以重新认识。曾子对"士"有一个切实的认识,不游移;有一个清楚的认识,不模糊;有一个深刻的认识,不浮浅;而且还不只是认识,是修、行。

一认识,二修,三行。

"修",如耕耘、浇灌、下种,是向内的。若想要做好人,必须心里先做成一好人心。如人上台演戏,旦角,男人装的,而有时真好。如程砚秋①一上台,真有点大家闺秀之风,心里先觉得是闺秀。狐狸成人,先须修成人的心,然后才能成为人的形。人若是兽心,他面一定兽相。至于"行",不但有此心,还要表现出来。

读经必须一个字一个字读,固然读书皆当如此,尤其经。先不用说不懂、不认识,用心稍微不到,小有轻重,便不是了。余讲其他文章如《文赋》还能扯一气,但讲《论语》言语道尽。

《史记·孔子世家》引《论语》往往改字,而以司马迁天才,一改就糟,就不是了。《论语·述而》曰:

三人行,必有我师焉。

《史记》改为:

三人行,必得我师。

---

① 程砚秋(1904—1958):原名荣承麟,字御霜,北京人。京剧旦角,程派创始人,代表剧目有《文姬归汉》《锁麟囊》等。

是还是,而没味了。"士不可以不弘毅,任重而道远"若改为:

　　士必弘毅,任重道远。

是还是,而没味了。

曾子所谓"弘毅","弘",大;"毅",有毅力,不懈怠。"任重而道远",不弘毅行么?此章中曾子语气颇有点儿孔夫子味:

　　……不亦重乎?……不亦远乎?

讲牺牲,第一须破自私。人是要牺牲到破自私,而人最自私。想,容易;做,难。坐在菩提树下去想高深道理,易;在冬天将自己衣服脱给人,难。而这是仁,故曰:"仁以为己任,不亦重乎?"而若只此一回,还可偶尔办到,如"慷慨捐生易";而"死而后已,不亦远乎",至死方休,故须"弘毅"。曾子对士之认识、修、行算到家了,身体力行。

　　任←——重——弘

　　道←——远——毅

合此二者为仁,道远亦以行仁。

仁(道),君子(人),以道论为仁,以人论为君子。

朱注①:"仁者,人心之全德。"这太玄妙,无从下手,从何了解?从何实行?朱子之"心之全德"恰如《楞严》之"圆妙明心"。——弄文字学者结果弄到文字障里去了,弄哲学者结果弄到理障里去了也。本求明解,结果不

---

① 朱注:朱熹所著《论语集注》。

解。故禅宗大师说"知解边事"不成。

知解乃对参悟而言。如云桧树为何门类,枝叶如何,此是知解;要看到桧之心性、灵魂,此是参悟,虽不见其枝叶无妨。禅之喝骂知解,正是找知求解,参悟正是真知真解。禅欲脱开理障,其实正落入理障里了;不赞成知解,正是求知解。

儒家此点与宗教精神同,知是第二步,行第一。(此与孙中山"知难行易"①又相近也。)《论语·雍也》云:

> 知之者不如好之者,好之者不如乐之者。

即此意也。因好之、乐之,故肯去办、肯去行。人总不肯行远道、背重任,不肯去背木梢、抬十字架。"好""乐"是真干,只"知"不行。人不冤不乐,绝顶聪明人才肯办傻事,因为他看出其中乐来了。

先生讲尽心尽力,学生听聚精会神,这是知解,连参悟都不到,何况"行"?人若说,我不"好"、不"乐",怎能"行"?其实行了就好、就乐,互为因果。

---

① "知难行易":孙中山于《孙文学说》一文中提出。这一学说以"行先知后"为起点,强调"能知必能行""不知亦能行"。

第二节

"低处着手"与"犯而不校"

余要使人看出曾子之学问、精神、思想——合为其真面目。曾子之所以为曾子,在此;其所以能表现孔门精神,亦在此。而前所说"任重而道远"太笼统、太高,现在讲低的、细的功夫。

曾子曰:"以能问于不能,以多问于寡,有若无,实若虚;犯而不校。昔者吾友尝从事于斯矣。"(《论语·泰伯》)

高处着眼,低处着手。浅近,是着手练习,不是满足于此浅近。理想了现实,现实了理想,浅近是高远之准备,并非停顿于此、满足于此。浅近并非简单。

《论语》文字真好,而最难讲,若西洋《圣经》文字。

曾子"以能问于不能"诸句,图解为:

以能问于不能 —— 有若无
　　　　　　　　　　　　＞犯而不校
以多问于寡 —— 实若虚

句形如:　━━━━━━　━━━　━━━━

"犯而不校",一句支住。其好不仅在辞,辞意合一,内外如一。辞是有形之意,意是无形之辞。不是在辞上能记住,是在意上,"犯而不校"就有力。("犯而不校",不但儒家,宗教精神亦然。)而其文之前后,又并非只为这样写着美,其意原即有浅、深、轻、重之分,由浅入深,由轻入重。无论在辞上、在意上,皆合逻辑。(以上言辞。)

"以能问不能","以多问寡",不是开玩笑。

玩笑是不好的,但看用在什么时候。人敢跟死开玩笑——除了穷凶极恶之人不算,那是无意义的——但其大无畏勇气已可佩服。敢跟有势力的人开玩笑,跟暴君开玩笑,你是皇帝,我没看起你。因有意义,玩笑往往成为讽刺。犬儒学派(Cynic)①是讽刺。亚历山大(Alexander)②谓阿力士多德(Aristotle)③将说其坏话,阿力士多德说,我还不至于无聊到没话可说非说你坏话不可。中国人开玩笑先相一相对手,口弱的他便骂,力气小的他便打,这是阿Q。鲁迅先生说话真了不得,除非他说的话你不信,你若信便无法活。中国的笑话有许多是残忍的,如讥笑近视眼、瘸子。人多爱向有短处人开玩笑,这是不对的、残忍的。又,开玩笑必须心宽才成,跟死开玩笑而非穷凶极恶,跟人开玩笑说话幽默,而绝非无心肝,这便因其心宽大,但宽大绝非粗。(其实,他的乐真是"哭不得所以笑了"。)可是现在人心是小而不细。人在极端痛苦中很难说出趣话,若能而尚非无心肝、穷凶极恶,这便可观了。

曾子虚心到极点,强中更有强中手,能人背后有能人。普通说自己不能,自谦,是为自己站住脚步,是计较利害,连知解都谈不到。是非是知解,利害是计较。计较利害,学文、学道最忌此。怕自己跌倒,怕能人背后有能

---

① 犬儒学派:古希腊四大哲学学派之一,代表人物有创始人安提斯泰尼(Antisthenes)、第欧根尼(Diogenes)。该学派反对柏拉图"理念论",要求摆脱世俗利益,强调禁欲主义,克己自制,追求自然;后期走向愤世嫉俗,玩世不恭。因被人讥为"穷犬",故称犬儒学派。

② 亚历山大大帝(前356—前323):古代马其顿国王。即位后率军征讨四方,建立起地跨欧、非、亚三大洲的亚历山大帝国。

③ 阿力士多德(前384—前322):今译亚里士多德,古希腊哲学家、科学家与教育家,亚历山大之师,著有《形而上学》《诗学》等。

人,不是曾子精神。曾子之虚心也许是后天的,但用功至极点,则其后天与先天打成一片。

学道最忌诳语、骄傲,骄傲之对面是虚心。慢说"能""多",便是"不能""寡",也不肯"问",这样人永远不会长进。会的不想再长进,不会的也不求补充,这样人没出息。曾子虚心是后天功夫与先天个性合于一。

智者千虑,必有一失;愚者千虑,必有一得,故须"下问"。愚人之知,有时虽圣人有所不知也。

"能""不能"、"多""寡",是从表面看,实际也许多还不如寡。

"有若无,实若虚",岂非虚伪?不是。"有"是表面,内心感觉着是"无"。富人装穷人,对金钱有此功夫,而对学问则不成。人对学问、对道,往往是"无"而为"有","虚"而为"丰",这是俗人。曾子压根儿就没觉得够过,没觉得有过,这是虚心。然但虚心不成,虚心甘于不成也不成,还要猛进。虚心是猛进的一个原因,肚子饿则需要食物之情绪更浓厚。学道、学文必先虚心,然后才能猛进。而猛进有进取之精神,又往往爆发,岂但教人扶东倒西!自己用功亦然。猛进则爆发而不能收敛,有进取之心则往往于人、于事多有抵牾。所以曾子赶快拿"犯而不校"补上,"犯"正是抵牾。

"昔者吾友尝从事于斯矣",曾子真是虚心,不肯说自己。汉儒、宋儒皆指吾友为颜渊。未必是,也未必不是,总之都是孔门高弟。

"犯而不校",朱注:"校,计较也。"何晏①注引汉人包咸②曰:"校,报也,言见侵犯而不校之也。"

犯而不校,以前在中国颇有人实行。凡世人所谓"老好子""好人",皆是犯而不校。但他们的犯而不校,的确没什么了不起,虽然他们也要有多年修养,但他们的修养不可佩服,因为他们的"不校"是消极怯懦,不能猛

---

① 何晏(? —249):字平叔,南阳宛(今河南南阳)人。三国时期魏玄学家,与王弼并称"王何",著有《论语集解》《道德论》。

② 包咸(前7—65):字子良,会稽曲阿(今江苏丹阳)人。汉朝经学家,曾注解《论语》,何晏《论语集解》所引包氏即包咸之说。

进,不能向前。这或者也不失为明哲保身之道,但这样人能进取向上、向前么?《论语》则不然。

但犯而不校,在宗教上熟。宗教之经上可曾有一次教人着急、教人怒?如耶稣直到临死未曾怒过,还说叫人愤怒?佛经戒嗔,不但打你、骂你不能怒;甚至节节支解,亦不须有丝毫嗔恚之心。①《圣经》上说人打你右脸把左脸也送过去,这岂不与乡下"老好子"之"犯而不校"相同?其实,宗教上的"犯而不校"不是消极的,是积极的。余以为一个做大事业的人看是非看得很清楚,但绝不生气,无所用其恼。恼只能坏事,凡失败的人都是好发怒的人。三国刘备最能吃苦忍辱,故曰刘备为枭雄(曹操为奸雄)。刘备只生过一回气——伐吴,结果一败涂地。诸葛亮说:"法孝直若在,必能制主上东行也。"②(《三国演义》第八十一回)所以刘备一死,诸葛亮赶紧派人向东吴求和。这还是就事业上而言。

在宗教上,在己是求道,对人为度人,都不能发怒。怒,对人、对己两无好处,还不用说怒是最不卫生的一件事。乡下"好人"是明哲保身,是怯懦、偷生苟活,不怒是不敢怒。宗教上所讲不怒,是"大勇"。罗曼·罗兰(Romain Rolland)③提倡大勇主义④,佛教提倡大雄,这还不仅是自制、克服自己。因为要做人、做事,我们都不能生气,不是胆怯、偷生苟活。"忿怒乃是对于别人的愚蠢加到自己身上的惩罚",这话说得很幽默,可是很有道理,很有意思。(知礼不怪人,怪人不知礼。)这往上说,够不上大雄、大勇主义,

---

① 《金刚经》:"须菩提。如我昔为歌利王割截身体,我于尔时,无我相、无人相、无众生相、无寿者相。何以故?我于往昔节节支解时,若有我相、人相、众生相、寿者相,应生嗔恨。"

② 《三国志·蜀书·庞统法正传》:"亮叹曰:'法孝直若在,则能制主上,令不东行;就复东行,必不倾危矣。'"

③ 罗曼·罗兰(1866—1944):法国思想家、文学家、社会活动家,著有长篇小说《约翰·克利斯朵夫》、剧本《爱与死的搏斗》、传记《名人传》(包括《贝多芬传》《米开朗琪罗传》《托尔斯泰传》)等。

④ 傅雷译《贝多芬传》,其《译者序》拈出罗曼·罗兰之大勇主义:"现在阴霾遮蔽了整个天空,我们比任何时候都更需要精神的支持,比任何时候都更需要坚忍奋斗、敢于向神明挑战的大勇主义。"

但至少比乡下"老好子"好得多。这两句话是智慧,生气没惩罚别人,自己受罪。韩信受胯下之辱是大雄、大勇,但胆怯者不可以此为借口。一种宗教式的不计较与怯懦是两回事,宗教上不怒是道德。

一怒、一校,耗费精神、时间;而一切修养,皆需利用精神、时间。我不相信一个人在怒中能做出什么事来,气来时读书也读不进去。(等读进去了,气也没了。)越王勾践卧薪尝胆不是怒,是狠。怒如汽水,冒完沫就完。所以,"犯而不校"看怎么说。匹夫匹妇之勇,是你自己气死,人更痛快。

第三节

"唯"与"拈花微笑"

曾子可代表儒家。

禅宗有语云:

> 丈夫自有冲天志,不向如来行处行。(真净克文禅师语)①

禅宗呵佛骂祖,这才是真正学佛呢!即使佛见了,也要赞成。

然则不要读古人书了?但还要读。受其影响而不可模仿,但究竟影响与模仿相去几何?小儿在三四岁就会模仿父母语言,大了后口音很难改过来;自然后天也可加以修改补充,但无论如何小时候痕迹不能完全去掉。读书读到好的地方,我们就立志要那样做,这也是影响。小儿之影响、模仿只因环境关系,无所为而为。而我们不然,只是环境不成,因为我们有辨别能力,能分辨是非、善恶、美丑、好坏。

但任何一个大师,他的门下高足总不成。是屋下架屋、床上安床的缘故么?一种学派,无论哲学、文学,皆是愈来愈渺小、愈衰弱,以至于灭亡。这一点不能不佩服禅宗,便是他总希望他弟子高于自己。禅宗讲究超宗越

---

① 真净克文禅师(1025—1102):号云庵,北宋临济宗黄龙派高僧。死后赐号"真净",后人习称真净克文。《古尊宿语录》卷四十二记载:"(真净禅师)良久乃喝云:'昔日大觉世尊,起道树诣鹿苑,为五比丘转四谛法轮,唯憍陈如最初悟道。贫道今日向新丰洞里,只转个拄杖子。'遂拈拄杖向禅床左畔云:'还有最初悟道底么?'良久云:'可谓丈夫自有冲天志,不向如来行处行。'喝一喝下座。"

祖,常说:

见与师齐,减师半德。(百丈怀海禅师语)①

"减师半德",成就较师小一半。你便是与我一样,那么有我了还要你干么?"见过于师,方堪传授。"僧人自当以佛为标准,而禅宗呵佛骂祖。没有一个老师敢教叛徒,只有禅宗。

狮子身中虫,还吃狮子肉。②

这是很正大光明的事,不是阴险;虽然有时这种人是阴险、恶劣。阴险是冒坏,恶劣是恩将仇报。逢蒙学射于羿③,那也是"狮子身中虫,还吃狮子肉",那即是阴险。还有猫教老虎,此故事不见经传,但甚普遍,这不行,这是恶劣、阴险。禅宗大师希望弟子比自己强,是为"道"打算,不是为自己想;只要把道发扬光大,没有我没关系。这一点很像打仗,前边冲锋者死了,后边的是要踏着死尸过去。有人说狮子是要把父母吃了本身才能强,狮子的父母为了强种,宁可让小狮子把自己吃了。大师门下即其高足都不如其自己伟大,只禅宗看出这一点毛病,而看是虽然看到了这一点,做却不易做到这一点。所以,禅宗到现在也是不绝而如缕了。

---

① 百丈怀海禅师(720—814):马祖道一法嗣,时与西堂智藏、南泉普愿并称"三大士"。传法于洪州新吴界大雄山,因见岩峦峻极,故号百丈,人称百丈怀海。《五灯会元》卷三:"一日师谓众曰:'佛法不是小事。老僧昔被马大师一喝,直得三日耳聋。'黄檗闻举,不觉吐舌。师曰:'子已后莫承嗣马祖去么?'檗曰:'不然。今日因和尚举,得见马祖大机之用,然且不识马祖。若嗣马祖已后丧我儿孙。'师曰:'如是,如是。见与师齐,减师半德。见过于师,方堪传授。子甚有超师之见。'檗便礼拜。"
② 《莲华面经》卷上:"阿难,譬如师子命绝身死,若空、若地、若水、若陆所有众生,不敢食彼师子身肉,唯师子身自生诸虫,还自噉食师子之肉。阿难,我之佛法非余能坏,是我法中诸恶比丘,犹如毒刺,破我三阿僧祇劫积行勤苦所积佛法。"
③ 《孟子·离娄下》:"逢蒙学射于羿,尽羿之道,思天下惟羿为愈己,于是杀羿。"

曾子乃孔门后进弟子，但自颜渊而后，最能得孔子道、了解孔子精神的是曾子。

子曰:"参乎！吾道一以贯之。"曾子曰:"唯。"(《论语·里仁》)

你的心便是我的心，你的话便是我要说未说出的话。"唯"字不是敷衍，是有生命的、活的，不仅两心相印，简直是二心为一。

人说此一"唯"字，等于佛家"世尊拈花，迦叶微笑"①那么神秘。孔门之有曾参，犹之乎基督之有彼得②。有人说若无圣彼得，基督精神不能发扬光大，基督教不能发展得那么快。但总觉得曾子较孔子气象狭小，就是屋下架屋、床上安床的缘故。

气象要扩大。谁的自私心最深，谁的气象最狭小。人都想升官发财，这是自私，人人皆知；人处处觉得有我在，便也是自私；我要学好，我怕对不起朋友……曾子曰：

吾日三省吾身。(《论语·学而》)

为自己而升官发财，是自私；但自己总想学好，也是自私。所以抒情作品没有大文章，世界大而有人类，人类多而有你，一个大文学家是不说自己的。为了自己要强，也还是自私狭小，参道、学文忌之。

不但大师希望弟子不如他，这派非亡不可；即使是希望弟子纯正不出范围，也不成。愈来愈小，小的结果便是灭亡。天地间无守成之事，学如逆

---

① 《大梵天王问佛决疑经·拈华品》："尔时如来，坐此宝座，受此莲华，无说无言，但拈莲华。入大会中，八万四千人天时大众，皆止默然。于时长老摩诃迦叶，见佛拈华示众佛事，即今廓然，破颜微笑。佛即告言：'是也。我有正法眼藏，涅盘妙心，实相无相，微妙法门，不立文字，教外别传，总持任持，凡夫成佛，第一义谛。今方付属摩诃迦叶。'言已默然。"

② 彼得：亦称西蒙彼得，为耶稣最得力之门徒，晚年竭力广传福音。

水行舟，不进则退。不但宗教、文学如此，民族亦然。日本便是善于吸收、消化、利用，所以暴发。人家是暴发，而我们是破落户。暴发户固不好，但破落户也不好。

有的大师老怕弟子胜过自己，其实你不成，显摆什么？成，自然不会显不着。"不用当风立，有麝自然香。"①再一方面，弟子好，先生不是更好？只要心好，水涨船高。除非弟子不好，弟子真好，绝不会忘掉你的。

孔子总鼓励他弟子，凡弟子赞美他太多，他总不以为然。

子曰："君子道者三，我无能焉。仁者不忧，知者不惑，勇者不惧。"子贡②曰："夫子自道也。"(《论语·宪问》)

孔子所讲三种美德不缥缈，易知、易行，但并非不高远。说仁、知、勇做不到，但不忧、不惑、不惧总可做到了。孔子此语朱注云：

自责以勉人也。

对是对，但是不太活。孔子以为：你们以为我是圣人，其实我连这还不会呢。你们若能办到，岂非比我更强？你们若办到，比我还强；办不到，咱们一块儿用功。

禅家说离师太早不好，可是从师太久也不好。（余之门下跟余太久。）老有大师影子在前，便从小心成小胆。子贡曰"夫子自道也"——"您客气"，还是胆小。夫子这样勉励都不行。胆大，便妄为；胆小，便死的不敢动，活的不敢拿，结果不死不活。小心是细心，与窄狭不同。

曾子是小心而且有毅力。因为小心，所以能深思；因为有毅力，故能

---

① 杜文澜《古谣谚》卷五十："有麝自然香，何必当风立。"
② 子贡（前520—前456）：端木氏，名赐，字子贡，春秋时期卫国人，"孔门十哲"之一，以言语著称。

持久实行。"吾日三省吾身","任重道远","死而后已"。而小心和毅力之间,还要加上一个意志坚强。所以孔门颜渊而下,所得以曾子为最多,此非偶然,因其知、仁、勇三种皆全。好在此,但病也在此。结果小心太多,成为不死不活之生活,坏事固然绝不做,可是好事也绝不敢做。这还是好的,再坏便成为好好先生,"乡原,德之贼也"(《论语·阳货》)。

何以见出曾子小心?

"人之将死,其言也善。"(《论语·泰伯》)要想真观察、认识一个人,要在最快乐时看他,最痛苦时看他,得失取与之际看他。一个也跑不了。生死是得失取与之最大关头,小的得失取与还露出原形,何况生死?就算他还能装,也值得佩服了。

《论语·泰伯》曰:

> 曾子有疾,召门弟子曰:"启予足,启予手。诗云:战战兢兢,如临深渊,如履薄冰。而今而后,吾知免夫,小子。"

曾子一生永在"战战兢兢,如临深渊,如履薄冰"(《诗经·小雅·小旻》)十二字之中,视、听、言、动,一准乎礼,这不容易。"而今而后,吾知免夫",八个字沉甸甸的。临死还如此说,可见他一世小心,不易。

此尚非曾子全部,更有长处:

> 曾子曰:"吾日三省吾身:为人谋而不忠乎?与朋友交而不信乎?传不习乎?"(《论语·学而》)

第四节

"三省吾身"与"直下承当"

《学而》中,第一章"子曰……",第二章"有子曰……",第三章"子曰……",第四章"曾子曰……"。足以证明有子①、曾子在孔门非同寻常。

余对有子无甚认识,只子游②说过:

有子之言似夫子。(《礼记·檀弓上》)③

言似夫子,行未必似;且似夫子,似则似矣,是则非是。余对曾子比较清楚,并非余对《论语》记曾子处特别注意,对有子便不注意,乃是一般读《论语》的都对有子摸不着。

《论语》是记者记的。在《论语》上,姓加"子",A;"子"加"字",B。孔子而外,仅有子、曾子是姓加"子","子"字在下。所以,有人说《论语》是有子或曾子门人记的。而《论语》记有子之言常有不通处。

盖治学要有见解;并且先有见,然后才能谈到解。禅宗讲见,"亲见",一是用眼见,一是心眼之见,mind as eye。(此是唯心论。)肉眼要见,肉眼不见不真;心眼要见,心眼不见不深。如大诗人也说花月,他可以传出花月的高洁、伟大;我们则不成,我们的诗也说花月,但花月的高洁、伟大我们写不出来。我们肉眼也见了,但是我们的心眼压根儿没开,甚至压根儿没有。

---

① 有子(前518—?):有氏,名若,字子有,春秋时期鲁国人,"孔门七十二贤"之一。
② 子游(前506—?):言氏,名偃,字子游,春秋时期吴国人,"孔门十哲"之一,以文学著称。
③ 《礼记·檀弓上》:"曾子以斯言告于子游。子游曰:'甚哉,有子之言似夫子也!'"

用肉眼见是浮浅。

若说见，一是见的何人，二是见的什么。有子当然见过夫子，但心眼见得不真，所以说出话来才使人得不到一个清楚的观念。凡写出文章、说出话来使人读了、听了不清楚的，都因他心眼没见清楚。至于曾子，则真是用心眼见了。

余常说：着眼不可不高，下手不可不低。余虽受近代文学和佛学影响，但究竟是儒家所言，儒家之说。只向低处下手，不向高处着眼，结果成功必不会大；只向高处着眼，不向低处下手，结果根基不固。有子便如此。言似夫子——只向高处着眼，没有低处下手功夫。曾子才也许不高，进步也许不快，但用力很勤，低浅处下手，故亲切。

儒家讲正心、诚意、修身、齐家、治国、平天下。高处着眼，低处下手。最能表现此种精神、用此种功夫者，是曾子"吾日三省吾身"：

> 曾子曰："吾日三省吾身：为人谋而不忠乎？与朋友交而不信乎？传不习乎？"（《论语·学而》）

"日"字，下得好。"三省"是说以"为人谋""与朋友交""传"三事反观。"身"，定名曰"身"，并非身体之身。曾子所谓"身"，并非身体，乃是精神一方面，"身"说的是心、行。这真是低处着手。人为自己打算没有不忠实的，但为人呢？"为人谋而不忠乎？"十个人有五双犯此病。"与朋友交而不信乎？"说谎是人类本能，若任其泛滥发展就成为骗人，所以当注意。"传不习乎"，"传"，是所传，传授，动词；传，平声。朱注："传，谓受之于师，习，谓熟之于己。"传，师所授；习，己所研。讲起来省事，说起来简单，但行起来可不容易。努力，努力，有几个真努力的？曾子是真想了，也真行了。缺点补充，弱点矫正，这是曾子反省目的。

但余讲此节，意不在此。

愈反省的人，愈易成为胆小、心怯；反之，愈是小心、胆怯的人，愈爱用反省功夫。余意以为：一方面用鞭拷问、鞭打自己灵魂，一方面还要有生活的勇气。能这样的人很少。曾子三省，就是自己鞭打自己灵魂。但往往拷打结果，失去生活勇气了。这不行。我要拷打，但我还要有生活下去的勇气，怎么能好？怎么能向上、向前？

在这一点，仍举《论语》：

季文子三思而后行。子闻之曰："再，斯可矣。"（《公冶长》）

"三思"之"三"，一二三之三，三，多次也。三思后行，前怕狼后怕虎，疑神疑鬼，干不了啦！一个文人干不了什么事，余初以为乃因文人偏于思想，没有做事能力，其实便是文人太好三思后行，好推敲，这样做事不行。禅家直下承当，当机立断，连"再"思都没有。

《北齐书·文宣纪》记，高洋，高欢之子，欢子甚多：

高祖（欢）尝试观诸子意识，各使治乱丝，帝（高洋）独抽刀斩之，曰："乱者须斩。"

于是欢以国事付之。

曾子有三思功夫，但还有生活勇气、做事精神。

一个大教主、大思想家都是极高的天才，有极丰富的思想，他们的思想是复杂的。有思想家说，你们的生活早晚要到我思想之顶点来，可是你们到这一点时，我早已到更高一点去了。许多他知道的，我们不知道，这真是平凡的悲哀。尼采（Nietzsche）①说：我怎么这么聪明呀！（《瞧！这个人》）我们是：我怎么这么平凡呀！思想复杂，是从生活得来。他一个大思

---

① 尼采（1844—1900）：德国哲学家，现代西方哲学开创者，提出重估一切价值，提倡"超人"哲学，强调权力意志。著有《悲剧的诞生》《查拉斯图拉如是说》《瞧！这个人》等。

想家,是一个大的天才。但他的思想深刻,我们浮浅;他的眼光高,我们眼光低;他是巨人,我们是小孩,当然不能跟他赛跑。故颜渊曰:

夫子奔逸绝尘,而回瞠若乎后矣。(《庄子·田子方》)

夫子步,亦步也;夫子言,亦言也;夫子趋,亦趋也。(《庄子·田子方》)

"步",常步;"趋",小跑;"走",长步。今日谓步曰走、趋曰小跑、走曰跑。不是想到步,便说步;想到趋,便说趋,此中有层次。复杂是横面的,高深是纵的功夫。我们在横的方面,没有那样经验;在纵的方面,我们又没有天才眼光之高、思想之深。即以"君子"而论,《论语》中所论每节不同。他是巨人,我们不成,跟不上。他的话都道的是诸峰一脉,而我们但费半天劲,甭说追不上,连懂都懂不了。有的事,我们干不了,可是懂得了、想得到;而《论语》之说君子,甭说办,连想也不成。如鸟飞,我们不能飞,但我们能想到,所以有的想象跟现实相差甚远。就算我们跟着他爬山,虽然他跑得快,我们慢,但还能爬。而若遇一深涧,他一抬腿过去了,我们过不去,打住了,怎么办?所以天才不可不有几分在身上。还不用说没天才,只小大短长之分,就够我们伤心的。

孔子我们跟不上,但曾子老实,与我们相近,你学尚易。我们要找头绪,力争抓住一点是一点。我们不能攀高树枝,但可从低处攀起。我们要从曾子对君子的解释,看到孔子对君子的解释。

我们要知曾子对"君子"解释,先须观察曾子为人。主要是两段:即上所举一为"曾子有疾……",一为"吾日三省吾身……",此二章可见其为人与素日功夫。为人乃其个性,功夫即其参学。小心谨慎盖其天性,凡天才差一点的人没有不谨慎的。天才胆大,可不是妄为,他绝没错;天才稍差,便不可不小心,不可图省力。

既了解曾子为人，然后可看其对君子解释。

曾子所说的君子也是战兢小心吗？

平素用功要小心谨慎，否则根基不固，易成架空病，但是做人、做事需要大胆，若没大胆，不会做出大的事业来为人类、为自己。其实，为自己也就是为人类。

天下伟大的人，没有一个是"自了汉"的。中国儒家末流之弊，把君子讲成"自了汉"了。人不侵我，我不犯人，甚至人侵我，我亦不犯人，犯而不校。把自己藏在小角落里，这样也许天下太平，但现在世界不许人闭关做"自了汉"。

印度佛教到中国成为禅宗，禅宗末流也成"自了汉"。佛家精神是先知觉后知，自利、利他、自度、度他，所以做事业为自己，同时也是为人类。为他的成分愈多，所做事业也愈伟大，他的人格也愈伟大。

某杂志记有这样的事：天下最伟大的英雄是谁？有人提议用大英百科全书各名人传之长短为标准，观察结果以拿破仑（Napoleon）传最长，于是人以拿破仑为最大英雄。但余意不然。拿氏虽非"自了汉"，但乃"自大汉"，自我扩张者。天下英雄皆犯此病，但没有一个这样的英雄是不失败的。自我愈扩张便是要涨裂的时候，自我扩张结果至涨裂为止。亚历山大、拿破仑，皆然。他们倒是想着做事，但他们之做事是为了过瘾——过自私的瘾。这种人是混世魔王，所谓"一将功成万骨枯"（曹松《己亥岁》）。这种人不是自了汉，是自大汉，但我们也不欢迎。

一个伟大的人做事，比任何人都多；而自私心比任何人都小——并非绝对没有自私心。

第五节

"托六尺之孤""寄百里之命"

以曾子之小心谨慎,他所说"君子"如何?

曾子在孔子门下是能继承道统的,但只是小心谨慎不成。低处着手,是为高处着眼做准备,如登楼,为了要上最高层,不能不从一二级开始。我们既没有天才那么长腿,又不甘心在底下待着,非一步步向上走不可。

"士不可以不弘毅……",高处着眼。眼光多远,多精神,多高!再想到他"吾日三省吾身",那是小学,这是研究院了。从初小一年级到研究院相差甚远,然也是一级级升上来的。

再举一段更具体一点:

曾子曰:"可以托六尺之孤,可以寄百里之命,临大节而不可夺也。君子人与?君子人也。"(《论语·泰伯》)

先不用说这点道理、这点精神,这点文章就这么好,陆机《文赋》[①]所谓"要辞达而理举,故无取乎冗长"。文章真好。一般说不完全,说不透彻,是没懂明白。"君子人与"一句,可不要,但非要不可。此所以为曾子,任重道远,不只是小心谨慎。三代而后,谁能这样?仅一诸葛亮。现在数谁呢?

颜渊从《论语》一书中看不出什么来,纵不敢说幽灵,也是仙灵。看不

---

① 陆机(261—303):字士衡,吴郡华亭(今上海松江)人。因曾任平原内史,世称陆平原。西晋太康文学代表人物,与其弟陆云合称"二陆"。所著《文赋》,为中国文学批评史上第一篇系统阐述创作论的文章。

清楚。佛家偈颂①曰：

> 海中三神山②，缥缈在天际。
> 舟欲近之，风辄引之去。
> 　　　　（《揞黑豆集》卷首《拈颂佛祖机用言句》）

写得很美，神话中美的幻想。此为美的象征，象征高的理想。颜渊亦孔门一最高理想而已——海上三神山，可望不可即。至于有点痕迹可寻的，还是曾子。

曾子有点基本功夫，"吾日三省吾身"；然而他有他远大眼光，"士不可以不弘毅，任重而道远……"，真是读之可以增意气，开胸臆。

青年最怕意气颓唐，胸襟窄小。而增意气不是嚣张，开胸襟而非狂妄。增意气是使人不萎靡，青年人该蓬蓬勃勃；开胸襟是使人不狭隘，如此便能容、能进。曾子这几句真叫人增意气，开胸臆。

三省吾身，任重道远，合起来是苦行。然与禅宗佛门不同，他们是为己的，虽最早释迦亦讲度他。佛门"自度、度他，自利、利他"，儒家"己欲立而立人，己欲达而达人"（《论语·雍也》）。佛门及儒家到后来，路愈来愈窄，只有上半截——自度、自利，没有下半截——度他、利他。

苦行是为己，而曾子苦行不是为己，"仁以为己任"。

一己为人——仁，自己做一个人是仁，对己（己欲立，自度）；施之于人——仁，施之于人是仁，对人（立人、度人）。朱子讲"仁，心之全德"（此如佛家《楞严》之"圆妙明心"），余以为"心之全德"不如改为"人之全德"。"仁"字太广泛，"仁以为己任"，绝非为己。

---

① 偈颂：又称偈子、颂语，梵语 Gatha 的意译，音译为伽陀、偈佗，指佛经中的唱颂词，通常为四句联结而成的韵文，用于教说的段落或经文的末尾。

② 司马迁《史记·封禅书》："自威、宣、燕昭，使人入海求蓬莱、方丈、瀛洲。此三神山者，其传在勃海中，去人不远，患且至，则船风引而去。"

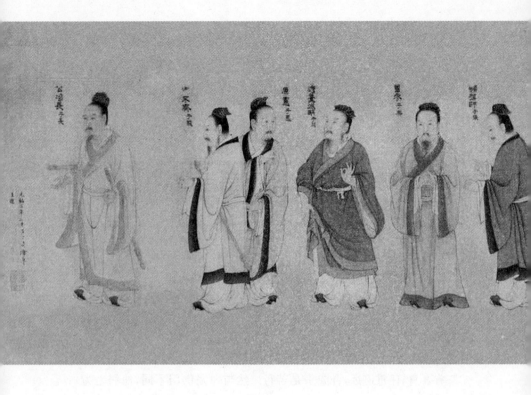

>>> 以曾子之小心谨慎,他所说"君子"如何?曾子在孔子门下是能继承道统的,但只是小心谨慎不成。低处着手,是为高处着眼作准备,如登楼,为了要上最高层,不能不从一二级开始。"士不可以不弘毅……",高处着眼眼光多远,多精神,多高!此所以为曾子,任重道远,不只是小心谨慎。三代而后,谁能这样?图为唐朝阎立本《孔子弟子像卷》(局部),左起第五人为曾子。

要想活着,不免要常想到曾子这两句话:"士不可以不弘毅""任重而道远"。至"可以讬六尺之孤,可以寄百里之命",真伟大起来了。

"六尺之孤"——国君(幼);"百里之命"——国政。

"寄",犹讬也;"讬"与"托"很相近,自托曰托,讬人受讬曰讬。"寄",暂存。

"临大节而不可夺",梁皇侃①疏曰:"国有大难,臣能死之,是临大节不可夺也。"(《论语义疏》)南朝北伐成功者,一桓温②、一刘裕③。桓温没造起反来,然亦一世跋扈;刘裕武功鼎盛,归而篡位,是亦变节(自变)。受外界压迫、影响而变节曰"夺"。此言国有大难,臣能死之,只说了一面。文天祥④、史可法⑤至今受人崇敬,便因临大难能死之。然家贫出孝子,国难显忠臣,何如家不贫、国无难?

愧无半策匡时难,唯余一死报君恩。⑥

死何济于事?依然轻如鸿毛,不是重于泰山。不死而降不可,只死也不成。这点朱子感到了,他说:

---

① 皇侃(488—545):吴郡(今江苏苏州)人。南朝梁儒家学者、经学家,著有《论语义疏》10卷。

② 桓温(312—373):字元子,谯国龙亢(今安徽怀远)人。东晋权臣、军事家,曾剿灭成汉,收复蜀地,后三次出兵北伐,晚年欲废帝自立,未果而死。

③ 刘裕(363—422):字德舆,小名寄奴,祖居彭城(今江苏徐州)。废东晋恭帝司马德文,自立为帝,建立刘宋王朝,史称宋武帝。

④ 文天祥(1236—1283):字履善,后改字宋瑞,号文山,吉州庐陵(今江西吉安)人。宋端宗景炎三年(1278)兵败被俘,拘于大都四年,从容就义。

⑤ 史可法(1601—1645):字宪之,又字道邻,祥符(今河南开封)人。明朝政治家,抗清名将。1645年清兵围困扬州,拒降固守,城破被俘,不屈牺牲。

⑥ 《明史纪事本末》卷八十《甲申殉难》记载:"左副都御史施邦曜闻变恸哭,题辞于几曰:'愧无半策匡时难,但有微躯报主恩。'遂自缢。仆解之复苏,邦曜叱曰:'若知大义,毋久留我死。'乃更饮药而卒。"清初颜元《性理评》一文提及明亡惨祸有言:"吾读《甲申殉难录》,至'愧无半策匡时难,唯余一死报君恩',未尝不凄然泣下也!至览和靖祭伊川'不背其师有之,有益于世则未'二语,又不觉废卷浩叹,为生民怆惶久之。"

> 其才可以辅幼君,摄国政,其节即至于死生之际而不可夺,可谓君子矣。(《论语集注》)

单单注意"才"字,要有这本领。程子则不然,程子单注意节操。程子曰:

> 节操如此,可谓君子矣。(《论语集注》引程子语)

曾子的话原是两面,前二句"托六尺之孤,寄百里之命"是积极的作为;后一句"临大节而不可夺"是消极的操守。真到国难,作为比操守还有用,可补救于万一;操守无济于事。

不是说不办坏事,是说怎么办好事;不是给人办事,是给自己办事。曹操求人才,便不问人品如何,只问有才能没有。曹操所杀皆无用之人,乱世无需如孔融①、杨修②等秀才装饰品。遇到曹操因死一人而哭的时候,那仅是真有才能的人。由此可见曹操是英雄。

现在有操守固然好,而更要紧是有作为,"不患人之不己用,求为可用也"。鲁迅说三里路能走么?四斤担能挑么?③ 自己没能,发什么牢骚?"居则曰,不吾知也。如或知尔,则何如哉?"(《论语·先进》,知——知用。)所以朱子讲得好。朱子生于乱世,北宋之仇不能报,而现在局面又不能持久,故先言"才"。程子生于北宋,不理会此点,而且程子人太古板。伊川先生为侍讲,陪哲宗游园,哲宗折柳一枝,伊川责之。④ 其实,不折固然好,折

---

① 孔融(153—208):字文举,鲁国(今山东曲阜)人。东汉"建安七子"之首,曾任北海相,后因反对曹操,为曹所杀。
② 杨修(175—219):字德祖,弘农华阴(今陕西华阴)人。东汉建安年间曾任汉相曹操主簿,后为曹所杀。
③ 鲁迅《热风·随感录六十二 恨恨而死》:"我们应该趁他们活着的时候问他:诸公!……四斤的担,您能挑么?三里的道,您能跑么?"
④ 《宋史纪事本末》卷十:"帝尝凭槛偶折柳枝,颐正色曰:'方春时和,万物发生,不当轻有所折,以伤天地之和。'帝领之。"

也没关系,何伤乎?书呆子,不通人情,不可接近。北宋末"洛蜀之争"①,即程与东坡之争。东坡通点人情,看不起伊川。朱子乃洛派嫡系,而此点较程子强,即因所生时代不同。

正心、诚意、修身、齐家、治国、平天下。后世儒家只做到前三步。前三者是空言,无补;后几句是大言不惭。前三者不失为"自了汉",后者则成为妄人。《宗门武库》②云:儒门淡薄,收拾不住,皆入佛门中来。③ 就算我们想做一儒家信徒,试问从何处下手?在何处立脚?只剩一空架子,而真灵魂、真精神早已没有了。

《论语·阳货》有言:"诗可以兴。"岂但诗,现在一切事皆有待于兴。兴,是唤醒;兴,起来了。一种是心中有思想了,一种是在形体上有了作为、行为。譬如作诗,不是该不该的问题,是兴不兴的问题。

书怕念得不熟,也怕念得太烂。亦如和尚念南无阿弥陀佛④,他自己懂么?厌故喜新不是坏事,是一件好事;否则,到现在我们还是椎轮大辂,茹毛饮血,巢居穴处。而现在,我们进步了,这都是厌故喜新的好处。有这一点心情推动一切。

新的,是新;在旧的里面发现出新来,也是新。儒家教义没有新鲜的了,所以淡泊没味,都成为臭文,当然陈旧了。所以现在需要"兴"。

死人若不活在活人心里,是真死了;书若不在人心里活起来,也是死书,那就是陈旧了,成为臭文了,一点效力也没有了。我们读书不是想记住

---

① 洛蜀之争:指北宋元祐年间以"二程"(程颢、程颐)为代表的洛学与以"二苏"(苏轼、苏辙)为代表的蜀学因学术分歧而导致的政治斗争。

② 《宗门武库》系由宋代禅宗临济宗著名禅师大慧宗杲言说、弟子道谦纂辑的禅宗古德言行录。

③ 《宗门武库》:"王荆公一日问张文定公(张方平)曰:'孔子去世百年,生孟子亚圣,后绝无人,何也?'文定公曰:'岂无人?亦有过孔孟者。'公曰:'谁?'文定曰:"江西马大师、坦然禅师、汾阳无业禅师、雪峰、岩头、丹霞、云门。'荆公闻举意,不甚解,乃问曰:'何谓也?'文定曰:'儒门淡薄,收拾不住,皆归释氏焉。'"

④ 南无阿弥陀佛:阿弥陀佛,梵语 Amitabha 音译,意译为无量寿佛或无量光佛,指西方极乐世界教主。"阿弥陀佛"后成为净土宗持名念佛的佛号。南无,梵语 Namas 音译,表示归命、敬礼。净土宗常将其冠于"阿弥陀佛"之前,用作持名念佛的敬称。

几句话，为谈话时壮自己门面。

君子"可以讬六尺之孤，可以寄百里之命"，如此则君子并非"自了汉"，还可以兴，可以活。

读《论语》上述曾子"可以讬六尺之孤，可以寄百里之命"一段话，真可以唤起我们一股劲儿来，想挺起腰板干点什么。

第六节

"以友辅仁"与"为政以德"

曾子曰:"君子以文会友,以友辅仁。"(《论语·颜渊》)

孔安国①曰:"友以文德合也。"又曰:"友有相切磋之道,所以辅成己之仁也。"(何晏《论语集解》引孔安国注)"文德",添字注经。

朱注:"讲学以会友,则道益明;取善以辅仁,则德益近。"(《论语集注》)

佛是神秘,禅是玄妙,但禅宗中有"平实"一派。唯孔门不曰"平实",而曰"中庸"。儒家未尝不玄妙,但他们避讳这个。治学在思想方面不要因他写得玄妙就相信,许多道理讲来都很平实,在文学方面不要以为艰深便好;简明文字,力量更大,但不是浮浅。文章绕弯子是自文其陋。

然越平常的字越难讲。

文 ⟶ 友 ⟶ 仁

"以文会友,以友辅仁","友"为上下二句连索。

凡"文"是表现于外的,文章礼仪。孔门四科:德行、言语、政事、文学(《论语·先进》),孔门重视行为(表现),咱们现在是知识。《论语·颜渊》:

---

① 孔安国:字子国,原鲁国曲阜(今山东曲阜)人。西汉经学家,与董仲舒齐名,著有《论语训解》《尚书孔氏传》等。

博学于文,约之以礼。

"文"与"礼"为二,此"文"与今所谓学问相似。人与人之相联系,盖都因表现于外(表现于外者如礼仪、学问……)这一点,故曰"以文会友"。但并没做到此为止,因文而结合,而结合不为此,乃欲以"辅仁"。(现在是以利会友,以友取利。)

子曰:"苟正其身矣,于从政乎何有? 不能正其身,如正人何?"(《论语·子路》)

季康子问政于孔子。孔子对曰:"政者正也。子帅以正,孰敢不正?"(《论语·颜渊》)

季康子患盗,问于孔子。孔子对曰:"苟子之不欲,虽赏之不窃。"(《论语·颜渊》)

季康子问政于孔子曰:"如杀无道,以就有道,何如?"孔子对曰:"子为政,焉用杀? 子欲善而民善矣。君子之德风,小人之德草,草上之风,必偃。"(《论语·颜渊》)

此即为政治上个人主义。
然此与西洋不同,西洋只是竭力发展自己,不管好坏善恶;孔门个人主义乃自我中心,并非抹杀旁人,抹杀万物,不过以自己为中心就是了。修、齐、治、平的道理也由此而出。
也可以说这是政治上唯心主义。
若唯物是内旋,@,自外向内,自远而近,自物而心。唯物史观特别注意历史,同时非常注意环境背景,前者(历史)是纵的,后者(环境背景)是横的。他研究历史注重在演变,以古推今。

而唯心无论在政治上、哲学上皆并非唯心就完了,涅槃是唯心的顶点。儒家唯心是外旋的,修、齐、治、平,并非自己成一"自了汉"便拉倒。

"子帅以正","帅",跑在头里!这是儒家、道家不同之处。老子三原则是"慈""俭""不敢为天下先"(《道德经》六十七章)。"不敢为天下先",是儒、道不同之一点,由此而成为杨朱①之"拔一毛而利天下不为"②。"不为天下先",是不为福首,不为祸始。而老子"不为天下先"有意思,他以为这样倒可替天下干点事;若"为天下先",结果连我也掉在火里。"欲取故与""欲擒先纵",老子"不敢为天下先"正所以为天下先。大家围着他转、跟着他跑,但不能露出痕迹;后来一转为消极,无作、无为,此非老子本意。如某妇遣女曰:慎勿为善。某女曰:然则为恶乎?母曰:善尚不可,欲恶乎?③此即老子"不敢为天下先"之一转为"无为";至杨朱之"拔一毛利天下而不为",乃老子三转。现在多是这种人,无为之人已很少,至于老子原意没人做到。只是口头不说,外表不显,其实心里是那么回事。

"子帅以正",孔子心里想什么,口里说什么,这一点以勇气论,儒家超过道家;以聪明论,儒家不如道家。道,原则是对。你正?我还正呢!结果更不成。道,原则是对。孔子为政是否自信?人强,你自信;你自信,人自信。

文学不容易说出自己话来,往往说出也不成东西。孟子说孔子:

圣之时者也。(《孟子·万章下》)

这话该是赞美之意。"江汉以濯之,秋阳以曝之。皓皓乎不可尚矣。"

---

① 杨朱:字子居,又称杨子、阳子居、阳韩生,战国时期魏国思想家,反对儒墨,主张贵生重己。

② 《孟子·尽心上》:"孟子曰:'杨子取为我,拔一毛而利天下,不为也。墨子兼爱,摩顶放踵利天下,为之。'"

③ 刘义庆《世说新语·贤媛》:"赵母嫁女,女临去,敕之曰:'慎勿为好!'女曰:'不为好,可为恶邪?'母曰:'好尚不可为,其况恶乎!'"

（《孟子·滕文公上》）"圣之时者"，没有恶意。但便因此句使孔子挨了多少骂，说孔子为投机分子，"是亦不思而已矣"（朱熹《孟子精义》）。

为时势所造之英雄固为投机分子，即造时势之英雄也未免有投机嫌疑。总之，无此机会造不成此时势。假如我们生于六朝，敢保我们不清谈么？生于唐，敢保我们不科举诗赋么？宋之理学、明清八股，皆投机也。使现代人不坐汽车、火车，非要坐椎轮大辂、独木舟，倒不投机，但这算什么人了？我们现在作白话文，岂非也是投机？

我们是得拿我们自己的眼来批评、观察了，而且还该用自己力量去做。投机，投机，不投机，落伍怎么好呀！《吕氏春秋》论邓析子①云：

无功不得民，则以其无功不得民伤之；有功得民，则又以其有功得民伤之。②

此即《左传》"欲加之罪，何患无辞"。要说"时"字是投机，谁不投机呢？说不投机，便不是投机。夏日则饮水，冬日则饮汤，这也是投机吗？夏雷冬雪，岂非也投机？这不投机不行。

大概孔子在他那时是崭新的见解。哲学与文学一样，自其不变而观之，则万物皆定于一；自其变者而观之，则日新月异，是创作。"定于一"（《孟子·梁惠王上》）与"日新月异"是一个是两个呀？今之人犹古之人，今之世犹古之世，不变；古者茹毛饮血，现在烹调五味，日新月异。孔子的政治、哲学，真是崭新崭新的。但现在看起来是迂阔、绕弯子、不着实际，否则就是落伍，虽然现在看来未尝不新。（旧同新，有时也相通。）

---

① 邓析子（？—前501）：春秋时期郑国思想家，反礼治而好刑名，长于名辩之学。
② 《吕氏春秋·审应览·离谓》："洧水甚大，郑之富人有溺者，人得其死者。富人请赎之，其人求金甚多。以告邓析，邓析曰：'安之。人必莫之卖矣。'得死者患之，以告邓析，邓析又答之曰：'安之。此必无所更买矣。'夫伤忠臣者，有似于此也。夫无功不得民，则以其无功不得民伤之；有功得民，则又以其有功得民伤之。"

我们读《论语》，又不想拿孔子抬高自己身价，想也不肯，肯也不能。我们读《论语》，不想迂阔落伍，但也不想被人目为投机。人活着，只有混容易。其实，混也要费点心思、拿点本事，何尝容易？

天下事进化难说，有的由繁趋简，有的由简趋繁。字由繁趋简，文由简趋繁。

子适卫，冉有仆(仆，御车)。子曰："庶(庶，众也。)矣哉！"冉有曰："既庶矣，又何加焉？"曰："富之。"曰："既富矣，又何加焉？"曰："教之。"(《论语·子路》)

子贡问政。子曰："足食，足兵，民信之矣。"子贡曰："必不得已而去，于斯三者，何先？"曰："去兵。"子贡曰："必不得已而去，于斯二者，何先？"曰："去食。自古皆有死，民无信不立。"(《论语·颜渊》)

冉有[①]是想着做事的，近于事功。曾子精力多费在修养上，是向内的，个人的。冉有是向外的，对大众有影响，故对政治留心。

一庶，二富，三教。

"庶"(人口多)，不是最终目的；要"富之"，最终"教之"。

"教"，人为。"教"，连朱子都以为是立学校，此教未尝无立学校之意，但还不仅是知识；教未尝没有教育之意，但孔子尚非此意。孔子所谓教是"教以义方"(《左传》)。现在教育只教知识，不教以"义方"。"义"之为言，宜也；"方"之为言，向也，向亦有是非之意。明是非，知礼义，有廉耻。孔子盖以此较知识为尤重要，否则知识只使其成为济恶之工具。"教之"不仅立

---

① 冉有(前522—前489)：冉氏，名有，字子有，春秋时期鲁国人，"孔门十哲"之一，以政事著称。

学校,立学校也不仅读书识字。

"自古皆有死,民无信不立",真结实,也真有味。结实,有味,二者难以兼有,但《论语》真是又结实又有余味。老子说话不老实,而无余味。冉有问政是"加",子贡问政是"去",夫子说来又结实又有味。

古本《论语》"民信之"上有"令"字,"令民信之","之"指为政之人,有"令"字好。"民无信不立",立:(1)立国,(2)存在。总之,在上位的人要得民心。得民众拥护也有失败,但民众对失败原谅,对错事了解,因为民众信得及他。能信故能得人拥护,若不得人拥护,办好也是不好。

庄子真是思想家,中国思想非玄不可。别国"玄"是复杂,而中国玄妙在简单中。如佛学,佛家虽是宗教家,实是思想家,能想象而又极能分析。佛学传入中国,修佛者成为净土,简单化了;解的人成为禅宗。无论修中净土、解中禅宗,皆不用佛之丰富想象、琐碎分析。

孔子不玄。最注重实际,日用平常,所以结果是平易近人。好处,人人觉得他可亲;坏处,使人易视他(虽不见得轻视)。其实儒家之日用平常、平易近人,道理虽非懂不完、知不尽(一看、一会就懂),可是永远是我们行不尽、用不尽的。

《子路》中第十三"子适卫,冉有仆"一章可与《颜渊》"子贡问政"章参看。"冉有仆"一章,一庶(人众多),二富,三教(乃教育哲学)。"子贡问政"一章,按文章次序:一食、二兵、三信;按重要分,则:一信、二食、三兵。精神不能脱离物质而独立,物质缺乏能造成人道德之堕落。犯法罪人多为物质缺乏的结果,穷生奸邪,富长良心。推而广之,扩而充之:以个人为出发点──→天下,以物质出发点──→精神。并非离开个人而能有天下,也不能离开物质而言精神。

子曰:"为政以德,譬如北辰,居其所而众星共之。"(《论语·为政》)

现在只讲势力、人多势众，不讲修养。修养是个人的。现在团结若说为一个主义信仰，还要修养。现在人根本谈不到信仰，只是为势力而势力。

孔子之说法不行。一因现在时代不同，一因若曰个人做起，"俟河之清，人寿几何"（《左传·襄公八年》子驷引《周诗》）？所以孔老夫子显得迂阔。但若想根深蒂固，还非从个人精神修养下手不可，否则其兴也勃，其亡也忽。我们做事太书呆子气，不太世故。世故使人不能成为书呆子，而书呆子往往又不能使人去做事。现在是要成一种势力，而领导此势力的人必须有崇高人格修养才配做领袖。"为政以德"，自己精神修养至完善境界便是德。"为政"是天下事，而曰"以德"，还是以个人做基础"而众星共之"。"居其所"是他的精神，"众星共之"，做成一种势力。而要造成一种势力，先要有纯洁、高尚人格才能永久。而往往有修养的人，无办事能力；能办事的人，无修养。

附 《论语》散讲

一 释"孟敬子问病"

> 曾子有疾,孟敬子问之。曾子言曰:"鸟之将死,其鸣也哀。人之将死,其言也善。君子所贵乎道者三:动容貌,斯远暴慢矣。正颜色,斯近信矣。出辞气,斯远鄙倍矣。笾豆之事,则有司存。"(《论语·泰伯》)

"曾子言曰",与《论语》体例不合,多一"言"字。

"孟敬子[①]问之","问",疑问、问讯、问候。如小孩子游山水,问山如何、水如何,也不知道他所看是水里有条鱼,还是路上有乞丐。

人孟敬子来问病,曾子何必说这个?这么多事!不像曾子干的。

"君子所贵乎道者三","道"者,汉儒郑康成曰:"道,礼也。"存于心者为道,现于外者为礼,道与礼压根儿两回事。

"动容貌""出辞气","动"与"出"是两面的,"正颜色"是一面的,这与文法修辞不合。"远暴慢""远鄙倍"——"斯远",故用"动""出",两面;"近信"——"斯近",故用"正",一面。勉强讲过去了。但何以"出辞气,斯远鄙倍矣"?

---

① 孟敬子(生卒年不详):仲孙氏,名捷,谥号敬,春秋时期鲁国大夫。

二 谦与骄

子曰：学如不及，犹恐失之。(《论语·泰伯》)

骄傲、自负，可使人有勇气；而过分的骄傲是狂妄。只有骄气、没有实力，是说大话，使小钱。过分的谦虚（虚伪的谦虚）与过分的骄傲同样要不得。"学如不及，犹恐失之"，"学，然后知不足"(《礼记·学记》)，这是真的谦虚。

三 "吾与点也"

《论语·先进》篇中"子路①、曾皙②、冉有、公西华③侍坐"章，以每个人说的话表现此人物的性格，正如《阿Q正传》中阿Q的话，《水浒传》中李逵的话。阿Q偷了静修庵的萝卜，被老尼姑抓住，阿Q说："我什么时候跳进你的园里来偷萝卜了？"还指着兜在大襟里的萝卜说："这是你的？你能叫得他答应你么？"李逵从梁山上下来接老娘，在山里老娘却被老虎吃了，李逵说："我千辛万苦背到这里，却把来与你吃了！"活画出阿Q、李逵的性格。

子曰："以吾一日长乎尔，毋吾以也。居则曰，不吾知也。如或知尔，则何以哉？"

---

① 子路(前542—前480)：仲氏，名由，字子路，又字季路，春秋时期鲁国人，"孔门十哲"之一，以政事著称。
② 曾皙：曾氏，名点，字子皙，曾参之父，春秋时期鲁国人，"孔门七十二贤"之一。
③ 公西华(前509—？)：公西氏，名赤，字子华，春秋时期鲁国人，"孔门七十二贤"之一，以长于祭祀之礼、宾客之礼著称。

语言婉转、跳动。孔子主张兼善天下,如抓不到政权就独善其身。曾皙所言"莫春者,春服既成,冠者五六人,童子六七人,浴乎沂,风乎舞雩,咏而归",正中孔子不能兼善之时之下怀,故"喟然叹曰:'吾与点也。'"赞同曾皙之言,实是无奈之语。

四 说"也欤"

> 人而不为《周南》《召南》,其犹正墙面而立也欤?(《论语·阳货》)

什么水土生什么人物。托尔斯泰(Tolstoy)①似神,那一种只有生在俄国。孔子温柔敦厚,原本是教训人的话,而加上个"也欤",味真厚。

五 "丘不与易也"

> (桀溺)曰:"滔滔者,天下皆是也,而谁以易之?且而与其从辟人之士也,岂若从辟世之士哉?"耰而不辍。子路行以告。夫子怃然,曰:"鸟兽不可与同群。吾非斯人之徒与而谁与?天下有道,丘不与易也。"(《论语·微子》)

孔子是热心事业的,要改良社会,然而孔子又非仅一政治家,同时乃哲学家,如孔子在川上,见逝者如斯,而感叹到世事之无常。

子在川上曰:"逝者如斯夫,不舍昼夜。"(《论语·子罕》)不但意味无穷(具有深刻哲理),而且韵味无穷(富有深厚诗情)。

---

① 托尔斯泰(1828—1910):俄国19世纪批判现实主义作家,著有长篇小说《战争与和平》《安娜·卡列尼娜》《复活》、批评著作《艺术论》等。

第三讲

楚辞释读

《诗》《骚》为古人之必读书;"风""骚"为历代文人所称道,为创作之不尽之泉。楚辞在文学源流上关系甚重大。

第一节

释楚辞

楚辞,楚国民歌,屈原加工写就后,后人名之"楚辞"。大多作品作时无篇名,篇名多为后人所加。

《昭明文选》①有赋、诗、骚之分,骚即楚辞。楚辞亦称赋也,《汉书·艺文志》即列有屈原赋二十五篇。(以为皆楚辞,皆为屈原作。)楚辞,一名"楚辞",一名"赋",均妥。

以"楚辞"名之,始自刘向②。

刘向乃元帝、成帝时人,宣帝初年卒。刘向作《别录》③,是在汉成帝朝,时已有楚辞之名。成帝时,刘向校书,集屈原及学屈诸人之作名曰"楚辞"。凡古人为书皆有一定宗旨,合则数人可为一家。故自《隋书·经籍志》以下分经、史、子、集,楚辞入集部而不入总集、别集,单立为"楚辞"之名。其所以不入总集者,岂古人不知也? 盖总集专就文章言,凡文好即可,如《文选》上下八代所收百余人,即此故也。其文章不必彼此有关。刘向自作赋虽多,而楚辞仅收其《九叹》,即以其他与楚辞不合故也。汉人所作自

---

① 《昭明文选》:中国现存最早的诗文总集,南朝梁昭明太子萧统编选。萧统(501—531),字德施,小字维摩,南朝兰陵(今江苏常州西北)人,梁武帝萧衍长子。天监元年(502)立为太子,未即位而卒,谥号昭明,世称昭明太子。
② 刘向(前77? —前6):原名更生,字子政,沛郡沛县(今江苏沛县)人。西汉经学家、目录学家、文学家,编撰《别录》《楚辞》等。
③ 《别录》:刘向所著分类目录书,著录图书603家,计13 219卷,分6大部类,38种,每类前有类序,每部后有部序。其子刘歆据此序录删繁就简,编成《七略》。《别录》唐代已佚。

淮南小山①而下,亦能与之互相发挥,自宋玉②至王逸③皆学屈原《离骚》作,故自成一家。

何以曰"楚辞"?名为"楚辞"者,楚人之辞也。楚人之辞者,表示异于他处也。周末诸侯跋扈,各地方言不同。今之方言,人亦多不懂,如《醒世姻缘》④用山东方言。以楚辞而通行者,以其辞太好。

作楚辞,须先通楚国之语言、音韵。《汉书·王褒传》载:

> 宣帝时,修武帝故事,讲论六艺群书,博尽奇异之好。征能为楚辞九江被公,召见诵读。

《汉书》注引刘向《别录》曰:

> 宣帝诏征被公,见诵楚辞。入,被公年衰母老,每一诵,辄与粥。

盖当时九江用楚音,而被公犹能以战国时楚音读之。后世之皮簧戏⑤谭(鑫培)⑥、余(叔岩)⑦,皆湖北人,咬字用湖北音。(昆曲除丑能用本地方言外,生、旦皆须用苏白。作曲必须通苏白,否则气韵不正。)

---

① 淮南小山:一说,淮南王部分门客总称。淮南王与诸门客八公山吟诗作赋,形成"淮南小山"之文学集体。又一说,淮南王刘安门客中雅称"淮南小山"者。

② 宋玉:战国时期楚国文学家,长于辞赋,著有《九辨》《高唐赋》等。

③ 王逸(89?—158):字叔师,南郡宜城(今属湖北)人。东汉文学家,长于辞赋,著有《楚辞章句》。

④ 《醒世姻缘》:明末清初长篇白话世情小说,西周生辑著。全书以山东中部方言写成,叙写浪荡子晁源及其转生的狄希陈的两世姻缘故事。

⑤ 皮簧戏:皮簧,又称皮黄,西皮与二黄之简称。因皮黄是京剧两大主要声腔,故京剧亦称"皮黄"或"皮簧"。

⑥ 谭鑫培(1847—1917):原名金福,字望重,湖北武汉人。京剧演员,初工武生后改老生,谭派创始人,有"伶界大王"之美誉。因其父谭志道有"叫天"之艺号,故称谭鑫培为"小叫天""谭叫天"。代表剧目有《空城计》《捉放曹》《定军山》等。

⑦ 余叔岩(1890—1943):原名第祺,字小云,湖北罗田人。京剧老生,"新谭派"代表人物,世称"余派",代表剧目有《搜孤救孤》《捉放宿店》《乌盆记》等。

《文选》又何以名楚辞曰"骚"？盖楚辞以《离骚经》为主。王逸释：离者，别也；骚者，愁也；经，径也。屈赋廿五篇，独《离骚》称"经"，其他皆不称"经"。古书分"经""传"。或曰：经者，常也。又曰：圣人所作为经，贤人所作称传。经者，又释为组织之义。古人往往经、传出一人之手，则经不过其主要纲目而已。墨子有《经上》篇、《经下》篇。若楚辞仅《离骚》曰经，则其余各篇皆传矣，屈原文以经为主，可代表他篇，故总名之曰"骚"。凡叶韵之文皆曰"赋"，且《离骚》多言愁，赋则不然。而《昭明文选》列"骚"于赋、诗之后者，乃为学者方便。

《文选》称楚辞为"骚""骚体"。后凡体裁近于楚辞者均称"骚体"，相沿以成，约定俗成，此始自萧统。

"赋"之名不始于楚辞，而始于"诗三百篇"。诗"三百五篇，孔子皆弦歌之"(司马迁《史记·孔子世家》)，吴季札观乐亦歌诗，诸侯相会则赋诗。赋者，敷也，直言之也。《汉书·艺文志》"诗赋略"叙引《诗经·鄘风·定之方中》毛氏传曰：

不歌而颂谓之赋，登高能赋可以为大夫。

能颂(诵)而不能歌者，一以声韵，一以篇幅过长。赋与歌之不同，可以《左传》证之：

卫献公戒孙文子(林父)、宁惠子食，皆服而朝。日旰不召，而射鸿于囿。二子从之，不释皮冠而与之言。二子怒。孙文子如戚，孙蒯(孙林父之子)入使。公饮之酒，使大师歌《巧言》之卒章。大师辞，师曹请为之。初，公有嬖妾，使师曹诲之琴，师曹鞭之。公怒，鞭师曹三百。故师曹欲歌之，以怒孙子以报公。公使歌之，遂诵之。(《襄公十四年》)

>>> 楚辞以《离骚经》为主。屈赋廿五篇,独《离骚》称"经",其他皆不称"经"。屈原文以经为主,可代表他篇,故总名之曰"骚"。《文选》以后凡体例似楚辞的,都称为"骚体",相沿以成,约定俗成。图为宋朝李公麟(传)《九歌图卷》。

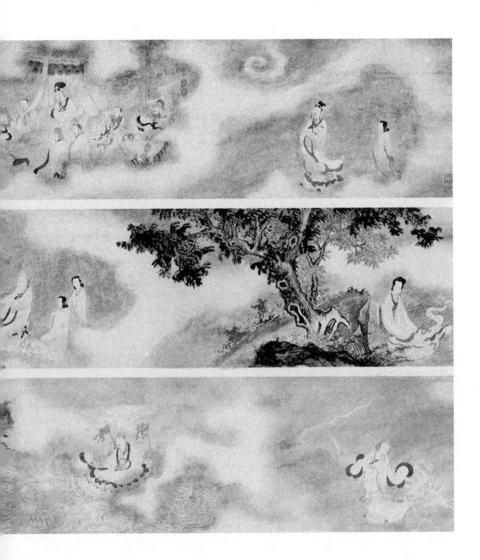

师曹为之,不歌而颂(诵)。(盖师曹与献公有隙,故欲触怒孙子使暴献公。)"不歌而颂",即谓之赋。古之士大夫须有九能,其一登高能赋也。

《尚书·尧典》有"诗言志,歌永言"之语。"诗三百"多为四言,盖文字皆由简入繁,故五言出四言衰。今《昭明文选》所选但有四言,盖有"诗三百篇"在前,后人无以过之。楚辞多用"兮"字,《诗经》用者尚少,然亦有上下句皆用"兮"字者,如《郑风·缁衣》:

缁衣之宜兮,敝予又改为兮。
适子之馆兮,还予授子之粲兮。

缁衣之好兮,敝予又改造兮。
适子之馆兮,还予授子之粲兮。

缁衣之蓆兮,敝予又改作兮。
适子之馆兮,还予授子之粲兮。

此已与楚辞相近似。他者若"沧浪之歌",亦此体:

沧浪之水清兮,可以濯吾缨。
沧浪之水浊兮,可以濯吾足。
（屈原《渔夫》所引楚歌）

"缨",古所谓帽缨,乃所以系。孔子闻之曰:"小子听之,清斯濯缨,浊斯濯足矣,自取之也。"(《孟子·离娄上》)沧浪在楚,是楚人之歌。然此仍为诗而非赋,盖尚可歌也,赋则可颂(诵)而不可歌。

诗而为赋,亦文体之变也。此"赋"乃辞赋。赋,铺张也,本为"赋、比、兴"之赋,后单独发展为一种文学样式。哲理赋如《荀子》,汉赋均为"辞赋"。汉代司马相如①、扬雄、张衡、班固等均为辞赋家。(汉代辞赋具有文学史上的价值,应予适当评价。)自枚乘②《七发》、班固《两都》以下,叙事、写景多出于"楚辞"。

《汉书·艺文志》"诗赋略"分五家,赋有四家:屈原、荀卿③、陆贾④及杂赋(其学四家者附之其后)。荀子有《赋篇》,内存五篇,作风与屈原不同,仍为四字一句,而能颂(诵)不能歌,与《诗三百篇》不同。屈原赋乃文学之最早者,后世之描写方法多出于楚辞,后之纯文学亦出于此。故仍读之。所谓纯文学必有组织,不但须有组织,且须有音节。("文",广义而言。文者,字也,故有《说文解字》。文,其部首也;字者,孳乳而相生也。)屈原为赋家之正宗,后世学屈者多。(然后人学"骚"者多不能似,即以扬雄之才写之尚如此。今并赋不为,何况楚辞?)宋玉乃屈原之弟子,后人合称之为"屈宋"。《招魂》据云乃宋玉为屈原作,而司马迁则以为屈原自己作。《史记·屈原列传》:

> 屈原既死之后,楚有宋玉、唐勒、景差之徒者,皆好辞而以赋见称,然皆祖屈原之从容辞令,终莫敢直谏。

宋玉出于屈原,而屈含蓄、宋刻露,能自己表现个性。长在此,短亦在此。以文论,"屈宋"可以并称;唐勒、景差则不能与之比。其后,汉人赋多出屈宋,《汉书·艺文志》"诗赋略"叙可概见。

---

① 司马相如(前179?—前118):字长卿,蜀郡成都(今四川成都)人。西汉辞赋家,著有《子虚赋》《上林赋》等。
② 枚乘(?—前140):字叔,淮阴(今属江苏)人。西汉初期辞赋家,著有《七发》等。
③ 荀子(前313?—前238):名况,字卿,战国时期赵国思想家、文学家,时人亦尊称荀卿。现存《荀子》32篇。
④ 陆贾(前240?—前170):汉初楚(今江苏徐州)人,有辩才。著有《新语》12篇,大旨为崇王道,黜霸术。

第二节

读《离骚》

今欲读楚辞,须先读《史记·屈原列传》。

司马迁之作《史记》,不似后人之著书,乃自成一家之言,有所为而作,有可感始书;无感,虽名人不传。班固以下则为史而史矣,体裁整齐。《史记》为某人列传,即对某人有感,多为学者,或儒家,或兵家。管仲、晏婴二人皆齐人,故合传;孟子、荀卿皆儒家,诸家附其后。

司马迁《史记》之传,仍为"传"之意。读某人作品前,须先读某人传。立贾谊①传者乃同情其不得已,故录其重要政见甚少。为屈原立传,乃为《离骚》而作。

班孟坚《离骚序》曰:

> 昔在孝武,博览古文,淮南王安《叙离骚传》,以"《国风》好色而不淫,《小雅》怨悱而不乱,若《离骚》者可谓兼之。蝉蜕浊秽之中,浮游尘埃之外,皭然泥而不滓,推此志,虽与日月争光可也"。斯论似过其真。

古人不以抄书为耻。古有"言功"篇,古人以立言为功,乃公有。《屈原列传》抄淮南王安②《叙离骚传》,自班孟坚序所引淮南王安《叙离骚传》可

---

① 贾谊(前200—前168):洛阳(今属河南)人。西汉政论家、文学家,《汉书·艺文志》记载其散文有58篇,收录于《新书》。曾为长沙王太傅,故世称贾太傅、贾长沙。

② 淮南王安:刘安(前179—前122),西汉皇族,袭父封为淮南王。好文学,奉汉武帝命作《离骚传》,又招宾客编撰《淮南子》(原名《淮南鸿烈》)。

知。班固《汉书·艺文志·诗赋略》著录屈原赋廿五篇,所谓廿五篇自《离骚》至《卜居》。

屈原所处之时代,正值神话传说盛行,且楚国时为富饶、文化发达之大国。此为屈原赋楚辞提供了神话、想象之基础。屈原信鬼神。

神话、想象不仅与时代,与地域亦有影响。(热带最富幻想,如印度作品多梦境。)《列子·说符》云:"楚人鬼而越人禨。"昔所谓华夏,但指山东、山西、河北、河南。陕西虽周之旧都,而时为西秦。楚则以蛮夷观之。越成为国,其君称子。楚最先见于春秋,吴越更晚。楚衰而吴兴,吴亡而越兴。民族文化低者多迷信,故曰:楚人鬼越人禨(禨,祥也,预兆)。圣君王不仅以鬼神行政(傩坛,周之祭祀地,打鬼),虽仍祭祀而言人事,如汤之贤臣巫咸,所以姓巫者,盖咸即巫也。(男女巫总名为巫,男巫单称觋。)

屈原被放,就世俗看是不幸的。但就超世俗看来,未始不是幸,否则没有《离骚》。再如老杜,值"天宝之乱",困厄流离;老杜若非此乱,或无今日之伟大亦未可知。在生活上固是不幸,但在诗上说未始不是幸。

屈子之诗:

路曼曼其修远兮,吾将上下而求索。

杜甫之诗:

莫自使眼枯,收汝泪纵横。
眼枯即见骨,天地终无情。
　　　　(《新安吏》)

屈原是热烈、动、积极、乐观;杜甫是冷峭、静、消极、悲观,而其结果都是给人以要认真活下去的意识,结果是相同的。

《离骚》中心思想：

一篇作品均有一中心思想，如以石投水，一点为中心，圈圈扩大，而成一篇。

> 朝发轫于苍梧兮，夕余至乎县圃。
> 欲少留此灵琐兮，日忽忽其将暮。
> 吾令羲和弭节兮，望崦嵫而勿迫。
> 路曼曼其修远兮，吾将上下而求索。

此即是屈原《离骚》之中心思想。屈原要实现其理想，但如何实现其理想，怎样促成新的诞生、旧的死亡，却一筹莫展。

《离骚》有奋斗精神而又太有点伤感。"路曼曼其修远兮，吾将上下而求索"，"三百篇"无此等句子，《离骚》比"三百篇"有战斗、奋斗精神。

人无思想等于不存在。《诗》《骚》、曹、陶、李、杜其作品今日仍存在，其作品不灭，作风不断。作品，即篇章；作风，乃情，风者，精神之表现于外者。后世作伪诗之诗匠，即因其作品不能"常"，精神不能不断。

第四讲

《中庸》解析

"公案""话头",话头即前言,公案即经行。

佛家言,释迦牟尼降生时,一手指天,一手指地,做大狮子吼:上天入地,唯我独尊。

《云门广录》卷中记云门大师①一则公案:

举②世尊初生下,一手指天,一手指地,周行七步,目顾四方,云:天上地下,唯我独尊。师云:"我当时若见,一棒打杀与狗子吃却,贵图天下太平。"

疑(一切法),悟(佛法);小疑,小悟;大疑,大悟。如此是学。

一切烦恼皆是菩提种子,自己想错了,都比说别人道理说对了强。

《论语·述而》:"不愤不启,不悱不发。"《孟子·公孙丑上》:"心勿忘,勿助长。"如此是教学。

---

① 云门(864—949):名文偃,号匡真,唐朝禅师,开创禅宗云门宗。因居韶州云门山光奉院,故人称云门文偃。

② 禅宗语录常于一则之前著一"举"字,意为"特意举出",然后加以评说。

第一节

《中庸》发端

一 《中庸》之由来

《汉书·艺文志·六艺略》著录《礼》十三家,五百五十五篇,中有《中庸说》二篇。其下颜师古注云:"今《礼记》有《中庸》一篇,亦非本《礼经》,盖此之流。"颜氏所说《礼记》盖即《小戴礼记》,颜氏所谓"此",盖对《中庸说》而言。

《汉志》无"礼记"之名,而单称《记》,《记》百卅一篇。《记》百卅一篇,班氏自注:"七十子后学者所记也。"总之是儒家嫡派。

至宋,朱子始自《小戴礼记》单提出《大学》《中庸》两篇,与《论语》《孟子》合称"四书"。(《大学》,亦《小戴礼记》的一篇。)故欲讲《中庸》,先讲《礼记》。

朱子以《礼记》为秦汉诸儒详解仪礼之书。梁任公先生以为《礼记》乃研究战国秦汉儒家思想之重要史料。(《礼记》不能算儒家思想史,乃史料。)

礼——形式,礼必合乎理。然《中庸》但讲"理"而不讲"礼"。理,偏于思想——内;礼,偏于形式——外。故礼虽合理,然讲礼时不讲理。

孔子后,儒家思想分荀、孟两大派。《礼记》与荀子甚有关,尝抄荀子《劝学》篇二三百字之多,故《礼记》与《荀子》相近,此不得不承认。然就《中庸》考之,则又抄《孟子》。总之,《礼记》乃孟、荀之后学者所记。

以上说《礼记》与儒家思想。

在《礼记》中,《大学》《中庸》两篇为研究儒家思想重要史料,朱子摘此二篇使之独立与《论语》《孟子》并称"四书",诚有见解。

二 《中庸》所以列于《礼记》

近代心理学家有所谓行为派,礼便是讲儒家的"行"。无论心地如何光明、品格如何高尚、经济如何广大,皆可自行为(礼)观之。

行为,合乎"礼",即合乎"仁"。(仁,人也。标准的仁即完全的人。)仁、礼有内、外之分,而非二:有内在的仁,便有外在的礼;有外在的礼,便有内在的仁。《论语》颜渊问仁:

> 子曰:"克己复礼为仁。一日克己复礼,天下归仁焉。为仁由己,而由人乎哉?"颜渊曰:"请问其目。"子曰:"非礼勿视,非礼勿听,非礼勿言,非礼勿动。"(《颜渊》)

宗教仪式、宗教戒律,皆礼也,限制身,所以限制心,使其合乎最高境界标准。佛所谓戒律,今所谓仪式,即儒家所谓礼。孔子所谓视、听、言、动,佛所谓行、住、坐、卧,皆有礼。唐有道宣律师①得道,每日天厨送天食。窥基②大师闻之(窥基,乃尉迟敬德之侄,唐三藏弟子,锡杖上挂酒肉。窥基建唯识派,后之唯识派宗之,主三界唯心、万法唯识,与近代哲学家认识论近似)。至道宣律师处居三日,天厨不送天食。后窥基走,天厨始来,曰:真菩萨在此,不敢至。③

---

① 道宣律师(596—667):字法遍,唐朝律师,开创中国佛教以研习及传持戒律为主的南山律宗,集律宗之大成,世称"南山律师"。佛教称善解戒律者为律师。

② 窥基(632—682):字洪道,出身贵族,17岁奉敕替太宗出家为玄奘弟子,居于大慈恩寺随玄奘学梵文和佛教经论。因其著述常题名基,或大乘基,后人称为窥基。

③ 《神僧传》卷六:"初宣律师以弘律感天厨供馔,每薄基三车之玩不甚为礼。基尝访宣,其日过午,而天馔不至。及基辞去,天神乃降。宣责以后时,天神曰:'适见大乘菩萨在此,翊卫严甚,故无自而入。'宣闻之大惊,于是遐迩增敬焉。"

一部《礼记》皆讲外在的礼,唯《中庸》篇讲内在思想。然则《中庸》一篇为《礼记》一书之灵魂,读《礼记》不读《大学》《中庸》,则只有躯壳、无灵魂。故孔子说:

礼云礼云,玉帛云乎哉?(《论语·阳货》)

明乎此,则明《中庸》所以列于《礼记》矣。玉帛所以成礼,而非所以为礼。林放①问礼之本(玉帛乃礼之末),子曰:

大哉,问!礼,与其奢也,宁俭。(《论语·八佾》)

千里送鹅毛,物轻人意重。
仁必用礼来表示,故重"行",礼与行有关:

子曰:"君子义以为质,礼以行之。"(《论语·卫灵公》)

子曰:"君子博学于文,约之以礼。"(《论语·雍也》)

子曰:"……依于仁,游于艺。"(《论语·述而》,"游于艺"即文)

颜渊喟然叹曰:"……夫子循循然善诱人,博我以文,约我以礼。"(《论语·子罕》)

"约",束之也,使之就范、上轨道。然行与约,其礼之本与?制度、仪式,皆其末也,只是外表。
如此,则《礼记》一书可分两大部分:一讲仪式,如《仪礼》《曲礼》《内则》

---

① 林放(生卒年不详):字子丘,春秋时期鲁国人,比干27世孙,以知礼著称,传为"孔门七十二贤"之一。

《丧服》等篇,是外;它如《大学》《中庸》《经解》等篇,是内,是礼之本。

三 中庸与儒家思想

儒家思想代表人物孔子。孔子重学。
《论语》第一章开篇:

> 子曰:"学而时习之,不亦说乎?有朋自远方来,不亦乐乎?人不知而不愠,不亦君子乎?"(《论语·学而》)

又曰:

> 学而不思则罔,思而不学则殆。(《论语·为政》)

"罔",如网,惑也;"殆"者,危也。"学"与"思",看似二者并重;而孔子实重视"学",认为"学"比"思"重要:

> 子曰:"吾尝终日不食,终夜不寝,以思;无益,不如学也。"(《论语·卫灵公》)

而夫子所谓"学",所学何事?

> 子曰:"……五十以学《易》,可以无大过矣。"(《论语·述而》)

孔子之所谓"学"与行有关,故学与习有关。一回是偶然,久则必然,故与习有关,所以学与行有关。

孔门之学经意在行,且绝不大言欺人,重在"易行",其学必重"行",故取易知、易行。《中庸》不易知、不易行,是儒家思想,不是孔子思想。

宋王晋卿①得耳疾,求方于东坡,东坡回信(return)曰:"限三日疾去,不去,割取我耳。"晋卿悟,病已,与东坡诗:"我耳已聪君不割,且喜两家皆平善。"②

can 能
shall(should)会
must 必
may 可
will(would)肯

老子曰:

吾言甚易知,甚易行。天下莫能知,莫能行。(《道德经》七十章)

老子所谓"能",当译为 would,肯义。"后其身而身先,外其身而身存"(《道德经》七章),不是不能,是不肯。老子云:"水善利万物而不争。"(《道德经》八章)子贡所谓"君子恶居下流"(《论语·子张》),与老子所指非一,子贡在水上看出一个不应该,老子看出一个应该。老子是败中取胜,世人但欲身先身存,不肯后、外。

---

① 王晋卿(1036—1093?):王诜,字晋卿,太原(今属山西)人。能诗擅词,精于书画,广交苏轼、黄庭坚、秦观等文士。

② 赵令畤《侯鲭录》卷三引东坡语:"王晋卿尝暴得耳疾,意不能堪,求方于仆。仆答之曰:'君是将种,断头穴胸,当无所惜。两耳堪作底用,割舍不得?限三日疾去,不去,割取我耳。'晋卿洒然而悟。三日,病良已,以诗示仆云:'老婆心急频相劝,令严只得三日限。我耳已聪君不割,且喜两家皆平善。'"

孔子道理易知、易行,从来不说莫能知、莫能行。《中庸》不是孔子思想,而不能不承认其为儒家嫡传,亦犹禅宗之于佛。

禅宗有"平实"一派,后人讥之曰"无事甲里坐地"。①（见《宗门武库》,《宗门武库》乃禅家最后一大师宗杲大师语录。）"无事甲里坐地",白受罪也没干了什么。而佛曰"放下屠刀,立地成佛"（立地,犹立着也）。

所有道最忌讳"知",须要"悟"。想学游泳,只读游泳教科书绝不能会,须要到水里淹一淹,即因但"知"不行。知是旁观的,悟是亲身体验的。学佛须亲眼见佛,须是亲见始得,常人病在不亲,皆是旁观,"悟了同未悟"（提多迦尊者语）②。

参——疑——悟

不参、不疑,不足以言学。大疑,大悟;小疑,小悟。悟了,"悟了同未悟"。

> 赵州八十犹行脚,只为心头未悄然。
> 及至归来无一事,始知空费草鞋钱。
> 　　　　　　（张商英《赵州从谂禅师公案诗》）

> 尽日寻春不见春,芒鞋踏遍岭头云。
> 归来笑拈梅花嗅,春在枝头已十分。
> 　　　　　　（宋尼悟道诗）

---

① 《宗门武库》:"晦堂和尚谓学者曰:'尔去庐山无事甲里坐地去,而今子孙门如死灰,良可叹也。'"晦堂和尚,即宋代临济宗黄龙派晦堂祖心;庐山,代指临济宗黄龙派东林常总禅师。

② 提多迦尊者:摩伽陀国人,其姓未详,古天竺高僧。《五灯会元》卷一记载有提多迦尊者传法偈:"通达本法心,无法无非法。悟了同未悟,无心亦无法。"

先是疑,后是悟。山何以是山,水何以是水,如此是山,如此是水。

学佛在悟,学儒在行,三岁孩儿道得,八十老翁行不得。孔子所谈甚易知、甚易行,《中庸》所说不易知、不易行。

白杨顺和尚[①]病中示众:

久病未尝推木枕,人来多是问如何。
山僧据问随缘对,窗外黄鹂口更多。

道可遇而不可求。禅之所以为禅,即因从世谛(世法)看去是没道理不可解的。

世法——出世法

吾辈不出家,固无须出世法,然有时须打倒世法,如此方能勇猛精进。看苹果落地者,何止千万;而发现地心引力者,仅牛顿(Newton)一人。人皆是凡夫,牛顿是勇猛精进。一切皆用世法看,既辜负天地间现象,亦辜负自己心灵。无论何种事业,创立特别学说者多非常人,虽有流弊,然不可忽视其一片苦心。

用世法看,天地间事物皆相对的。文学、哲学、科学最高境界皆是打破世法的,一切学问精妙之处皆是绝对的(绝,无也)。子曰:

吾道一以贯之。(《论语·里仁》)

---

① 白杨顺和尚:即白杨法顺。法顺和尚(1076—1139),南北宋之交禅师。因曾于临川白杨寺弘法,故人称白杨法顺、白杨顺和尚。《五灯会元》卷二十载白杨法顺事:"病中示众:'久病未尝推木枕,人来多是问如何。山僧据问随缘对,窗外黄鹂口更多。只如七尺之躯甚处受病?众中具眼者,试为山僧指出病源。'众下语皆不契。师自拊掌一下,作呕吐声,又云:'好个木枕子。'"

佛说"阿耨多罗三藐三菩提",皆是此意。阿,梵文音译,相当"无"字。"阿耨多罗三藐三菩提",意译"无上正遍知"。"遍",绝对,即儒家所谓"一"。无所不用其"一",不一,不能成为力(量)、知(儒所谓德、道)。公教只一种,"道可道,非常道;名可名,非常名"(《道德经》一章),不可用世法看。一切学问最高境界皆是"一",大无不包,细无不举。不是一,便不是绝对的,而是相对,须"定于一"(《孟子·梁惠王上》)。

咱把性命交与了上苍,此非消极,而是积极。子曰:

天生德于予,桓魋其如予何!(《论语·述而》)

天之未丧斯文也,匡人其如予何!(《论语·子罕》)

一头倒在娘怀里,是有信仰,此绝非消极。而消极即积极,积极即消极,是绝对,非相对。

十分筋力夸强健,只比年时病起时。(辛弃疾《鹧鸪天·重九席上再赋》)

如今病起衰颓甚,只似年前带病时。(苦水仿辛词之断句)①

六朝思想发达而非儒家正统,虽然佛已染上东方色彩,老已染上儒家色彩,而究竟是佛老,魏晋六朝唐对义理之学无可发见。宋之义理之学,虽非绝后,而的确空前。宋人性理之学(道学),只做到孔门之学一半,只知不行。至明王阳明识"知行合一"②,始悟宋儒之弊。(宸濠作乱,王阳明一役而平。吾人固不能以成败论英雄。)王阳明第一次贬官贬为龙场驿丞,作有

---

① 此二句未见于《顾随全集》。
② 王守仁(1472—1529):字伯安,号阳明子,世称阳明先生,余姚(今属浙江宁波)人。明朝哲学家、文学家,著有《传习录》。《传习录》卷上有云:"某今说个知行合一,正是对病的药。"

《瘗旅文》。"若使忧能伤人，此子为不得永年矣。"(孔融《论盛孝章书》)忧，即佛家所谓"无明"(愚)。阳明少年进士，遭此打击而能不死，是无忧，而非麻木。鲁迅先生说：可怕的是使死尸自己站起来，看见自家的腐败。① 而孔夫子是"知其不可而为之"(《论语·宪问》)，可见老夫子是何等精神，即在前两种情境中杀出一条路来。看见自己腐败，为的是使自己不腐败，而结果仍不能免。糊涂的，浊气，固不行；聪明，思前想后，亦不行，必能用聪明打破无明，杀出一条路来始可。如明末黄梨洲②、顾亭林③，真了不得，能知能行。黄梨洲作有《原君》《原臣》，在专制时代能有此思想，真不易。明清之能超过宋理学，即因"知行合一"。

唐宋以来思想多受佛家影响，朱子讲义理多与佛家暗合。后世不受佛的思想影响者甚少。或曰阳明学即禅，而其最与禅不同者，即"行"之一字。能知即应能行，能知而不能行等于不知，如钱，花得不当是浪费，有而不花等于没有。(但视其合理与否，不必管是禅与否。)

读佛教书不但可为吾人学文、学道之参考，直可为榜样。其用功(力)之勤、用心之细，皆可为吾人之榜样。然禅宗亦有弊病。自六祖来，主张自性是佛，即心即佛，心即是佛，能悟则立地成佛。然即使能如此，又将如何？亦不过但为一"自了汉"而已，即孟子所谓"唯我"④。然《孟子》亦言"使先知觉后知，使先觉觉后觉"(《万章上》)，所谓一切众生皆得成佛。

自度——度人

自悟——悟人

自利——利他

---

① 鲁迅《坟·娜拉走后怎样》："为了这希望，要使人练敏了感觉来更深切地感到自己的苦痛，叫起灵魂来目睹他自己的腐烂的尸骸。"

② 黄宗羲(1610—1695)：字太冲，号南雷，又号梨洲，世称南雷先生或梨洲先生，浙江余姚人。明末清初学者，著有《明儒学案》《明夷待访录》等。

③ 顾炎武(1613—1682)：初名绛，明亡后改炎武，字宁人，号亭林，学者尊称亭林先生，江苏昆山人。明末清初学者，著有《日知录》《亭林诗文集》等。

④ 《孟子·尽心上》曰："万物皆备于我矣。"此一命题学者或谓之唯我论。

后来和尚只做到自度、自悟、自利,是知;度人、悟人、利他、觉后知、觉后觉,是行。儒家"穷则独善其身,达则兼善天下"(《孟子·尽心上》)。虽如此说,然又说"知其不可而为之"(《论语·宪问》),始终不承认"穷则独善其身",其精神始终在"兼善天下"。

一部《论语》就是"平实",易知易行,如问"仁",曰"爱人";问"知",曰"知人"。① 崔东壁②以为《论语》乃曾子后之弟子所记,尤其曾子,如《学而》一章,"子曰"后即有"曾子曰",崔氏说盖可信。

凡大师门下得道最多者,不是聪明最高的,而是用力最勤的人。曾子得圣人之传最多。《论语》记:

> 子曰:"参乎,吾道一以贯之。"曾子曰:"唯。"子出。门人问曰:"何谓也?"曾子曰:"夫子之道,忠恕而已矣。"(《里仁》)

曾子所言,真能抓住要点。故曾子的弟子所记,亦是"平实"。战国末诸家并出,以其学说悟人,只平实不足以胜人,故有《中庸》一书出。说一点难知、难行道理,故有《中庸》《孟子》。

禅,"说似一物即不中"(南岳怀让禅师语)③。一种学问,总要和人之生命、生活(life)发生关系。凡讲学的若成为一种口号(或一集团),则即变为一种偶像,失去其原有之意义与生命。儒家所谓仁义,《中庸》所谓道,与佛之所谓禅,是否同? 道不可须臾离,可离非道也。禅也者不可须臾离,可离非禅也。禅,可会,不可说,甚至不可知;如用筷子,不可知,不可说,而绝

---

① 《论语·颜渊》:"樊迟问仁,子曰:'爱人。'问知,子曰:'知人。'"
② 崔述(1740—1816):字武承,号东壁,魏县(今属河北)人。清朝辨伪学者,有辨伪专著《考信录》36卷。
③ 南岳怀让禅师(677—744):唐朝禅师,六祖惠能法嗣,因弘法于南岳,世称南岳怀让。《祖堂集》卷三载南岳怀让见六祖事:"祖问:'子近离何方?'对曰:'离嵩山,特来礼拜和尚。'祖曰:'什摩物与摩来?'对曰:'说似一物即不中。'在于左右一十二载。至景云二年,礼辞祖师。祖师曰:'说似一物即不中,还假修证不?'对曰:'修证即不无,不敢污染。'祖曰:'即这个不污染底,是诸佛之所护念。汝亦如是,吾亦如是。西天二十七祖般若多罗记汝:佛法从汝边去,向后马驹踏杀天下人。汝勿速说此法,病在汝身也。'"

对能会。

文学艺术,代表一国国民最高情绪之表现。说情绪,不如说情操。情绪人人可有,而有情操必得道之人、有修养之人。情操非情绪,亦非西洋所谓个性。每人作品皆有其简单而又神秘之境界,西洋谓之个性,不对。因个性乃听其自然之表现;而文学艺术最高之情操表现,非听其自然之表现。个性与生俱来,故曰:禀性难移,三岁见老。大艺术家所表现之个性,绝与此不同,实为一种禅,以之:

(一)发掘自己(掘出灵魂深处)。然此仍但为原料 raw-material。

(二)完成自己。须自己用力始得。可是圣人绝非自了汉,禹之过其门而不入①,可见儒家精神;佛说"众生有一不成佛我誓不成佛"②;耶稣背十字架为世人赎罪,担荷人间罪过③。

(三)表现自己。人不表现,如何能知是什么。人用什么表现?为人类办一点事情即表现自己,不是自吹,是做一点真正的事。

禅在表现上不成,在发掘、完成上有佛之精神,而无"众生有一不成佛我誓不成佛"之决心。近人在为学方面,只是发掘、完成两方面,不能踏实去干。必踏实,始真能有表现。

欲了解中国文学艺术,必须了解一点禅。

有《禅学讲话》一书,日本日种让山著,释芝峰④译,民国卅二年九月出版,丁字街佛经流通处售。序中提到《禅学讲话》原名《攻禅宗学》,余以为原名较佳。

任公《要籍解题及其读法》论及《礼记》,讲《礼记》之价值有五项,第四项讲《礼记》之价值云:

---

① 《孟子·离娄下》:"禹、稷当平世,三过其门而不入。"《史记·夏本纪》:"禹伤先人父鲧功之不成受诛,乃劳身焦思,居外十三年,过家门不敢入。"

② "众生有一成佛我誓不成佛",源出地藏菩萨本愿:"地狱不空,誓不成佛;众生度尽,方证菩提。"

③ 《新约全书·四福音书》记载:耶稣在耶路撒冷布道,因为门徒犹大的出卖,而被众祭司和民间长老捆绑解送交给犹太巡抚彼拉多。巡抚因耶稣无罪,意欲循常例释放他,但遭到众祭司长、民间长老和文士等一众人的强烈反对,而耶稣最终被钉死在十字架,人类的罪恶因此得以赦免。

④ 释芝峰(1901—1971):字象贤,现代学僧,译有日本著作《唯识三十论讲话》《禅学讲话》。

孔子设教，唯重力行。其及门者，亲炙而受人格的感化，亦不汲汲以骛高玄精析之论。战国以还，"求知"的学风日昌，而各派所倡理论亦日复杂。儒家受其影响，亦竟进而为哲理的或科学的研究。孟、荀之论性论名实，此其大较也。两《戴记》中亦极能表现此趋势。

孔子设教，唯重力行，故易知易行。战国以后，儒家受其影响，为其所迫，不得已，故渐有精深之理，自有玄妙之言矣。《中庸》是儒家，而非孔门之学，孔学平实，《中庸》玄妙。（孔子不言性与天道，以其有流弊也。后世禅宗流于□①，没用。）

四 "中庸"释义

"中庸"，朱熹章句引程子语：

> 不偏之谓中，不易之谓庸。

中——不偏；庸——不易，即不变，佛所谓常。以程子之言，则"中庸"二字为对举（并举）。余意以为此二字乃联举，如"国家"实只国意，"庸"字可包在"中"字内，可删去，是联举而非对举。联举乃为文气、语气方便。

第一章："喜怒哀乐之未发，谓之中；发而皆中节，谓之和。中也者，天下之大本也；和也者，天下之达道也。致中和，天地位焉，万物育焉。"只是"中"而未言"庸"。二、三章，始二字皆见，如第二章"君子中庸……君子之中庸也，君子而时中"，第三章"中庸其至矣乎"。

中庸，郑氏②注："庸，常也。用中为常道也。"此说与程、朱③有异，可取。

---

① 按："于"字下缺一字。
② 郑氏：东汉经学家郑玄。
③ 程、朱：宋朝理学家程颢、程颐与朱熹。

>>> 孔子设教,唯重力行,故易知易行。图为清朝释目存《三教图》。

第二节

《中庸》结论

> 天命之谓性,率性之谓道,修道之谓教。

此《中庸》第一章之首三句。

"天命之谓性,率性之谓道,修道之谓教",是结论。

古人写文开门见山。古文写法有:代数写法,由未知──已知;几何写法,由已知──已知。孟子常用前法,用包围法;古人多是后法。《中庸》如轰炸,上去便一炮。

中国人好言天。

孔子曰:

> 吾谁欺?欺天乎?(《论语·子罕》)

《论语》中言"天"之处甚多,然与公教所说"天"不同。公教所说"天"指上帝,至尊无上,是唯一的,这一点公教所讲最具体、最严肃。佛将天分为三十三天,常言诸天;亦曰天帝,多数与公教不同;或曰帝释。故佛所谓天,既不及公教之严,亦不及其唯一。中国所谓"天",亦唯一,而不及公教之严肃;儒所谓"天",亦至尊无上。子曰:

> 知我者其天乎!(《论语·宪问》)

然不及公教严肃,故是哲学而非宗教,所以为儒家而非儒教。

儒家所谓"天",要非人力所能转移、参与者,"莫之为而为者,天也"(《孟子·万章上》)。凡自然而然,莫之为而为,莫之致而至,统曰天命。如谓之为上帝意旨则严肃矣,成为宗教的。今所谓天命,颇似近世科学家所谓自然律(law of nature)。

成年以后,后天习惯与先天之性颇不易分。人往下疼,不往上疼,"功成者退"。人类进化在第二代的好坏,若不如此,人类灭绝久矣。凡有生之物皆如此。

"天命之谓性。"

青是山,绿是水,花花世界,花花者在此。

"性",牲,形声字,若依右文说①则不然,"生"亦有意。《易传》云:

　　天地之大德曰生。(《系辞传》)

世界之所以为世界,即全在此"生"。《中庸》所言"性",与公教所谓"灵魂"不同,与佛教所谓"明心见性"之"性"亦不同。公教不承认植物有灵魂;而在儒家,植物有性,柳宗元②《种树郭橐驼传》即云"能顺木之天以致其性"。佛家所谓明心见性之性,"自性圆明,本无欠缺"(《圆觉经》),在智(圣)不增,在愚(凡)不减,圆满光明。儒家"受命于天"与佛教"自性圆明"不同,佛说人人可以成佛,不假外求。公教在认识上帝,佛教在认识自己。余于此,借用柳宗元之语曰"是二者,余未信之"(《小石城山记》)。

---

① 右文说:文字学上一种依据形声字声符推求字义的学说。该学说以为声符相同的一组形声字具有共同意义,这一意义由居于字之右侧的声符所赋予,义符只决定该字所表示的一般事类范围。因声符大多居于字之右侧,故称右文说。

② 柳宗元(773—819):字子厚,河东(今山西永济)人,世称柳河东。唐朝文学家,与韩愈共同倡导古文运动,推动文体文风改革,著有《柳河东集》。

《论语》子曰：

> 君子有三畏：畏天命，畏大人，畏圣人之言。小人不知天命而不畏也，狎大人，侮圣人之言。(《季氏》)

朱注："天命者，天所赋之正理也。"此注等于不注，且不是孔门家法，孔门是显宗，朱子是秘宗了。"天命"，本能；既曰天命是本能，何畏之？"小人不知天命而不畏也。"孔夫子心是很热烈，而说得很安详。"畏"字何等有力，"知"字何等有分寸！《论语·尧曰》又言：

> 不知命，无以为君子也。

此所谓"命"，盖即天命，并非二物，说法者是当机立断，听法者是直下承当。

《论语》云：

> 子罕言利与命与仁。(《子罕》)

孔子与人以显（具体事物），故"罕言"命，命太抽象，实则很重视命与仁。"罕言"是慎重之意，非禁止之词。

《宪问》篇孔子有言：

> 道之将行也与？命也。道之将废也与？命也。

圣人不能离道，道不能离圣人，道之行废，皆与命有关。今所谓"命"字与夫子所用，理有深浅，意无同异。现在所谓认命，近于消极；孔夫子所谓命，近于积极。"道之将废"是不可，是命也；而老夫子是"知其不可而为之"

(《论语·宪问》),是尽人事而听天命,是积极。(今人是不尽人力而听天命。)故曰:

> 不怨天,不尤人,下学而上达,知我者其天乎!《论语·宪问》

天助自助者,"道之将废也与? 命也",是"不怨天,不尤人"。知命,然后心平气和,然后能努力;否则,虽努力是无明,是客气,不是真力。真力生于真知,欲得真力,必须真知。"不怨天,不尤人,下学而上达,知我者其天乎",此孔子自述其治学、为人用功之态度。人与学发生关系而成道。天可助,人可助,若天、人不助,不怨不尤。"下学而上达",夫子是渐而非顿,由低及高,由浅及深,"低处着手,高处着眼"(下学而上达)。

然孔子所谓"命"与《中庸》之"天命",乃截然二事。佛家禅宗说"自性圆明,本无欠缺"(《圆觉经》),即天命。"天命之谓性",与孔子所谓"命"不同,孔子所谓命甚严肃,乃至高无上之主宰,莫之高而高,莫之致而至,凡人力所不能达者皆谓之命。《中庸》"天命之谓性",非此意。《楞严经》有云:

> 妙觉明心,清净本然。

"妙觉明"三字与"清净本然"四字,皆是讲心的,此方是《中庸》"天命之谓性"之"天命"。故中庸是儒家思想,而非孔门思想,光此一句可知。孔子所谓"天命",只是天命,或简称"天",或"命",不能再加别字;而《中庸》曰"天命之谓性"。

"性",《论语》有云:

> 子曰:"性相近也,习相远也。"(《阳货》)
>
> 子贡曰:"夫子之文章,可得而闻也。夫子之言性与天道,不可得

而闻也。"(《公冶长》)

夫子言性"不可得而闻",可见孔子不言性。宋儒好言性,岂孔子家法?性——隐微,无法讲。

"率性之谓道。"

"率",《小戴礼记》郑氏注:"循也。"朱子注同。"率由旧章"(《诗经·大雅·假乐》)之"率由",即此意。循,依也;"率",由也。"由是而之焉之谓道"(韩愈《原道》),然此非性善不可。然孔子未言性善,"相近"是有区别,故"率性之谓道",亦非孔子家法。

孔子亦讲道,如"士志于道"(《论语·里仁》),"朝闻道,夕死可矣"(《论语·里仁》),唯不常言天道耳。道,"念兹在兹"(《尚书·大禹谟》)。孔门重道,而夫子所谓道究为何物?何谓道?

《论语·学而》篇记有子之言:

君子务**本**,**本**立而**道**生。**孝弟**也者,其为**仁**之本与?

"道""本"二字,后成一名词,佛家、道家均用,元曲有"清闲真道本"句(马致远《陈抟高卧》)。"本立而道生","立"字、"生"字好,生于其所不得不生。"其为仁之本与","仁"即人。"孝弟也者,其为人之本与"?佛说"因缘","因"即生机,儒家所谓"本"即"因"。宋儒讲义理是秘宗,孔子是显宗,易知易行。

《论语·里仁》篇:

子曰:"参乎,吾**道**一以贯之。"曾子曰:"唯。"子出,门人问曰:"何谓也?"曾子曰:"夫子之**道**,忠恕而已矣。"

孔门高弟"子"字多在下,如曾子;较次者"子"字在上,如子路。"有子之言似夫子"(《礼记·檀弓上》),曾子乃后进,年轻,孔子曰"参也鲁"(《论语·先进》)。有子闻、知似孔子,盖行稍差;曾子盖闻、知、行得夫子之道最多,有子、曾子之言当能得夫子意。要说言中之物、孔门之法,专在"吾道一以贯之";曾子曰"唯",直下承当,息息相通,心心相印。

  佛传法,世尊拈花,迦叶微笑,羚羊挂角,无迹可求,心心相印,用不着说;虽不说而有象征表现,故有拈花、微笑。于此,言语道尽,言语之道尽。"吾道一以贯之",尚非言语道尽,"并却咽喉唇舌,道将一句来"(百丈大智禅师语)①。"吾道一以贯之"六字,千回百转,道此一句,较拈花微笑似显,实一样秘。"一"究为何物?"一"即拈花,"唯"即微笑。"子出",真好,上合天理,下合人情,如佛传法后之涅槃。曾子曰"夫子之道,忠恕而已矣",其如禅宗所谓"今日事不获已,一场败阙"(呆庵普庄禅师语)②。所谓"忠恕",中心谓忠,如心谓恕;尽其在己曰忠,对人曰恕;知有我谓之忠,知有人谓之恕。曰忠,恕在其中;曰恕,忠在其中,天下岂有不忠之恕,不恕之忠?居心是静,行事为动,在日用居心行事,无时无地不合忠恕,则无时无地不合道。犹少"末后一句"③在——"夫子之道,忠恕而已矣。"

  "孝弟""忠恕"非二事,本是"孝弟",道归于"一","一"即忠恕。《孟子》有云:"老吾老,以及人之老;幼吾幼,以及人之幼。"(《梁惠王上》)"老吾老""幼吾幼",是孝弟;"以及人之老""以及人之幼",是恕。科学一加一是二,哲学一加一往往仍是一,孝弟忠恕是一,万殊归于一本。天下岂有不能忠恕而孝弟者,又岂有不能孝弟而有心忠恕者?上举"老吾老,以及人之老;幼吾幼,以及人之幼"得之。

---

  ① 百丈大智禅师:即百丈怀海,大智为其法谥。《古尊宿语录》卷二十九:"百丈大智禅师谓众曰:'并却咽喉唇吻,道将一句来。'沩山云:'却请和尚道。'五峰云:'和尚也须并却。'云岩云:'和尚有也未。'"

  ② 呆庵普庄禅师(1347—1403):名普庄,字敬中,别号呆庵,明朝临济宗杨岐派禅师,时人誉为"宗门中伟人",有《呆庵普庄语录》。《呆庵普语录》卷一载普庄禅事:"召大众云:'云居今日事不获已,更成一场败阙。三十年后,未免遭人检点。'"

  ③ 末后一句:亦作"最后句""末后一转"。黄檗《碧岩种电抄》卷一:"到彻悟极处,吐至极之语,更无语句过之者,谓之末后一句。"

"率性之谓道。"

"率性之谓道,修道之谓教",与佛教"本自具足"①不同。

"率性之谓道",是秘,是中庸,非孔门。

"率"即《诗经》"率由旧章"(《大雅·假乐》)之"率","率由"即由也。"能顺木之天以致其性焉尔"(柳宗元《种树郭橐驼传》)即率性,即顺自然律。西洋哲学在征服自然;中国哲学在顺应自然,即率性。"率性之谓道",顺本性生存、发展者也。

何以"率性之谓道"?

告子曰:"性犹杞、柳也,义犹桮、棬也;以人性为仁义,犹以杞柳为桮棬。"

孟子曰:"子能顺杞、柳之性而以为桮、棬乎?将戕贼杞、柳而后以为桮、棬也?如将戕贼杞、柳而以为桮、棬,则亦将戕贼人以为仁义与?率天下之人而祸仁义者,必子之言夫!"(《孟子·告子上》)

告子主性恶,孟子主性善,荀子主无善无恶(可善可恶)。孔子"性相近,习相远"之说,荀子与之相近。孟子主性善,乃奖励说;告子主性恶,乃警戒说,其用心未可厚非,而说理未尝圆满。

"义犹桮、棬",义中有仁。从修辞上看,"义犹桮、棬"是联举。(Parallel sentence,骈句,排句,偶句。)联举有时是单举,如"中庸";单举有时是联举,如"义犹桮、棬也",乃为修辞整齐。

"顺杞、柳之性","顺"即"率"字义,率,循、由、依。"戕贼"杞、柳之性,"率"即不戕贼、违害。

---

① 《坛经·自序品》:"何期自性,本自清净。何期自性,本不生灭。何期自性,本自具足。何期自性,本无动摇。何期自性,能生万法。"

孟子云：

人,性之善也,犹水之就下也。(《孟子·告子上》)

自然,便非戕贼;比为杞、柳,则有戕贼。"从善如登,从恶如崩"(《国语·周语下》),奔跑下坡路,依孟子人性之善如水之就下,则当为"从善如崩"矣。外国怀疑派谓:若人性是善,则不必圣贤鼓励人为善了。故《中庸》"率性之谓道",足见乃孟子之说,而非孔子之说。"率性之谓道",即任其自然为道,太玄。

人可分三阶段:(1)初生,自然;(2)少壮,重染(见《大乘起信论》);(3)衰老(或也许是少壮),还原(克复,克己复礼)。克己,在去其重染之气;复者,还也,如"七日来复"(《易经·复》)。第三时期无论少壮、衰老,此期皆为克复期,在智不增,在愚不减,恢复本来面目。重染非本来,重染愈甚,克复愈难;而克复之后,见道愈真,愉快亦愈大。佛教说"放下屠刀,立地成佛",孟子说"虽有恶人,斋戒沐浴,则可以祀上帝"(《孟子·离娄下》),人虽恶而要能真回心向善,比原来善人还诚。

某人问一大师:"何谓道?"大师曰:"平常心是道。"[1]平常心若与道分为二,则非道矣。平常心是道,日用法是道。有子拈出"孝弟"二字,曾子拈出"忠恕"二字,即平常心。《论语》之道乃忠恕孝弟,孝弟忠恕如何下手?人人可为。《中庸》则曰"率性之谓道",所谓"率性"则神秘,"率性之谓道",如何致力? 如何下手? 道家所谓道,自然,率性;佛教所谓道,自性,率性,此皆非孔门家法。

---

[1] 《五灯会元》卷四载赵州从谂禅师事:"他日问泉曰:'如何是道?'泉曰:'平常心是道。'"赵州禅师(778—897),法号从谂,因曾居于赵州,人称赵州和尚,晚唐禅宗大师,禅宗史上最有影响的代表人物。

道,韩愈①谓:

> 仁与义为定名,道与德为虚位。(《原道》)

如言用功,是虚位,如何用功?用何功?"率性之谓道"是虚位;孝弟忠恕是定名,容易行。禅宗说悟道,儒教说行道。"悟"是白搭,说饭不中饿人吃;"道"是无从下手。若下手,孔子儒教是方便法门。

> 梓匠轮舆,其志将以求食也;君子之为道也,其志亦将以求食与?(《孟子·滕文公下》)

于道:(1)闻,(2)知,(3)行。闻、知、行,三者为一,不可分。闻后便行,知行合一;若不能行,仍为不闻不知。

《论语》载:

> 子路问:"闻斯行诸?"子曰:"有父兄在,如之何其闻斯行之?"冉有问:"闻斯行诸?"子曰:"闻斯行之。"公西华曰:"由也问闻斯行诸,子曰'有父兄在',求也问闻斯行诸,子曰'闻斯行之'。赤也惑,敢问。"子曰:"求也退,故进之;由也兼人,故退之。"(《先进》)

《论语》有"未若贫而乐,富而好礼者也"(《学而》)句,旧本"乐"字下有"道"字,与下"好礼"对。然此不必然,所乐是道不必言,所闻是道,"道"字亦可略。因症与药,凡大师说道皆有此等处。于子路则曰"如之何其闻斯行之",子路猛于行而略于知,故孔子为是言。

---

① 韩愈(768—824):字退之,河阳(今河南孟州)人。自言郡望昌黎(今属河北),世称韩昌黎。唐朝文学家,与柳宗元共同倡导古文运动,推动文体文风改革,著有《昌黎先生集》。

(1) 性(天命),(2) 道(率性),(3) 教(修道)。

"修道之谓教。"

郑注:"修,治也,治而广之,人仿效之,是曰教。"言简而当。"治而广之"一句,尽其在我。治者,修治之意;广者,发挥广大之意。孟子云:"老吾老,以及人之老;幼吾幼,以及人之幼。"(《孟子·梁惠王上》)"老吾老""幼吾幼",是治;"以及人之老""以及人之幼",是广之。

朱注:"修,品节之也。性道虽同,而气禀或异,故不能无过不及之差,圣人因人物之所当行者而品节之,以为法于天下,则谓之教,若礼、乐、刑、政之属是也。"言多而无当。孟子云:"比而同之,是乱天下也。"(《孟子·滕文公上》)朱子言岂非"比而同之",不如郑注之"治而广之,人仿效之,是曰教"。

"修道之谓教",此处所谓"教",盖有二义:教诲、政教。

"教"之二义:

(一) 教诲(教育)义。孔子"诲人不倦"(《论语·述而》),孟子"得天下英才而教育之"(《孟子·尽心上》)。教诲与仿效是一非二,西洋重在方法,中国以身作则,教育不是给人方法,是给人榜样。"修道之谓教",没仿效,而修学与教学中有仿效。

(二) 政教义。政教今谓政治。教,须自己先会;治,己不正而正人;教,无为而治。儒家政治思想皆与教相连,今乃以法治。儒家政治思想与教育思想同,教育不是给人方法,政治亦不是给人规则、法律。

然"教"字当还有"教化"之意味。"教化"由"教诲"与"政教"合成,办教育亦须以身作则,以身作则是化。

《论语·颜渊》篇载:

季康子问政于孔子。孔子对曰:"政者,正也。子帅以正,孰敢不正?"

此精神真伟大,此所谓"教"不是怕,是从心里不好意思,故中国儒家言政必曰"政教"。"子帅以正,孰敢不正",岂非仿效之？此种政治学太理想。《论语·子路》篇又云：

> 以不教民战,是谓弃之。

可见政治并非机械的支配。近代政治多为机械的支配或消极的防闭。教民不是机械的支配、消极的防闭,而是人格的感化,以一人精神、人格感化全国,真是积极精神,政治与教育打成一片,皆是以身作则。而孔子之学说是圣人,不是宗教。耶稣、释迦不言政治,不能抓住政权之心；孔子之教与政有关,不是宗教。

孔子所谓教育有二：一修道,一行道。穷而在下,则聚徒讲道（教,修道）；达而在上,则得君行道。可见,儒教在借政治推行其道,否则事倍功半；借政治之力,则事半功倍。夫子周游,原想以政教推行,而失败了,遂归而教诲。教,须先修道。

对"天命之谓性"三句,今作一譬喻：

"天命之谓性",如钢铁,具坚利性。钢铁不可用人为,是天生具坚利性。

"率性之谓道",乃制钢铁成刀剑,是因坚利性。若为铅,则不能为刀剑,根本无坚利之天性。"天命之谓性",身性所关,然后因之加以磨炼。

"修道之谓教",是用刀剑割刺,是用坚利性。

第三节

《中庸》言道

"天命之谓性,率性之谓道,修道之谓教",一性、二道、三教,由道见性、生教。

《中庸》所讲便是道,《中庸》卅余章不言"性"与"教",只言"道"。

《论语》曰:

> 士志于道。(《论语·里仁》)

吆喝什么,卖什么,操业卑下,不足为耻,要忠于所事。

人要做天地间不可少的人,而不必为伟人,如人在离别以后要使人想念,不是自己要如此,而是自然如此。《世说新语·赏誉》篇载:"桓温行经王敦墓边过,望之云:'可儿!可儿!'"(可儿,可人,人、儿古通。可,唐人刘禹锡《金陵五题·生公讲堂》有"一方明月可中庭"诗句,宋人陈师道①《绝句》有"客有可人期不来"诗句。The Darling,契柯夫[Chekhov]作、周岂明译,《可爱的人》。Charming,darling,昵;中国"可"字较西文 charming 大方,较硬。)

桓温曾曰,大丈夫不能流芳百世,亦当遗臭万年。② 天下没有好人是

---

① 陈师道(1053—1102):字履常,一字无己,号后山居士,彭城(今江苏徐州)人。宋朝诗人,"苏门六君子"之一,江西诗派重要作家,有"闭门觅句陈无己"之称。

② 刘义庆《世说新语·尤悔》:"桓公卧语曰:'作此寂寂,将为文、景所笑!'既而屈起坐曰:'既不能流芳后世,亦不足复遗臭万载邪?'"

寂寞,没有坏人也是寂寞。"再过三旬是寒食,不知春上柳梢无"(林纾①诗句,林纾有《践卓翁小说三辑》),冬风刺骨,深刻;春风侵肤,浮浅。天地不能有春无冬、有昼无夜,则有善亦当有恶。未知生之可乐,焉知死之可悲?而"寿无金石固"("古诗十九首"之《驱车上东门》),时不我与;唯其如此,故觉生命之可贵,故能努力有进步。人命的短促,但造成了生命的价值;冬日寒甚,故始觉春之可贵。四时不谢之花,八节长青之草,老如此也没意思。流芳、遗臭,总还是非常人。而以近代眼光看之是错误。

非常人固不可少,没有则国家、民族皆寂寞;而平常人之不可少,正不下于彼非常人,缺少一样不成世界。彼非常人,于常人只是少见多怪,"是亦不思而已矣"(朱熹《孟子精义》)。世上不但万紫千红,即不为人注意之小花也在拼命长。"是法平等,无有高下"(《金刚经》),爱仇人与爱人无分别,一视同仁而非无思想。民胞物与,草木之一切是环境自由造成,而主要卖什么吆喝什么,要忠,所谓"士志于道"(《论语·里仁》)。志,念兹在兹,"造次必于是,颠沛必于是"(《论语·里仁》)。

志←——念兹在兹←——造次必于是,颠沛必于是
　　士志于道

子曰:"朝闻道,夕死可矣。"(《论语·里仁》)不死更好,死也可矣,不是"必"。

《宗门武库》载:

---

① 林纾(1852—1924):字琴南,号畏庐,别署冷红生,晚称蠡叟、践卓翁、长安卖画翁等,福建侯官(今福建福州)人。近代文学家、翻译家、著有《畏庐文集》等。

一僧问师①云:"某甲参禅不得,未审病在甚么处。"师云:"病在这里。"僧云:"某甲因什么却参不得?"师云:"开眼尿床汉,我打尔去。"

净②云:"适来只对,一一灵明天真,及乎道个佛手便成窒碍,且道病在甚处?"准③云:"某甲不会。"净云:"一切现成更教谁会。"

禅宗语录云:

向上一路,千圣不传。(圆悟克勤禅师语)

丈夫自有冲天志,不向如来行处行。(真净克文禅师语)

强宗胜祖,见过于师,皆是"向上"。而如何"向上",千圣不传,不是不能会,不能懂,只是我不讲,不是说讲不出来,能讲也不讲。不用说绕弯子,碰钉子都不怕。

禅宗语录,夫子所无。不可以为训者,夫子不言,夫子所言皆可身体而力行者。"向上"是好,而孔子不说,"千圣不传"。夫子有教无类,"吾未尝不诲也"(《论语·述而》)。老夫子未尝没有"向上一路,千圣不传"之心,而不以为训。一部《论语》处处是性,是天道,而弟子说"言性与天道,不可得而闻也"(《公冶长》)。盖夫子所说乃具体事物,不言抽象言辞。性,太隐微,无法讲,不可以训;教,在人而不在己。性隐微,教在人,不在其位,不得其教,又由何言教。道既比性显明,而又在己,故专言道。

---

① 师:洞山自宝禅师。自宝禅师(978—1054),别号宝寿,宋朝云门宗禅师。因住持宝山,世称洞山宝禅师。
② 净:真净克文禅师。
③ 准:湛堂文准禅师。湛堂禅师(1061—1115),名文准,字湛堂,真净克文弟子,北宋临济宗黄龙派高僧。

一 第一章

> 天命之谓性,率性之谓道,修道之谓教。道也者,不可须臾离也,可离非道也。是故君子戒慎乎其所不睹,恐惧乎其所不闻。莫见乎隐,莫显乎微。故君子慎其独也。喜怒哀乐之未发,谓之中;发而皆中节,谓之和。中也者,天下之大本也;和也者,天下之达道也。致中和,天地位焉,万物育焉。

无事而非道,无时而非道,无地而非道。若有一事、一时、一地无道,"是亦不思而已矣"(朱熹《孟子精义》);若思之,则皆道矣。后人说道理,其即"道"。没有一事离开道,若以为离开,便是不思,终生由之而不知,习而不察。人不生则已,生则不离时、地、事,即不离道。现在人既不能真知"道",又不说不知"道",只是装知"道",不装就难得。上台一样,下台一样,即人格之分裂,就是可离,非道也。"是故君子戒慎乎其所不睹。"

"莫见乎隐","见",重现。

"故君子慎其独也","独"统上"戒慎乎其所不睹,恐惧乎其所不闻。莫见乎隐,莫显乎微"四句而言,"不睹""不闻""隐""微"是独。在台下看过的,比在台上更要紧。

如何修道?"喜怒哀乐之未发"——静,"发而皆中节"——动,二者相反而又相成,二而一,动由静出而又必归于静。君子之道,"一张一弛"(《礼记·杂记》),如天不能无昼夜。

"中也者,天下之大本也","本",所以生,一切事物皆生于此。"和也者,天下之达道也","道",所以行。必中,始能生;必和,始能行。天地若不能生,便不成为天地。现在须中,现在还要行,便须和。"致中和",结果"天地位焉,万物育焉"。

僧问:"如何是道?"师曰:"大道通长安。"①

怎么也不得,不怎么也不得,怎么不怎么总不得。②

不思善,不思恶,那个是上座本来面目。③

道,求则得之,求——即《中庸》所谓"修"。孟子云:

夫道,若大路然,岂难知哉?人病不求耳。子归而求之,有余师。(《孟子·告子下》)

迷路师老马,掘井师老树。不求,"是亦不思而已矣"(朱熹《孟子精义》)。僧问云门:"如何是佛?"门云:"干矢橛!"④(矢,通"屎",出《史记》。)东郭子问道,庄子言"道在瓦砾""道在屎溺",东郭子问曰:"何其愈甚邪?"庄子答曰:"每下愈况。"⑤每下愈况,愈浅显,道理愈明。

体——静,无处不在。要发挥体验,即《中庸》所谓"修"。视、听、言、动,一准乎礼——"君子慎其独也"。必如此,才是道,才是修道。"非礼勿视,非礼勿听,非礼勿言,非礼勿动"(《论语·颜渊》),即《中庸》所谓"慎独"

---

① 《古尊宿语录》卷十四载赵州语录:"问:'如何是道?'师云:'墙外底。'云:'不问者个。'师云:'问什么道?'云:'大道。'师云:'大道通长安。'"

② 《五灯会元》卷五载药山惟俨见石头希迁事:"首造石头之室,便问:'三乘十二分教某甲粗知,尝闻南方直指人心,见性成佛。实未明了,伏望和尚慈悲指示。'头曰:'怎么也不得,不怎么也不得,怎么不怎么总不得。子作么生?'师罔措。"

③ 《坛经·自序品》载:"惠明作礼云:'望行者为我说法。'惠能曰:'汝既为法而来,可屏息诸缘,勿生一念,吾为汝说。'明良久,惠能曰:'不思善,不思恶,正与么时,那个是明上座本来面目?'惠明言下大悟。"

④ 《五灯会元》卷十五:"僧问:'如何是佛?'师曰:'干屎橛。'"

⑤ 《庄子·知北游》:"东郭子问于庄子曰:'所谓道,恶乎在?'庄子曰:'无所不在。'东郭子曰:'期而后可。'庄子曰:'在蝼蚁。'曰:'何其下邪?'曰:'在稊稗。'曰:'何其愈下邪?'曰:'在瓦甓。'曰:'何其愈甚邪?'曰:'在屎溺。'东郭子不应。庄子曰:'夫子之问也,固不及质。正获之问于监市履狶也,每下愈况。汝唯莫必,无乎逃物。至道若是,大言亦然。周徧咸三者,异名同实,其指一也。'"

功夫。修，从慎独下手。孔子所以先"视""听"而后"言""动"者，人可不言、不动，不能不视、不听。言、动合礼易，视、听合礼难，一日暴之，十日寒之，固不可；十日暴之，一日寒之，也不成。禅宗所谓住、行、坐、卧，皆须合法。赵州和尚曰："二时粥饭是杂用心处。"①其实，二时粥饭也非杂用心，亦仍在道上，在法上。

《中庸》有时不免有点苦，"莫见乎隐，莫显乎微"。"十目所视，十手所指"，这有点恐吓人，不及《论语》和平，而意思是好。处处小心，但是小心还不成，还要处处努力。古人见担夫与公主争路而悟得书法②，古人见屋漏之痕而悟得用笔之法③，此乃"用心"。俗语云"不怕贼偷，就怕贼想"，这是心动。不是无别人的眼，是没别人的心，有此心则有此眼，则可见道。

道与人行道同，皆是求生，不求碰壁，直接了当。(中国说哲理书不好，也有好，好是"直下承当"。)《楞严经》云：

　　中间永无，诸委曲相。

如人受杖觉痛，此是顿悟功夫，豁然贯通。吾辈凡夫不能顿悟而可渐修，但行好事莫问前程。

《中庸》第一章讲：道、修道、得道。

道，如何是道？"道也者，不可须臾离也。"

修道，如何修？"慎其独也。"

得道，"喜怒哀乐之未发，谓之中；发而皆中节，谓之和"。

---

① 《五灯会元》卷四载赵州和尚语："老僧行脚时，除二时粥饭是杂用心处，除外更无别用心处。若不如是，大远在。"

② 李肇《唐国史补》卷上："张旭草书得笔法，后传崔邈、颜真卿。旭言：'始吾见公主担夫争路，而得笔法之意。后见公孙氏舞剑器，而得神。'"

③ 唐朝陆羽《释怀素与颜真卿论草书》："怀素与邬彤为兄弟，常从彤受笔法。彤曰：'张长史私谓彤曰：孤蓬自振，惊沙坐飞，余自是得奇怪。草圣尽于此矣。'颜真卿曰：'师亦有自得乎？'素曰：'吾观夏云多奇峰，辄常师之，其痛快处如飞鸟出林、惊蛇入草，又遇坼壁之路，一一自然。'真卿曰：'何如屋漏痕？'素起，握公手曰：'得之矣。'"

先须知道，又须信道，然后肯修道。

常人以为认识与信是二事，实是一事。必真认识，始能真信，否则终是不可靠的、无根基的。认识——信，知——行。是先知后行，还是先行后知？是悟了修，还是修了悟？实则二者互为因果、互为先后！随行随知，随知随行，随修随悟，随悟随修，这样才能常有进步，不至停顿。"大事已完，如丧考妣"（睦州和尚语）①，此有英雄气概。"如今便是无事人了也"，这话不可靠，不进则退（禅宗给人是抓不住）。故当"如临深渊，如履薄冰"（《诗经·小雅·小旻》），戒慎，恐惧，永远如此。

然得道甚艰难。见道不明，"望道而未之见"（《孟子·离娄下》），吾望而未之见，如何能讲得道后境界？我们现在是"望道"。

"中""和"是得道气象，夫子"望之俨然，即之也温"（《论语·子张》），大概就是中、和注脚。有的东西见过后想着好，有的东西没见过也想着好。"望之俨然，即之也温"，是中和气象，蔡元培先生似之矣。静的是中，动的是和；消极是中，积极是和。"恁么也不得，不恁么也不得，恁么不恁么总不得"，是中；"不思善，不思恶，那个是上座本来面目"（上座是高足），是中。用功要在不言、不动时，不思善、不思恶时。

《中庸》第一章略图解：

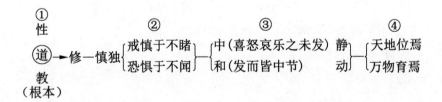

"道也者，不可须臾离者也"，何不修？反正离不开。目的与结果不同，

---

① 睦州和尚(780—877)：名道踪，又称道明，俗姓陈，世称陈尊宿。出住睦州龙兴寺，故有睦州和尚之称。《禅林类聚》卷六："睦州示众云：'大事未明，如丧考妣。大事既明，如丧考妣。'"

结果是自然而然。会一点,只是一点;抓住一点,只是一点。禅宗给人是不能会、不能抓的。

"喜怒哀乐之未发,谓之中",禅宗根本无喜怒哀乐。《心经》云:

> 是诸法空相,不生不灭,不垢不净,不增不减。是故空中无色,无受想行识,无眼耳鼻舌身意,无色声香味触法,无眼界,乃至无意识界。无无明,亦无无明尽,乃至无老死,亦无老死尽。无苦集灭道,无智亦无得。以无所得故,菩提萨埵,依般若波罗蜜多故。

佛经中《心经》如儒家《中庸》。"诸法空相",诸法只是一法,凡说有法,皆是佛法,"一本万殊,万殊一本"。"色、受、想、行、识"——五蕴,"眼、耳、鼻、舌、身、意"——六根,"色、声、香、味、触、法"——六尘,"无眼界,乃至无意识界",综六根言之也。(世人可与守成,不可与创始。)"无无明","无明尽"也不成,"亦无无明尽",世上岂但无可逃,简直无可立。"菩提萨埵",菩萨全称,意译为"觉有情",使有情人觉悟。非有情人,不能得悟道,悟道然后可以证道。情广而诚。"般若",智慧,有智慧才可渡过迷海达于彼岸。(从糊涂修到聪明,从聪明修到糊涂,以至连糊涂都没有了。)

儒家言,喜怒哀乐未发是中,发,自然是和;喜怒哀乐未发不能是中,发出来,自然不能是和。"但愿空诸所有,慎勿实诸所虚"(庞蕴居士语)[①],然没法用功,将聪明人都拴住了,然此亦只是口头禅。

朱子章句曰:

> 右第一章。子思述所传之意以立言:首明道之本原出于天而不可易,其实体备于己而不可离,次言存养省察之要,终言圣神功化之

[①] 庞蕴居士:字道玄,唐朝禅门居士,与萧梁之傅大士并称为"东土维摩"。《庞居士语录》记载:"于頔闻此前往问疾,居士谓曰:'但愿空诸所有,慎勿实诸所无,好住世间皆如影响。'言讫即枕于頔膝而化。"

极。盖欲学者于此反求诸身而自得之，以去夫外诱之私，而充其本然之善。

自救、为人　禅
自利、利他　佛
独善、兼善　孟子

于此，后来人多只能做到一半，朱子所说也只是自救。若不是佛家"自性圆明，本无欠缺"（《圆觉经》），即是孟子性善了，否则反求何求？自得何得？"以去夫外诱之私"，若为外来，便不得谓私；若为自有，便不得谓外诱。人自有始以来，便有无明，即宗教所谓原罪，既是自有，便非外诱。

二　第二章

> 仲尼曰："君子中庸，小人反中庸。君子之中庸也，君子而时中；小人之中庸也，小人而无忌惮也。"

"君子而时中"，"时中"，犹言无时不中，"中"为兼"庸"而言。

"小人之中庸也"，魏王肃①本作"小人之反中庸也"，是。小人无忌惮，无忌惮即无所谓"慎独"，无慎独功夫。君子戒慎乎所不睹，恐惧乎所不闻。《论语》云："君子有三畏：畏天命，畏大人，畏圣人之言。小人不知天命而不畏也。"（《季氏》）"不畏"，即无忌惮。

---

① 王肃(195—256)：字子雍，东海郡郯（今山东郯城）人。三国时期魏经学家，曾遍注群经，编撰《孔子家语》。

三 第三章

> 子曰:"中庸其至矣乎!民鲜能久矣!"(《中庸》)

> 子曰:"中庸之为德也,其至矣乎!民鲜久矣。"(《论语·雍也》)

"鲜"是没有;"鲜能"是不能。"鲜能久矣"与"鲜久矣",表述上差一点,可意义差得远了。《论语》总是"不为"也,非"不能"也。

四 第四章

> 子曰:"道之不行也,我知之矣,知者过之,愚者不及也;道之不明也,我知之矣,贤者过之,不肖者不及也。人莫不饮食也,鲜能知味也。"

"明道"是独善其身,"行道"是兼善天下。
"知""愚"就智慧、能力言,"贤""不肖"就品格言。
《孟子·离娄上》云:

> 道在迩而求诸远,事在易而求诸难。

所谓"远"与"难",是此章两"过"字之意。是人,就离不开日用平常,日用平常就是道。"平常心是道"(赵州从谂禅师语),故孟子曰在"迩"、在

"易"。如吃饭是平常,自己有饭吃,是自利;还要使天下人有饭吃,利他。现在方知吃饭难,锅是铁打的。自救、自利是平常?是不平常?救人、利他,便是大同。地藏菩萨说,有一众生不成佛者,我誓不成佛。儒家说:"人溺己溺,人饥己饥。"①

"人莫不饮食也,鲜能知味也。""味",味觉、触觉。不渴、不饥之外,还要知味。"人莫不饮食也,鲜能知味也",学道不是学饮食,是要知味。终生由之而不察,不行。我们要察,要知道,这是学道之人比平常人多的责任。一个学道之人要有他生活的智慧,便是由于知味。我们受困苦艰难,要自其中得到智慧;否则,白受了。"天将降大任于斯人也"(《孟子·告子下》),就因他在饮食中得到味了,在困苦艰难中得到智慧了。鲁迅先生所写之阿Q,便是不知味。平常随处是道,常人只是食而不知其味。阿Q亦有道,只是他不知。我们士大夫负有知味责任。

法国大思想家帕斯卡尔(Pascal)②说:

人是能思想的芦苇,脆弱固然,而有思想。(《思想录》)

风虽能摧残芦苇,而风并不知他在摧残芦苇;芦苇虽被摧残,而有思想,便是了不起处。老虎吃人,若是有心人,当被吃时亦当不动声色欣赏、观察。学道当如此。猛虎起于前而目不瞬,泰山崩于后而神不慑,鲁迅以为学道当如此。兜率悦禅师③说:

---

① 《孟子·离娄下》:"禹思天下有溺者,由己溺之也;稷思天下有饥者,由己饥之也。是以如是其急也。"
② 帕斯卡尔(1623—1662):今译帕斯卡,法国17世纪数理科学家、哲学家,著有《思想录》等。
③ 兜率悦禅师(1044—1091):名从悦,宋朝临济宗黄龙派禅师。因卓锡江西隆兴府兜率院,世称兜率从悦。

眼光落地时将何抵对生死。①

"生死"实只说死,"眼光落地"盖即指死。了生死,生好了,死如何对付?子曰:

未知生,焉知死。(《论语·先进》)

此是不肯说。会怎样活,就会怎样死;会怎样死,就会怎样活。活时一丝不放,死时亦然,便如是"抵对"。武松打虎,见榜文,不肯下山,怕人笑话自己怎样。武松打虎一点把握没有,要是林冲根本不上山,要是鲁达上山也不怕。此二人,一诗人、一英雄,武松只是俗人。"眼光落地时将何抵对生死"? 一点把握没有。一个学道之人尽管被虎吃了,也还是心平气和,此即人之了不起。芦苇摧折,可是知道是怎样被摧折的。狄卡尔(Descartes)②云:"I think therefore I am."(我思故我在。To be being,在;am,即存在之意。)

懒残禅师,性懒而食残,垂涕甚长,或谓其拭涕,曰:

无工夫为俗人拭涕。③

---

① 《宗门武库》载:"悦设三问,以问学者。一曰:拨草参玄只图见性,即今上人性在什么处? 二曰:识得自性方脱生死,眼光落地时作么生脱? 三曰:脱得生死便知去处,四大分离向甚么处去?"

② 狄卡尔(1596—1650):今译笛卡儿,法国哲学家,欧洲近代资产阶级哲学奠基人之一,黑格尔誉之为"现代哲学之父"。著有《哲学原理》《论世界》等。

③ 懒残禅师:名明瓒,唐天宝初为衡山衡岳寺执役僧。因其懒惰,人称为"懒瓒";因其"好食僧之残食",又被称为"懒残"。《碧岩录》卷四载:"懒瓒和尚隐居衡山石室中。唐德宗闻其名,遣使召之。使者至其室宣言:'天子有诏,尊者当起谢恩。'瓒方拨牛粪火,寻煨芋而食,寒涕垂颐未尝答。使者笑曰:'且劝尊者拭涕。'瓒曰:'我岂有工夫为俗人拭涕耶?'竟不起。使回奏,德宗甚钦叹之。"

懒残似西洋犬儒学派(Cynic),鲁迅晚年有点如此。唐梵志,王姓僧人,有诗云:

梵志翻着袜,人皆道是错。
乍可刺你眼,不可隐我脚。

做宰相如穿新鞋袜,外面好看,里面"不自在"。鲁迅先生原也是如此,后一变而为热烈,向世人挑战。

行,对外,入世。
明,对内,在我。
道,原来就有,只是不行、不明,"太初有道"(《新约·约翰福音》)。

道 { 儒——狭义
     道(明以前,道家)——广义

儒是狭义,道是广义,此只是说明,不是批评。儒家所谓道,只限于高深的道——正心诚意,修齐治平,推恩足以保四海——扩而广之,扩而充之。道家什么都是道,不仅高深的是道,平常也是道。宗教哲理曰"太初有道",庄子云"道无不在"(《庄子·知北游》)、"盗亦有道"(《庄子·胠箧》)。禅宗云"还晓得大唐国里无禅师么""不道无禅,只是无师"(黄檗希运禅师语)①,禅宗所谓禅即道也,不是不可以懂,是不可以教。

道——传,即便无人知、无人行,道总是在的。只要行得通,盗亦有道。行不通,便不是生,生便有道。能行、能明,二者二而一,一积极、一消

---

① 黄檗希运禅师(?—849或855):名希运,唐朝禅师,临济宗始祖。因传法于江西洪州黄檗山,故人称黄檗希运。《碧岩录》卷二:"举黄檗示众云:'汝等诸人,尽是噇酒糟汉,恁么行脚,何处有今日? 还知大唐国里无禅师么?'时有僧出示:'只如诸方匡徒领众,又作么生?'檗云:'不道无禅,只是无师。'"

>>> 儒是狭义,道是广义,此只是说明,不是批评。儒家所谓道,只限于高深的道——正心诚意,修齐治平,推恩足以保四海——扩而广之,扩而充之。道家什么都是道,不仅高深的是道,平常也是道。道——传,即便无人知、无人行,道总是在的。只要行得通,盗亦有道。行不通,便不是生,生便有道。图为元朝吴锐《老子赋》。

极耳,互为因果,愈明愈行,愈行愈明。

五 第五章

> 子曰:"道其不行矣夫!"

朱子以"道其不行矣夫"为第五章。私意"道其不行矣夫"六字正是上章结尾,"子曰"二字恐是衍文。

苏曼殊①,"以情求道"②。"矣夫"二字,真好,把老夫子悲天悯人都表现出来,还是希望行。"矣夫",了吧。"这孩子完了","这孩子怕完了吧",还是希望好。第五章当是第四章结尾,真好。

胡适先生说,作白话诗文,有甚么话,说甚么话,想怎么说,就怎么说③,写出后读来爽口,听来爽耳。"道其不行矣夫"六字,得之矣。

六 第六章

> 子曰:"舜其大知也与! 舜好问而好察迩言,隐恶而扬善,执其两端,用其中于民,其斯以为舜乎!"

"慎独",是修道之基;"好问""好察迩言",便是悟道之基。时时、处处、

---

① 苏曼殊(1884—1918):原名戬,字子谷,后改名玄瑛,后为僧,法号曼殊,广东香山(今广东中山)人。近代文学家、翻译家,著有《曼殊全集》。
② 苏曼殊《燕子龛随笔》:"草堂寺维那,一日叩余曰:'披剃以来,奚以多忧生之叹耶?'曰:'虽今出家,以情求道,是以忧耳。'"
③ 胡适《建设的文学革命论》一文提出:"有甚么话,说甚么话;话怎么说,就怎么说。"

事事留心,如此,饮食才可以知味,才不致"由之而不知其道""习矣而不察"(《孟子·尽心上》);如此,智慧自生。

智慧非道,而为学道之利器。佛在《心经》,开口便言"般若波罗蜜多"。(唐玄奘译《大般若经》,有六百万字之多,尚为简本。般若,梵语译音,智慧之意。)佛言般若,意即智慧义;波罗蜜多,意即到彼岸。佛说众生是在苦海中,是在迷海中,是在孽海中,因其为无明。用智慧照破无明,到彼岸,到觉岸。

"好问"是圣门功夫,"不耻下问"(《论语·公冶长》)。"好察迩言",浅近之言常含有至理。"三人行,必有我师焉"(《论语·述而》),即好察迩言。

"隐恶而扬善",与前"好问""好察迩言",是一事非二事,后者是前者结果。

"执其两端,用其中于民",《礼记》郑氏注:"两端,过与不及也。用其中于民,贤不肖皆能行之也。"朱子注:"两端,谓众论不同之极致。"说似深微而实费解,不如郑氏之明白。

七 第七章

子曰:"人皆曰予知,驱而纳诸罟擭陷阱之中,而莫之知辟也。人皆曰予知,择乎中庸而不能期月守也。"

孔子说"不能期月守",还是客气,其实一时一刻不能守。

八 第八章

子曰:"回之为人也,择乎中庸,得一善,则拳拳服膺而弗失之矣。"

"择乎中庸",朱注:辨别众理以求所谓中庸。实即选合,择选其合于条件者。

九 第九章

子曰:"天下国家可均也,爵禄可辞也,白刃可蹈也,中庸不可能也。"

自第六章至此,算一段。
舜合乎中庸,颜回合乎中庸,其他人皆不能。说"中庸不可能也",正希望人能。

十 第十章

子路问强。子曰:"南方之强与？北方之强与？抑而强与？宽柔以教,不报无道,南方之强也,君子居之。衽金革,死而不厌,北方之强也,而强者居之。故君子和而不流,强哉矫！中立而不倚,强哉矫！国有道,不变塞焉,强哉矫！国无道,至死不变,强哉矫！"

自为一段。
夫子之言简单而神秘,此段不似夫子言。
☯、卍、十、凡符号可代表象征,皆当简单而又神秘。
强有力,无论学文、学道,皆要有力。佛家龙象之称,一水中有力者,一陆上有力者,唯其有力,故能担荷大法。基督打左脸把右脸也给他,爱敌如爱邻,是强不是弱。孔子曰"吾未见刚者也"(《论语·公冶长》);尼采

(Nietzsche)则曰"超人""强者的道德",其学说未免偏激。此文人、诗人与哲人不同处,即庄子恐怕也还是天才的文人、诗人而非哲人。天才的文人、诗人,其所说话还是任性纵情的结果,故不免偏激;而哲人说话流弊较少。凡事之末流皆未免流弊,最平常如吃饭尚出毛病,何况其他。无论任何宗教哲学必须有强,夫子曰"吾未见刚者也",强由智慧来。

操守。中国,不求有功,先求不过;不求得胜,先求不败,看家本领就是操守。有为有守,英雄有为,未必有守(狂、狷)。见得明白,把得结实,方是真守。宗教家能以身作则,就是守,就是智慧,这不是浊气、客气、无明。因为他见得明白,所以把得结实,至死不变,"强哉矫"!

我们在社会上看多少年,那些人不露出泥脸也露出羊脚来。(周作人《中年》)①(羊脚疑是希腊神话。)社会譬如烘炉,"金佛不度炉"②,金刚是强的象征,要在烘炉里烧不毁、炼不化,才是真强者。

"南方之强与?北方之强与?抑而强与?""抑",郑注:"辞也。"(中国文字除方块、单音外,语词特别多,今语尾有词,语首之词已消失。)"而",尔,郑注:"而之言女也,谓中国也。女音汝。"

"不报无道",郑注谓即《论语·泰伯》"犯而不校"之义("校",即计较之较)。

"君子居之","居之",即守而行之之义。

巨人 giant,如托尔斯泰(Tolstoy)、尼采,简直是大老妖。托尔斯泰主张"勿抗恶"③(打左脸,把右脸也给他),这近于"南方之强"——"君子居

---

① 周作人《中年》:"我们少年时浪漫地崇拜好许多英雄,到了中年再一回顾,那些旧日的英雄,无论是道学家或超人志士,此时也都是老年中年了,差不多尽数地不是显出泥脸便即露出羊脚,给我们一个不客气的幻灭。"

② 《景德传灯录》卷二十八载:"赵州从谂和尚上堂云:金佛不度炉,木佛不度火,泥佛不度水,真佛内里坐。菩提涅槃,真如佛性,尽是贴体衣服,亦名烦恼,不问即无烦恼。且实际理甚么处著得。一心不生,万法无咎。"

③ 托尔斯泰哲学思想及其宗教观,人称托尔斯泰主义,可概括为三个方面:博爱、勿抗恶(或勿以暴力抗恶)与道德的自我完善。

之",犯而不校;尼采,"以牙还牙,以眼还眼"①,此"北方之强"——"强者居之",血气之勇。

"故君子和而不流,强哉矫!中立而不倚,强哉矫!国有道,不变塞焉,强哉矫!国无道,至死不变,强哉矫!"真好!此四"强哉矫",是解释南方之强而非北方之强。自"故君子和而不流"至"至死不变,强哉矫",郑氏与朱子皆谓为"而强",私意只是解释"君子之强"。

"君子之强",只是有守。

"和而不流",并不奇异,然而"不流"。

"强哉矫","矫",郑注、朱注皆曰:"强貌。"朱子举诗"矫矫虎臣"(《诗·鲁颂·泮水》),是也。

"不变塞焉","塞"字难解。塞,郑注训实。按《诗经·鄘风·定之方中》"秉心塞渊",郑笺:塞亦训实。马瑞辰谓塞当为"寒"之假(《毛诗传笺通释》)。朱子训塞为未达。按:即通塞之意,通为达,故塞为未达,通塞对举,犹言穷达。达而达,在上主达,有道易达,得志易变其所守。朱子"不变塞焉",不变未达之道,即不改其本来面目。朱说较郑说为通,也绕弯子,总之不变而已。(然如严嵩②严分宜则"变"矣。)

"君子固穷,小人穷斯滥矣。"(《论语·卫灵公》)"固",好,不变,有坚意;"滥",无不为。"君子固穷",即至死不变。后之"不变"是结果,若能和而不流,中而不倚,即能不变,此是君子之强。

孔门之问有二种:一不知;二不自信。如问仁、政、孝,非不知也,乃是禅宗"求证"之意。子路问强,亦是如此。

---

① 《旧约全书·申命记》:"以眼还眼,以牙还牙,以手还手,以脚还脚。"
② 严分宜:即严嵩。严嵩(1480—1567),字惟中,号介溪,分宜(今属江西)人,世称严分宜。明世宗朱厚熜朝位居宰辅,权倾朝野,专国政二十余年。

十一 第十一章

子曰:"素隐行怪,后世有述焉,吾弗为之矣。君子遵道而行,半途而废,吾弗能已矣。君子依乎中庸,遁世不见知而不悔,唯圣者能之。"

此一章,朱注:"子思所引夫子之言,以明首章之义者止此。"

十二 第十二章

君子之道费而隐。夫妇之愚,可以与知焉,及其至也,虽圣人亦有所不知焉。夫妇之不肖,可以能行焉,及其至也,虽圣人亦有所不能焉。天地之大也,人犹有所憾。故君子语大,天下莫能载焉;语小,天下莫能破焉。《诗》云:"鸢飞戾天,鱼跃于渊。"言其上下察也。君子之道,造端乎夫妇;及其至也,察乎天地。

此一章,子思之言。

十三 第十三章

子曰:"道不远人。人之为道而远人,不可以为道。《诗》云:'伐柯伐柯,其则不远。'执柯以伐柯,睨而视之,犹以为远。故君子以人治人,改而止。忠恕违道不远,施诸己而不愿,亦勿施于人。君子之道四,丘未能一焉:所求乎子以事父,未能也;所求乎臣以事君,未能也;所求乎弟以事兄,未能也;所求乎朋友先施之,未能也。庸德之行,庸言之谨,有所不足,不敢不勉,有余不敢尽;言顾行,行顾言,君子胡不慥慥尔!"

十四　第十四章

君子素其位而行,不愿乎其外。素富贵,行乎富贵;素贫贱,行乎贫贱;素夷狄,行乎夷狄;素患难,行乎患难。君子无入而不自得焉。在上位,不陵下;在下位,不援上;正己而不求于人,则无怨。上不怨天,下不尤人。故君子居易以俟命,小人行险以侥幸。子曰:"射有似乎君子;失诸正鹄,反求诸其身。"

十五　第十五章

君子之道,辟如行远必自迩,辟如登高必自卑。《诗》曰:"妻子好合,如鼓瑟琴;兄弟既翕,和乐且耽;宜尔室家,乐尔妻帑。"子曰:"父母其顺矣乎!"

第十三章、第十四章、第十五章,承第十二章,论君子之道。

十六　第十六章

子曰:"鬼神之为德,其盛矣乎!视之而弗见,听之而弗闻,体物而不可遗。使天下之人齐明盛服,以承祭祀。洋洋乎,如在其上,如在其左右。《诗》曰:'神之格思,不可度思!矧可射思!'夫微之显,诚之不可揜如此夫。"

此一章,论鬼神,以"诚"结。

哲学、政治、宗教。中国哲人多不忘情政治,又往往不忘情鬼神。"洋洋乎如在其上,如在其左右";"祭如在,祭神如神在"(《论语·八佾》),神道设教。

十七 第十七章

子曰:"舜其大孝也与!德为圣人,尊为天子,富有四海之内。宗庙飨之,子孙保之。故大德必得其位,必得其禄,必得其名,必得其寿。故天之生物,必因其材而笃焉。故栽者培之,倾者覆之。诗曰:'嘉乐君子,宪宪令德,宜民宜人。受禄于天,保佑命之,自天申之。'故大德者必受命。"

十八 第十八章

子曰:"无忧者,其唯文王乎!以王季为父,以武王为子。父作之,子述之。武王缵大王、王季、文王之绪,壹戎衣而有天下,身不失天下之显名,尊为天子,富有四海之内,宗庙飨之,子孙保之。武王末受命,周公成文武之德,追王大王、王季,上祀先公以天子之礼。斯礼也,达乎诸侯大夫,及士庶人。父为大夫,子为士;葬以大夫,祭以士。父为士,子为大夫;葬以士,祭以大夫。期之丧,达乎大夫;三年之丧,达乎天子；父母之丧，无贵贱，一也。"

十九　第十九章

子曰："武王、周公，其达孝矣乎！夫孝者，善继人之志，善述人之事者也。春秋修其祖庙，陈其宗器，设其裳衣，荐其时食。宗庙之礼，所以序昭穆也；序爵，所以辨贵贱也；序事，所以辨贤也；旅酬下为上，所以逮贱也；燕毛，所以序齿也。践其位，行其礼，奏其乐，敬其所尊，爱其所亲，事死如事生，事亡如事存，孝之至也。郊社之礼，所以事上帝也；宗庙之礼，所以祀乎其先也。明乎郊社之礼、禘尝之义，治国其如示诸掌乎。"

第十七章、第十八章、第十九章，论舜，论文王，论武王、周公。由此可见，中国哲人不忘情政治。

二十　第二十章

哀公问政。子曰："文武之政，布在方策。其人存，则其政举；其人亡，则其政息。人道敏政，地道敏树。夫政也者，蒲卢也。故为政在人，取人以身，修身以道，修道以仁。仁者，人也，亲亲为大；义者，宜也，尊贤为大。亲亲之杀，尊贤之等，礼所生也。在下位不获乎上，民不可得而治矣。故君子不可以不修身；思修身，不可以不事亲；思事亲，不可以不知人；思知人，不可以不知天。天下之达道五，所以行之者三，曰：君臣也、父子也、夫妇也、昆弟也、朋友之交也五者，天下之达道也；知、仁、勇三者，天下之达德也，所以行之者一也。或生而知之，或学而知之,或困而知之,及其知之一也。或安而行之,或利而行之,或勉强而行之,及其成功一也。"

子曰:"好学近乎知,力行近乎仁,知耻近乎勇。知斯三者,则知所以修身;知所以修身,则知所以治人;知所以治人,则知所以治天下国家矣。"

凡为天下国家有九经,曰:修身也、尊贤也、亲亲也、敬大臣也、体群臣也、子庶民也、来百工也、柔远人也、怀诸侯也。修身,则道立;尊贤,则不惑;亲亲,则诸父昆弟不怨;敬大臣,则不眩;体群臣,则士之报礼重;子庶民,则百姓劝;来百工,则财用足;柔远人,则四方归之;怀诸侯,则天下畏之。齐明盛服,非礼不动,所以修身也;去谗远色,贱货而贵德,所以劝贤也;尊其位,重其禄,同其好恶,所以劝亲亲也;官盛任使,所以劝大臣也;忠信重禄,所以劝士也;时使薄敛,所以劝百姓也;日省月试,既廪称事,所以劝百工也;送往迎来,嘉善而矜不能,所以柔远人也;继绝世,举废国,治乱持危,朝聘以时,厚往而薄来,所以怀诸侯也。凡为天下国家有九经,所以行之者一也。

凡事豫则立,不豫则废。言前定则不跲,事前定则不困,行前定则不疚,道前定则不穷。

在下位不获乎上,民不可得而治矣;获乎上有道:不信乎朋友,不获乎上矣;信乎朋友有道:不顺乎亲,不信乎朋友矣;顺乎亲有道:反诸身不诚,不顺乎亲矣;诚身有道:不明乎善,不诚乎身矣。

诚者,天之道也;诚之者,人之道也。诚者,不勉而中,不思而得,从容中道,圣人也。诚之者,择善而固执之者也。

博学之,审问之,慎思之,明辨之,笃行之。有弗学,学之弗能,弗措也。有弗问,问之弗知,弗措也。有弗思,思之弗得,弗措也。有弗辨,辨之弗明,弗措也。有弗行,行之弗笃,弗措也。人一能之己百之,人十能之己千之。果能此道矣,虽愚必明,虽柔必强。

>>> 《中庸》第十七章、第十八章、第十九章,论舜,论文王,论武王、周公,可见中国哲人不忘情政治。图为宋朝刘松年《渭水飞熊图》。它描绘了一个典故:西伯侯姬昌夜梦一虎肋生双翼,来至殿下。周公旦解梦谓"虎生双翼为飞熊",必得贤人,后果得贤人姜太公。姜太公名尚,字子牙,道号飞熊。当时姜尚正在渭水之滨垂钓。

此一章，论政，以"诚"结。

儒家治学不忘政治。或有云：此是儒家狂妄。

一诚意、二正心、三修身、四齐家、五治国、六平天下（《大学》），①此儒家之全套功夫。后之儒家只做到前三项，顶多做到"齐家"而已。后人有攻击儒家云其狂妄，谓"治国""平天下"非读书人所能行。此不尽然，亦有读书人而做成大事业者。故儒家之政治精神并非夸大、狂妄。（余自无政治之倾向，是近于宗教，虽然无任何信仰。）儒家不忘政治，时时思以政治之力量推行其学说，因为此乃最便捷的法子。

儒家之政治哲学与宗教哲学皆是"诚"。"诚"之功夫便"自不妄语始"（宋儒语）②，此语颇得儒家精神。宗教亦是如此教训我们。不说瞎话，真难。在社会上混的年代越多，经验越多，谎话也越多，此种人等于零。宋儒的话对了一半，因其是说内——对己；如对外——对事，则应"自以身作则始"（余之说法）。每一政治领袖在政治舞台上得到成功，在政治的事业上能光华灿烂，都是从"诚"始，由"以身作则始"。无论话说得如何光明正大，如何有条有理，也不能使人相信，如为吏者训其治下勿贪，则其本身就应当清廉，即应以身作则也。（口中公正廉明，背地使黑手者，则绝无成绩。）

骤然观之，儒家之政治以"诚"为根本，则未免有点"瘟"。此不是说其没价值、没用，就是无人欢迎。然除"诚"外，更无好法子。报端常有获得民众即得人、得民心也，此政治领袖之第一条件。如欲得人，则非"诚"不可也。诚，天之经也，地之义也，古今中外都不能改变。行之万世而不变，推之四海而皆准，唯"诚"而已。人是动物，时时在动，只要想做人，就须诚。而儒家论政亦未免"诚"也。

---

① 《礼记·大学》："古之欲明明德于天下者，先治其国；欲治其国者，先齐其家；欲齐其家者，先修其身；欲修其身者，先正其心；欲正其心者，先诚其意；欲诚其意者，先致其知；致知在格物。物格而后知至，知至而后意诚，意诚而后心正，心正而后身修，身修而后家齐，家齐而后国治，国治而后天下平。"

② 《宋史·刘安世传》："从学于司马光，咨尽心行己之要，光教之以诚，且令自不妄语始。"

商鞅论术,韩非论法,非儒家,固不能说其无诚,而诚之成分少。韩非子论法是机械的,列出法条,循之而作,此犹钟表各种机关都摆列好即可转;儒家之政治是有机体(机,生机)。先不必说其人亡而法则、条例不行,有许多政客借条例而舞弊,见其所做事绝不对,而都不合法律且破坏法律,却无罪。儒家则不然,以为条文无用,此易舞文(如偷盗以具体之物为偷,然偷电是具体的犯罪不?此即舞文),《论语》讲"虽赏之不窃"(《颜渊》)。有条例则奸吏舞文,即未诚之时;既诚,则"虽赏之不窃"。所谓"路不拾遗",亦此之谓,即诚也。故《中庸》曰"其人存,则其政举;其人亡,则其政息",此真难。"仁远乎哉!我欲仁,斯仁至矣。"(《论语·述而》)

"哀公问政","哀公",鲁之君。

"布在方策","方策",书籍。"布在方策",谓未灭亡也。

"人道敏政,地道敏树","人道",政;"地道",机、效也。"敏",速效。

"夫政也者,蒲卢也","蒲卢",《礼记》郑注:"蒲卢,螺蠃,谓土蜂也。《诗》曰:'螟蛉有子,螺蠃负之。'螟蛉,桑虫也,蒲卢取桑虫之子去而变化之,以成为己子,政之於百姓,若蒲卢之於桑虫然。"或曰:螺蠃负螟蛉之子,视曰:"似我似我。"朱注取沈括说①,卢即芦,蒲芦即蒲苇之类也。

《论语·颜渊》:

> 季康子问政于孔子。孔子对曰:"政者正也。子帅以正,孰敢不正?"

"政者正也。子帅以正,孰敢不正?"然太老实、太正直,就不免"瘟"。后来政治只是手段,近于科学,非哲学。后来政是治,古来是教化。凡一大政治家之能成功者多少都能"帅以正"。"苟正其身矣,于从政乎何有?不

---

① 沈括(1031—1095):字存中,号梦溪丈人,钱塘(今浙江杭州)人。北宋学者,著有《梦溪笔谈》。《梦溪笔谈》卷三云:"蒲芦,说者以为螺蠃,疑不然。蒲芦即蒲苇。"

能正其身,如正人何?"(《论语·子路》)"如正人何","如何",奈何。

"取人以身,修身以道,修道以仁。"修身,正,做人。别家对象是外,向外的;儒家对象是本身,向内的。法家之政只是正人,儒家先正身。世人所谓好人只是世法,死的不敢道,活的不敢拿。宋儒用功,结果只是自了汉,消极;儒家是积极的,正己是正人之本。

"亲亲之杀","杀",差别。儒家阶级思想,"礼不下庶人,刑不上大夫"(《礼记·曲礼》),授人以口实。此盖非孔门之说。差别、等级盖人之性,因为尊重自己父母,所以尊重别人的父母,此可能;看别人的父母与自己的父母一样,此不可能。推恩,推广、扩充,与等级并非抵触。感情与理智调和,因自己推及别人是可能的。《礼记》所讲则末流之弊。

"在下位不获乎上","在下",郑氏谓此句"在下"便是在此,朱子从之。余以为未必然,此亦儒家政治思想,等级之一。儒家亦有差别、等级。

天——自然——道。

"一也",郑氏谓一为"百王所不变",朱注谓一为"诚"。郑氏易解,朱氏理深,皆可取。正名。现在,只重名不重实。名,化石。

《论语》云:

> 知者不惑,仁者不忧,勇者不惧。(《子罕》)

社会上生是积极的,不是说只对人无妨碍,是要对人有益。而最足打扰生的积极精神的是:惑、忧、惧。惑,不知当如何。忧,"人生不满百,常怀千岁忧"("古诗十九首"之《步出西门行》)。不忧,该是"不怨天,不尤人"(《论语·宪问》);普通人不忧,不是阿 Q 就是无赖。《左传》所言"贪天之功以为己力",只是机会。只论该不该办,不论办得好办不好,更不问办好后人如何干好,不贪天之功以为己力。办不好,不怨天,不尤人,不忧。不惑、不忧了,又惧,如此不但把人做好事耽误了,就连人活着的兴致都没有了。佛讲慈悲,精修猛进。大雄,即不惑、不忧、不惧,及其知一也。(佛家在印度时尚讲"薰习",衣本无香;与后之禅宗"顿悟"不同,还有差别、等级。)无论生、学、困、知,一也。儒家之政治哲学与宗教哲学同,任何一伟大的宗教皆是诚。哲学是诚。

二十章归结到"诚",与《大学》之"正心诚意"同。"诚"与"慎独"实一物而二名。诚,内外如一,无论何时、何地、何事。

自此一章以下六章,大论"诚",皆承二十章而发挥。

二十一 第廿一章

> 自诚明,谓之性;自明诚,谓之教。诚则明矣;明则诚矣。

此一章,自"诚明"起。

此虽未必子思本人作,而确为儒家嫡传。

"自诚明",先诚后明,圣人心口、内外、言行如一,由诚发生智慧——性。

"自明诚",先明后诚,先有智慧,后求诚。教——学。

有智慧,便诚;若不诚,非真智慧。

二十二 第廿二章

> 唯天下至诚,为能尽其性;能尽其性,则能尽人之性;能尽人之性,则能尽物之性;能尽物之性,则可以赞天地之化育;可以赞天地之化育,则可以与天地参矣。

"为能尽其性","其性",自己个人之性。

推己及人,"他人之心,予忖度之"(《孟子·梁惠王上》)。

人之中有我,我之中又有人。

儒家讲诚,犹佛讲空。佛家反对"顽空",一切无忌惮。空不可顽空,实亦非仅老实,故曰诚,又曰明。

二十三 第廿三章

其次致曲,曲能有诚,诚则形,形则着,着则明,明则动,动则变,变则化,唯天下至诚为能化。

"其次致曲",郑注:"曲,小小之事也。""致",极也。虽小事亦不放松。"唯天下至诚为能化","化":一在己,会通之义,"无入而不自得"(《中庸》十四章),如王字、陶诗①;二对人,感化之义。诚至在己是会通,对人是感化,虽圣人难之,儒家渐修。

二十四 第廿四章

至诚之道,可以前知。国家将兴,必有祯祥;国家将亡,必有妖孽。见乎蓍龟,动乎四体。祸福将至,善,必先知之;不善,必先知之。故至诚如神。

此一章,承上论"诚"。

---

① 王字、陶诗:王羲之之字、陶渊明之诗。

二十五　第廿五章

　　诚者自成也,而道自道也。诚者,物之终始,不诚无物。是故君子诚之为贵。诚者,非自成己而已也,所以成物也。成己,仁也;成物,知也。性之德也,合外内之道也,故时措之宜也。

　　"诚者自成也",是静;"而道自道也",是动。诚——心,体;道——物,用,无所作为,不能见道,必见之于物。

　　《中庸》言"不诚无物",天地间万事万物皆待诚而生,恃诚而成。如粮食粒长得饱满谓之成实①,成实即诚实,不骗人;如土地不肥美,雨露不滋润,长成也不结子,也不成,不成即不诚也。"苗而不秀者有矣夫,秀而不实者有矣夫"(《论语·子罕》),子若不成,即是如此情形也。

　　一切宗教皆是真诚。人最不诚,众生好度人难度,唯其难,故更要诚,要慎独。

　　"诚者,非自成己而已也,所以成物也。成己,仁也;成物,知也。"诚,自成也,心,体;道,自道也;物,用。

二十六　第廿六章

　　故至诚无息。不息则久,久则征,征则悠远,悠远则博厚,博厚则高明。博厚,所以载物也;高明,所以覆物也;悠久,所以成物也;博厚配地,高明配天,悠久无疆。如此者,不见而章,不动而变,无为而成。

　　天地之道,可一言而尽也:其为物不贰,则其生物不测。天地之

---

①　成实:顾随家乡语,实读轻声。

道:博也、厚也、高也、明也、悠也、久也。今夫天,斯昭昭之多,及其无穷也,日月星辰系焉,万物覆焉。今夫地,一撮土之多,及其广厚,载华岳而不重,振河海而不泄,万物载焉。今夫山,一卷石之多,及其广大,草木生之,禽兽居之,宝藏兴焉。今夫水,一勺之多,及其不测,鼋鼍蛟龙鱼鳖生焉,货财殖焉。

诗云:"维天之命,于穆不已。"盖曰天之所以为天也。"于乎不显,文王之德之纯。"盖曰文王之所以为文也,纯亦不已。

此一章,总结"诚"。

儒家简单而神秘,平凡而伟大。而常人只见其简单、平凡,不足以敌他学说,故《中庸》云"无为而成",即"化"字之解释。

"可一言而尽也","一言",一句话(又有词 word 之义)。

凡所谓真理、真神,皆是一,绝对。

以上第廿一章、第廿二章、第廿三章、第廿四章、第廿五章、第廿六章,皆论"诚"。

(第廿七章、第廿八章、第廿九章、第卅章、第卅一章,无讲论。)

二十七 第卅二章

唯天下至诚,为能经纶天下之大经,立天下之大本,知天地之化育,夫焉有所倚!肫肫其仁,渊渊其渊,浩浩其天。苟不固聪明圣知,达天德者,其孰能知之?

《中庸》"诚意",第卅二章,万殊归于一本。

《论语》言"忠恕而已矣"(《里仁》),"忠恕"二字,实即诚,在己曰忠,在人曰恕。

孔子告人只是手续（阶段）、目标，而罕言学成后之气象，欲其自得也。吃饱后自知，不吃饱，说亦白说。《中庸》则讲学成后其气象，盖欲引起人向往之心。

"经纶天下之大经，立天下之大本，知天地之化育"，言至诚之能成。

"肫肫其仁，渊渊其渊，浩浩其天"，"肫肫"，厚；"渊渊"，深；"浩浩"，高。如佛所谓涅槃，道所谓"道可道，非常道"（《道德经》一章）。

"苟不固聪明圣知"，"固"，确实。

"夫焉有所倚"，不偏，发而皆中节。郑注"安有所倚，言无所偏倚也"，似之。郑注又曰："而人人自以被德尤厚，似偏颇者。"非是。朱注："夫岂有倚着于物而后能哉？"较之郑氏，其义为长。

平常人都是有所倚；人到无所倚着，才正好用功。把一切仗恃放下，还有本事没有？如此能大放光明、有所作为才是。学问、知识，也是依倚凭仗。得是由自己心中生出，不是仗恃外物。"诚"亦然。

应无所住而生其心。（《金刚经》）

"禅心已作沾泥絮"（释参寥《席上赠妓》），是死的，不是禅佛本意。"无所住而生其心"，曰"生"，可见非死。在人世老碰钉子的人，其心被摧残，结果干了。心要活泼泼的，要生真心，而要"无所住"。如余闻黄鹂而高兴，那么不闻的人或闻惯的是否还高兴？学道的人皆大欢喜，是"无所住"。"心纯是法，与法相应"（《观普贤经》），此与"应无所住而生其心"同意，唯前者令人闻后不知从何下手，后者则有路可走。心可生而要与法相应，而永远在动，法轮常转。

佛心，一动即法；儒，不动则已，一动则仁。无所倚，无所住，先要从倚上、住上作起，如幼儿学步；初无倚，后若不能无倚，则不合道。然此不可便认为瞎子明杖棍，此与大人扶助幼儿行路不同，小孩子有发展、有成就。

（只是余之目标，一个比一个轻。）

《论语》云：

> 志于道，据于德，依于仁，游于艺。（《述而》）

> 兴于诗，立于礼，成于乐。（《泰伯》）

不兴于诗，不活泼；不立于礼，不严肃；不成于乐，不能无所不宜。

（第卅三章，无讲论。）

附　物(体)·道·法

　　物是事物,既有物便有道,既成道便有法。有道便可求法,然法不可求。

　　先生的法可以得,然不可以传;可传未必能得,然不可传不害其得。颜渊之于孔子,具体而微;余叔岩学叫天,亦然。叫天虽不传,余叔岩未尝不得。

　　释迦拈花,迦叶微笑。释迦拈花,以不说说;迦叶微笑,以不闻闻。如来有密语,迦叶不覆藏。前者即拈花,后者即微笑。语虽密然究是语,是传;迦叶是得。如其不知,便是"密语";如懂,便是不"覆藏"。一切道均是如此。

　　无法便罢,假令有法可传,须:(1) 启发(准备),闻一知十,举一反三;(2) 参考(事前);(3) 印证(事后)。

　　相信、自信,除此二者,更于何处讲"信"?除此而外,更于何处找安心方?人要想幸福去过活,必须得到信,无论相信也好,自信也好。不安心的人顶不相信别人,也不相信自己,纵使成功,心也不安;有信心,相信或自信,纵使失败,也安心。

　　"侍""诗""等""待",均含"寺"字,右文,舌头音。若给中学生讲,不明白;明白了,用不着讲了。

　　余自谓为掫脚法师,说得行不得。然余之所以能说,或正因其不能行?

　　人从事于职业而外还要有余力,始能对职业发生兴趣,不视为畏途。为职业,不能砸饭碗;为事业,当有始有终。为这个,不能尽是真的,要点儿假的。但假为的是使真的成功,那么这假便不能算假了。如骗小孩子吃药,骗他是糖,这虽是假,然而再真没有了。

当教员念字就要是标准音,讲书就要是正确意义。为了避免错误,当多查多准备。倘念错讲错,可不用立即改正,更正要看情势。在中国做事净真格的不行,要看情势,第三方是理。情势适合,连理都可不讲。

教学相长,多识字,多懂,比自己用功还切实;教书为人,倒在其次,主要是为己。

第五讲

曹氏诗之力与美

第一节

曹操诗之力

曹公"奸雄"。(今人奸而不雄,是庸才、奴才。)

曹孟德在诗上是天才,在事业上是英雄,乃了不得人物。唐宋称曹孟德为曹公,称陶渊明为陶公,而李、杜后人皆不称公,非如此不能表现吾人对曹、陶之敬慕。(曹公、陶公所表现态度,"诗三百篇"中没有。)

曹公在诗史上作风与他人不同,因其永远是睁开眼正视现实。他人都是醉眼朦胧,曹公永睁着醒眼。诗人要欣赏,醉眼固可欣赏,但究竟不成。如中国诗人写田家乐、渔家乐,无真正体认,才真是醉眼。

欣赏别人的痛苦是一种变态、残忍;还有一种是白痴,毫无心肝。文学上变态固可怕,但白痴更可怕。这种人便毫无心肝,不要说思想,根本便没感觉。欣赏田家乐者盖皆此种人。

人摔倒把他扶起来,只要出于本心,不求名利,这是好人;若有他心,便不成。若有见人摔倒解恨,这也是汉子。若见人摔倒光看着,是白痴。鲁迅先生所写阿Q便近于白痴。若走过不管,如孟子之言"虽闭户可也"(《孟子·离娄下》)。而中国人只看着,下巴垂下①。欣赏田家乐、渔家乐之人,庶几乎近之矣。若自己做了田家、渔家,还能乐吗?

要说拿别人痛苦当作自己享乐,这也要点胆量,有点狠劲。如张献

---

① 叶嘉莹此处有按语:意谓麻木不仁。

忠[1]，据说他睡觉时床头悬一人，以刀砍之，鲜血封目然后眠。(四川有七杀碑[2]。)此种变态心理，非人之可能。

天才、英雄是"非常"，心理变态也是"非常"。真正的天才、英雄大概也是"心理变态"。而变态很难讲。常态以何为准？若以天才为准，则我们都低能，"不够数"。那么，你能说天才是"变态"？

屈原、曹、陶、李、杜诸人，写诗亦只是瓜熟蒂落，水到渠成，自然而然。天才，那是从我们看是天才。余有近作：

少陵西蜀那知老，元亮东篱不自高。[3]

此二句上句说老杜，下句言渊明。上句用《论语》"不知老之将至云尔"（《述而》），盖工部五十岁后拼命创作，一年作出五卷之多（然全集仅二十卷）；我们千载而下看陶公，了不得，而陶渊明盖"不自高"。凡自己做事若自觉清高，那他心里就混浊；自觉风雅，那他心里就庸俗。

按时代，曹在前，陶第二，杜第三。在文学价值上，盖亦然。

曹操诗传下来虽不多，但真对得起读者。

若人能开自己玩笑是真正幽默家，这要能欣赏自己苦痛才行。(开人玩笑不算，欣赏别人苦痛不算好汉。)如曹公之《苦寒行》：

北上太行山，艰哉何巍巍。

羊肠坂诘曲，车轮为之摧。

---

[1] 张献忠(1606—1646)：字秉吾，号敬轩，陕西延安卫(今陕西定边东)人。明崇祯三年(1630)起义，崇祯十七年(1644)于成都称帝，国号大西。清顺治三年(1646)在川北为清兵所杀。史书、杂记中多有张献忠杀人之记载。

[2] 据说张献忠曾立碑明志，上书"天生万物与人，人无一物与天，杀杀杀杀杀杀杀"，此即"七杀碑"。近年，有学者指出，"七杀碑"并无"杀"字，实为张献忠"圣谕碑"，上书"天以万物与人，人无一物与天，鬼神明明，自思自量"。

[3] 此二句出于《三叠前韵》其二(1947)，见《顾随全集》卷一，石家庄：河北教育出版社，2014年第1版，第468页。

> 树木何萧瑟,北风声正悲。
> 熊黑对我蹲,虎豹夹路啼。
> 溪谷少人民,雪落何霏霏。
> 延颈长叹息,远行多所怀。
> 我心何怫郁,思欲一东归。
> 水深桥梁绝,中路正徘徊。
> 迷惑失故路,薄暮无宿栖。
> 行行日已远,人马同时饥。
> 担囊行取薪,斧冰持作糜。
> 悲彼东山诗,悠悠使我哀。

曹公《苦寒行》诗发皇,而一点也不竭蹶,真是坚苦卓绝,不向人示弱。曹公之能如此,亦时势造英雄。

果戈理(Gogol)[①]《塔拉斯·布尔巴》写哥萨克老英雄布尔巴,其子在华沙的刑场受刑,濒死之际呼唤父亲。布尔巴在围观的人群中应答儿子的那声呼唤:"我听着呢!"说"听着呢",不怕敌人捉拿,这才真是汉子。这一点曹公有时如此,不是醉眼朦胧,也不是残忍,真是坚苦卓绝。打折胳膊袖子里藏,打掉牙齿肚子里咽,不向人示弱。曹公是不示弱,然还不是向袖子里藏,不是向肚子里咽。

"北上太行山"一诗之最后两句"悲彼东山诗,悠悠使我哀",写痛苦而音节真好。"悲彼""我哀"两个双声字,用得好。

"三百篇"富弹性,至曹孟德,四言则有锤炼,以气力胜。其《步出夏门行》:

[①] 果戈理(1809—1852):俄国19世纪批判现实主义作家,著有戏剧《钦差大臣》、长篇小说《死魂灵》、中篇小说《塔拉斯·布尔巴》等。

老骥伏枥，志在千里。

烈士暮年，壮心不已。

（《龟虽寿》）

日月之行，若出其中。

星汉灿烂，若出其里。

（《观沧海》）

可以此八句代表曹诗。曹操四句写大海，曰"中"、曰"里"，将大海之雄壮阔大写出。（看大家诗，不能吹毛求疵。）然仍不如"三百篇"之有弹性，含不尽之意见于言外，言有尽而意无穷。陶似较曹有情韵，然弹性仍不及"三百篇"。此非后人才力不及前人，恐系静安先生所谓"运会"（风气），乃自然之演变。

The style is the man himself. [1]

Style，作风、风格；stylish，特样的。

白居易《新乐府》——"天宝末年时世妆"（《上阳白发人》）。西洋称作家叫 stylist，或译为文体家。近代如周氏兄弟[2]，亦 stylist。而最近真不成，没有一个人是 stylist。某人自称我是中国最老文学家，而"老"之可贵在有智慧，写了一辈子就没有 style，根本不是文学家，新也许新。鲁迅作风明快，其做事即快刀斩乱麻。

Style，不但难翻，而且难讲。如曹、陶、杜之不同，即各人 style（风格、风度）不同。

---

① 法国文艺理论家布封（Buffon）1753 年在其题名《风格论》的演讲中提出"The style is the man himself"，即"风格即人"。

② 叶嘉莹此处有按语：指鲁迅与周作人。

>>> "老骥伏枥,志在千里。烈士暮年,壮心不已。"(《龟虽寿》)"日月之行,若出其中。星汉灿烂,若出其里。"(《观沧海》)此八句可以代表曹诗。图为清朝蔡嘉《观沧海》。

普通都以为韵文表现情感,余近以为韵文乃表现思想。中国后来诗人之所以贫弱,便因思想贫弱。一切议论、批评不见得全是思想,因为不是他那个人在说话,往往是他身上"鬼"在说话。"鬼"——传统精神。不是思想,是鬼在作祟。

余之所谓思想,乃是从生活得来的智慧,以及对生活所取的态度。既不能禁止思想,就要使思想"转"出点东西来,不使之成为胡思乱想。

凡作品包括(1)情感、(2)思想、(3)精神。前二者打成一片,而在诗中表现出来的作风即作者之精神。情感加思想等于作风,而作者精神即从作风中表现出来。

曹、陶、杜三人各有其思想,其对人生取何种态度,如何活下去,各不相同。

曹、陶、杜三人各有其作风,三人各有其苦痛。普通说苦痛偏于外界,悲哀偏于精神。而二者互为因果。假设没有外界苦痛,悲哀从哪儿来呢?

一个活人生在现世,外界苦痛就造成他内心的悲哀。曹操《短歌行》有句:

对酒当歌,人生几何。
譬如朝露,去日苦多。

《短歌行》其后又言:

月明星稀,乌鹊南飞。
绕树三匝,何枝可依。

"月明星稀",该休息了,然而"乌鹊"还要"南飞";想要休息,但"绕树三匝,何枝可依",就没地方可歇。你有气力,还是飞;没力气了,一头摔死也可以——这才是真正悲哀。普通人以为伤感是悲哀,而曹公不是伤感。

杜甫亦能吃苦,可是老杜有点花招了。魔术戏法,不是真的,不过假得可爱。老杜在愁到过不去时开自己玩笑,在他的长篇古诗中总开自己个玩笑,完事儿一笑了之,无论多么可恨、可悲的事皆然。不过老杜老实,大概是无意。(西洋小说中写一乞儿,临死尚与狗开玩笑。)常人在暴风雨中要躲躲,老杜尚然,而曹公则决不如此。

渊明前有曹公,后有工部。渊明有时也避雨,不似曹公坚苦,然也不如杜之幽默。但他也有一把伞、一个屋檐、一棵树,那就是大自然和酒。

曹、陶、杜三人中,老杜生活最苦,他并不甚倔,常受人帮忙。人不能与社会绝缘,所以老杜有时也和无聊人在一起。而渊明没有,因为他还有几亩地。然而也还是不行——还乞食。我们再看看老曹,没人帮他忙,只有自己干。天助自助者,非常时代造就出此非常人。生于乱世,只有自己挣扎。弄好,成功了;弄不好,完了。所以三人中最寂寞者仍为孟德。其思想、行为不易为人所了解、同情,其艰难也无人可代为解决。陶、杜生活固难还易解决,我想,人间是有好人,人心仁心,爱帮人忙的。帮忙来了看我们接受不接受了。陶与杜皆接受。而孟德悲哀,无人可替他解决困难,别人不能帮他忙。刘备是幸福的,他有诸葛武侯么!交给武侯没错。而老曹交给谁?他多疑——想不疑都不成,谁能帮他忙?

曹公在历史上、诗史上皆为了不起人物。第一先不用说别的,只其坚苦精神,便为人所不及。陶诗中亦有坚苦,杜甫亦能吃苦。一个人若不能坚苦便是脆弱,如此则无论学问、事业、思想,皆无成就。但只说曹公坚苦,盖因陶、杜虽亦有坚苦精神,然不纯:杜有幽默,陶有自然与酒。而曹公只有坚苦。这一点鲁迅先生近似之。

然陶、杜之悲哀亦有老曹所无者。有时他不愿接受的帮忙——"嗟来之食"——他也得接受。孟子说:

> 呼尔而与之,行道之人弗受;蹴尔而与之,乞人不屑也。(《孟子·告子上》)

帮陶、杜者，未必是"嗟来""蹴尔"，可以说人心都有仁心，有温暖，但是"受人者常畏人，与人者常骄人"（《孔子家语》），吃人嘴短，拿人手软。鲁迅先生写赔大换小，而写收买洋元且翻复查看，神气大了，谁叫你求他破小呢？买卖当如此，一来一往不一样。

曹公有铁的精神、身体、神经，但究竟他有血有肉，是个人。他若真是铁人，我们就不喜欢他了，我们所喜欢的还是有感觉、有思想的活人。我们不喜欢铁人、金人、石人、玉人……

某杂志有文章说，若声音小听不见，但若太强也听不见。这话对。作者精神太集中、太强，我们也失去听力。

第二节

曹植诗之美

一个诗人不必有思有情,主要有觉就照样可成诗人,而必有觉,始能有情思。

曹子建①有觉而无情思。

子建《美女篇》云:

> 美女妖且闲,采桑歧路间。
> 柔条纷冉冉,叶落何翩翩。
> 攘袖见素手,皓腕约金环。
> 头上金爵钗,腰佩翠琅玕。
> 明珠交玉体,珊瑚间木难。
> 罗衣何飘飘,轻裾随风远。
> 顾盼遗光彩,长啸气若兰。
> 行徒用息驾,休者以忘餐。

《美女篇》虽写情思而情不真、思不深。而且诗人必须能代言,中国人顶糟是连自己也不知怎么回事,顶多知有己而不知有人,谈何"代言"?因不知人,《美女篇》写美女写糟了,首句"美女妖且闲","妖",写形貌,美得

---

① 曹子建(192—232):曹植,字子建,沛国谯(今安徽亳州)人,曹操第三子。三国时期魏文学家,建安文学代表人物。曹植封陈王,谥号思,世称陈王或陈思王。

太过;"闲",写意态,而少情思。

《美女篇》后半写道:

> 借问女安居,乃在城南端。
> 青楼临大路,高门结重关。
> 容华耀朝日,谁不希令颜。
> 媒氏何所营,玉帛不时安。
> 佳人慕高义,求贤良独难。
> 众人徒嗷嗷,安知彼所观。
> 盛年处房室,中夜起长叹。

"媒氏何所营,玉帛不时安。佳人慕高义,求贤良独难","玉帛不时安",五臣注①:"言媒氏何所营求,而不及此时安定此亲以玉帛者乎?"

曹子建知道自己,故写《赠白马王彪》好。

《赠白马王彪》全诗七章:

> 谒帝承明庐,逝将归旧疆。
> 清晨发皇邑,日夕过首阳。
> 伊洛广且深,欲济川无梁。
> 泛舟越洪涛,怨彼东路长。
> 顾瞻恋城阙,引领情内伤。
>
> 太谷何寥廓,山树郁苍苍。
> 霖雨泥我涂,流潦浩纵横。
> 中逵绝无轨,改辙登高冈。

---

① 五臣注:唐玄宗朝五臣奉诏重注《文选》,称《五臣注文选》。五臣,即由工部侍郎吕延祚所组织的吕延济、刘良、张铣、吕向、李周翰五人。

修坂造云日，我马玄以黄。

玄黄犹能进，我思郁以纡。
郁纡将何念，亲爱在离居。
本图相与偕，中更不克俱。
鸱枭鸣衡轭，豺狼当路衢。
苍蝇间白黑，谗巧令亲疏。
欲还绝无蹊，揽辔止踟蹰。

踟蹰亦何留，相思无终极。
秋风发微凉，寒蝉鸣我侧。
原野何萧条，白日忽西匿。
归鸟赴乔林，翩翩厉羽翼。
孤兽走索群，衔草不遑食。
感物伤我怀，抚心长太息。

太息将何为，天命与我违。
奈何念同生，一往形不归。
孤魂翔故域，灵柩寄京师。
存者忽复过，亡没身自衰。
人生处一世，去若朝露晞。
年在桑榆间，影响不能追。
自顾非金石，咄嗟令心悲。

心悲动我神，弃置莫复陈。
丈夫志四海，万里犹比邻。
恩爱苟不亏，在远分日亲。
何必同衾帱，然后展殷勤。
忧思成疾疢，无乃儿女仁。

仓卒骨肉情,能不怀苦辛。

苦辛何虑思,天命信可疑。
虚无求列仙,松子久吾欺。
变故在斯须,百年谁能持。
离别永无会,执手将何时。
王其爱玉体,俱享黄发期。
收泪即长路,援笔从此辞。

　　曹子建作风华丽,此篇乃别调。华丽是眼官视觉。曹子建视觉特别发达,可以其所作乐府为代表。曹子建无深刻思想,只是视觉锐敏。

　　左拉(Zola)①,有眼官的盛宴——眼吃。曹子建与左拉不同,曹子建是"富吃",左拉是"穷吃";曹子建所见是物象,左拉所见是人生;物象是外表,人生是内相;所见是外表,故所写是浮浅的;所见是内相,故所写是深刻的。《赠白马王彪》虽也是视觉发达,却深刻不浮浅,便因其有切肤之痛。然而也仍是功过各半:功——深刻;过——小我色彩过重,只知有己,不知有人。

　　一个诗人,特别是一个伟大天才诗人,应有圣佛"众生有一不成佛我誓不成佛""我不入地狱谁入地狱"之精神。出发点是小我、小己,而发展到最高便是替全民族、全人类说话了,"有释迦、基督担荷人类罪恶之意"(王国维《人间词话》)。

　　曹子建在自我抒写方面,此篇有最大成功。《诗经》曰"驾言出游,以写我忧"("写",犹泻也。《邶风·泉水》),后世之自我抒写诗人,无论有意、无意,皆不能脱离其自身范围,一脱离便不是诗了。

　　诗人之伟大与否,当看其能否沾溉后人、子孙、帝王万世之业。老曹

————————
①　左拉(1840—1902):法国19世纪作家,自然主义文学流派领袖,著有《卢贡—马卡尔家族》等。

思想精神沾溉后人，增长精神，开扩意气。而意气开扩不可成为狂妄，精神增长不可成为浮嚣。曹子建有时不免狂妄浮嚣。子建是修辞沾溉后人。以修辞论，《赠白马王彪》亦非他篇所及。诗人只有真情不成，还要有才力、学力以表现。（如，冯至[①]《昨日之歌》《北游及其他》。）

《赠白马王彪》前有序曰：

> 黄初四年正月，白马王、任城王与余俱朝京师，会节气。到洛阳，任城王薨。至七月，与白马王还国。后有司以二王归藩，道路宜异宿止，意毒恨之。盖以大别在数日，是用自剖，与王辞焉，愤而成篇。

"黄初"，文帝年号。"正月"，或作"五月"。"白马"，地名。

读此序，真觉文人之敏感、多猜忌。

全诗分七章，七即一，分为清楚，合为统一，七章皆有线索，似分实合。（有的诗段落似合而实分。）

章法——篇的组织。麻雀虽小，五脏俱全。余之《苦水诗存》中《旅途四首》[②]，章法即受《赠白马王彪》影响。

句法——句的构成。在此方面"古诗十九首"高山仰止，可望而不可即。

字法——字的选择，字的位置。如"死、亡、卒"，此用字不同；如"宜其死"曰"其死也宜哉"，此位置不同。

在章法、句法、字法上，用功是由勉强得自然。而勉强要自己勉强自己，不是别人勉强自己。

[①] 冯至(1905—1993)：原名冯承植，字君培，直隶涿州（今属河北）人。现代诗人，与杨晦、陈炜谟等成立沉钟社，著有诗集《昨日之歌》《十四行集》等。冯至亦是顾随挚友。

[②] 《旅途四首》(1932)，见《顾随全集》卷一，石家庄：河北教育出版社，2014年第1版，第377—378页。

曹子建诗工于发端：

八方各异气，千里殊风雨。
　　　　　（《泰山梁甫行》）

惊风飘白日，忽然归西山。
圆景光未满，众星粲以繁。
　　　　　（《赠徐幹》）

高台多悲风，朝日照北林。
之子在万里，江湖迥且深。
　　　　　（《杂诗六首》其一）

明月照高楼，流光正徘徊。
上有愁思妇，悲叹有余哀。
　　　　　（《七哀》）

写五言含蓄难。文学中有含蓄的境界，而又要自然，陶公能做到。曹氏父子含蓄稍差，而真做到了发皇的地步。老曹《苦寒行》发皇而一点也不竭蹶。老曹发皇是力的方面，曹子建发皇是美的方面，如其《公宴》：

秋兰被长坂，朱华冒绿池。

虽无甚了不起，而开后人一种境界。无论美与力，其发皇出来有一共同点，即气象。后人小头锐面，气象不好。子建"高台多悲风"比"明月照高楼"一首妙，便因气象扩大。《杂诗六首》其一：

之子在万里,江湖迥且深。

一念就是远,就是深。可后边就不成了。人非神,聪明、才力有限,所能只在某一范围内;超出此一范围,则莫能为。曹子建诗工于发端,因诗情不够,只能工于发端。

《赠白马王彪》好在不工于发端。

首章"谒帝承明庐,逝将归旧疆。清晨发皇邑,日夕过首阳……","旧疆",指鄄城。首四句之句形:＿＿＿＿＿,＿＿＿＿＿,＿＿＿＿＿,＿＿＿＿＿,接下二句"伊洛广且深,欲济川无梁"句形:＿＿＿＿＿,＿＿＿＿＿。发端数句好,如旅行纪程,不是诗,但是好,徐徐写来,力气不尽。此诗发端虽不工,而到底不懈,乃曹子建代表作。

《赠白马王彪》前数句一直向前,至"顾瞻恋城阙,引领情内伤"则向回一顾。

"泛舟越洪涛",用"过大波",便不成,"越洪涛"三字字音洪大。该洪大便得洪大,该纤细便得纤细。若写"坐在明月里"(冰心《繁星》),这便是说海;说海写"坐在火炉边",便不成;"火炉边",当是说童年的梦幻。

"怨彼东路长",一"怨"字,去声,便远;说"恨彼东路长",便不好;"愁彼东路长"简直不成。"恨",也是去声,但纤细短促。每个字有每个字的音色,色是眼见,百闻不如一见,听着这个声音不如看着这个声音。如老谭唱《碰碑》①,过门儿一拉,如见塞外风沙。

第二章"太谷何寥廓","廖",远;"廓",深。

"山树郁苍苍","树"原为动词,何以不用"山木"?"木"字形太简单。"郁",只言其形象、气象。("光被四表"《尚书·尧典》,即气象。清儒以为

---

① 老谭:即谭鑫培。《碰碑》,京剧代表剧目,又名《托兆碰碑》《两狼山》,叙杨继业与辽兵交战两狼山,因内无粮草外无救兵,最终碰碑而死。

"光"通"横"。)"苍苍",是其形态。

"霖雨泥我涂","泥",去声,动词。老杜诗:"年年至日长为客,忽忽穷愁泥杀人。"(《冬至》)

"中逵绝无轨",何以用"中逵"不用"中路""中道"?说"逵"便断,"逵"字有断绝之感。"怨彼东路长",说"东逵长",便不行。

"修坂造云日",若说"长坂造云日",便不成。

"我马玄以黄","黄",病也。诗必有凝练处,不如此不稳,顿之则山安;然仅如此则气不畅(黄山谷诗便如此),故又必有生动之句,导之则泉注,如此则不滞。故"修坂造云日"下便接"我马玄以黄"。

"我思鬱以纡","鬱",积也;"纡",屈也。"我思鬱以纡,亲爱在离居","最是相逢赢得处,还君珠泪双倾",离别常多相会少。犹有相逢一面缘,然又如何?"如何?遣情情更多"(孙光宪《思帝乡》),逆情调(指情调之逆叙)。

"阴阴夏木啭黄鹂"(王维《积雨辋川庄作》),"啭",啭喉。夜莺、云雀……

于此说说音调。《赠白马王彪》前两章阳韵、阳声,情调慷慨,音节高亢,色彩鲜明。自下章"玄黄犹能进"以后,一变而为沉郁、暗淡、沮丧。于此可知诗之音调与韵尾的关系,阳声字显得长,韵长;阴声字短;入声字更短。音节变换,有长短高下;变换固然,而须要得当,变换与节制是二为一。鲁迅先生《在酒楼上》写南方酷雪中山茶开放,赫赫如火,愤怒而傲慢。①京剧《五人义》中周文元对小校尉说,你对着我脚尖磕三个头,叫三声老叔,你就滚球蛋。若如此,没劲;头必是一个一个地磕,老叔必是一声一声地

---

① 鲁迅《彷徨·在酒楼上》:"倒塌的亭子边还有一株山茶树,从暗绿的密叶里显出十几朵红花来,赫赫的在雪中明得如火,愤怒而且傲慢,如蔑视游人的甘心于远行。"

叫,才有劲。① 此即变换与节制。《赠白马王彪》"太谷"一章高亢,"玄黄"一章沉郁,"踟蹰"一章呜咽,"太息"一章涕泣哀怨。(涕泣不是悲伤,是哀怨。人到无泪时只是心酸,比痛哭还难受。)

《赠白马王彪》诗情足够,故不露竭蹶之势。(老杜有时亦竭蹶。)

作长篇必有高下变化。《赠白马王彪》全诗高下变化如下图:

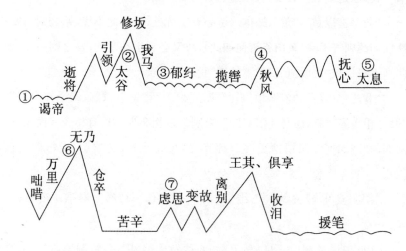

谒 逝 引 太 修 我 郁 揽 秋 抚 太 咄 万 无 仓 苦 虑 变 离 王 俱 收 援
帝 将 领 谷 坂 马 纡 辔 风 心 息 唶 里 乃 卒 辛 思 故 别 其 享 泪 笔

魏武、陈王之外,有王仲宣②深于经史,潘安仁(潘岳)③诗长于写情及

----

① 《五人义》:戏曲传统剧目,叙明末魏忠贤诬陷忠良,遭校尉至苏州逮捕周顺昌。五义士颜佩韦、周文元、马杰、沈扬、杨念如求赦不得,怒而大闹苏州。其中第五场周文元与小校尉对白:(周文元白)这也不难,你对着我脚尖,磕三个头,叫我三声老叔,你就滚球蛋。(小校尉白)叫我与你磕头?(周文元白)磕头。(小校尉白)磕头,咱们就磕头。(周文元白)磕罢。(小校尉磕头。小校尉白)一个啦。两个啦。三个啦。(周文元白)你叫。(小校尉白)叫,老叔,老叔,老叔。(周文元白)滚罢。

② 王仲宣(177—217):王粲,字仲宣,山阳高平(今山东邹城)人。东汉文学家,"建安七子"之一,因其文才出众,被誉为"七子之冠冕"。

③ 潘安仁(247—300):潘岳,字安仁,荥阳中牟(今属河南)人。西晋文学家,太康文学代表作家,与陆机合称"潘陆",与其侄潘尼合称"两潘"。

羁旅行役之词。

　　潘安仁《悼亡》诗,第一首春,第二首秋,第三首冬,以意推之,其诗当甚多,唯重复当亦多。以所存三首观之,犹有重者。或安仁告假归朝来辞坟作。一年间所作当甚多。

　　其诗第一首云:

> 荏苒冬春谢,寒暑忽流易。
> 之子归穷泉,重壤永幽隔。
> 私怀谁克从,淹留亦何益。
> 黾勉恭朝命,回心反初役。
> ……………
> 春风缘隙来,晨霤承檐滴。
> 寝息何时忘,沉忧日盈积。
> 庶几有时衰,庄缶犹可击。

　　"回心反初役"以前,盖为悼亡诗之总说。"荏苒冬春谢,寒暑忽流易",曰"冬春",曰"寒暑",亦如孔融"岁月不居,时节如流,五十之年,忽焉已至"(《论盛孝章书》),皆不可以后世作文之法绳之。(六朝文重音调,又好用假典故及不合理之字、句。如称管仲曰微管。)"春风缘隙来,晨霤承檐滴",二句以景写情,诗之上者也。

第六讲

《文赋》要义①

---

① 据叶嘉莹1942年至1947年听课笔记整理。原笔记对讲解《文赋》的记录,始自"伊兹事之可乐,固圣贤之所钦"一段。从字迹来看,明显系十一次课的记录。

六朝时一切文学作品皆谓之文,故《文赋》实即创作论。

文难得内容丰富而文字还写得美。吾人写文章每至意义艰深则文字晦涩。陆士衡则举重若轻。

第一节

创作之情趣

《文赋》包括：

起——综论（引论）。

中——分论。（文论、文体、文字、声音、修辞等；文字、声音、修辞乃文章美，即《文赋》中所言"应""和""悲""雅""艳"。）

结——余论。

"伊兹事之可乐，固圣贤之所钦"至"粲风飞而猋竖，郁云起乎翰林"一段：

伊兹事之可乐，固圣贤之所钦。课虚无以责有，叩寂寞而求音。函绵邈于尺素，吐滂沛乎寸心。言恢之而弥广，思按之而逾深。播芳蕤之馥馥，发青条之森森。粲风飞而猋竖，郁云起乎翰林。

"伊兹事之可乐"，"伊"，句首语词，五臣注："维也。"

"伊兹事之可乐，固圣贤之所钦"，"可乐"盖指情趣，"所钦"盖指意义言。

世上行尸走肉偷生苟活，有生命无生活。我们生活有事业，事业有大小，不以是而分优劣。贤者识其大，不贤者识其小，大固然好，小也不坏。事无论大小，而主要的是"伊兹事之可乐"，这样干着才有意义，才有力——

>>> 六朝时一切文学作品皆谓之文,故《文赋》实即创作论。它包括起——综论(引论)、中——分论、结——余论三部分。文难得内容丰富而文字还写得美。吾人写文章每至意义艰深则文字晦涩。陆机则举重若轻。图为唐朝陆柬之书录《文赋》。

文賦

余每觀才士之作竊有以得其用
心夫其放言遣辭良多變矣妍
蚩好惡可得而言每自屬文尤見
其情恒患意不稱物文不逮意蓋
非知之難能之難也故作文賦
以述先士之盛藻因論作文之利
害所由他日殆可謂曲盡其態
至於操
斧伐柯雖取則不遠若夫隨手
之變良難以辭逮蓋所能言者
具於此云

佇中區以玄覽頤情志於典墳遵
四時以歎逝瞻萬物而思紛悲落
葉於勁秋嘉柔條於芳春心懍懍
以懷霜志眇眇而臨雲詠世德之
俊烈誦先人之清芬游文章
之林府嘉麗藻之彬彬慨
投篇而援筆聊宣之乎斯文
其始也皆收視反聽耽思旁訊

为人为己,为己,充实了空虚的生活;对人,则使我们以外的人可得点方便。事之起始也许困难,而必要以毅力和练习达到"可乐"的地步。

"知之者不如好之者"(《论语·雍也》),爱好比知道有力量,而"好之者不如乐之者"(同上),孔夫子讲道理不及释迦高深,而真人情味。此二句大无不包,细无不举。说到深处是要"好之""乐之",而皆须以"知之"为根基。至于"好"与"乐"之区别,好是一时的,乐是永久的。

"伊兹事之可乐,固圣贤之所钦"前面一段:

> 然后选义按部,考辞就班。抱景者咸叩,怀响者毕弹。或因枝以振叶,或沿波而讨源。或本隐以之显,或求易而得难。或虎变而兽扰,或龙见而鸟澜。或妥帖而易施,或岨峿而不安。罄澄心以凝思,眇众虑而为言。笼天地于形内,挫万物于笔端。始踯躅于燥吻,终流离于濡翰。理扶质以立干,文垂条而结繁。信情貌之不差,故每变而在颜。思涉乐其必笑,方言哀而已叹。或操觚以率尔,或含毫而邈然。

此一段,论文辞。"伊兹事之可乐,固圣贤之所钦"二句之下"课虚无以责有,叩寂寞而求音",讲文思。

"课虚无以责有,叩寂寞而求音"二句,与上段"抱景者咸叩,怀想者毕弹"二句,相似而实不同。"抱景"二句指文字,此二句指创作。"叩寂寞而求音",如白居易之写《琵琶行》。

"函绵邈於尺素,吐滂沛乎寸心",五臣注:

> 绵邈,远也;滂沛,大也。虽远者,含文于尺素之上;虽大者,吐辞于寸心之间也。

"吐滂沛",未成文之前;"函绵邈",成文之后。绵邈,表示远;滂沛,表示大。此盖与字音有关,如"大",便觉大;"小",便觉小。此不尽为心理的,亦为科学的。

说到创作,正如《道德经》所谓:

> 虚而不屈,动而愈出。(五章)

愈用而愈有,愈动而愈出。一个没有创作修养、创作习惯的人,未写之前思想很多,而一坐到书桌旁便没有了。余今年要在文论班上引起同学创作兴趣。说到创作,一是书,一是物。物用于准备则为观察,用于创作则观察为表现;还有,心不可使之茅塞,孟子所谓"今茅塞子之心矣"(《孟子·尽心下》)。书、物、心三方面都做到家,文才可出来。一个天才或可不必读许多书,而吾人则不可。

文学写感官感觉。写耳之所闻、目之所见者多,而耳闻并未进入吾人耳中,目见并未进入吾人目中,是隔离的。至于鼻之所嗅、口之所尝,则真进入吾人鼻中、口中,是亲切的。何以写前者的反多而易好?写朋友之爱也许还易,写兄弟爱难;写兄弟爱尚易,写亲子爱难;写两性尚易,写夫妻难。

在创作上,作者与社会要保持一点隔离。而创作又要有经验,经验与隔离岂非矛盾?其实经验与隔离实非二事。在求经验时必须亲身参加,而在书案前写作时要撤出来,所以要隔离。

"播芳蕤之馥馥,发青条之森森","青",五臣作"清",误。青色是可爱的,有时叶比花还好,如杨柳(杨者,扬也,向上长者为杨)。

陆氏之写"播芳蕤之馥馥,发青条之森森"二句,是否要引起读者感觉?此二句为客观的,抑为主观的?如是客观的,是文章原来有这种美;要是主观的,是说吾人读后觉得如此。在此大约主观、客观都有,二者不可缺一。此关系哲学问题,不仅文学批评欣赏的问题。如,果实之有价值在人之使用,此便言其有用是客观的;如花之香美,有人闻、有人见是如此,而人不闻、不见时它还香不香、美不美呢?有人以为仍可爱,有人以为否,此待研究。"兰生幽谷,不为莫服而不芳"(《淮南子·说山训》),但没人闻,岂不等于不香?

"飈风飞而猋竖,郁云起乎翰林","风"于何"飞"?"猋"于何"竖"?"云"于何"起"?此在吾人感觉。"飞",横者;"竖",直者;"猋",盖"飘摇"二字之合声,名词,羊角风,旋风。(飘摇,扶摇,轻重不同之别也。)

第二节

体裁与风格(一)

"体有万殊,物无一量"至"要辞达而理举,故无取乎冗长"一段为全篇核心:

> 体有万殊,物无一量。纷纭挥霍,形难为状。辞程才以效伎,意司契而为匠。在有无而僶俛,当浅深而不让。虽离方而遯员,期穷形而尽相。故夫夸目者尚奢,惬心者贵当。言穷者无隘,论达者唯旷。
> 诗缘情而绮靡,赋体物而浏亮。碑披文以相质,诔缠绵而凄怆。铭博约而温润,箴顿挫而清壮。颂优游以彬蔚,论精微而朗畅。奏平彻以闲雅,说炜晔而谲诳。虽区分之在兹,亦禁邪而制放。要辞达而理举,故无取乎冗长。

此一段所言最具体。
文体是具体的,有目共见,自较理论具体。
就文学而言,"体有万殊";就内容而言,"物无一量"。
"体有万殊,物无一量。纷纭挥霍,形难为状"四句,五臣注曰:"文体有变,故曰万殊;物类既众,故曰纷纭挥霍也;气色运动,难说其形状也。"此说似是而非。五臣将"纷纭挥霍"皆归之文体,余以为不然。"纷纭",疑指文体;"挥霍",疑指物象也。"挥霍",李善①注:"疾貌。"是也。活的变动快,文

---

① 李善(？—689):字不详,广陵江都(今江苏扬州)人。唐朝学者,淹贯古今,人号"书簏",著有《文选注》60卷。

体谈不到"疾";物类是静的,物象是动的。

"体有万殊"数句,这是我们作文最艰难的工作,也是最要紧的工作。无论在研究或创作上皆然。我们现在要用已有的万殊之文体写无一量之物象。天地间形形色色,文人笔下没放过去;而有放过者何?"三小"——才小、力小、胆小。此若在才大、力大、胆大之作家写,天无不覆,地无不载。

在一创作时选定文体是要紧的。我们有了材料后,用什么体裁写?必要在此"万殊"文体中选一文体最适合者写之。十八般武艺,我只会使刀,那可以;若说创作,我只会写诗,什么我都写诗,那不行。老杜笔下是"物无一量",可惜他只写诗。老杜若非才力不够,便因文体使用不恰当而失败。

同学读书要"泛爱众而亲仁"(《论语·学而》)。书,无所不读,但要有三两部得力的。文体也要多试验几种,第一是哪一种于我最合适,第二是哪一种最方便。此是试验自己,发现自己,多试验几种文体以发现自己天才。天才必须自己发现,天才的矿只有自己去开。同时多会几种文体,可选其最合适者去写。在"纷纭挥霍"中要运用自如,是最大成功。研究、欣赏、创作皆然。

"辞程才以效伎,意司契而为匠"二句,五臣注:

程,见;效,致;伎,巧;司,理;契,要;匠,宗也。

"见""现",古同;见,自见;现,使之见。"至",自动;"致",他动,使之至。《孙子兵法·虚实篇》:"善战者致人而不致于人。""效伎",收伎能之功效。"辞程才",现于外者;"意司契",支配者。"意司契",就读者言是文章内容,就作者言是作者内心。"辞程才以效伎,意司契而为匠",简言之:没文体,没法写;没"意",写什么?

"在有无而僶俛,当浅深而不让"二句,包前二句而言。"有无""浅深",指难易。中国常有二字连用而一义者,如利害、是非,此处"有无""浅深"亦然。"让",辞让也。"不让",李善举"当仁不让",义不同《论语》之"仁让谦"也。此说作者不当避难就易、避重就轻,这样在创作上也许省事,但创作绝无捷径、取巧、侥幸。

作文与做人同。《西厢记》中惠明和尚言:

我从来欺硬怕软,吃苦不甘。(第二本《崔莺莺夜听琴》楔子)

惠明敢真也能真,这两句话真说得坦白。做人如此,作文亦然。《西厢》惠明所云可与《水浒》武松"专打天下硬汉"①互相发明。我们要避轻就重,避易就难。作文在辞、在意,皆当如此。有志于文者可以惠明此两句为座右铭。

凡一篇作品流传久远,必有点儿"真格的",你费了事,读者绝不负你苦心。《水浒传》上说白秀英唱大鼓是"普天下伏侍看官"②的。此语甚痛心,而是甘苦有得之言。作文亦然。"修辞立其诚"(《易传·文言传》),你不骗人,别人也不负你。

姜夔③《白石道人诗说》云:

人所易言,我寡言之;人所难言,我易言之。

简,简到不能再简。现在作文是人所易言,我多言之;人所难言,我不言之。这如何能行?

"生于忧患,死于安乐"(《孟子·告子下》),做人与作文同,学文与学

---

① 金圣叹批本《水浒传》第二十八回:"武松道:'我却不是说嘴,凭着我胸中本事,平生只是打天下硬汉,不明道德的人。'"

② 金圣叹批本《水浒传》第五十回:"只见一个老儿……上来开科道:'老汉是东京人氏,白玉乔的便是。如今年迈,只凭女儿秀英歌舞吹弹,普天下伏侍看官。'"

③ 姜夔(1155?—1209)字尧章,号白石道人,饶州鄱阳(今江西波阳)人。南宋可与辛弃疾抗衡的词家,精通音律,擅自度曲,著有《白石道人歌曲》。

道同。

余近有作《寄蜀中友人》①：

风雨同怜独归鹤，雪霜宜称后凋松。
蜀中山水甲天下，更为荔支作寓公。

此真是衣来伸手、饭来张口。今自己检举，一一自首："独归鹤"，老杜《野望》有"独鹤归何晚，昏鸦已满林"句（老杜身上颇有贵族性，鹤立鸡群已苦，老杜言鹤立鸦群）；"后凋松"，《论语》有"岁寒，然后知松柏之后凋也"（《子罕》）之语；俗言"桂林山水甲天下"；苏东坡《食荔支二首》其二有"日啖荔支三百颗，不妨长作岭南人"句（荔支采下，一日变香，二日变味）。古人给我们留下好的遗产固然好，但我们不能安于此，安于此便是宣告我们的创造生命灭亡了。有人二十岁以后不复为诗，便是说他生命还有，而创作的生命完了，这是说根本不再创作的；还有的人虽仍写作，但创作生命已完了，如风瘫患者，虽生犹死。（说说世寿与僧腊，若一僧八十岁死，则其世寿八十，而僧腊仅五十。）

《西厢》惠明"我从来欺硬怕软，吃苦不甘"的话要记住，无论做人、作文，皆当如此。

小孩写什么都说"非常"，这是避难就易。因为他思想贫弱，字汇简单。人该避免用"非常""特别""十二万分"等等。

若于难者、重者，不能做，知难而退尚不失为明哲保身之士。社会上潮流真了不得，人处世是随波逐流，还是逆流而上，还是砥柱中流？都要有点力，否则即使顺流，亦能为浪打倒——不能取巧。

俗语曰，作伪是"心劳日拙"②。"日拙"，言眼下或可成功而久之必失

---

① 《寄蜀中友人》，见《顾随全集》卷一，石家庄：河北教育出版社，2014 年第 1 版，第 485 页。
② 《尚书·周官》："作德，心逸日休；作伪，心劳日拙。"

败。其实"诚"最容易,而人都不肯做;作伪不易,而人爱作伪。作伪的人永远是刨坑埋自己,作伪愈久坑愈深。做人诚,人亦不会辜负你。佛品第一不打诳语,无论何种哲学、宗教皆然,犹之乎儒家之"白受采"①。诚,不打诳语,便是"白";一切"采"是一切美德,而必先有"白"。而说来真怪,也许打诳语是人类本能。此为性恶说。悲观哲学家叔本华(Schopenhauer)②说,人性恶,否则何用这么多圣贤劝人学好?(小孩子才会说话便爱骗人,且爱受骗,这是另一方面。)

总之,还是要"诚"。

---

① 《礼记·礼器》:"甘受和,白受采,忠信之人,可以学礼。"
② 叔本华(1788—1860):德国19世纪哲学家唯意志主义创始人,著有《人生的智慧》《作为意志和表象的世界》等。

第三节

体裁与风格(二)

"虽离方而遯员,期穷形而尽相",五臣注:

> 文之未见在于无,故虽不见方圆之形,终期尽物之象也。相,象也。

此言似通似不通,似有解似无解。在未写出前,作者心中已先有此文,故曰"在于无";写成始有形,故"虽不见方圆之形",而已"尽物之象"。成文具体,故有规矩方圆。五臣盖以"离""遯"为不见。余以"离""遯"为破坏规矩。五臣受传统思想,故不敢说文背于规矩。退之文、工部诗,多不可以法绳之,尤其六朝诗文之法。"离方""遯员",乃"俪俙""不让"之结果,"离""遯",破坏规矩。

"唯陈言之务去"(韩愈《答李翊书》),"语不惊人死不休"(杜工部《江上值水如海势聊短述》)。不惊人之语是常语,用陈言常话绝不违犯规矩,可是"唯陈言之务去",求"语不惊人死不休",则不免不合规矩矣。"离方""遯员",也许叫人看着特别,在形式上成为过错;而心是不错的,心所期者在"穷形而尽相",写到人写不到处,说到人说不出处。

接下"故夫夸目者尚奢,惬心者贵当"二句,"故夫"二字用得好,《文赋》凡文章辞意相生处皆好。辞义相生,行文一乐,甲——→乙——→丙——→……——→n,辞生辞,义生义。用功是要吃苦、就难,而无论作文、做人又须有乐处,因"离方""遯员"而"穷形""尽相","故夫夸目者尚奢,惬心者贵当"。

"夸目者尚奢"如汉之辞赋,中国文中,能当"夸目"者,盖仅汉之辞赋。"惬心者贵当","惬心"不在篇之长大、字之华丽,只求达意。"惬心"不是快心,是合心;"当"者,精当。此六朝文可为代表。如《世说新语》写桓温过王敦墓,指曰:"可儿!可儿!"(儿,人也。)这没法儿翻成白话,那么说算把二人之气概全写出来了。

说食不饱。有时费半天劲研究出一个道理,可是一想,怎么那么平常?科学家要有破竹之势的功夫,文学、哲理似乎不必,可以用蚕食式办法,只要吃下去的真受用了,真变成丝,剩一块干了有什么关系?吃了桑叶要让你吐丝,吐出来还是桑叶不成。只要吐丝,吃的是哪里都没关系。

《论语》云:

> 知之为知之,不知为不知,是知也。(《为政》)

有人自以为知,实非真知,浮光掠影。人要有真知灼见。愈是身边切近之事,愈易忽略。《论语》不说高深的话,可是我们不能往浮浅里懂,"知之为知之,不知为不知"。世上一般人都是自己不知而偏要说,每天上班说些连自己也不明白、自己也不相信的话。看禅宗语录也要"知之为知之,不知为不知",取得能合式之法。可是,"不知"不是就停顿于此,乃是就已知求未知,温故而知新。道理光说净讲不行,要知、要行。知是行的准备,行是知的结果;要不行,便还不是真知。说食不饱,说食只是更使人饥饿,而不能饱。凡是觉得知道而说不出来的,那还是不知,绝不会懂到极深处而自己还说不出来。

"言穷者无隘,论达者唯旷",五臣注:

> 言穷事者无隘狭,论通达者唯尚放旷,此作者之用思也。

十五年前,刘文典①先生对余说,五臣注者看似浮浅,实高于李善。

"言穷者无隘",五臣注:"言穷事者无隘狭。""穷事"者,言穷极事物之理。一切学问都是细中之细。马鸣禅师②《大乘起信论》谓:粗中之粗,凡夫境界;粗中之细,细中之粗,菩萨境界;细中之细,是佛境界。此是言穷事物之理。"无隘",善注为"无非湫隘",与原文不合。

"言穷者",说极细、极深道理。此难说,而有真知的人能说;听者或难懂,因听者无此经验。一句话,在说的人是多少年功夫。可是既说出来,便不希望听者难懂。"学而时习之,不亦说乎"(《论语·学而》),你没用过功,如何知道?孔子话简单,至庄子、墨子、孟子,便说多了,好举例,好寓言,便是怕人不明白。战国诸子皆说寓言,用简单故事表现细微深邃之事理,那真是"言穷者无隘"。佛经也如此,圣经也如此。

必须真知、真行。"知行合一",其说似高深,其实即"说食不饱"之意。

"言穷者无隘,论达者唯旷","穷",细微深邃;"达",伟大崇高;"放旷",扩大。我们作文章便怕这两种:既不能细,又不能大。《史记》写巨鹿之战,《汉书》写昆阳之战,既细又大。"言穷者无隘",是细无不举;"论达者唯旷",是大无不包。

不但文论,一切哲学皆然。而其实,"穷""达"还是一个,没有一个细微深邃的不是伟大崇高的;同样,也没有一个伟大崇高的不是细微深邃的。"于一粒沙中见世界"(威廉·勃来克[William Blake]③《天真的预言》),佛言"纳须弥于芥子"(须弥,今称喜马拉雅山)。如故宫建筑艺术,伟大崇高必有细致深邃功夫。

---

① 刘文典(1889—1958):原名文聪,字叔雅,安徽合肥人。现代学者,曾任北京大学教授,著有《淮南鸿烈集解》《庄子补正》等。

② 马鸣禅师:名阿湿缚窶沙,约生活于1世纪,中天竺国古佛教理论家、佛教诗人,禅宗尊为天竺第十二祖。相传阿湿缚窶沙说法时,马都能解其音,垂泪听法,故称马鸣菩萨。

③ 威廉·勃来克(1757—1827):今译威廉·布莱克,英国浪漫主义诗人,著有诗集《天真之歌》《经验之歌》等。

此段是一层层下来的,"言穷者无隘,论达者唯旷"二句出于"在有无而僶俛,当浅深而不让"。

"言穷者无隘,论达者唯旷"后之"诗缘情而绮靡,赋体物而浏亮"以下,论文体。

第四节

体裁与风格(三)

《文心雕龙·总术》云:

今之常言,有文有笔,以为无韵者笔也,有韵者文也。

此乃自其分而言之。自其合而言之,则无论有韵与否,皆谓之文。

人类先有诗,后有散文,任何国家民族皆然,故《文赋》先言诗。诗发达最早,而文学最早发达是"缘情"。(陆机《叹逝赋》:"哀缘情而来宅。")树生枝长叶甚久,而当初只很小一粒种子。

"诗缘情而绮靡","绮靡",李善注谓"精妙"之意,此二字颇可商量。余以为"绮靡",绮,美也(谢朓①《晚登三山还望京邑》有"余霞散成绮"句);靡,柔也。凡缘情之作,无不美、无不柔者。诗是软性的,而在诗史上,诗是由软性发展成为硬性,由缘情而变为理智。宋诗是理智,硬性。文由硬性变为软性。六朝文是绮靡,软性。所以有人说,明末小品文是文学新运动,复古,复六朝之古。(明末有几部书盛行——《世说新语》《水经注》《三国志注》。)

"赋体物而浏亮","体物",体,体会,体裁;"浏亮",清明、鲜明。诗感人,故须绮靡;赋体物,故须鲜明。诗不绮靡,不能使人发生同情;赋不浏

---

① 谢朓(464—499):字玄晖,陈郡阳夏(今河南太康)人。南朝齐山水诗人,因与谢灵运同宗,故称小谢;或与谢灵运并称"二谢"。曾任宣城太守,故亦称谢宣城。著有《宣城集》。

亮，不能使人如见其物。

赋在《汉志》分为若干种，其中一种为辞赋，骋辞之赋，即所说汉赋也。如《长杨》《羽猎》《两京》等赋，此汉赋正宗。至于司马相如《长门》《大人》等赋，似非汉赋正宗（相如好处不知何在，一篇《长门赋》写得稀糟）。汉一班学者文人皆无情感，汉赋正宗是体物浏亮。六朝赋是抒情之赋，如江淹①《别赋》《恨赋》，乃汉人所不肯为。

汉人以后赋分两派：一北一南；一古典一革新；一体物一缘情。如木华（字玄虚）②《海赋》、郭璞③《江赋》、左思④《三都赋》（《三都》全仿《两京》），此为北派，古典、体物；南派是革新的、缘情的，用写诗之法写赋，如《别赋》《恨赋》。

就文体言之，诗为柔，文为刚。（阳刚、阴柔，桐城派之说⑤，其实即理智与感情。）而有人以写文之法写诗；又有人以写诗之法写文，如《洛阳伽蓝记》《水经注》。同是纪事，《洛阳伽蓝记》与《世说》便不能比；"史""汉"亦一柔一刚。此言诗为柔、文为刚，乃大较之言。亦如男女二性，在许多女人身上，带有几分男性；有的男人身上带几分女性。"赋体物而浏亮"，而六朝赋亦有缘情绮靡之作；"诗缘情而绮靡"，然老杜纪事诗与退之诗皆有体物浏亮之作。

"碑披文以相质"，碑，始于汉，所以纪鬼神之功德。墓碑，人；庙碑，神，皆为叙德之作。既曰叙德，必有实在可叙，故曰"披文""相质"。"相"之为

---

① 江淹（444—505）：字文通，济阳考城（今河南民权）人。南朝齐梁时期诗赋家，著有《恨赋》《别赋》等。
② 木华：字玄虚，广川（今河北景县）人。西晋辞赋家，著有《海赋》等。
③ 郭璞（276—324）：字景纯，河东闻喜（今属山西）人。东晋学者、诗赋家，著有《游仙诗十四首》《尔雅注》等。
④ 左思（252？—？）：字太冲，临淄（今属山东）人。西晋诗赋家，著有《咏史》八首、《三都赋》。其《三都赋》历十年而成篇，时人争相传写，一时洛阳纸贵。
⑤ 姚鼐《复鲁絜非书》："文者，天地之精英，而阴阳刚柔之发也。"桐城派，清朝文坛最大散文流派，其主要代表人物方苞、刘大櫆、姚鼐均为安徽桐城人，故名。桐城派讲究义法，提倡义理，要求语言雅洁，反对俚俗。

言助也。披文相质并非文质相半,质是主,文以相之。"诔缠绵而凄怆",诔,乃对死者之悼词,故曰"缠绵""凄怆"。碑,理智、硬性;诔,缘情,软性。

"铭博约而温润",李善注:

> 博约,谓事博而文约也。铭以题勒示后,故博约温润。

此说不当。"博约",谓由博而反约也。凡铭文刻于物上,"铭",名物也,如镜铭、盘铭,故须博约。"博",意义之广;"约",文字之简,如"苟日新,日日新,又日新"(《礼记·大学》引《盘铭》)。人若一辈子这样干下去,有休息时候、有停止时候么?无论世变如何,这三句话永远打不破、行不完。"温润",是可亲可爱之意。因铭除名物外多含教训之意,教训易成为干燥,故须温润。

"箴顿挫而清壮","箴",以讥刺得失。铭,为物而作;箴,为事而作。箴往往比铭还硬,箴篇幅短,故要曲折有力。"顿挫""清壮"才有力,才可以动人。因为劝诫之言须有力始能动人。箴,所以规既往而戒将来。五臣注:

> 箴所以刺前事之失者,故须抑折前人之心,使文清理壮也。顿挫,犹抑折也。

后人作文用字太不假思索,什么叫"文清理壮"?"抑"、制,"折"、伏?其实,"顿挫"是说文字之顿挫,"顿"之为言断(停止之处亦曰顿,如天子游幸所止曰驻顿),"挫"之为言折。但顿挫不能说"断折",说"曲折"庶近之矣。"顿挫"二字口说甚难,但须自己真懂。

文章有最以顿挫见长者,当推"史""汉",看似一气,但无一字一语不曲折,绝不平直。吾人作文患不通顺,一通顺又太平直,也不行。白乐天诗其平如砥,其直如矢,其清如水,可惜清而不壮。老杜一字一转,或者不清,可绝对壮。不怕不懂货,就怕货比货。近代语体文没劲,便因无顿挫,否则便因不通顺。鲁迅先生一字一转，一句一转，没有一个转处不是活蹦的。

禅家有所谓"万法唯心"，"心生、神生、法生，心灭、神灭、法灭"。尤其我们治文学的更是如此，一切创作皆然。如各小说所写，根本无此事，就算有此事，也亏他小说家写呀！否则《史记》"巨鹿之战"只须写"项羽大破秦军于巨鹿"一句，这不能说不是史，但不是文。一个题目写出后，其间变化开合真是心生法生、心灭法灭。自然主义客观写实法是科学的，但何以此一派亦仅是此少数作家？即以纯粹科学家如爱迪生(Edison)，何以亦只有一人？便也仍因他们是心生法生，我们是心灭法灭。否则，文若有"法"，岂非成印板文章？天下无印板文章。故"万法唯心"。我们说老杜、鲁迅的诗文有顿挫，我们知道了，但何以我们写时不能成为老杜的诗、鲁迅的文？便因我们没有他们那样的心。所以文学中有所谓派，这太险。开山祖师，成；至于其弟子，既非祖师之心，而还要仿其形，外表很是，而内容满不是。祖师是心生法生，弟子是心灭法灭，挂羊头卖狗肉。(但这样说岂非禅学？)

熊十力①有"新唯识论"，余此所讲自谓为"新唯心论"。"新唯心论"其一是怀疑，怀疑自己；再便是禅家"万法唯心"。以前唯心论讲得太玄，知者无从知，行也无从行，结果成为渺茫、空洞。余所讲"有此心始有此文"，也快渺茫、空洞了，但余所说有科学的、唯物的根基。人心是以生活做根基，过此生活便有此心。如男性旦角，在台上不仅形变为女性，且心亦变为女性之心，完全失掉固有本性，这便因其舞台上女性生活使然。生活这是唯物的、科学的，所以我们要在生活一方面扩大。要有书斋生活、文学修养，这只可养成技术；但生活一点没有，拿"顿挫"表现什么？拿"清壮"表现什么？如"屠龙"②，本事不错，但是上什么地方屠啊？宋之江西派③真是有屠

---

① 熊十力(1885—1968)：原名继智，号子真，晚号漆园老人，湖北黄冈人。近现代哲学家，新唯识论哲学体系创建者，著有《新唯识论》《原儒》《体用论》等。

② 《庄子·列御寇》："朱泙漫学屠龙于支离益，单千金之家。三年技成，而无所用其巧。"

③ 江西派：得名于吕本中《江西诗社宗派图》，以黄庭坚、陈师道为核心，创作上偏重书斋生活，讲求用典，推敲技巧。该诗派为宋代影响最大的诗歌流派。

龙术,技术在老杜之上,但是老杜有的宰,他们宰什么?割鸡焉用牛刀,你甭这么说,你的屠龙技连鸡也宰不了。少个东西,少个什么?生活不硬。余之"新唯心论"有点近于心理学之行为派。最早之心理学是反省派,其后演进为行为派。行为派由观察统计而来,余之论与之相似。老杜之诗、鲁迅之文,他的思想与生活打成一片,他的思想上有了曲折顿挫,他的诗文自然曲折顿挫。有的文人原来思想就简单空洞,你叫他顿挫什么?曲折什么?自然写出来便一顺边了。如小孩子写文章,怎么顿挫的起来?

既如此说,便不用讲《文赋》了?但还要讲,不得不尔,一方面给同学定一理想标准(目标),一方面给一个印证。目标是知,印证是知行合一。创作经验愈多,愈觉得魏文帝①《论文》及陆机《文赋》的话对。

"颂优游以彬蔚",五臣注:

> 颂以歌功颂德,故须优游纵逸而华盛也。彬蔚,华盛貌。

其言大体对。

佛经上有一种"颂"是说理的,那是外来的,或称"颂子",与"偈"相似而又不同。偈语是断定,颂子是阐明。中国之颂则为歌功颂德之作,自"三百篇"即然。

五臣拿"华盛"讲"彬蔚"可以,拿"纵逸"讲"优游"不可。文学不可纵逸。

人类时时想自由,可是时时对自己加束缚。人生如此,文学亦然,纵逸不能有。创作要大胆,但大胆亦要有限制,绝非胡来。文明、文化在打破限制,但旧的方打破,新的就成立了,重重打破,重重成立。人生如此,文学表现人生,故亦如此。我们时常要打破旧形式,但新形式就又成立了;成立

---

① 曹丕(187—226):字子桓,沛国谯(今安徽亳州)人,曹操次子。曹丕代汉称帝,国号魏,谥号文,世称魏文帝。建安文学代表人物,著有《燕歌行》《典论·论文》等。

一新形式,便有一新限制。现在旧的东西实已灭亡,谁的创作能出一种文的风格、人的人格来?"八家"①虽不成,而各有其风格,代表其人格。"桐城"便不行,都是一样,文无风格,且看不出其人格。这便因既无开山祖师之风格,又无新的风格,乃成挂羊头卖狗肉之形式。

余以为"优游"是自在,由自在便生出雍容(大雅)。如演戏登台,经验多便自在;但熟极而流,便成为纵逸,那便糟了。自在绝非胡来,要守规矩,但规矩一点儿也不能限制他。这是大作家的长处、优点。近代文学如小说、戏曲、诗歌,各有其限制。戏曲绝不可与小说相似,那不成。新文学限制或不如旧古典文学之严,但不是没限制。写的戏曲像小说、像诗,也还得是戏曲,因为它自有它的限制。有限制但还要自在才成,必自在才能"华盛",因为必自在才能"玩儿花活"。

---

① 八家:即"唐宋八大家"。明朝茅坤选辑唐代韩愈、柳宗元与宋代欧阳修、苏洵、苏轼、苏辙、王安石、曾巩八位古文家之作品编为《唐宋八大家文钞》,"唐宋八大家"之名随之流行。

第五节

体裁与风格(四)

六朝有文、笔之分,"文笔分途自一时"(沈尹默①先生句)。

诗与散文之区别,大概有韵者为文,无韵者为笔:有韵如诗、赋,无韵乃今之散文。但实际有的诗虽有韵,实是散文。太炎先生讲演说有韵为诗,或问曰:"然则《百家姓》亦可谓为诗耶?"②——实在不能算诗。反之,有的无韵散文未必不是诗,如《洛阳伽蓝记》《世说新语》,有的地方颇有诗意。《世说新语》上关于桓温有几条颇有诗意。王、谢家子弟有诗意,因其为文人;至于桓温则为权宦,但有时确有诗味,其行为言语颇有诗味。(再如《水浒传》鲁大哥是真的诗人。)桓温既有辞采且有诗味,比那些自命风雅的人还高一等。至于有的"诗人"失眠、吐血、神经衰弱,那是他的病。

中国诗人的确太弱了,一点儿强的东西也装不进去。尼采(Nietzsche)、契柯夫(Chekhov)身体虽坏,但心是健康的。身体虽渺小,但心是伟大的。吾人可以病我们的身,不能病我们的心;可以衰弱我们的身体,不可狭小我们的心。中国文人有种毛病,爱说自己病,其一以自己病要挟人同情,其二以病炫耀自己是文人。(文人不时说自己病,是否亦要人可怜?)固然我们对不幸的人同情是人类本能,但怜悯心已然不好。人不该活在别人的同情

---

① 沈尹默(1883—1971):原名君默,字中,后更名尹默,号秋明,浙江吴兴人。现代学者、书法家,曾执教于北京大学,著有《秋明集》。顾随之师。

② 章太炎《有韵文》:"有韵文是什么? 就是'诗'。有韵文虽不全是诗,却可以归在这一类。……至于《急就章》、《千字文》、《百家姓》、医方歌诀之类,也是有韵的,我们也不能不称之为诗。——前次曾有人把《百家姓》可否算诗来问我,我可以这么答道:'诗只可论体裁,不可论工拙,《百家姓》既是有韵,当然是诗。'"

>>> 中国诗人的确太弱了,一点儿强的东西也装不进去。中国文人有种毛病,爱说自己病,其一以自己病要挟人同情,其二以病炫耀自己是文人。人不该活在别人的同情之中,活在别人同情之下,你就没自由了。图为清朝简黎描绘文人的作品。

之中。活在别人同情之下,你就没自由了。现在文人应多读老杜、魏武之作。

人高兴时做事也多、也快,便因心是宽的。人心一窄就什么也做不出来了。余生病悲观时少、生气时多,这不成。有病之后还要自己高兴,不但要沉得住气,而且要提气。

余怀疑讲没用,要自己懂。讲是讲给"会"家听的。一切道理皆然。蝇子碰窗户,不论其能否碰出去,不必笑它,总之它看出一点光亮。我们看书不可模糊,碰的是窗户,一破出去了;碰的不是,无论如何出不去。讲书讲明白了,那是你自己根本能明白。

陆氏论文先举韵文:诗、赋、碑、诔、铭、箴、颂。(碑最先原为韵文,前面散文是序;唐人序文较长而已;宋以后则往往无后面韵文。铭、箴、颂亦皆为韵文。)"论"以后"奏""说"始为散文。

"论精微而朗畅",五臣注:

> 论者,论事得失,必须精审微密,明朗而通畅于情。

"精微"即细密,其相反为粗疏;"朗畅"即明白。细密而且明白,不易;粗了反容易明白。

现在文章用形容词太多,反足以混乱读者视听,抓不到正确观念。其实用形容词太多,就表示他自己没有正确清楚的观念。比如写粉笔的颜色,他不知道粉笔颜色,是知道许多写颜色的形容词。不要以为用字少就减少文字力量,用字不在多少,在正确与否。

托洛斯基(Trotsky)[①]论文学曰:旧派以为文学起始是字,我们以为文

[①] 托洛斯基(1879—1940):今译托洛茨基,原名列夫·达维多维奇·布隆施泰因,苏联政治家、文学评论家,著有《文学与革命》。

学起始是事。① 常人写文并没把一件事观察清楚,只是在写时把自己读过的文辞又吐出来而已。

"奏平彻以闲雅",五臣注:

奏事帝庭,所以陈叙情理,故和平其词,通彻其意。雍容闲雅,此焉可观。

其实"和平其词,通彻其意",即今所谓平通正达;"闲",安闲,"雅",雅正。这样文章最老实。因奏乃呈皇帝者,不须出奇。其实现在公事,甭说作得不通彻闲雅,即使作得通彻闲雅,有谁看得出来?

"说炜晔而谲诳",五臣注:

说者,辩词也。辩口之词,明晓前事;诡话虚进,务惑人心。炜晔,明晓也。

论是批评是非,说是说明;论是发挥己意,说是使人相信,故取其"炜晔"。

"晔",五臣本作"烨",晔当为本字,烨乃"或作"。有火则明,故曰洞若观火。五臣用"烨",盖以其偏旁相似。如"络绎",《汉书》作"骆驿",写"络驿"或"骆绎"就不行。又如"辐凑"写作"辐辏","搢绅"写作"缙绅"。偏旁相似取其美观。但美须有闲,精神、气力、学识、经验,皆要来得及。现在人连捉襟见肘都够不上,简直是不清楚;现在人连明白都够不上,何论美观?

所谓"谲诳",虽无此人、无此事,要使人听了似有其人、似有其事,而且

---

① 托洛茨基《文学与革命》第一部第五章《诗歌的形式主义学派与马克思主义》:"形式主义流派是应用于艺术问题的唯心主义的早产儿。它被学究式地制成了标本。在形式主义者身上,有早熟的牧师的迹象。他们是约翰的门徒;对他们来说,太初为词。而对于我们而言,太初为事。语词出现在事件之后,有如它的有声的影子。"

确有此情,确有此理。如寓言中牛马说话,即使牛马不会说话,但只要牛马说话,它一定那样说,即使牛马不那样说,但的确有人那样说。战国策士好说譬喻、寓言,庄子之寓言盖亦受其影响。并无其人其事,而似有其人似有其事;而且虽无其人虽无其事,但绝有其情,绝有其理。如古希腊《伊索寓言》之每一故事是一教训。人必须听进去,始能明白、相信,故用比喻。佛说《百喻经》①,余以为往古来今没有比他再能夸大的了。科学不许夸大,但在文学上允许。其实《百喻经》何必一百?他天才太敷余,我们太窘。诸子寓言"炜晔而谲诳"。

现在有些人很会说谎话,但一到作文不行了。说谎话盖为人类本能(与旧说天性相近)。所以刚会说话小孩就好说谎话,其意不在骗人,乃是以之为一种愉快的享受。按心理学说,人类最大愉快在创造,创造即人为万物之灵的理由之一。其他动物不会创造,即使会,其创造也甚渺小。"麻将"是中国最艺术的发明,其趣味亦在创造。做牌成了固然好,不成也得干。成败利钝非所计也,因为这是创造。说谎话也是创造。小孩爱说谎话便可证明人有说谎的天性与本能。然则教小孩说谎么?这很难说。勉强说可以这样说:说谎话若意在骗人则不可说,绝不可说;然而说谎话岂有不骗人之理?乃是说不想以谎话骗人取利或卸责。取利或卸责之谎话绝对禁出,而以谎话为一种创造、一种愉快或享受时,应该提倡。(人不用说说谎,就是报告事情有时第一遍也与第二遍不同。这是天性。)

人是要求真,但求真之外还爱假。真是不假,假是不真,好像绝不能浑为一事。但以电影、戏剧、艺术、文学言之,则真假为一。因为求真心愈切所以爱假,爱假即所以求真,假所以显真也。电影戏剧之劣者,我们讨厌它,不是因为它假得不好、假得不可爱,是因为叫你看不见真,而假的像真的似的。

---

① 《百喻经》:全称《百句譬喻经》,古天竺高僧伽斯那著,由98则譬喻故事组成。称"百喻":一,就其整数而言,二,98则故事加上卷首引言与卷尾偈颂共百则。

人自有生无时不在求真爱假之中。说谎可以,但有一条件,即不可以是取利或卸责。"岂不尔思,室是远而。子曰:'未之思也,夫何远之有?'"(《论语·子罕》)这不行,这是虚伪(或者虚伪与假不同)。这二句虽非取利,而近于卸责。人生的创造是一个伟大的说谎。撒谎使人相信,不难;使人爱,难。在文学上伟大作家都是伟大说谎者,不但说得使人信,而且说得使人爱,甚至因为爱的缘故,连信不信都不复想了。如《红楼梦》写宝、黛,只要我们爱这两个人,就不必推求其有无了。

一个人不能说谎,就是创造力缺乏。小孩爱说谎,我们若能因势利导,可培养其说谎能力——创造性。而中国民族是一个最老实的民族。中国诗教温柔敦厚,所以中国缺少叙事之作(narrate)。如荷马(Homer)[①]之作、希腊史诗、但丁(Dante)《神曲》[②]、歌德(Goethe)《浮士德》[③]、莎氏[④]戏剧,中国便无此种作品。其初余以为乃中国民族幻想不发达,其实幻想不发达,就是没有说谎本领,没有创造性。中国民族太老实,不会说谎,连佛教那样夸大的说谎也没有。

以上说文体十种,各以四字说明其特质。《文赋》每字称量而出。文论每体给四个字,那是多少年工夫。

陆氏共举十种文体,十之七为韵文,十之三为散文。可见中国中古文学以韵文为主,散文在其次,此六朝风气。这就无怪乎六朝人写什么都成美文了,如《洛阳伽蓝记》《世说新语》《水经注》《宋书》。诗之美影响到散

---

① 荷马(前873—?):相传为古希腊盲诗人,著有长篇叙事史诗《伊利亚特》《奥德赛》,合称《荷马史诗》。

② 但丁(1265—1321):意大利诗人,文艺复兴先驱,被恩格斯誉为"中世纪的最后一位诗人,同时又是新时代的最初一位诗人"。代表作长诗《神曲》,采用中世纪文学特有的幻游形式,叙写主人公对地狱、炼狱和天堂的游历。

③ 歌德(1749—1832):德国18世纪诗人、剧作家,"狂飙突进运动"领袖。代表作诗剧《浮士德》,主要叙写浮士德一生探索真理的痛苦经历。

④ 莎氏:即莎士比亚。莎士比亚(Shakespeare,1564—1616),英国剧作家、诗人,欧洲文艺复兴时期人文主义文学集大成者,被马克思誉为"人类最伟大的戏剧天才"。一生创作甚丰,著有戏剧《罗密欧与朱丽叶》《哈姆雷特》等37部。

文,这就无怪乎陆氏写《文赋》这么美(不但写诗),刘氏写《文心》也那么美了。写文要表现诗的美。今人要学六朝文不行了,因为已无那种诗的修养。余有一首旧作《南乡子》①:

  那更林鸦不住啼。从此长空晴日影。无期。天北天南滑滑泥。

"泥滑滑",鸟声。Jug-jug,磔格,鸟声。"天北天南滑滑泥",行不得,不如归去,这是散文的。如写今天的天气,写路途情景"雪晴水涨",这是散文的,不是诗的。(自己看自己作品,最好隔时间愈久,则批评愈正确。此种善忘、没长性是人之本性,时间之魔力甚大。)

至"区别之在兹",言各文体之所异;"禁邪而制放",言各文体之所同。五臣注:

  禁邪,谓禁浮艳;制放,谓制抑疏遗。

余以为"邪"即《论语》"思无邪"(《为政》)之邪,"放"即《孟子》"收其放心"(《告子上》)之放。(但不要把"邪"讲成邪思,"放"讲成放心。)"禁邪",即有纪律(层次、条理、先后、长短);"制放",即戒泛滥。

用兵忌乌合之众。文若如此,只是许多句,不是一篇文;兵若如此,只是许多人,而不是一个军队,故曰"节制之师"(《荀子·议兵》)。写文要大胆,大胆后要有小心;写文要自由,而背后有训练。元曲有"千自由,百自在"(张国宾杂剧《薛仁贵衣锦还乡》)之语。禅得大自在,游行自在,无不如意,行所无事,他的自由是多少苦功夫训练出来的,是"节制之师",不是乌合之众。(武松打虎是本事,李逵杀虎蛮戮而已。)吾辈凡人真是矛盾、悲

---

① 《南乡子》(风雨正凄凄)(1937),见《顾随全集》卷一,石家庄:河北教育出版社,2014年第1版,第148页。

哀,几时能把节制与自由打成一片便好了。非到这程度,写不出你的风格来。

现在写文学批评的人,动曰作品风格,风格二字很难讲。余曾说作品风格表现作者人格。(我们或者说不出来,但感觉得出来。)而文论不成,文论要说出来。一个人写作品要想在作品中很鲜明地表现出自己的人格来,这需要长期训练,达于"节制之师"。梁简文帝萧纲①论文曰:作文与做人立身不同,作文要放荡,立身(做人)要谨饬。② 前者是大胆,后者是节制,把做人、作文分为二事。然此可为天才说,难为俗人言;天才怎么全可以,天纵之圣。武松打虎真本事,李逵打虎是蛮戏,就算李逵是蛮戏,碰着了!但也只许他碰着,吾人则不可。所以"放荡"很难说,我们还是小心点好。

《文赋》曰"禁邪制放",而简文帝说"放荡",二者孰是?皆是也。《文赋》为初学言之,简文为有根基者言之。初学便放荡,非失败不可。

---

① 萧纲(503—551):字世缵,小字六通,南朝兰陵(今江苏常州)人,梁武帝萧衍第三子,谥称简文帝。南朝梁文学家,著有《梁简文帝集》。
② 萧纲《诫当阳公大心书》:"立身之道,与文章异。立身先须谨慎,文章且须放荡。"

第六节

体裁与风格(五)

"要辞达而理举,故无取乎冗长",五臣注曰:"辞达其意,理以举事。"不对。李善无注。"举",有扬之意,有出之意,辞达则理出。

托洛斯基《文学与革命》说文学起首是事不是字。如《浮士德》《神曲》……是事。《浮士德》写的是神与魔之争,文学与肉体之争。而我们中国文学只剩字,没事了。此即使非中国文学堕落主因,也是最大原凶或最大原因之一。所以我们想学文学不能只注意字,应注意到事。鲁迅先生也是从旧的阵营走出来的,字上太讲究,受传统因袭影响。鲁迅先生字斟句酌,所以好者,幸而里面还有事。而中国一般文人之作都是只有字,没有事。如山谷诗"有子才如不羁马,知君心是后凋松"(《和高仲本喜相见》),这真是玩字,够不上创作。

我们本国人使用本国文字,没有这么点儿手法也怪可怜的,可是只会这个也就完了。中国后来有的诗人就是只剩玩字了。托氏所谓"字"即是技术。创作不能不讲技术,但只剩技术也就太可怜了。如:

　　树已半枯休纵斧,果然一点不相干。

这诗句乍一看,不"对"[①];但细看,没一字不"对"。但文学就是这个么?又如:

---

① 对:指对仗。

此木为柴山山出，因火成烟夕夕多。

这是中国字有这么一大特色。有创造力，再会这个，如虎生翅；若无创造力，只有这个，就成玩物丧志了。此与山谷诗是一条路子，有山谷诗就必流于此。诗中之"西昆"①与"江西"，虽非罪不容诛，也是始作俑者。

余受旧的传统，对玩字也有爱好，但不能爱而不知其恶。其实现在一般人连这也不会玩了。如"东北事变"②后，人出对子："本庄欲满清平，打出两张一万。"③……既无韵致，又无风趣，还配上纸篇子④。如同说相声"人过新年二上八下，我度旧曲九外一中"，这是相声玩艺儿，他自以为雅，其实真俗。玩这个已不成，何况连这还不会玩，而不会玩还要玩。

晚唐诗，肺病一期；两宋，二期；两宋尔后，肺病三期，就等抬埋了。中国诗要复活是在技术外，要有事的创作，有事才能谈到创作。老杜比起歌德(Goethe)等人还有愧色，但在中国诗上不失其伟大者，便因其诗中有事。鲁迅先生文之所以可贵，便在他把许多中国历来新旧文学写不进去的事写进去了。

但写事便如历史之纪事吗？不然，不然。如秦有秦始皇，你不喜欢也不成，也得有，是历史。而在文学创作上，长短、轻重、剪裁由得你。事从你心中生出来，而拿出来"普天下伏侍看官"。人人心里有此感，这是假；但读者看了只觉得可爱，这是创作。自然，"若夫豪杰之士，虽无文王犹兴"(《孟子·尽心上》)。所谓"豪杰"，是说有心、有力、向上、向前的人。我们中国

---

① 西昆：宋初西昆体，得名于《西昆酬唱集》，代表人物为杨亿、刘筠等，创作上师法李商隐、唐彦谦，讲究辞藻华美、用典精巧、对仗工整，一般题材狭窄，诗情贫乏。西昆体为宋初诗坛声势最盛的诗歌流派。

② "东北事变"：指"九一八"事变。

③ 1933年3月，伪满洲国秉承日本意旨，悬赏重金于报上举办征联活动。所出上联为：本庄欲满清平，打出两张一万。此上联为双关语，字面意指打麻将庄家想打满贯清一色或平和赢钱，于是果断打出两张万子；其隐语指日本军官本庄繁欲满洲太平，故打跑张作霖、张学良与万福麟。

④ 纸篇子：指报纸。

民族向来不注意事,但若是豪杰,无文王犹兴;反之,若不是豪杰之士,虽有文王也白。

英国唯美派诗人奥斯卡·王尔德(Oscar Wilde)①,是英国"怪物",是英国才子。余早年喜欢他的作品,现在不喜欢了。他有 The Decay Of Lying(decay,败落、衰颓;lying,谲诳),他很叹息说谎之败落,没人会说谎了。② 世上说谎的人非常多,但都不是文学艺术上的"谲诳"。这种谲诳我们好久遇不到了。我们若能用中国这样美的字去叙事岂不很好?势必有那样的字去写谲诳说谎的事。

苏辙③曰:

文不可以学而能,气可以养而致。(《上枢密韩太尉书》)

苏子之意是说只要气养到家,学文自可有成就。"气可以养而致",不但于事,于文亦有帮助。鲁迅事的创作到家,字的考究也到家。究竟用功以何者为先?余以为仍当先有事的创作,从此下手,"虽无文王犹兴"。

今天所讲乃为做创作家做准备,不仅论文矣。

余受旧传统影响甚深,而现在尚不致成为一旧的文士者,第一感谢教育部,入大学时先送到北洋大学学英文;第二感谢×××④,使余由想学法科转入文科;第三感谢受鲁迅先生影响所得。但究竟受旧影响太深,仍不

---

① 奥斯卡·王尔德(1854—1900):英国19世纪唯美主义艺术运动倡导者、作家,著有诗作《诗集》《瑞丁监狱之歌》、小说《道林·格雷的画像》《狱中记》、剧本《莎乐美》等。

② 王尔德《谎言的衰落》:"作为一门艺术、一种科学以及一种社交乐趣的撒谎形式的衰落,无疑是大多数当代文学之所以如此平庸的主要原因之一。古代历史学家以事实的历史为我们讲述令人愉快的虚构,近代小说家则以虚伪的伪装向我们报告呆滞无趣的事实。"

③ 苏辙(1039—1112):字子由,号颍滨遗老,眉州眉山(今属四川)人。"唐宋八大家"之一,为文以策论见长,有《栾城集》。与其父苏洵、其兄苏轼,合称"三苏"。

④ 原笔记所写"×××",当系一人名,估计为顾随中学时期的一位师长齐国樑。齐国樑(1883—1968),字璧亭,直隶宁津人(今属山东)。近现代教育家、女子师范教育奠基人之一。1920年代后期,齐国樑任天津女师学院校长,力邀顾随自青岛至天津任教。

免见猎心喜。

孙中山曰:"知难行易。"又古语曰:"非知之艰,行之唯艰。"(《尚书·说命》)天下道理是两面的,从世谛、世法看来似乎是矛盾的。有人能行而不能知,有人能知而不能行,看似矛盾其实是一物之两面。吾辈凡人的悲哀就是矛盾的悲哀,或知而不能行,或行而不能知。又或曰:"终身由之而不知其道。"(《孟子·尽心上》)吾辈凡人把知行打不成一片。阳明学派有"知行合一"之说,此必伟大之人方能做到。吾辈凡人不能打成一片,乃打成两截。余近来颇思改变作风,但一动笔,旧的便来了。

几日不来春便老,开尽桃花。(吴琚《浪淘沙》)

城中桃李愁风雨,春在溪头荠菜花。(辛稼轩《鹧鸪天》)

"几日不来春便老,开尽桃花",并无甚了不起,而一见便记住了,一来就想起来,其妙盖即在冲口而出。此非将文学降低,乃是将活的语言提高。近代白话文即然。古典文学讲格律,而其高处在冲口而出,如"昔我往矣,杨柳依依"(《诗经·小雅·采薇》),"嫋嫋兮秋风,洞庭波兮木叶下"(屈原《九歌·湘夫人》),亦在其接近口语。凡古典文学而能深入人心、流传众口者,皆近于口语,绝无文字障。此与政治同,要在得民心。"宵寐匪祯,札闼宏庥"[①],这种文字是自取灭亡,如何能存在? 太炎先生主张古典,实等于自杀。本身有文字障,等打破文字障已精疲力尽,何暇顾到内容矣? 静安先生论词不赞成用代字,其《人间词话》曰:

意足则不暇代,语妙则不必代。

[①] 彭大翼《山堂肆考》:"宋景文修唐史,以艰深之辞文浅易之说,欧公思有以训之。一日,大书其壁曰:'宵寐匪祯,札闼洪庥。'宋见之,曰:'非"夜梦不祥,题门大吉"耶? 何必求异如此?'欧公曰:'《李靖传》云"震霆无暇掩聪",亦是此类也。'景文惭而改之。"

若说"夜梦不祥,题门大吉",意太俗,所以才想用代字"宵寐匪祯,札闼宏庥";若意足,想还想不过来,何暇代?

吴琚①"几日不来春便老"、后主②"问君能有几多愁"(《虞美人》)、大谢"池塘生春草"(《登池上楼》)与子建"明月照高楼"(《七哀》)等句,真好,多幼稚!叫我们也写得出来,只可惜我们生得太晚。"几日不来春便老,开尽桃花"二句,颇有点"意足不暇代,语妙不必代"之意。

"城中桃李愁风雨,春在溪头荠菜花"二句,有点儿绕弯子。此盖稼轩《鹧鸪天》词,好!稼轩是英雄。现在需要有新英雄。英雄是不叫你们走在我前头,你们走在我前头,我便不走了。什么事都是前有车,后有辙,只有文学不讲这个。文学是创造,就算是不得已非跟你走这条路不可,但我走的也不是你的走法了。还是这路,走法不同了。如从北平到天津,都要走这条路,但今人走法与古人不同。稼轩便如此,不模仿别人。春的象征就是花。北平的春天诚然可怜,"十日九风偏少雨,一春三月总如烟"(易顺鼎《癸卯暮春题海淀酒楼》),"渐觉棉裘生暖意,阳春原在风沙里"(余之《蝶恋花》③),这不成,这不是普遍的,这是北地的春天。古人没这样说的,古人一说春便是花。这是不走古人的路子,但是失败了。姑不论其本不成为路,即使是路,也是羊肠小路。稼轩则以荠菜花写春,以荠菜花入诗词盖始自稼轩。若谓余之二句为羊肠小路,则辛之二句乃钻牛角矣。

写作顶好用口语,而可惜都被古人抢先了。我们现在只有用现代语言写现代事物。老杜之所以了不起,便在他能用唐代语言写他当时的生活。我们用现代语言并非把文学本质降低,乃是将语言提高。凡一大作家用他当时的语言去创作,同时便把当时的语言提高了。如《史记》引古书往

---

① 吴琚:字居父,号云壑,汴(今河南开封)人。南宋书法家,亦工于诗词,著有《云壑集》。
② 后主:即李煜。李煜(937—978),初名从嘉,字重光,号钟隐,彭城(今江苏徐州)人。南唐中主李璟第六子,史称李后主。精书画,通音律,以词成就最高,被誉为"词中之帝"。
③ 此首《蝶恋花》即《鹊踏枝》(过了花朝寒未退)(1929),见《顾随全集》卷一,石家庄:河北教育出版社,2014年第1版,第74页。唯"渐觉"作"乍觉"。

往改古书，盖因古书所用乃古代语言文字，司马迁将之译为汉代语言文字，此足以证明《史记》乃当时白话。而汉朝作者不能都像司马迁：其一，因其不能用汉代语言，如仿骚之作如恶劣假古董；其二，因其无司马迁之天才，虽仍用汉当代语言，但写不出有不朽精神的作品。再如孟子"洚水者，洪水也"(《孟子·滕文公上》)，此亦孟子以时言译古文。(而我们后来引用古书与古文，必不可差，这是后来规矩。司马迁连古代语言文字还改成现代语文，当然现在我们写文章时更不能把现代语文改成古文了。)如今日白话文写成功者仅鲁迅一人。不是能用现代语言就好，是要把现代语言提高了才行。屠格涅夫(Turgenev)①论普希金(Pushkin)②曰：他的修辞并不高于别人，而他有一天才，即是把俄国语言从传统习惯中解放出来，另创一种新的语言。普希金，俄国文学之父(father of Russian language)，一方面是解放，一方面是创造。鲁迅先生就是把中国旧的语言文字解放了，许多前人装不进去的东西他装进去了。

总之，我们可以用现代语言创造，而须把现代语言提高。吾人之语言即从旧语言解放后又创造出来的新语言。重要的是《文赋》所说"要辞达而理举"，"无取乎冗长"。

---

① 屠格涅夫(1818—1883)：俄国19世纪中期批判现实主义作家，著有长篇小说《猎人笔记》《父与子》等。

② 普希金(1799—1837)：俄国19世纪浪漫主义文学主要代表、现实主义文学奠基人，被誉为"俄国文学之父"，著有《叶甫根尼·奥涅金》《渔夫与金鱼的故事》等。

第七节

创作与文法(一)

前面是分说十种文体,自"其为物也多姿,其为体也屡迁"以后乃合论:

> 其为物也多姿,其为体也屡迁。其会意也尚巧,其遣言也贵妍。暨音声之迭代,若五色之相宣。

"其为物也多姿","其",指文;"姿",谓姿态。"其为物也",犹言文之所以为文也。如"今夫云之为物也"或"今夫云之所以为云也",游行自在,变化无端,若只说"今夫云游行自在,变化无端"则不成了。"其为物也",白话没法翻,而真好。

"其会意也尚巧,其遣言也贵妍。"凡事贵巧,但那不叫艺术,即便叫,乃工艺品,非艺术品。但艺术也要巧。古人一句说到精彩处,我们不行,我们笨,他巧。"其会意也尚巧","会",通也。懂对了是会意,不懂是不会意,懂错了是错会意。写文要会意,与所写之物会意。如写北平的花,无论写得多么精密,若不会意,只是一篇报告记载。主要要写自己所懂的花的精神。人有时连对自己都不懂,作文只知道写自己范围已太小,但即此已便不高,他不了解自己以外的人、事、物之意,甚至连自己也不知道。不会意去写文,也许很容易,粗枝大叶;等到其会意了,写文就难了。

法国作家福楼拜(Flaubert)曾对莫泊桑(Maupassant)说,一物只许有一形容词。① 如杨柳桃花，要加一形容词，必须去会意，真懂得柳树桃花精神，"杨柳依依"(《诗经·小雅·采薇》)，"桃之夭夭"(《诗经·周南·桃夭》)。这要巧，但不是文字的巧。中国的巧全在文字上，如"此木为柴山山出，因火为烟夕夕多"，这是巧，但文人若走此路便是自杀。中国古典文学之堕落、灭亡，未必不是因走此路之故。当然字也要巧，但首须意巧才行。如"宵寐匪祯，札闼宏庥"二句，只是字面巧，内容浮浅，即不行。

在未写前是"会意尚巧"，在写时是"遣言贵妍"。"铅黛所以饰容，而倩盼生于淑姿"(刘勰《文心雕龙·情采》)，言美人并非不需要铅黛，但天然之美生于淑姿。说到这一点，恐怕还是愈有天才的人，愈会修饰；没有天才的人，修饰也罢，不修饰也罢，我看还是不修饰的好。西子"淡妆浓抹总相宜"(苏轼《饮湖上初晴后雨》)，若嫫母则淡抹固不成，浓妆恐怕更可怕。

文论讲用功，吾人虽非上智，也非下愚。当努力发现自己天才。

文艺批评以作品为对象，至于文论，虽亦包有文艺批评，但也论及创作。所谓创作论，包有：起——想，作——文辞，成——篇章。

现在一说文法只指句之构造。余所谓法是广义的，如佛法无不包。法尔如然，一切法皆是佛法，一切法皆是文法。既说一切法是佛法，然则世法也是佛法，要在"二"不同中参出其"一"来。而佛又说，所谓佛法即非佛法。一切法皆是文法，一切文法皆是非法。

佛家讲戒、定、慧。余取其二：由戒生慧。

现在用功所求乃有法之法，如佛之戒：不是非法之法。但若想以文学安身立命，作为终生事业，则要求无法之法，要得到慧(比天才还可宝贵)，这才能得大自在。如太史公之写《史记》，屈原之写《离骚》，看似横冲直撞，

---

① 莫泊桑《论小说》引福楼拜之言："不论一个作家所要描述的东西是什么，只有一个名词可供他使用，用一个动词要使对象生动，一个形容词要使对象的性质鲜明。因此就得用心去寻找，直至找到那一个名词，那一个动词和那一个形容词。"福楼拜(1821—1880)，法国19世纪批判现实主义作家，莫泊桑之师，著有长篇小说《包法利夫人》《情感教育》等。莫泊桑(1850—1893)，法国19世纪后半期批判现实主义作家，被誉为"短篇小说之王"，著有《漂亮朋友》《项链》等。

其实是层次分明。我们要从有法之法得到无法之法,由无法之法看出有法之法。如此虽不能得大自在,而至少可得大受用。

是物就有形式,有形式就有系统,原是无法之法,而写出来便成有法之法了。

元曲中言"千自由,百自在"(张国宾杂剧《薛仁贵衣锦还乡》),有为是"千自由",无为是"百自在"。这二句很美。人是要追求这个,但现在还没得到。

我们要打破旧的束缚、旧的形式;但旧的才打破,新的便成立了。

我们要得到慧,但须先受戒。

"其为物也多姿,其为体也屡迁",这是无法之法。而陆氏所要讲的是有法之法。

《文心雕龙·情采》篇曰:

> 立文之道,其理有三:一曰形文,五色是也;二曰声文,五音是也;三曰情文,五性是也。

刘氏天才或不及陆,而功夫真淳。此实即余所谓形、音、义。

陆氏"其会意也尚巧"——义;"其遣言也贵妍"——形;"暨音声之迭代,若五色之相宣"——音。三者比较,形、义尚易看出,最难是声文。(译诗不好念,便因只顾译意而忽略其声。文章要易诵读。鲁迅先生虽反对文章好念,但他的文章好的也是易诵读。只是晚年硬译,有点使人头痛。)

刘勰《文心雕龙·声律》又曰:

> ……外听之易,弦以手定;内听之难,声与心纷。可以数术,难以辞逐。凡声有飞沉,响有双叠。双声隔字而每舛,叠韵杂句而必睽。沉则响发而断,飞则声扬不还,并辘轳交往,逆鳞相比。迕其际会,则往蹇来连;其为疾病,亦文家之吃也。

夫吃文为患,生于好诡;逐新趣异,故喉唇纠纷。将欲解结,务在刚断。左碍而寻右,末滞而讨前。则声转于吻,玲玲如振玉;辞靡于耳,累累如贯珠矣。

　　在一切文学史上,总是后来说得更较详细。陆在梁沈约①前,无四声之说,然非不知也。唯得之于心,不能宣之于口。黄侃(季刚)《札记》曰:"飞为平清,沉为仄浊。"李贺《咏怀二首》"春风吹鬓影"(其一)之"春""吹",此所谓"双声隔字而每舛"(在一句中);陆机"嘉树生朝阳,凝霜封其条"(《拟兰若生春阳》)之"阳""霜",此所谓"叠韵杂句而必睽"(指在二句中)也。"辘轳交往",由上而下;"逆鳞相比",由下而上。"往蹇"□②意"来连"。"吃",口吃(吃与喫不同。喫,喫饭)。"刚断",不要姑息养奸。

　　"其会意也尚巧"——情文;

　　"其遣言也贵妍"——形文;

　　"暨音声之迭代,若五色之相宣"——声文。

　　前二者一种一句,独声文用二句:其一因骈文须偶,三条腿不成;其二则陆士衡特别注意声文,故用二句,在字句多寡上分出轻重。若只为骈偶便多写一句,那成什么?固然古典派文学注重形式规矩,但绝非为形式规矩所束缚,还要"游行自在",如此方能讲骈偶。若不然者,都是削足适履。如古代有一则笑话,说有人写"百韵诗",中有"舍弟江南殁,家兄塞北亡"句,人或吊之,曰原无此事。曰何以写之?曰不如此不够百韵也。③ 这真是为形式束缚,自找苦吃。陆氏绝不会如此。声文用二句,绝非仅因骈偶关系,乃因其注重声文。因声文向不为人所注意;而没人注意,并非就是在

---

① 沈约(441—513):字休文,吴兴武康(今浙江德清)人。南朝史学家、文学家,著有《晋书》《宋书》等。

② 按:"意"字上缺一字。

③ 胡仔《苕溪渔隐丛话》前集卷五十五引《遯斋闲览》云:"李廷彦献《百韵诗》于一达官,其间有句云:'舍弟江南殁,家兄塞北亡。'达官恻然伤之曰:'不意君家凶祸重并至此!'廷彦遽起自解曰:'实无此事,但图对属亲切!'"

声文上没有表现很完美的作品。

声文盛于六朝,其始最早不过魏晋。在魏晋以前不讲声文,然非在声文上无成就,有很大成就,甚至比魏晋六朝讲声文的成就还大。即以《论语》论之,便了不得,还用不着说《诗经》。《史记》用字是响的,班固引用改一二字,哑了,大概班氏太注意史学实际,以文学论不及司马。上古不讲声韵而成就甚大者,以其作者乃天才,天才只有得之于心,而不能宣之于口,也不能传之其人。某杂记记,一人一说话便是一段很好的文章而不自知,他的出口成章是得之于心,没有想到我这可是要作文章了。如小孩会吃,自己以为便该如此,不必教。

叫天才和凡人讲道,真是苦。"予欲无言"(《论语·阳货》),"多言数穷"(《道德经》五章),儒、释、庄,皆有如是之语。天才自己对声文有成就,而未曾意识到这一点。"内听难为聪"(刘勰《文心雕龙·声律》),这一点真没办法。"予欲无言","多言数穷"。我们能讲,因为我们是学来的。

以前对文言文写不通觉得生气,现在觉得是应该的了;而白话文也写不通,不是像面条,便似烂砖头,否则也是小狗、小斗①之类。

固然我们所讲近于古典派,但修辞学是否要讲呢?就算砌墙垒砖也要有层次。若他说只要一堆便成了,文章一堆便行了,就不用跟他讲了。

现在文学日趋大众化、语体化,那么现在是大众语提高呢,还是文学的降低呢?这很是一问题。文学语体化不是语体堕落,是大众语提高。现在有的白话文既非文学,也不是大众语。

文学该是大众语的提高,所以古典文学之美当尽量容纳,无论古今中外,凡文学作品皆须有声文。声调铿锵不是文学独有之,而文学必声调铿锵。未有是文学作品而声调不好的。这一点古人是得之于心,是先天的;我们从古人得来一点启发,学来,是后天的。

"暨音声之迭代,若五色之相宣",言声之宏纤,如色之浓淡深浅。

---

① 刚学语之小儿往往将"小狗"说作"小斗",故此以"小狗、小斗"谓语言表述之幼稚。

虽逝止之无常,固崎锜而难便。苟达变而识次,犹开流以纳泉。如失机而后会,恒操末以续颠。谬玄黄之秩叙,故淟涊而不鲜。

"虽逝止之无常","逝",去;"止",留。
"固崎锜而难便","便",平声,宜也。
"苟达变而相次","变",变化;"次",次序。
"恒操末以续颠","颠",古巅字。
"谬玄黄之秩叙","玄黄",指色而言,而色乃声之象征。
"故淟涊而不鲜","淟涊",油腻不鲜。

自"虽逝止之无常"至"故淟涊而不鲜",八句皆承上"声文"——"音声之迭代,若五色之相宣"——而言。但若如此,则情文一句,形文一句,声文十句,轻重失宜。而古人文章前后相合,绝非信口胡言。李善以为此八句兼情文、形文言之,未知孰是。

第八节

创作与文法(二)

或仰逼于先条,或俯侵于后章。或辞害而理比,或言顺而义妨。离之则双美,合之则两伤。考殿最于锱铢,定去留于毫芒。苟铨衡之所裁,固应绳其必当。

或文繁理富,而意不指适。极无两致,尽不可益。立片言而居要,乃一篇之警策。虽众辞之有条,必待兹而效绩。亮功多而累寡,故取足而不易。

看现在的文章有时能把我们思想搅乱了,脑子搅昏了,东一句,西一句,如"蒸发着春天气息,象征着春天色彩"。

古人句子多不足以表现今人事物。如"苦水自记语录"[①]之一曰:

没有理想的生活是枯燥的(牛马),
没有实际的生活是空虚的(幽灵)。

这是今人事物,不易用古人句子表现。

日人鹤见祐辅[②]云:"思想是小鸟似的东西。"(《思想·山水·人物》)思想如小鸟,一飞即逝,其言有时对,有时不对。凡譬喻的话,倒有百分之

---

① 此语录未见于《顾随全集》。
② 鹤见祐辅(1885—1973):日本评论家、自由主义者,著有随笔集《思想·山水·人物》等。其中《专门以外的工作》一篇写道:"思想是小鸟似的东西,忽地飞向空中去。去了以后,就不能再捉住了。除了一出现,便捉来关在小笼中之外,没有别的法。"

百是靠不住的,似即似,是则非是。说思想是小鸟似的,而思想绝非小鸟,小鸟飞去一去不返,因它与我们无关。但若是喂"家"了的,则去后仍可飞回,"尽日觅不得,有时还自来"(贯休《咏吟》)。但作诗要作到这地步,真是无罪扛枷。有人说这哪里是觅句诗,不是找猫吗?小鸟压根儿不是我们身上东西,而思想是我们脑中产生的,有时或者忘了,但是会"重现"的。所以,思想并不如小鸟之一去不归。

东坡言"兔起鹘落,少纵则逝"(《文与可画筼筜谷偃竹记》),俊极了。俊必与健相连,否则只是漂亮,站不住。苍鹰侧翅,真俊。我们写文、做事能做到这地步,自己也高兴,别人看着也痛快。

苏东坡与鹤见祐辅所说非一物,鹤氏所说乃思想,苏氏所说乃灵感(创作的兴会)。在吾人习作期中,在创作前也许有一点灵感,但写起来不见得兴会淋漓。所以兴会与灵感又似不同。吾人不愁没有创作前的灵感,难得写起来兴会淋漓。如瓶泻水还不成,这还有完,该用《文赋》"犹开流以纳泉"。一个大作家在创作时盖永远是如此,十八皆然。

近代白话文仅周作人与鲁迅创作行。鲁迅先生自谓写文如挤牛奶[①],这不是客气,是甘苦有得之言。有时也有兴会淋漓处,唯不多见耳。金[②]批《西厢》笔尖如不着纸,这算好吗?

所谓性灵、空灵,那不成。鲁迅先生写阿Q偷萝卜一章[③],真好。鲁迅

---

① 鲁迅《华盖集·并非闲话(三)》:"我何尝有什么白刃在前,烈火在后,还是钉住书桌,非写不可的'创作冲动';……至于已经印过的那些,那是被挤出来的。这'挤'字是挤牛乳之'挤';这'挤牛乳',是专来说明'挤'字的,并非故意将我的作品比作牛乳,希冀装在玻璃瓶里,送进什么'艺术之宫'。"

② 金:指金圣叹。金圣叹(1608—1661),名采,字若采,明亡后改名人瑞,字圣叹,苏州府长洲(今江苏苏州)人。明末清初文学批评家,评点古人作品甚多。

③ 鲁迅《呐喊·阿Q正传》第五章《生计问题》"偷萝卜":"他便赶紧拔起四个萝卜,拧下青叶,兜在大襟里。然而老尼姑已经出来了。
'阿弥陀佛,阿Q,你怎么跳进园里来偷萝卜!阿呀,罪过呵,阿唷,阿弥陀佛!……'
'我什么时候跳进你的园里来偷萝卜?'阿Q且看且走的说。
'现在……这不是?'老尼姑指着他的衣兜。
'这是你的?你能叫他答应你么?你……'
阿Q没有说完话,拔步便跑;追来的是一匹很肥大的黑狗。这本来在前门的,不知怎的到后园来了。黑狗哼而且追,已经要咬着阿Q的腿,幸而从衣兜里落下一个萝卜来,那狗给一吓,略略一停,阿Q已经爬上桑树,跨到土墙,连人和萝卜都滚出墙外面了。只剩着黑狗还在对着桑树嗥,老尼姑念着佛。"

先生盖也是 sentimentalist（伤感主义者、感情用事者），如其《故乡》，几乎他一伤感、一愤慨，文章便写好了。对于写考据，有条理，排比也写得好，但那不是创作。在创作上是一伤感、一愤慨便写得好。读《中国小说史略》便觉得累，替他使劲。

在创作上灵感是一过去便不行了。如写诗，当时未完成，后补，前后绝不一致。如补衣服，纵使我的材料好，也不成。诗还好办，尤其大篇文章，把原稿丢了那才苦呢。如考试作答案，因为当时兴会与灵感全没了，如同使幼儿讲应景谈话，真是戕贼性灵。讲演要存兴会，而小孩子是背书。演员在台上演戏，台词有错固然不成，没错还不是戏，演戏必从心中出来，不是背词。（余所倡乃有些新唯心主义。）

思想与情绪不同。所谓灵感、兴会皆是与情绪有关。而情绪是来不可遏，去不可止。思想则不然，思想生根、生枝、长叶，跑？上哪儿跑？觉得它跑了，它潜伏着呢！如上所述之自记语录，记也罢，不记也罢，他跑不了，记之以待将来之印证或修正。牛马套上就拉是真实际，但没有理想，太枯燥，没有诗。而没有实际的生活是空虚的。（虚幻、空虚，或以为有外表无内容，该说虚幻根本不存在。）

写文、创作、修养，亦然。

抓不住实际生活，这样作品是虚幻的，没实在东西，也就没有力量；或在若有若无之间，也有一点美，但绝非具体东西，那是幽灵。

淡月偏宜白海棠，朝霞相称紫丁香。①

余积习未去，一出便是这样句子，自己非常讨厌。这就是没有实际东西，虽有许多名词：月、霞、花，但这里没有人事。我们要抓住人事这一点，当时创作便有可观。

---

① 此二句，或为佚诗中句，或仅为断句而未成诗，未见于《顾随全集》。

中国以前文学创作总是把人站在第二位,自然站第一位;我们现在要把它调一过,人第一,自然第二。但此点又须注意,不可变为狭义的个人主义。我们该走向客观一方。(中国文人一写便是自己的伤感愤慨,鲁迅初期作品也未能免此,幸尚有思想撑着,故还不觉空洞。我们既无鲁迅那样深刻思想,不能学他。)老杜的"此身饮罢无归处,独立苍茫自咏诗"(《乐游园歌》),尽管你写得大,你是巨人,但不也就你自己么?这一点太史公了不起,《左传》亦然,不要看他写个人时,他一写群众便写得好,写一场大战,一点儿不乱,是整个东西。客观的但并非上帐式记载,里面还要有诗味,有理想。用客观写实,而要诗化了、理想化了。

《颜氏家训·文章第九》云:

凡为文章,犹人乘骐骥。虽有逸气,当以衔勒制之,勿使流乱轨躅,放意填坑岸也。

沈隐侯曰:"文章当从三易:易见事,一也;易识字,二也;易读诵,三也。"

自子游、子夏、荀况、孟轲、枚乘、贾谊、苏武、张衡、左思之俦,有盛名而免过患者,时复闻之,但其损败居多耳。每尝思之,原其所积,文章之体,标举兴会,发引性灵,使人矜伐。故忽于持操,果于进取。今世文士,此患弥切。一事惬当,一句清巧,神厉九霄,志凌千载,自吟自赏,不觉更有旁人。加以砂砾所伤,惨于矛戟,讽刺之祸,速乎风尘。深宜防虑,以保元吉。(元吉:吉之首也。)

有人说若写文章能给自己孩子看就成了。给人家看的也不见得都是真的,若勉强去找,在字里行间还可看出一点真来。但若写给孩子看,尤其在我们贵国,简直一点真也没有了。不但写文章,即说话也如此,总是拉长了脸。

颜氏①不是文人。文人有两种习气：其一是写得漂亮、美，如《文心雕龙》；其二是文人多是自我中心。（没有一个哲学家或文人不是自我中心的，但我们要看他隔缘到如何程度。人说若叫李太白做皇帝，也是亡国之君；若叫李后主做学士，也是风流才子。就因为他们都太绝缘。）而颜氏，一文字老实，二留心世事。真给他起不上名来，他不是文人，也不是思想家，虽然每篇文章都代表人的思想，但不见得都是思想家。《颜氏家训》有他的思想。

我们从历史上看，可以把思想分为两派。一是六朝一派，老庄之学。老庄实在有他的东西，而自魏晋以后，讲老庄哲学者成为清谈、废物，此责任老庄不负。又一种是道德仁义圣贤，正心修身，讲的那个自己也干不了。这是儒家流弊，但儒家也不负此责任。礼教、风雅，这两种，人都没有说。一般在水平线上的人，想想该怎么活法，现在我们说一些易知易行的。

文人总是毁败居多，此有两方面：一是把身体性命玩掉了，一是把品格丧失了——文人无行。"忽于持操，果于进取"，此文人之所以多无行也。

"知者不言，言者不知。"（《道德经》五十六章）

中国后世文章，只知往横里去，不知往竖里去。横的是联想，竖的是思想。

中国诗词对句有联想而无思想。如"记得绿罗裙，处处怜芳草"（牛希济《生查子》），如"云想衣裳花想容"（李白《清平调》），"朝如青丝暮成雪"（李白《将进酒》）。

---

① 颜氏：即颜之推。颜之推（531—591?），字介，琅邪临沂（今山东临沂）人。北齐学者，著有《颜氏家训》等。

>> > 颜之推不是文人,也不是思想家,《颜氏家训》却有他的思想。图为近现代花元临清朝罗聘《说文统系图》中许慎、颜之推等人。凡八人其最老人许慎也,扶掖左右者江式、颜之推也。

```
   甲 ——→ 乙
绿裙      芳草
白发      秋霜
```

联想是干连,思想是发生。联想如兄之于弟,甲——→乙;思想如子之于父,↑。
```
乙
↑
甲
```

中国对句完全是联想,不是思想;是干连,不是发生。中国诗最诗味,也许就因为联想多、对句多。如《镜花缘》中由"云中雁"想到"水底鱼"[①],是联想,平行的。(想到鸟枪,那是思想。)老杜"穿花蛱蝶深深见,点水蜻蜓款款飞"(《曲江二首》其二)二句,是平行的,无论引多长,二者绝不相交,亦犹云中雁之与水底鱼。"浮世本来多聚散,红蕖何事亦离披"(李义山《七月二十九日崇让宅宴作》),这两句是竖的,是散文的,是发生的,是父子的。

因为中国文字整齐,有平仄,有格律,且联想发达,结果便把中国文字给毁了。如:

   木已半枯休纵斧,果然一点不相干。

再发展便成为"神仙对",又叫"瞎子对",如"春眠不觉晓"拆开成单字分别对,先出"晓"对"晨",次出"春"对"夏",又出"眠"对"觉",再出"不"对"非",最后出"觉"对"醒",这都是横着发展。结果顺过来"春眠不觉晓"对

---

① 李汝珍《镜花缘》第廿三回写毫无点墨的林之洋"见有两个小学生在那里对对子;先生出的是'云中雁',一个对'水上鸥',一个对'水底鱼'"。

"夏觉非醒晨",不是话了。此种对仗只是玩字,不能"动"。"好玩"二字不好,凡好玩之物多巧,而其中无生命。古器之可贵在于从其中可看出古人精神,厚重、雍穆、和平。真伪之差别如生死之间相隔一秒,一秒前后有何不同?一秒之前尚有生,一秒之后即无生命。仿古作品虽似古而无生命,不成。玩字、玩物或可不灭,而绝不能不"断"。玩字者如解缙①,以"容易"对"色难"②,太巧。而弄文学的又不能不有这一手,唯不可以此为满足。如老杜"乱云低薄暮,急雪舞回风"(《对雪》),对得好,且其中有东西,有劲;即其"炉存火似红"(同上),亦好,有力,亦有其精神。

诗中对仗,文中骈偶,皆是干连,而非发生,所以中国多联想而少思想。后来骈文内容多空洞;四六③与骈体不同,四六简直是魔道。

中国文字只能表现联想的情感,不能表现发生的思想,但如《文赋》《家训》,不是用骈文也能表现思想吗?(《颜氏家训》是思想,虽也对句,但联想中有思想在。)只是后来文人堕落了。然虽非思想,但他们还能用联想创造出一些美的事物,如杜诗"穿花蛱蝶深深见,点水蜻蜓款款飞"。到了后之低能遂成"无情对",而中国文人遂几至不会思想了,不是清谈,就是礼教。

不但律诗,一切东西自唐以后便毁了,大概是叫唐人四六给害了。又如唐之科举试帖,亦害人不浅。好的还有点儿联想,不好的连联想也没有。鲁迅先生白话文有旧气息,现在青年应用自己话写白话文,而还没有一个写好了的。

文字原是一种工具。中国文字似乎只便于写联想,而不宜于写思想。中国译经是受印度文影响,只好那样写,故另成一体,看惯中国古文看佛经别扭。还有就是联想,文章跳过一两句不懂,没关系;至于思想,则非全篇

---

① 解缙(1369—1415):字大绅,又字缙绅,号春雨,吉水(今属江西)人。明朝学者,永乐年间主持编修《永乐大典》。
② 清王之春《椒生随笔》卷五记载:"成祖召解缙,以'色难'二字命对。缙曰:'容易。'久之,成祖曰:'汝奚不对?'缙曰:'臣已对矣。'成祖大笑。"
③ 四六文:原为骈文之一种,因句式上严格遵循以四字句、六字句为对偶,故名。

明白不可。联想浮浅。

中国文第一次受外国文影响是译经,再就是欧化。

> 俄国的盲诗人爱罗先珂君带了他那六弦琴到北京之后不多久,便向我诉苦说:
> "寂寞呀,寂寞呀,在沙漠上似的寂寞呀!"(鲁迅《呐喊·鸭的喜剧》)

这是一句,不如此表现不出其曲折之思想感情。现在青年人本来思想很简单浮浅,而非绕弯子,这是何苦?鲁迅先生是先有古典文学基础,后来受西洋文学洗礼,所以写出那样看着很啰嗦其实很简洁、看着很曲折其实很冲的作品。现在一般青年,对古典文学既无根基,对西洋文学也不了解,美其名曰欧化,其实糊涂化。盲诗人何必非带着他那六弦琴呢?而不带不成,非带着不可,把他的诗味全写出来了。他是有感觉、有感情的诗人,而到了北京怎么不立刻说?因为他是外国人;怎么不许久说?因为他是诗人。一句一句往下顶,如骨牌"顶牛"。

中国文字写不好是堆砌,现在有的连堆砌也不是。堆砌,如假山,究竟还连到一起,不是东西,还是个玩意儿。而现在有的是和稀泥,或连和稀泥也不够。

文章的联想如以图示:···,这是联想,这不好。⁚⁚⁚⁚,这是联想,还不是好联想;⫶⫶⫶⫶,这还好一点。中国文字能不能保存着旧的横的联想的文字美(如此可使文字整齐,音节调和),而加上竖的思想?

我们要保有古典文字,装入新的内容。

第九节

创作与文法(三)

> 或苕发颖竖,离众绝致。形不可逐,响难为系。块孤立而特峙,非常音之所纬。心牢落而无偶,意徘徊而不能揣。石韫玉而山辉,水怀珠而川媚。彼榛楛之勿翦,亦蒙荣于集翠。缀《下里》于《白雪》,吾亦济夫所伟。

"或苕发颖竖,离众绝致","颖",禾穗之芒,《史记·平原君列传》:若锥处囊中,脱颖而出。①"离众",谓出群。"绝致",犹言非复寻常,"致",情态、形态。"苕发""颖竖""离众""绝致",此八字四词一义,重言以加重,如干宝②《晋纪总论》所用"凌迈超越"四字一义,重言以加重,如此语气方够。"苕发颖竖"四句,五臣注:"谓思得妙音,辞若苕草华发,颖禾秀竖,与众辞离绝,致于精理,形响难为追系。"

"心牢落而无偶,意徘徊而不能揣","牢落",李善曰:"犹辽落也。"按:"辽落"犹寥落也,人烟寥落。牢落、冷落,一声之转。某前辈写新荷初放时之声如幼儿气球之破,词曰"有声有色更多情"。写得不好,其实可以不写,而又放不下,此即"心牢落而无偶,意徘徊而不能揣"。

---

① 《史记·平原君列传》:"平原君曰:'夫贤士之处世也,譬若锥之处囊中,其末立见。今先生处胜之门下三年于此矣,左右未有所称诵,胜未有所闻,是先生无所有也。先生不能,先生留。'毛遂曰:'臣乃今日请处囊中耳。使遂蚤得处囊中,乃颖脱而出,非特其末见而已。'"

② 干宝:字令升,新蔡(今属河南)人。东晋史学家、文学家,著有《晋纪》二十卷,今全书已佚,仅存《论诸葛瞻》《论姜维》《论晋武帝革命》及附于文末的《晋纪总论》四篇。

"彼榛楛之勿翦,亦蒙荣于集翠","榛楛",恶木;"翦",伐也,剪乃俗字;"蒙荣",谓光;"翠",翠鸟也,即翡翠;"集",像鸟在木上。五臣注:"榛楛不翦,亦有荣色攒集,成郁然之青也。"此二句是在说,意思不能全好,词句不能全好,只要有点特殊就行了。

其前一节云:

或藻思绮合,清丽千眠。炳若缛绣,凄若繁弦。必所拟之不殊,乃暗合乎曩篇。虽杼轴于予怀,怵佗人之我先。苟伤廉而愆义,亦虽爱而必捐。

"或藻思绮合"一节,所言为避熟。此一节自"或苕发颖竖,离众绝致"至"彼榛楛之勿翦,亦蒙荣于集翠",所言为出奇。

或讬言于短韵,对穷迹而孤兴。俯寂寞而无友,仰寥廓而莫承。譬偏弦之独张,含清唱而靡应。或寄辞于瘁音,徒靡言而弗华。混妍蚩而成体,累良质而为瑕。象下管之偏疾,故虽应而不和。或遗理以存异,徒寻虚以逐微。言寡情而鲜爱,辞浮漂而不归。犹弦幺而徽急,故虽和而不悲。或奔放以谐合,务嘈囋而妖冶。徒悦目而偶俗,固高声而曲下。寤《防露》与《桑间》,又虽悲而不雅。或清虚以婉约,每除烦而去滥。阙大羹之遗味,同朱弦之清汜。虽一唱而三叹,固既雅而不艳。

(一)应,(二)和,(三)悲,(四)雅,(五)艳——文章之美。

"譬偏弦之独张,含清唱而靡应。""应",相助,同声相应之应,"靡应"即是单调。此前一段言坏的被好的带好了,以下言好的被坏的带坏了。

"恍兮惚兮,其中有物;窈兮冥兮,其中有精"(《道德经》廿一章),凡事皆有道。写思想精微处、感情微妙处,有时文字真不够。文字先不要说多所限制(外),而且是多所顾及(内)。为文大患,尚不在前者,而在后者。然即使外无限制,内无顾忌,至微妙处也仍是说不出。语言视文字为"粗",文字视意境为"粗"。添字注经,加上废话才能了解,那么你所了解仍是废话,不是文章本身。但若因此废话,对此文发生实际爱好了,这些废话算什么,可以不要。要懂了他的文章,忘了我的废话才成。常人都是懒,宁肯听别人去说,而不肯自己去看。

做学问寻捷径,便非大路,虽省事不会成功,不是欺人是自欺。凡取巧的都是吃亏的。六朝人所说"谈言微中"①,大概六朝人最会说话,但说也只能说给他那一圈儿内的人听。上一段陆士衡所写即意境不能表现之精彩,说不可说之境界,难怪他写得那么吃力,也难怪我讲得这么糟糕。

说到这点,文学也是无聊之聊。猪八戒啃砂锅片儿,他自己不难受,难受的是别人。浮浅的人是幸福的。深刻一点的人不但对人少所许可,连自己也少所许可,偶尔写得满意一点了,别人不懂了。即使不管别人懂不懂,连自己也无法表示,这时真是"心牢落而无偶,意徘徊而不能揥"。上至最高,谁能跟上?那么便不用上了?但是不能"意",不能"揥",这是文人最大悲哀。经验愈丰富、感觉愈亲切,也愈说不出来。"含清唱而靡应",晚明小品便如此。

"虽应而不和",虽不单调也不调和。"和",得宜,不是和稀泥,不是混乱,是各得其宜。得宜,色浓淡深浅,声长短高下,味酸甜苦辣。单调就不用"和"。

"或遗理以存异,徒寻虚以逐微。言寡情而鲜爱,辞浮漂而不归。"

有的东西或能给人一时刺激,不能使人永久爱好,托尔斯泰(Tolstoy)批评契柯夫与安特列夫(Andreev)②,契柯夫专写日常生活,安特列夫好写

---

① 谈言微中:形容言辞微妙而又恰中要害。六朝名士清谈,以"三玄"为主要内容,讲求"谈言微中",即不以严谨周详的逻辑辩证来讨论,而是以简单的言辞切中核心。

② 安特列夫(1871—1919):今译安德列耶夫,俄国白银时代重要作家,其作品多描写人生阴暗面,风格独特,著有《红笑》《七个被绞死的人》等。

特殊人物、事件、心理,托氏说安特列夫叫我们怕,可是我们不怕;契柯夫不叫我们怕,我们怕了。① 如《聊斋》所写恋爱故事及《红楼梦》所写恋爱故事,还是《红楼梦》好。不写日常生活,单找特殊情事,便是"遗理以存异""寡情而鲜爱",所写内容浮漂不起所写文辞。有这些,结果必是"辞浮漂而不归"。至于现在白话文,远不在此列,不能算批评。

"犹弦么而徽急,故虽和而不悲","么",细小;"徽",弹。此二句与前"所纬"二句一样,俱言文辞表现得不好。"悲",若非为凑韵,可太好了,深刻之意。往古来今没有比悲剧更深刻更真实的了,至于怎样表现悲是另一问题。寻常所谓悲观厌世,不是真的悲,是浮浅、伤感。陶渊明不是悲观的人,他才是最悲的。浮浅的人易满足也易失望,但过去便完。陶渊明常想到死,不过在死之前不得不活着。

"或奔放以谐合,务嘈囋而妖冶",声"嘈囋",似好听实刺耳;色"妖冶",似好看实刺目。

"徒悦目而偶俗,固高声而曲下","声""曲"分举,意义不同。

"寤《防露》与《桑间》,又虽悲而不雅","寤",即"悟"字;"防露",调名;"雅",正。平常说风雅、儒雅,但此地似该是"雅正"之雅,讲"悲"为深,讲"雅"为正(有点头巾气、宗教气)。"虽悲而不雅",虽悲能动人,而不雅不正。

"阙大羹之遗味,同朱弦之清汜","大羹",真正高汤;"清汜",像不雅,其实是好的。

"虽一唱而三叹,固既雅而不艳。""艳",美(或在美之上)。这么平常的俗字,此处应赋予一新意义。除非不成东西,既成作品,便有其美、艳(格或在美之上)。美不是外表词句、风花雪月的美,那美是修饰,是假的。古人美是从内心透出来的,后之雅人都是但在外表。其实好的"固既雅而不

---

① 苏联文学评论家罗加切夫斯基《当代俄罗斯文学·契诃夫与新的道路》:"托尔斯泰批评安特列夫道:'他想吓我,然而并不怕',那么关于契诃夫,我们却可以相反地说,'他不吓我们,然而很怕人'。"

艳"！什么是美呀？美,我一眼看见了,是我的,我永远离不开它；不是我的,我永远放不下。这不是外表,是整个的,从肉体到精神,从内容到外表。

"大音希声"(《道德经》四十一章),"大音",名贵之乐;"希声",简单。西洋则贵在复杂。西洋讲复音,中国讲远韵,而远韵之病常易流于空泛。与其雅而空虚,还不如俗一点儿、真一点儿好。

第十节

创作总说

若夫丰约之裁,俯仰之形。因宜适变,曲有微情。或言拙而喻巧,或理朴而辞轻。或袭故而弥新,或沿浊而更清。或览之而必察,或研之而后精。譬犹舞者赴节以投袂,歌者应弦而遣声。是盖轮扁所不得言,故亦非华说之所能精。

"曲有微情","曲",委屈详尽;"曲有",无所不有。"情"在写之前,为创作的动机;写出后,为作品的内容。

"或言拙而喻巧",庄、孟二子,此等处最多,非真拙,盖因其理过精深,故文字不免晦涩,故须喻巧。深人无浅语,就好像笨,实非笨,是我们太浮浅。

"或理朴而辞轻",可用胡适之先生论文深入浅出之言为注。于此不愿以宋儒语录为代表,宋儒语录模仿禅宗语录。禅宗有几位大师语录很好。不读,我们也能成很好文章;若读之,欲能得为文之助,相当费劲。如:

那树上自生的木杓,你也须自去作个转变始得。(《宛陵录》黄檗希运语)[①]

[①] 《宛陵录》:"这些关棙子,甚是容易,自是尔不肯去下死志做工夫,只管道难了又难。好,教尔知得那树上自生的木杓,尔也须自去做个转变始得。"

又如:

问他自家屋里事,十个倒有五双不知。(《大慧语录》大慧宗杲禅师语)①

只会说长道短,对别人了如指掌,洞若观火。此语真是理朴词轻,宋人语录便没这劲。这才真是大师说话,这才真是大师对弟子说话。

"或袭故而弥新",这真难,只有鲁迅先生偶尔有之。

"或沿浊而更清",难以举例。《红楼梦》中头等阶级人不算,其二三等使女言语中往往有之,如春燕说"我又没烧胡了洗脸水"②。

"或览之而必察,或研之而后精",二句是就读者言。

"譬犹舞者赴节以投袂,歌者应弦而遣声","赴",五臣本作"趁";"节",旧戏里所说家伙眼儿。

"赴节以投袂",很难到此地步,而文学创作非到此不可,不做到如此,都是无罪扛枷,都不能如丘吉尔(Churchill)③所说使创作成为娱乐;如此地步,方能知法守法,神明于法。即佛家所谓戒、定、慧,到慧才皆大欢喜,大自在,到此功行圆满。鲁迅有时自己别扭自己,此亦他伟大处之一。他自己说写文章如挤牛奶,但有时真得大自在,如写阿Q偷萝卜。"八家"中韩、柳很少到此境界;反之,欧阳、大苏倒往往有此境界。欧浮浅,如《醉翁

---

① 大慧宗杲禅师(1089—1163):字昙海,号妙喜,孝宗赐号"大慧"。宋朝临济宗禅师,看话禅代表人物。《大慧语录》卷一六:"禅和子寻常于经论上收拾得底,问着无有不知者。士大夫向九经十七史上得底,问着亦无不知者。却离文字绝却思维,问他自家屋里事,十个有五双不知,他人家事却知得如此分晓。如是则空来世上打一遭,将来随业受报,毕竟不知自家本命元辰落着处,可不悲哉!"

② 《红楼梦》第五十九回,写春燕因无辜挨打,哭道:"我妈为什么恨我?我又没烧胡了洗脸水,有什么不是!"

③ 丘吉尔(1874—1965):英国20世纪最具影响的政治家之一,曾于1940—1945年及1951—1955年期间两度出任英国首相,1953年获诺贝尔文学奖,获奖作品《第二次世界大战回忆录》。

亭记》,有什么可取?若有一点可取,便是"赴节以投袂"。如此之文,不可无一,不可有二,只是内容太空。余自谓读文颇得力于欧阳修,欧文确有其好处,但不愿劝同学读,恐成守株待兔、刻舟求剑。东坡尺牍①、笔记②亦往往有此境界。

"是盖轮扁所不得言"(轮扁,斫轮老手)——陆氏此文此一节,盖亦到此境界。

　　普辞条与文律,良余膺之所服。练世情之常尤,识前修之所淑。虽濬发于巧心,或受欪于拙目。彼琼敷与玉藻,若中原之有菽。同橐籥之罔穷,与天地乎并育。虽纷蔼于此世,嗟不盈于予掬。患挈瓶之屡空,病昌言之难属。故踸踔于短垣,放庸音以足曲。恒遗恨以终篇,岂怀盈而自足。惧蒙尘于叩缶,顾取笑乎鸣玉。

"普辞条与文律","普",总也;"文律",文字、声音、修辞、文体、文章美。

"识前修之所淑","前修",以前作家。

"或受欪于拙目","欪",五臣作"嗤",笑也。

我们读书、作文、做人,不可不知惭愧,但还得自信。自信,不是自是(自是,不对也觉得对);知惭愧,不是气馁。"受欪于拙目",难道因别人笑就不这么做了?非有自信不可。何以能自信?因我"识前修之所淑"。

"彼琼敷与玉藻,若中原之有菽","敷",花。(花、华,古读发。敷,不,咅。)"琼敷""玉藻",好的材料。愈用而愈出,举手投足、耳闻目见,皆可入文章,都是好材料。生活太丰富,真没生活过,自然不知其味,如猪八戒吞人参果。

---

① 尺牍:即书信,中国古代应用文体之一种。宋朝喜称文学性强的尺牍为"简尺""小简",强调尺牍语简而情长。

② 笔记:中国古代文体之一种,是以琐言轶事、日常见闻、风物习俗、典章制度、读书杂感等为著录内容,以杂记、闲谈、考证、辨析为著录方式,以逐条列列为著录格式的文学体裁。

"病昌言之难属","昌言",犹言佳言、美词;"属",连也。

"故蹞踔于短垣","蹞踔",踙躅、踟躇、踟跦。

"惧蒙尘于叩缶,顾取笑乎鸣玉","叩缶"之音"取笑乎鸣玉"。

渴不饮盗泉水,热不息恶木阴。

恶木岂无阴,壮士多苦心。

（陆士衡《猛虎行》）

陆乃抒情诗人,而诗不甚佳,余幼时即喜此四句,后读过他全集,但仍只喜此四句。(《陆士衡诗注》,济南齐鲁大学教授郝立权[①]著。)陆氏不论写什么,总是抒情的情调,但怪的是他写不到诗里去,反能写到文里来。他有抒情诗人天才,但写诗时总不能运转自如,他的诗情都用到文里去了。如此可知他写《文赋》中间一段是多么苦痛,因中间一段写文体修辞,都是客观的,抒情诗人都是主观的,写客观不易。创作经验是主观的,所以使上本事了。说时内容固然到家,而文章美也表现得好（这不论古今中外,白话文也如此）。陆氏文甚至比诗还抒情诗味。

若夫应感之会,通塞之纪。来不可遏,去不可止。藏若景灭,行犹响起。方天机之骏利,夫何纷而不理。思风发于胸臆,言泉流于唇齿。纷葳蕤以馺遝,唯毫素之所拟。文徽徽以溢目,音泠泠而盈耳。及其六情底滞,志往神留。兀若枯木,豁若涸流。揽营魂以探赜,顿精爽于自求。理翳翳而愈伏,思乙乙其若抽。是以或竭情而多悔,或率意而寡尤。虽兹物之在我,非余力之所戮。故时抚空怀而自惋,吾未识夫开塞之所由。

[①] 郝立权(1895—1978):名昺衡,又名秉衡,江苏盐城人。近现代学者,精研中国古典诗学,著有《陆士衡诗注》《谢宣城诗注》等。

"若夫应感之会","会",名词,机会也。"感"——内,感非偶然;刺激——外;"应感"——内外会。

"通塞之纪","通",灵感来;"塞",灵感不来;"纪",纲纪(名词),条理、路子。

"去不可止","去",离开。去平,是离开北平;离北平去天津,该说去平赴津。

"藏若景灭","景",古影字。

"方天机之骏利","骏利",快。

"思风发于胸臆,言泉流于唇齿","思"如"风发","言"如"泉流",真是福人之受。一切福都是不可告人的。受父母之爱好及安慰,如何告人?

"纷葳蕤以馺遝","馺遝",众多。"纷"之一字形容"葳蕤""馺遝"二词。

"唯毫素之所拟","毫",笔;"素",纸,还不仅是纸,白绢叫绢素。

"思风发于胸臆",是写前;"言泉流于唇齿",是写时;"文徽徽以溢目,音泠泠而盈耳",是成文以后。

"及其六情底滞,志往神留。兀若枯木,豁若涸流",写灵感若不来。"志往神留",这苦痛真难,"志往"是苦想;怎么想也想不出来,是"神留"。

"揽营魂以探赜,顿精爽于自求","揽",采取,《离骚》作"搴":"朝搴阰之木兰兮,夕揽洲之宿莽。"而此地作"采取"解,不正;但若依五臣本作"观览"之"览",更不正。"揽",高诱谓是"集中"。原为"采取",引申作"集中"解。"营",五臣注:"谓心府中也。"按:府,即腑字。"营魂",犹言心魂;"探",探求追索;"赜",深;"顿",蓄。

"是以或竭情而多悔,或率意而寡尤",是把灵感来与不来二者总写。"竭情多悔",灵感不来时,"竭情",费尽心力;"多悔",自不满意。灵感来时,"率意",随意写;"寡尤",没错处。

"虽兹物之在我,非余力之所戮","兹物",盖指文。

"吾未识夫开塞之所由",五臣本下有一"也"字。灵感怎么来、怎么不来,陆士衡没说。

某苏联作家说灵感是精力的富裕。对此语,当用禅家语录:"虽然尽力道,只道得一半。"(杨岐方会禅师语)①陆士衡全归之于玄,人一点儿把握也没有,太玄。苏作家所说实在,但只说了一半,余又于"精力富裕"上加心情之暇豫,庶近之矣。不仅写风花雪月,就是写慷慨激昂,也要有暇豫。写枪林弹雨、炮火连天,也要心情暇豫。《西线无战事》②写老士兵都麻木了,而心是安闲的。此一方面修养,一方面锻炼,从今下手,未为晚也。

知难不畏难。初生犊儿不怕虎,固不成;长出犄角反怕狼,也不成。写两日灵感不来不学了,固不成;乱想乱来,油腔滑调,更糟。要知难不畏难。

"吾未识夫开塞之所由",调子实已定了,但调子太陡。《水浒传》"野猪林"末尾写鲁智深倒拖着禅杖走了,金圣叹批:"如一座怪峰,劈插而起,及其尽也,迤逦而渐弛矣。"(第八回)此所说文势也。提高是文势,渐弛也是文势。陡处停顿也有,但太险,写不好就糟;"迤逦渐弛"较保险。

> 伊兹文之为用,固众理之所因。恢万里而无阂,通亿载而为津。俯贻则于来叶,仰观象乎古人。济文武于将坠,宣风声于不泯。涂无远而不弥,理无微而弗纶。配霑润于云雨,象变化乎鬼神。被金石而德广,流管弦而日新。

"伊兹文之为用,故众理之所因","因",依也,一切哲理皆假文以传。

"恢万里而无阂,通亿载而为津",超空间,超时间。

---

① 杨岐方会禅师(992—1049):名方会,北宋临济宗杨岐派之祖。因于江西杨岐山传法,人称杨岐方会。《杨岐方会禅师后录》载:"上堂。僧问:'祖师面壁,意旨如何?'师云:'西天人不会唐言。'僧云:'昨日雨落,今日天晴,是人道得,请和尚出格道一句。'师以两手捺膝坐。僧云:'大煞尽力道,只道得一半。'师云:'分身两处看。'僧指侍者云:'和尚为什么不着鞋。'师云:'者漆桶。'僧便礼拜归众。"

② 《西线无战事》:自传体小说,叙写主人公博伊默尔第一次世界大战期间应征入伍后在西线战壕里的生活,作品以真实的战争场景和态度鲜明的反战立场著称。著者雷马克(Remarque,1898—1970),德国现代作家,1938年被纳粹剥夺国籍,1947年入美国国籍。

"配霶润于云雨"是夸大,但还是好,是抒情诗。就作者是"象变化乎鬼神",对人是"配霶润于云雨"。

"被金石而德广"——形;"流管弦而日新"——声。形——不灭;声——不绝。

第十一节

创作与欣赏

创作,批评,欣赏。

今讲《文赋》意在此三者,而所重在创作与欣赏。此较之批评更玄。玄并不一定是高深、玄秘(佛家名词,"玄"下不要"妙","秘"上不要"神")。

今单讲这个创作与欣赏。

对文学作品,人若能欣赏,是跳出来了;文学若真能把人抓住,人只剩下跟它跑,便无暇批评了。创作的路是从何走上去的?绝不会是从批评,而是从欣赏引起创作的兴趣,从欣赏走上创作的路子。

"丑极""使人不可暂注目"(金圣叹批本《西厢记》),坏的东西刺耳、刺目、刺心。金圣叹嘴损。不是他嘴损,是我们嘴太笨,是我们观察不到。所以既曰欣赏,必是"爱好"。

创作←——欣赏←——爱好

"爱好"两字,真美,真是幸福。"爱好"是一件最美的"东西"(太具体),一件最美的"事情"(爱好非动作),爱好是最美的观念。每人都该有其爱好,一个人活着必有所爱好,始不致上吊、跳井、自杀;假如一旦在世上失掉爱好,就失掉生活的勇气、兴趣了。"未知生之可乐,焉知死之可悲",在不高明的书中有此两句高明的话。生之所以可乐,便因有所爱好,其对象不外人、事、物。外国有个故事,一个活不下去的人居然因了一条狗而活下去了。狗值不得爱,而她居然爱了,难道她就为这狗而活着么?不然,不然。她活着,是因为她心中有活着的动机(爱好的源泉)。既有爱好的源泉,便要有对象、有寄托;爱好的源泉尚未枯竭,而又苦于不得对象,于是寄之于狗。一个瞎女孩,一生未结婚,老年好养猫,此亦因她爱的源泉未枯竭,须有所寄托。中国父母之爱,不是给子女找活的路,只是叫他坐享。(感觉锐敏是天才最大证据之一。)

生命只有一个,人到死回肠百转。"慷慨捐生易,从容就义难",此指死节。自杀亦然。日人有岛武郎[①],当他与爱人自杀去时,走在路上仍从容谈笑。此非不可能,但很难。人多所留恋,不是怕死。假如生命和钱财一样,花完还可再来还好,但生命只有一个。人到东西只剩一个时,没有一人不是吝啬的。浪子一掷百万,但到只剩一钱时反而吝惜。生命就是一个人一去而不返,人对死不是怕,是对生爱之至。人对生命的爱成为本能了,这不好。人之所以为万物之灵,便因在本能之外还有他的理智。动植物爱惜生命只是本能,现在人也如此了。我们对生命吝惜(好意),不仅是出于本能,还要想到保留此生命要做点什么,这需要理智。对生命的留恋生于爱好,故爱好对人生增加不少的勇气和兴趣,给我们的生活增加不少幸福。

一个没有爱好的人,是人世间最没福的人。但我们既有爱好,必有所求。苦求而不得,岂非痛苦?但余以为"爱——→求——→不得"之苦,比那"无爱——无求——无失"之苦还小,前者较后者幸福,后者痛苦更大。一个人能做到无爱、无求、无失,叫他圣人、仙人、佛,但总之不是人。而今天所要讲是怎样做一个人。人宁可爱而不得,也要有所爱、有所求,绝不可无爱、无求。既要做一个人,到了无爱、无求、无失,这样怎么活呀!人有所爱好,不但增加人勇气,而且是福气。人在有所爱、有所求时,是最向上、最向前的,其中一方面是专一。在有所爱、有所求时,心最专一(精诚),由精诚

[①] 有岛武郎(1878—1923):日本作家,白桦派文学兴盛期重要人物之一,著有《一个女人》《卡因的后裔》等。1923 年,有岛武郎与女记者波多野秋子一起在轻井泽别墅上吊自杀。

生出伟大。人有所爱、有所求,是自然如此。别的都可不要,都可牺牲,什么都忘了,一忘便是最大舒服,而其来源皆生于进取之心。还有,人在有所爱时,他的生命力最旺盛,精神最活泼,而且这时人是最美的一个人。人生于世,岂非要享福,要表现美?在爱好□①你便停止,所得的便是最幸福、最美时。

对别的人、事、物是爱好,对文学便成为欣赏。小时候看东西并不懂而记住了,现在一熟习,好像有意义。

龚自珍②诗句有"但开风气不为师"(《己亥杂诗》)。龚自珍诗江湖气,但此句尚好。假如因余所讲的几句话,能对文学发生兴趣,不厌恶而爱好,此便为余最大满足。因为要"开风气",所以用种种方法,虽有时跑到文学外边去,但身在曹营,心存汉室,跑到外边去,得的经验多、观察细,对作文、创作、欣赏有帮助。孔门说"闻一以知十"(《论语·公冶长》),我们至少也要闻一知二。颜回固然难得,而究竟也还有孔子那么一个老师,他所讲的包罗万象。若他所说的只是九——也能闻一知十么?至少夫子所讲也是十,方可"知十",否则所知恐怕只千百分之一。

余说"但开风气",要精光四射,胸包万有。若自己所说连"一"都不够,怎能让人知?怎能让人学?

文学要与生活打成一片,有什么生活写什么文章。老杜诗沉着,可见其人做人实在;作品浮浅,其人便可知是饭桶;鲁迅文章头紧脚紧,可见其认真、要好。现在有的文章散松没劲,可见其心散。

文学最能表现作者,文学最能代表人格。所以余常拿人生讲文学。鲁迅先生是文人,也是战士。余之文人本质不够,文人气息很重,但战士一丝一毫做不到。这不但是意志问题,亦与体力有关。

思想不发表、不说、不写、不整理,永远只是个概念,不精密、不具体。

---

① 按:"好"字下缺一字。
② 龚自珍(1792—1841):字璱人,号定盦,别号羽琌山民,浙江仁和(今浙江杭州)人。清朝思想家、文学家,著有《定盦文集》。

荷兰作家望·蔼覃(Van Eeden)长篇童话《小约翰》①(鲁迅译)写一号码博士,将一切自然界的奥秘化约为符号,化约为数字。现在我们不是号码也等于号码,不是主义,便是派别,亦犹昔日洛蜀之争(北宋)、朱陆②异同(南宋)。现在不说门户之争,文学上什么都没有呢,金字招牌挂出去了,口号喊出去了。拿点儿东西我们看看,有货最高不过三等品,甚至根本没有货。没这个力量,没这个胆气,也不能做此种妄想。

《学衡》③(继《新青年》出的杂志)攻击新文学,文用文言,有"乌托之邦""宁古之塔""英吉之利"等语。乌托邦(utopia,理想国),乌托之邦(pia of uto)？但实则于古不闻,在今不云。"衡",衡谁呀！只衡出自己无知。但有一样可佩服,就是这样文也敢发表。④

所谓言中之物、物外之言,现在言中之物除去意义、派别,没别的东西；物外之言根本不知道,没人懂得。沦陷区中不景气是应该的,其实就那样！作诗也如同写文章,现在作诗好像只要把派别填进去,乱七八糟,这叫诗作吗？

《诗品》《文赋》《文心雕龙》《典论·论文》《史通》⑤,你读它,言中之物需要了解(了解是自己的事,不用先生讲),物外之言需要欣赏。再看他文章,哪一个不是创作？现在连说明、报告都不是,还叫文章吗？此"为情造文"与"为文造情"之别也。

某人批评《沉渊》引苏联一大导演的话加以批评："苏联的大导演,史坦

---

① 望·蔼覃(1860—1932):今译凡·伊登,荷兰19世纪末20世纪初作家,著有长诗《爱伦》、长篇小说《死之深渊》、童话《小约翰》等。《小约翰》写天赋异禀的小约翰离家出走,畅游在大自然的奇妙世界,且一心寻找那本"解读人生所有疑问的大书",最终怀着对人类的爱回归现实生活。鲁迅称之为"无韵的诗,成人的童话"。
② 朱陆:南宋理学家朱熹与陆九渊。陆九渊(1139—1193),字子静,号存斋,抚州金溪(今属江西)人。因讲学于象山,世称象山先生。著有《象山先生全集》。
③ 《学衡》:1922年1月创刊,该刊以"昌明国粹，融化新知"为宗旨,攻击五四新文化运动为"模仿西人，仅得糟粕",梅光迪、胡先骕等为其主要代表人物。
④ 此段文字可参鲁迅《热风·估学衡》一文。
⑤ 《史通》:唐朝刘知几著,中国古代史上第一部系统的史学批评著作。

尼斯拉夫斯基①先生的'导演艺术'是偏重每位演员自家心理表现。此种民主的作风,在现阶段下中国的戏剧界,还不够水准。"(司徒空《〈沉渊〉的演出》)史坦尼斯拉夫斯基,俄国人名字长;中国什么都求简单,汉,单名单姓。俄国民性跳动活泼,中国典雅庄重,但弄不好便是呆板、虚伪。说到演剧,演员第一要设身处地想剧中人想,第一心要动。民主的作风是个人的、自由的("自由"两字不好),不是传统的、形式的、主义的、派别的,只要把自己觉的都表现出来。老谭《卖马》②不但声泪俱下,直是慷慨激昂。在苏俄社会,政府居然允许这样导演存在,而我们现在连这也治不过来。

托洛斯基说,旧派以为文学起始是字,我们以为起始是事。其实这一班标榜主义派别的乱引托氏之言,其实他们才真是起始是字,一点儿事也没有,把他们所用的新名词一去,什么也没有。现在大概还是只许说"今天天气哈哈哈""您没搬家",不能说点儿真格的!

---

① 史坦尼斯拉夫斯基(1863—1938):今译斯坦尼斯拉夫斯基,俄国戏剧理论家、教育家,主张体验,主张演员与角色合一,强调现实主义原则,著有《演员自我修养》《我的艺术生活》等。
② 《卖马》:戏曲传统剧目,又名《天堂县》《当锏卖马》,叙秦琼解配军至潞州天堂县投文,困居客店。店主索房饭钱,秦琼忍痛欲卖黄骠马,遇单雄信借马而去。秦琼再欲卖锏,遇王伯当、谢映登资助,并代索回文。

第七讲

说陶诗①

---

① 叶嘉莹1990年代重读笔记,于陶诗一册之前有题辞:"顾先生讲书有时只是借他人酒杯浇自己块垒,隔此数十年重读笔记,体会更深。"

余不敢说真正了解陶诗本体,所讲只是陶诗给余之印象。譬如人所知之粉笔,未必即为其本体,而只为吾人自视觉所得之印象。对人之认识亦然。往古来今所谓文学批评者,盖皆如此,皆是印象,而非本体。

余读陶集四十年,仍时时有新发现,自谓如盲人摸象①。陶诗之不好读,即因其人之不好懂。陶之前有曹,之后有杜,对曹、杜觉得没什么难懂,而陶则不然。

---

① 《义足经》:"过去久远,是阎浮利地有王,名曰镜面。时敕使者,令行我国界,无眼人悉将来至殿下。使者受敕即行,将诸无眼人到殿下,以白王。王敕大臣:'悉将是人去示其象。'臣即将到象厩,一一示之,令捉象,有捉足者、尾者、尾本者、腹者、肋者、背者、耳者、头者、牙者、鼻者,悉示已,便将诣王所。王悉问:'汝曹审见象不?'对言:'我悉见。'王言:'何类?'中有得足者言:'明王,象如柱。'得尾者曰:'如扫帚。'得尾本者言:'如杖。'得腹者言:'如埵。'得肋者言:'如壁。'得背者言:'如高岸。'得耳者言:'如大箕。'得头者言:'如臼。'得牙者言:'如角。'得鼻者言:'如索。'便复于王前共诤讼象,谛如我言。"

第一节

陶公之"调和"

陶公懂人生,爱谈老子,明白主客(反客为主)。

陶公调和。什么是调和?我们觉得这世界还可以住,不是我们理想的那么好,也不像我们所想的那样坏。陶公在心理一番矛盾之后,生活一番挣扎之后,才得到调和。陶公的调和不是同流合污,不是和稀泥,不是投降,不是妥协。鹅卵石之光圆,非天生,是在水中被水冲激又与石互相摩擦而成。现在世上之老世故、机灵鬼,皆如此,他没有个性思想了,这是可怕的,这并不是调和。老杜也曾挣扎、矛盾,而始终没得到调和,始终是一个不安定的灵魂。所以在老杜诗中所表现的挣扎、奋斗精神比陶公还要鲜明,但他的力量比陶并不充实,并不集中。

陶渊明与老杜不同。

佛教反对"昏散"。"昏散"这两字实在可怕。"昏",一点灵明之气也没有了;"散",一点集中也没有了。身体劳动可治精神昏散。老杜身体也许比陶渊明还健康,但他力量绝不如陶渊明集中。如打拳之人,力量并不比常人大,但他能集中。我们精神、力量也许不太大,但要能集中便大了。老杜即便不"昏",也是"散"了。

"去昏散病,绝断常坑。"——佛教话头。佛教所谓"话头"便是"格言",唯句法与我们常用的不同。

去"昏"方有聪明,去"散"方能集中。

与"断"相对的是"常",此与句中"断常"之"常"不同,乃长久之意,"断常"之"常"乃"俗"之意。世俗的情感是传统的,传统的便不是真的,自己没有真知灼见,只是人云亦云,故须"断"。自己运用自己思想,便是"非常"。

>>> 陶诗之不好读,即因其人之不好懂。陶渊明懂人生,爱谈老子,明白主客。图为现代傅抱石《渊明沽酒图》。

故学道之人要"去昏散病,绝断常坑"。

道心、诗心、文心是一个,都不能"断",一"断"便完了。《论语》所说"造次必于是,颠沛必于是"(《里仁》),造次(造次便是仓促)、颠沛必于是,岂非"常""长久""恒",那便"非断"。

陶渊明对这八个字算做到了。① 但佛家如此是要成佛做祖,而陶公之如此并非要成佛做祖,是想做人。其实要想做一个像样的、不含糊的人,便须如此。

现代人有健康的吗?余自以为是病态。人若常和疯人在一起便疯了,所以精神病院的看护要常换。在现在的世界、国家、社会,我们身心都有点不正常。

某人说:"没事别骂街,有什么用呢?"这话倒对。青年之慷慨激昂、标奇立异是没用的,而且伤脑筋,不卫生,结果除非自杀。想找新鲜事,绝不会新鲜——晚上出太阳,不也就成白天了?太奇了,还怎么和别人一起生活?

要常常反省,自己有多少能力,尽其在我去努力。与外界摩擦渐少,心中矛盾也渐少,但不是不摩擦,也不是苟安偷生,是要集中我们的力量去向理想发展。时常与外界起冲突,那就减少自己努力的力量。孟子说:"人有不为也,而后可以有为。"(《孟子·离娄下》)这两句讲得很多,今借以为前说之证。

世界是大的,事情是多的,我们又不是大天才,只要找点小工作尽力去做,便也对得起这世界了。担粪的人不挑水,挑水的人不担粪,专心自己工作,这便是有所不为然后可以有为。挑水的便好好挑水,担粪的便好好担粪,不但视为职业,而且视为天职。一件事便要做到理想地步,决不贪多再做别的。吃饭尚要一口口吃,何况别的!

中国诗一说便是病态的,写爱情简直把爱情糟蹋了。外国人写爱情

---

① 叶嘉莹此处有按语:此言有真知。

写得很神圣，或很严肃，或很平常。陶公诗可以把它讲神圣了，讲严肃了，但绝非平常。余所讲，是余头脑中之印象。

陶渊明把别的都搁下了，都算了，但这正是不搁下，不算了。陶诗是健康的，陶公是正常的。而别人都不正常——标奇立异，感慨牢骚。陶公不如此。无论从纵的历史还是从横的社会看，但凡痛哭流涕、感慨牢骚的人，除非不真，若真，不是自杀，便是夭亡，或是疯狂。痛哭感慨是消耗，把精力都消耗了，还能做什么？陶渊明不为此无益之事。

人生精力有限、时间不多，要腾出工夫做些有益之事。"不作无益害有益"（《尚书·旅獒》），是俗话，也是真话。

"倚南窗以寄傲，审容膝之易安"（《归去来兮辞》），陶公实际积极进取，唯在享受上只"容膝"而已。

儒家说"天"，真好。佛家所谓"三十三天"是帝释①，太平常，不及儒家所谓"天"。《孟子·万章上》云：

> 莫之为而为者，天也。

天（天理），或用为名词，或用为形容词，其意一也，一方面包含科学家所谓自然，一方面包含宗教所谓上帝。

中国说"乐天知命"（《易传·系辞传》），这是好的，这便是有所不为然后可以有为。现在国家破碎，该做的太多了，但能都做吗？最好只抓住一样，这就行了，便是所谓不含糊的人。陶渊明想做县官就做，不想做就去，这便是陶公之伟大处，便是他不含糊之处。

陶公，乐天知命。乐天知命固是消极，然能如此必须健康，无论心理、生理。若有一点不健康，便不能乐天知命。乐天知命不但要一点儿功夫，

---

① 三十三天：忉利天之意译。据佛教学说，忉利天处于须弥山顶，中央为帝释天所居，四面各有八天，共三十三天。帝释，意为"能天帝"，居于须弥山顶中央之善见城，为三十三天之主。

且要一点儿力量。

What、Why、How（什么、为什么、怎么办）。诗人只有前两个 W，故诗人多是懦弱无能的。后一个 W，如何办，是哲人的责任。第三个 W，非说理不可，此最是破坏诗之美。如：

> 人生如归云，空行杂徐疾。
> 薄暮俱到山，各不见踪迹。
>
> （陈简斋《晚晴》）

此在宋诗可为代表，而已不似诗矣，此近于哲人之说理。现在我们所要的不是 Waht、Why，而是 How，不必说食为民天，要的是食。

我们读《离骚》，不要只看其伤感，要看其烦懑。此即因没有办法，找不到出路——How，故强者感到烦懑，而弱者则感到颓丧。于此不得不说老杜伟大，其表现有在中国传统诗人以外的东西（某种民族差精神。诗人乃自然，不可全归罪于诗人）：

> 南使宜天马，由来万匹强。
> 浮云连阵没，秋草遍山长。
> 闻说真龙种，仍残老骕骦。
> 哀鸣思战斗，迥立向苍苍。
>
> （《秦州杂诗二十首》其五）

此与"枯木无枝不受寒"（陈简斋《十月》）不同。曹操有诗云：

> 老骥伏枥，志在千里，
> 烈士暮年，壮心不已。
>
> （《步出夏门行·龟虽寿》）

老杜盖曾最受孟德影响,无论有意无意。"老骥伏枥"不过壮心未已而已,至"哀鸣思战斗"简直待不住了,真是发皇。而古人诗多含蓄。诗人不能想办法,诗人之不行,其命定如此,诗人是又不能又不行。老杜"思战斗""哀鸣"也只是"迥立向苍苍"而已,曹孟德是有办法,如其诗中所表现的:

山不厌高,水不厌深。
周公吐哺,天下归心。

(《短歌行》)

曹操,临死还给人想办法;诸葛亮,死人替活人想办法。做领导不难,难于得人;得人不难,难于知人;知人不难,难于任人。王敦虽奸臣,意志甚强,不论事迹,精神可佩服。特殊人有特殊办法,非吾辈凡夫所可取法。

陶渊明是有办法的。渊明是平凡的伟大,其《闲情赋》①所写是陶之烦懑。其文表面似颓丧,实非颓丧,连表面也不颓丧。"采菊东篱下"(《饮酒二十首》其五),是陶之功行圆满,好而不敢举,不敢说真懂。"种豆南山下"(《归园田居五首》其三)一首:

种豆南山下,草盛豆苗稀。
晨兴理荒秽,带月荷锄归。
道狭草木长,夕露沾我衣。
衣沾不足惜,但使愿无违。

学做人便当是此办法,有一分心,专一分心;有一分力,尽一分力。愿

---

① 《闲情赋》:全文七百余字。开篇细腻描摹美人外貌行止,接下以热烈笔触铺陈爱情追求之幻想,最后叙写因山水之隔而已断情思,且以止乎礼义之议论收尾。对于《闲情赋》之解读,历来不同,或主"爱情说",或主"寄托说"。

为全人类做事是对,而从何做起?先要自己的事尽力去做,就是替全世界做事了。此是渊明积极精神,且有确实办法。故:

曹,英雄中的诗人;

杜,诗人中的英雄;

陶,诗人中的哲人。

英雄的办法是特殊的,不可学。哲人不然,哲人所想办法,皆人人可行的办法,其中无特殊,谁都会,而不易办到。(吾辈凡夫多是既不能为曹之英雄,又不如陶之有操守、有作为。)

将办法写入诗而还成为诗,即如"种豆南山下"。此因渊明天才过人,学力亦不可及。老杜学不甚深,精神可佩服,有力。陈简斋学问有,而近于佛,非儒家精神。

自《闲情赋》可看出陶用功、蜕化痕迹。

诗人夸大之妄语,乃学道所忌,佛教有"持不妄语戒"。诗人觉得不如此说不美,不动听。此为自来诗人之大病,即老杜亦有时未能免此,如:

致君尧舜上,再使风俗淳。

(《奉赠韦左丞丈二十二韵》)

陶公没有这个,他之饮酒实不得已,未见爱之深也。而且陶公做不到的不说,说的都做到了,这一点便了不得。一般人都是说了不做,陶渊明是言顾行、行顾言。陶公并非有心言行相顾,而是自然相顾。一般人是一上来先有心去做,后来便成为自然。

要好的人便时常感到自己说的办不到,因此而痛苦。

老杜其实并不倔,只是因别人太圆滑了,因此老杜成为"非常"。他感情真,感觉真,他也有他的痛苦,便是说了不能做。从他的诗中常看到他人格的分裂,不像渊明之统一。

杜诗：

莫思身外无穷事，且尽生前有限杯。

（《绝句漫兴九首》其四）

此二句，普通看这太平常了，但我看这太不平常了。现在一般人便是想得太多，所以反而什么都做不出来了。"莫思身外无穷事"是说"人必有所不为"，"且尽生前有限杯"是说"而后可以有为"。老杜这两句有力。但如太白：

烹羊宰牛且为乐，会须一饮三百杯。

（《将进酒》）

便只是直着脖子嚷。诗人老离不开酒，尤其李白，老说酒，说的有点厌气了。（余爱喝酒，可是怕酒腻子，酒腻子还打酒官司。这有什么了不得！）陶渊明饮酒实不得已。

一个人无论怎样调和，即使是圣、是佛，也有其烦恼。佛是烦恼，耶稣是苦痛。他不烦恼、苦痛，便不慈悲了。

一个大思想家、宗教家之伟大，都有其苦痛，而与常人不同者，便是他不借外力来打破。或问赵州和尚："佛有烦恼么？"曰："有。"曰："如何免得？"曰："用免作么？"①这真厉害。

平常人总想免。

人对烦恼苦痛，可分三等：

第一等人，不去苦痛，不免烦恼，"不断烦恼而入菩提"（《维摩诘经》）。

---

① 《古尊宿语录》卷十三："师上堂云：'……佛即是烦恼，烦恼即是佛。'问：'佛与谁人为烦恼？'师云：'与一切人为烦恼。'云：'如何免得？'师云：'用免作么？'"

烦恼是人的境界,菩提是佛的境界,唯佛能之。烦恼、苦痛在这种人身上,不是一种负担,而是一种力量、动机。释迦、基督、孔子皆然。孔子说"吾已矣夫"(《论语·子罕》)、"吾衰也久矣"(《论语·述而》),其实他不"已"、不"衰",他不认输,临死还干呢!而孔子身上还有个"凡"与我们接近,释迦、基督太伟大,令人可怕。孔子还说"已"、说"衰",而释迦、基督便不说。

第二等人,能借外来事物减少或免除苦痛烦恼。如波特来尔(Baudelaire)①有一篇散文诗《你醉吧》,不只是酒,或景致,或道德,或诗,不论什么,总之是醉。中国说"醉心"于什么,这便是波特来尔所谓"醉"。

第三等人,终天生活于痛苦烦恼中,整个被这种洪流所淹没。佛说"苦海",真是苦海;说"奈何",真是奈何。他自己也不知是怎么回事,这种人真是"无明"。

诗人不是宗教家,很难不断烦恼入菩提;而又非凡人,苦恼实不可免。于是要减免、要解除,所以多逃之于酒。杜诗若按实际讲,便是他把现在所有精力一并集中。基督说,这杯虽是苦酒,但也喝下去了。②

诗人、哲人是郑重生活的人,他们追求的是美,而得到的也许是丑;所追求的是完整,而得到的也许是破碎;所求是调和,所得也许是矛盾。人既非佛,如何能"二六时③中杂念不生"!陶诗亦然。

余劝同学如在实际生活或思想上得不到调和,则须注意"变化"。人要对付实际生活,所说"变化",就是要"转"它而不为所"转",如赵州和尚所言"汝被十二时辰使,老僧使得十二时"④。或问曰:"我尝闻人言赵州桥,

---

① 波特来尔(1821—1867):今译波德莱尔,法国19世纪诗人,象征派诗歌先驱,著有诗集《恶之花》、散文诗集《巴黎的忧郁》。

② 《新约全书·约翰福音》记载:由于门徒犹大的出卖,耶稣即将面临死亡。面对前来抓捕自己的祭司长和法利赛人,耶稣命令彼得收刀入鞘,并且说:"我父所给我的那杯,我岂可不喝呢?"

③ 二六时:犹言一整天、整日整夜。中国古代将一昼夜分十二时辰,昼夜各六个时辰,故称"二六时"。

④ 《五灯会元》卷四:"问:'十二时中如何用心?'师曰:'汝被十二时辰使,老僧使得十二时。'"

但来此只见略彴。"赵州曰："你只认得赵州桥,不认得略彴。"问之,曰："赵州桥度驴度马,略彴度人。"①赵州和尚不但能说、能想,而且能行,此人言语犀利,见道甚明,自谓"老僧除二时粥饭是杂用心处,除外更无别用心处"。

我辈生活是"被十二时辰使",心为物使,不能使物。心杀境则圣,境杀心则凡。一个诗人该是不"被十二时辰使",而要"使得十二时"。譬如"变化",我们就活在"变化"中,但我们要"使"它,不可为它所"使",不要成为"变化"的奴隶。但这只有造时势之英雄或能如此。而吾辈为庸人(常人),圣贤仙佛,非常人也。仙佛不说,要做一个造时势的英雄,但世上有几个这样的人?这次大战也只是几个人支持着。真是可怕,世界只掌握在圣贤、仙佛、造时势的英雄此三类人手中,吾辈既非此等人,如何能不为"变化"所使?而诗人能之。

诗人观察变化、描写变化。生活变化甚至摧残了我们的生命,但我们仍要看你怎样把它压倒,怎样把它摧残。孔子周游列国归而作《春秋》,亦此本领。当你能看它,能写它时,就是你心做得它主时;若不能做它的主,便不能看、不能写了。故要正眼看得它,做得它主。人写兴奋感情只能写概念,便因没正眼去看,故不能描写。

吾人不能"二六时中不生杂念",故亦不能得到调和,而且若一人先得到调和,恐怕倒可怕了。老杜也没有调和,他是变化。陶亦然。

> 波澜誓不起,妾心古井水。
> （孟郊《烈女操》）

"井水"只能是"古井",若为河,水流,自力起波;风来,外力起波。井

---

① 《五灯会元》卷四："问：'久向赵州石桥,到来祇见略彴。'师曰：'汝祇见略彴,且不见石桥。'曰：'如何是石桥？'师曰：'度驴度马。'曰：'如何是略彴？'师曰：'个个度人。'"略彴,小木桥,独木桥。

水,无自力、外力,但若有人打水呢?古井,没人打。"二六时中不生杂念",这是个什么人?处的是什么境界?柳子厚游记有一篇写某小潭山川泉林之美,而结曰"以其境过清,不可久居,乃记之而去"(《小石潭记》)。这种境界真是可怕,你待得住么?(韩、柳无论诗文皆可抗衡,韩以奇伟胜,而精微处不及柳,韩之修养不够。柳也躁,但他倒霉,躁不起来了。)我们在事业上不是英雄,我们在社会上不能做圣贤,在某种境界不能做仙佛。我们凡人也是悲哀。

　　余自以为讲得不明白,但提出问题使人自己去想更好。

第二节

情见与知解

情见、知解,情见就是情,知解就是知。

诗人有两种:(1) 情见,(2) 知解。中国诗人走的不是知解的路,而是情见的路。然任何一伟大诗人即使作抒情诗时亦仍有其知解。陶公之诗与众不同,便因其有知解。

中国人讲究吉祥,而吉祥文字难作。

向阳门第春常在,积善人家庆有余。

"春常在""庆有余",真好。若能如此,真是理想家庭;国家亦然,若能如此,真是大同。孟子说:"兽相食,且人恶之。"(《孟子·梁惠王上》)那时人相杀,所谓最"伟大"的人是杀人最多的人。"向阳门第春常在,积善人家庆有余",这之中有哲理而不是诗,便因其知解太多。"向阳门第"这两句还好,至于:

欲高门第须为善,要好儿孙必读书。

更不是诗,虽然道理也没法推翻。英国某大诗人诗,句句是格言。然而格言不是诗。

宗教对情见与知解二者,盖兼而有之。

宗教家之写诗,如但丁(Dante)之《神曲》。这样的作品是宗教的诗,而且这么伟大,只有西洋会有。他本身是虔诚教徒,而又是一个有情见、知解的诗人。

一般中国人对宗教只是情见,不是知解,故绝不能有但丁那样虔诚情绪,那样坚强意志。中国人缺少虔诚的宗教精神。虽然中国诗人常好用禅宗语,然此仅为"随喜"①现象。

中国没有宗教,有,就是"道教",还不是老庄之道,是秦汉方士之道。古诗"服食求神仙,多为药所误"("古诗十九首"之《驱车上东门》),可见当时服药求神仙已成风气,其风自上养成。一个生活困难的人便不想求长生了。《西游记》第四十四回中孙悟空对车迟国求死不能的五百僧众道:"你却造化,天赐汝等长寿哩!"众僧道:"老爷呀,你少了一个字儿,是长受罪哩!我等日食三餐,乃是糙米熬的稀粥,到晚就在沙滩上冒露安身。"——锦衣玉食的人才求长生。("玉食"二字,真吉祥。)

春秋战国诸子百家,中国学术最发达时期。汉之尊崇儒术,其罪不下于秦之焚书坑儒,于是方士之说起。其后也有文化发达时期,那是受了外来文化侵入。耶教讲"永生"(灵魂不死),与长生不同。这点高,永生是精神的提高,长生是肉体的保生。释迦是无生。人都比中国高——而秦汉以前中国并不讲长生。

我们的生命是短促的,生活是艰难的,这是我们的悲哀,而且成为打不破的悲哀。我们怎样利用此短促生命解决此艰难生活?这是最实在的工作,也是最高的理想。宗教家也是如此。

人生有职业、事业之分,人生仍该以事业为重。宗教不是终生职业,是事业。想成事业,必须有坚固意志。票友既不以唱戏为事业,也不想以之为职业,而有时想"来"一下。恐怕这只是兴趣问题,不是意志。

固然意志不是知解,而坚强的意志必由清楚的知解而来。譬如押宝下注,认准它是红,掀盆是黑,也认了。兴趣不是情见,但兴趣与情见有关,

---

① 随喜:本为佛教术语,盖指见他人行善随之心生欢喜。此处用于指称随大溜的作为。

兴趣之于情见,便如意志之于知解。

先不论情见、知解,人若真能虔诚信宗教,一头倒在佛怀里,是幸福。"净土三经"①,写得美得很,真是诗。死后去净土否?不用管,反正现在我相信将来上净土。

中国人天生宗教情绪不浓厚,命定论。

小泉八云(L. Hearn)②常说某诗人是异教情绪——凡见到奇情壮彩,他便说是异教情绪。小泉是英国人,虽非虔诚教徒,然英人之与耶教便如中国人之与孔教,无论顺受、逆受,总之是得受。便是胡博士这所谓"只手打倒孔家店"③的老英雄,也熟读《论语》,他说:

"知其不可而为之",
亦"不知老之将至"。
认得这个真孔丘,
一部《论语》都可废。

(《尝试集·孔丘》)

宋初宰相赵普④说:

得半部《论语》可安天下。⑤

---

① 净土三经:《无量寿经》《观无量寿经》《阿弥陀经》,合称"净土三经",是有关阿弥陀佛及其所成就的西方极乐净土的佛经,后成为净土宗的根本经典。
② 小泉八云(1850—1904):原名拉夫卡迪奥·赫恩(Lafcadio Hearn),英人,后入日本籍,从妻姓,为小泉八云。19世纪学者、作家,著有《日本:一个解释的尝试》《文学的解释》等。
③ 胡适《吴虞文录·序》文中盛赞吴虞为"四川省'只手打孔家店'的老英雄"。
④ 赵普(922—992):字则平,幽州蓟(今北京西南)人。北宋政治家,善吏道,多权谋,官至宰相。
⑤ 罗大经《鹤林玉露》卷七:"人言普山东人,所读者止《论语》。……太宗尝以此语问普,普略不隐,对曰:'臣平生所知,诚不出此。昔以其半辅太祖定天下,今欲以其半辅陛下致太平。'"

这是顺受,胡氏是逆受。在西洋,诗人、文人对《圣经》都下过功夫,故西洋人对《圣经》便如中国文人、诗人都要读《论语》一样。尼采(Nietzsche)反宗教,但余敢保尼采对《圣经》一定读得很熟。中国无宗教,故对小泉八云所谓异教情绪看得很平常。但丁顺受,尼采逆受,中国对宗教是无受。无宗教信仰,只凭自己,故须有所寄托,抒情诗人尤其离不开自然与酒。

中国诗人与外国诗人都看出生命短促、生活艰难,都想利用短促生命解决艰难生活。中国诗人不能把自己交给佛,交给上帝,只有相信自己。而自己最薄弱、最渺小,以此解决艰难生活非易事,所以更感到自己之薄弱、渺小。中国诗人为何喜欢酒、喜欢自然,便因无信仰,欲求寄托于自然与酒。自然与人还远,酒与人最近,与人体发生密切关系;而自然源源本本,不用"买山钱"①。

人不能常在大自然中,以其无生。若自然中有生了,那便不纯是大自然了。酒中也无生。

余之讲书絮聒,因治学不能武断,不能盲从。武断、盲从是不科学的,不哲学的,也是不文学的。

陶诗中有知解,其知解便是我的认识。他不是一个狂妄、夸大、糊涂的人,所以清清楚楚认识了自己的渺小。

李白好像一点知解也没有。"生不用封万户侯,但愿一识韩荆州"(《与韩荆州书》),好像只要人一捧就好。若果是青萍、结绿,何必薛、卞?② 渊明这点比他们高。对相信自己这一点,除去老曹恐怕无人可比。至于老杜,对陶公虽不能比肩,至少可追踪。

尼采反宗教,鼓吹强者道德,主张人当做超人,自己是自己上帝,这是

---

① 刘义庆《世说新语·排调》:"支道林因人就深公买印山,深公答曰:'未闻巢由买山而隐。'"

② 李白《与韩荆州书》:"庶青萍结绿,长价于薛卞之门。幸唯下流,大开奖饰,唯君侯图之。"青萍,宝剑之名;结绿,宝玉之名。薛,薛烛,春秋越人,善相剑;卞,卞和,春秋楚人,善相玉。

一种疯狂说话。现在不说尼采,只借其"强者道德"一名词。

中国不信宗教,所以君子便成为标准人物(不仅是优秀),所以中国也成"强者道德"。何以说是"道德"?

  天行健,君子以自强不息。(《易经·乾》)

这是"强者道德",然既非尼采之疯狂,也非宗教,而是中庸。天的人格是"健",所以人要"自强不息"。这是"强者道德"——没有宗教,就瞧你自己的了。然而自我力量薄弱、渺小,所以陶也仍不免梦想、恐怖。如人掉在水中无所依靠,"懔乎若朽索之驭六马"(《尚书·五子之歌》),千钧一发,落水人抓住一根草茨、一根树枝,都不撒手,这是一种悲哀,也是一种恐怖。悲哀还好,还可发祥出一种力量,虽不能长,也是力量;而恐怖是对自己的一种怀疑,从怀疑得到绝望。若能平心静气等老虎吃,这人不是极端麻木便是极大修养,非吾辈常人可及。"心无挂碍,无挂碍故,无有恐怖,远离颠倒梦想。"(《心经》)人到恐怖中是前有挂碍、后有梦想(昏散),便坏了。

余旧有诗句:"醉乡依旧是他乡。"[①]醒来不还是悲哀恐怖吗?但既不能(不是不肯)倒在佛怀里,又不能跪在上帝脚下,自己渺小,掉在水里,只能抓住树枝。

陶渊明《咏贫士》共七首,《文选》只选第一首,我们所注意也是这一首:

  万族各有托,孤云独无依。
  暧暧空中灭,何时见余晖。
  朝霞开宿雾,众鸟相与飞。

[①] 此句出于《浣溪沙》(满酌蒲桃泛夜光)(1932),见《顾随全集》卷一,石家庄:河北教育出版社第1版,2014年,第113页。

迟迟出林翮,未夕复来归。
量力守故辙,岂不寒与饥。
知音苟不存,已矣何所悲。

《文选》所录不尽合余意,盖昭明选文亦未能免俗,未免落传统窠臼,就是用当时一般人作风去看。而《咏贫士》只选一首,有眼光,虽未必合作者之意。

"贫士诗"首句"万族各有托","族",即类;"各有托",万类都有依靠;次句"孤云独无依",这句这么严肃,这么悲哀。首句宾,二句主,借宾现主。"暧暧空中灭,何时见余晖"二句写主,"暧暧空中灭",写得悲哀,写得好;"何时见余晖",完了。人生在世,岂非如此?由生而哀而死。"暧暧空中灭",死后"何时见余晖"?"朝霞开宿雾,众鸟相与飞"二句为宾,"迟迟出林翮,未夕复来归"二句,主。("翮",羽毛,言鸟,以翮代鸟。)末二句言"知音苟不存,已矣何所悲"。知音,因自己孤单薄弱,故希望有朋友、同志、知己。朋友、同志、知己虽未见得能解决我们困难,但至少可减少我们恐怖。人生如行黑夜崎岖山路,要旅伴。不为对我们帮忙,但可破除寂寞,减少恐怖,还可增加我们兴趣。交朋友不在求帮忙,如人赛跑喊"加油",你不必去帮他跑。所以人生得一知己可以无憾,这不是普通朋友,是知己。人越爱谁越愿叫他陪着流泪、痛苦。因为告诉最爱的人他才不趁愿,不幸灾乐祸。

靠自己——薄弱,靠知音——稀少,何能所依?陶渊明抓住什么——古人(《咏贫士》自第二首,每首咏一古代贤士),这真是陶渊明的聪明,也是陶渊明的修养。有古人为伴,如见亲人。"謇吾法夫前修兮,非世俗之所服。虽不周于今之人兮,愿依彭咸之遗则。"(屈原《离骚》)陶之"咏贫士"亦有是意,"何以慰吾怀,赖古多此贤"(《咏贫士七首》其二)。

第三节

陶诗之真

西方有个故事,说一人在白天中打灯笼,在雅典市上乱转。或问之,说,找一找还有个像人的没有?① 中国诗人都不大像人,不用说是幽灵,便是神佛也不成。余以为神佛还有他人的一面。

中国诗人一大毛病便是不能跳入生活里去,所以一读其诗便觉得离生活远了。余近来常说,曹、陶、杜其相同点便是都从生活里磨炼出来,如一块铁,经过锤炼始能成钢。别的诗人都有点逃脱,纵使是好铁,不经锤炼也不是全钢,所以总是有点"幽灵似的"。曹、陶、杜三人之所以伟大、非常,其实是平常,就是他们在实际生活中确实磨炼了一番才写诗。

但一块好铁才经得起炉火锤炼,若是木头或坏铁,纵不成灰,也不能成钢。中国诗人不肯跳进去,固然是胆小,但也正是他的聪明。这样的诗人我常怀疑他若跳进生活之火炉,若他还能吟风弄月,还算好汉,大概怕也不能了吧!

为诗人之困苦是不能跳进生活火炉不成,而跳进去毁了也不成。连老杜晚年诗都有点枯窘,身无片瓦,不如陶颇有余裕。

别人写真,一点也不觉他真,陶写真,真真!

古今中外之诗人所以能震烁古今流传不朽,多以其伟大,而陶之流传不朽,不以其伟大而以其平凡。他的生活就是诗,也许这就是他的伟大处。

---

① 此故事系犬儒学派第欧根尼之典故。第欧根尼愤世嫉俗,曾于白天提一灯笼穿过市井街头,遇到谁即往谁的脸上照。问他何故如此,第欧根尼回答:"我想试试能否找出一个真正诚实的人。"

陶渊明过田园生活,极平凡,其平凡之伟大与曹公不平凡之伟大同。法之莫泊桑(Maupassant)、俄之契柯夫(Chekhov),人谓为平凡之伟大。此种伟大比非常及怪奇之伟大更伟大。法国波特来尔(Baudelaire)乃怪奇之人(作有《恶之花》),中国李贺①亦以奇胜,此易引人注意。平凡不易引人注意,而平凡之极反不平凡,其主要原因是能把诗的境界表现在生活里。

人最难得是个性极强而又了解人情。诗人多半个性强,而个性强者多不了解人情,只知有己不知有人,只知有己不能打破小我。如老杜即不通人情。杜与严武(西川节度使)甚好,有互相赠答诗,且老杜入蜀后甚得严武之助,而一次二人吵嘴,杜曰:"严挺之(严武之父)乃有此儿!"致使严武欲杀之。(《新唐书·杜甫传》)六朝以来最重避讳,至宋尚然。某州官田登,不许人说灯,改为火,故正月放灯不可,而许放火,故曰:"只许州官放火,不许百姓点灯。"②鲁迅曾说,一人闻其亡父之讳,则大哭。③这真使人一败涂地。而陶渊明绝不如此,其与子书言"此亦人子也,可善遇之"④,真是诗。此所谓平凡之伟大,越平凡越不易做到。有人问道于某高僧,高僧曰:"诸恶莫作,众善奉行。"此人曰:"此三岁小儿语。"僧曰:"此八十老翁不能做到。"⑤曹公亦非常了解人情。陶了解后是顺行,曹了解后逆行。(鲁迅颇似曹,故再三替曹辩护,说魏文帝不行,我若为文帝,必杀曹植。)曹操:

---

① 李贺(790—816):字长吉,福昌昌谷(今河南宜阳)人。唐朝诗人,诗风凄艳诡激,著有《李长吉歌诗》。

② 陆游《老学庵笔记》卷五:"田登作郡,自讳其名,触者必怒,吏卒多被榜笞。于是举州皆谓灯为火。上元放灯许人入州治游观,吏人遂书榜揭于市曰:'本州依例放火三日。'"

③ 鲁迅《而已集·魏晋风度及文章与药及酒之关系》:"比方想去访一个人,那么,在未访之前,必先打听他父母及其祖父母的名字,以便避讳。否则,嘴上一说出这个字音,假如他的父母是死了的,主人便会大哭起来——他记得父母了——给你一个大大的没趣。"

④ 萧统《陶渊明传》:"以为彭泽令。不以家累自随,送一力给其子,书曰:'汝旦夕之费,自给为难。今遣此力,助汝薪水之劳。此亦人子也,可善遇之。'"

⑤ 此故事当为禅宗鸟窠禅师事。《稽古略》卷三载:"元和间,白侍郎居易由中书舍人出刺杭州,闻师之道。因见师栖止巢上,乃问曰:'师住处甚险。'师曰:'太守危险尤甚。'曰:'弟子位镇山河,何险之有?'师曰:'薪火相交,识性不停,得非险乎?'曰:'佛法大意如何?'师曰:'诸恶莫作,众善奉行。'曰:'三岁孩儿也解恁么道。'师曰:'三岁孩儿虽道得,八十翁翁行不得。'侍郎钦叹,数从问道。"

"设使国家无有孤,不知当有几人称帝,几人称王。"(《让县自明本志令》)而临死"分香卖履"①,处处表现其人情味。批评人从人情上去找,其失之者鲜矣。老杜对人情非整个了解。

陶诗平凡而伟大,简单而神秘。吾辈不能做到。
从何说陶诗?——贯道。
《论语·里仁》篇有云:

> 子曰:"参乎!吾道一以贯之。"曾子曰:"唯。"子出。

曾参据说是孔子最小之弟子。释迦拈花,迦叶微笑,如何便如此放心大胆相信?此盖纯自然而然,一点勉强没有。(文章应做到如此。)学文、学道皆从勉强来,圣门用功皆从勉强得之。学道从勉强来,而得道、悟道要一点勉强也没有,入"勉强",出"自然"。"是法平等,无有高下"(《金刚经》),即"一以贯之"。一切法皆佛法,必到"一以贯之",然后哲理与诗法合二为一。否则,说理只是说理,不成为诗。诗可以说理,唯不可有一分勉强,否则是散文——其实,若勉强连散文也写不成。真正得道圣贤所说理皆是诗,大诗人成功即是哲人。

陶渊明写诗是如此,是"一以贯之",凡是人生皆可入诗:

> 亲戚共一处,子孙还相保。
> 觞弦肆朝日,樽中酒不燥。
> 缓带尽欢娱,起晚眠常早。
> 　　　　　　(《杂诗八首》其四)

---

① 分香卖履:事见陈寿《三国志·魏书·武帝纪》。《武帝纪》载曹操遗令曰:"吾婢妾与伎人皆勤苦,使著铜雀台,善待之。……余香可分与诸夫人,不命祭。诸舍中无所为,可学作组履卖也。"

悦亲戚之情话,乐琴书以消忧。

(《归去来分辞》)

——人有此情而不肯如此写。

弱子戏我侧,学语未成音。
此事真复乐,聊用忘华簪。

(《和郭主簿二首》其一)

——此好处便在平凡。老杜《羌村三首》:

娇儿不离膝,畏我复却去。

(其二)

此人之常情,常情也就是至情,但老杜表现得不好,字句不圆①。"弱子戏我侧,学语未成音。"读了以后,可不是吗?但谁这样写了?老杜便不成,老杜勉强。他深入了没有浅出,尤其"畏我复却去"一句。

一个大诗人使用语言最自由,也最美满,能创造。既写后人之认可,亦写前人之不敢,一切大诗人、大艺术家盖皆如此。

中国诗传统精神不说丑恶之事(丑,形;恶,神、心),陶诗不然。

"披褐守长夜,晨鸡不肯鸣"(《饮酒二十首》其十六)——说"寒";

"饥来驱我去,不知竟何之"(《乞食》)——说"饥";

"造夕思鸡鸣,及晨愿乌迁"(《怨诗楚调示庞主簿邓治中》)——说"赶快活完了事"。(清人黄仲则②组诗《绮怀十六首》末首"茫茫来日愁如海,

---

① 叶嘉莹此处有按语:即不圆润。
② 黄仲则(1749—1783):黄景仁,字仲则,号鹿菲子,武进(今江苏常州)人。清朝诗人,《绮怀十六首》为其代表作。

寄语羲和快着鞭",亦此意。)

诗是人生的反映,我们从前人诗中虽不能见到现在生活,至少可见到古人生活。美与善是人生色彩,丑与恶也是人生色彩。

世上生活一般事常是你认为好的,他不来;等来了,又跑了;等你以为好时,他早跑了。先不用说人世间一切事物一切境界,你觉得不好,他老跟你不走;你觉得好的,他老不来;或等你觉得好,就该保不住了。

我们看世上一般人,在世上有所成就的,都是他有所"获得"。即以升官发财而论,亦是获得,而你不知他的获得是以最大牺牲换来的——为钱六亲不认。先不论其结果,他牺牲了,而他也知足,没人格也不要紧。向上、向前的人,在物质上也知足;知足、知止,然后有精神工作。凡有所成就的都在某个条件上有知足、知止,不是完全知足、知止,完全知足、知止,那不死了吗?(余之《和陶公饮酒诗》二十首[其十九]①有"知足更励前,知止以不止"之句。)而陶渊明可怜,是连最低的温饱都没得到:

三旬九遇食,十年著一冠。
(《拟古九首》其五)

人皆以为陶知足、知止,其实陶不是无所为(平声)、无所为(去声)的人。老子亦然。老子主柔,柔能克刚,主退还是所以进,如《孝经·诸侯章》云:

高而不危,所以长守贵也;满而不溢,所以长守富也。

有人说老子是阴谋家,但我们不取其机谋而取其智慧,则老子也未始

---

① 《和陶公饮酒诗》其十九(1947),见《顾随全集》卷一,石家庄:河北教育出版社,2014年第1版,第471页。

不是圣人。孔子说"吾今日见老子,其犹龙乎"(龙,变化莫测。《史记·老子伯夷列传》),盖亦有所见而云。然老子的确有其经验、思想。有人只有经验,而无思想,所以也不成其为智慧。而机谋常常是损人利己;至于智慧,利己了,可也不见得不利人。

当然,若按耶稣教义,则老子是阴谋家;但若按世谛来看,便是智慧。释迦、基督是损己利人;老子不是无我,"我"的观念很强。老子讲慈[①],而与佛、耶之慈爱不同,佛之慈悲、基督之博爱是无所为而为;而老子有所为,他的慈是理智的。佛、耶之不爱不可,是心里觉得不可;老子是觉得不慈不可,可能是从理智出发,以为世上人与人关系必如此不可。佛、耶是心,老子是"势"。生在现在科学发明时代,老子学说该研究一下。

陶渊明亦有其悲哀,他把他的生活范围缩到极小,然而即此极小限度亦不能使其得到满足。站到柔的地位未能克刚,站在退的地位也没能进取,机会、能力不够,二者盖兼而有之。"满而不溢",只剩下"不溢";"高而不危",只剩下"不危"。然即此"不溢""不危"一点,亦不常能得到,不常能守住,这是他的痛苦、悲哀。悲哀尚使人能忍受,悲哀久了成为痛苦,便为常人所不能忍受。

有人能压倒痛苦,如拼命工作。能这样的人在世谛上是了不起的,老当益壮,穷且益坚。依赖宗教还是第二义。真正的信仰者并非求上帝保佑、教主提拔,而是把自己交给上帝、教主,如此便可得到安心。而中国人从古宗教情绪便不浓厚,一般人信佛是迷信,不是信仰。如此看来,中国人也许不是没有宗教情绪,而是有却没得到正当发展。第三条路是麻醉,其一是酒;其次是自然(与鹿豕游,与木石伍),这是非人生活。一个人要安身在人群里,脚跟要立在地上,不能跑到酒里去立脚。虽然自己觉得很风雅,其实非人生活。

---

① 《道德经》六十七章:"我有三宝,持而宝之:一曰慈,二曰俭,三曰不敢为天下先。夫慈,故能勇;俭,故能广;不敢为天下先,故能成器长。今舍慈且勇,舍俭且广,舍后且先,死矣。夫慈,以战则胜,以守则固。天将救之,以慈卫之。"

陶渊明没有宗教信仰（谢灵运①是虔诚佛教徒，知识很多），但他以工作克服痛苦，是有心无力，陶身体不好。

> 代耕本非望，所业在田桑。
>
> 　　　　　《杂诗八首》其八

别的田园诗人是站在旁观地位，而陶是自己干，所以说"代耕本非望"。陶渊明写"晨兴理荒秽，带月荷锄归"（《归田园居五首》其三），也还是象征多而写实少，那么他是骗人么？不是，不是，他做事向来认真。就算这是象征，他也确过此种生活，否则他写向前、向上，何必多用"耕""田"字眼？不但陶诗，任何人诗皆可用此去分析，他好用某种字眼，必是于此种生活熟悉。

或谓陶乃田园诗人、躬耕诗人。

中国第一个写田园的诗人当推陶渊明。这一方面是革新，一方面是复古（"三百篇"中有写田园之诗）。余以田园诗人之称归之陶，尚不因此，另有两点原因：

其一是身经。自己下手，不是旁观，与唐之储光羲②、王维③、韦应物④等人不同，彼等虽亦写田园，而不承认其为田园诗人。虽有许多文人只是旁观者，而旁观亦有多种：一种旁观是冷酷的裁判，判断力甚强。中国无此种诗人，鲁迅先生似之，而他有时热得厉害。一种是热烈的欣赏。前者是要发现人类的罪恶，后者是要赞扬人类的美德；前者对黑暗，后者对光明。

---

① 谢灵运(385—433)：祖籍陈郡阳夏（今河南太康），生于会稽始宁（今浙江上虞），世称谢客。因袭爵康乐公，故又称谢康乐。晋宋间山水诗人，与谢朓合称"大小谢""二谢"。
② 储光羲(707?—760)：字不详，润州延陵（今江苏丹阳）人。唐朝山水田园诗人，著有《储光羲集》。
③ 王维(701—761)：字摩诘，祖籍太原祁（今山西祁县），后徙居蒲州（今山西永济）。官至尚书右丞，世称"王右丞"。唐朝山水田园诗代表作家，著有《王右丞集》。
④ 韦应物(737?—792)：京兆万年（今陕西西安）人。因曾任苏州刺史，世称韦苏州。唐朝诗人，以写山水田园而著名，著有《韦苏州集》。

又一种是如实的记录。此点与近代写实派颇相似。这三种在文学家中都是好的。陶渊明不属于前三种,而是写自己本身经验,不只是技能上的、身体上的,而且是心灵上的,故非旁观者。王、韦等人写田园,则是不切实,油滑。

其二是理想。陶之田园诗是本之心灵经验写出其最高理想,如其"种豆南山下"一首(《归园田居五首》其三)。"晨兴理荒秽,带月荷锄归",明明说草、说锄、说月,都是物,而其写物,是所以明心。

所谓"心物一如",心——内,精神;物——外,物质;如——真,真理。平常心与物总是不合,所谓不满意,皆由内心与外物不调和。大诗人最痛苦的是内心与外物不调和,在这种情形下出来的是真正的力。外国诗人好写此种"力",中国诗人好写"心物一如"之作,不是力,是趣。一是生之力,一是生之趣,然此生之力、生之趣与生之色彩非三个,乃一个。生之力与生之趣亦二而一,无力便无趣,唯在"心物一如"时多生"趣",心、物矛盾时则生"力"。

"风与水搏,海水壁立,如银墙然。"是矛盾,是力,也是趣。由苦而得是力,由乐而得是趣,然在苦中用力最大,所得趣也最深。坐致、坐享,都不好,真正的乐是由苦奋斗而得。

陶渊明躬耕,别的田园诗人都是写田园之美,陶渊明写田园是说农桑之事。西洋田园诗人华滋华斯(Wordsworth)[①],也只是欣赏田园之美。

田园诗实亦不可包括陶渊明诗,田园诗人、田园诗,不足以尽其人、其诗。

陶之躬耕是出于本心呢,还是出于"势"呢?这一点我还不敢确定,倘若说是出于本心,但从他的作品、传记中看不出来,而其"势"非躬耕不可。陶渊明躬耕就算十分认真努力,他的身体也不许可。他在《与子俨等疏》

---

① 华滋华斯(1770—1850):今译华兹华斯,英国浪漫主义先驱诗人,湖畔派领袖,著有长诗《序曲》等。

>>> 陶渊明躬耕,别的田园诗人都是写田园之美,他则是说农耕之事。田园诗实亦不可包括陶诗,田园诗人、田园诗,不足以尽其人、其诗。他之躬耕是出于本心呢,还是出于"势"呢?这一点还不确定,倘若说是出于本心,但从他的作品、传记中看不出来,而其"势"非躬耕不可。他躬耕就算十分认真努力,他的身体也不许可。图为清朝黄慎《桃花源图》(局部)。

中说：

> 病患以来，渐就衰损。亲旧不遗，每以药石见救，自恐大分将有限也。

陶渊明年寿若干，史无明证，颜延之①《陶徵士②诔并序》云年六十三；或曰以诗考之，当年七十六，总之年岁不太小。他辞官时年四十一，假定他躬耕从四十一起，《与子俨等疏》作时自谓"年过五十"，至少不及六十，那么当时他躬耕不过十余年便已自言不利："渐就衰损。"（"病患以来，渐就衰损"二句造句和"弱子戏我侧，学语未成音"一样好。）工作不成，故不得不逃之于自然与酒。而陶究竟与其他诗人不同，故拉出"前修"来——"何以慰吾怀，赖古多此贤"（《咏贫士七首》其二），"谁云固穷难，邈哉此前修"（《咏贫士七首》其七）。

"古诗十九首"有云：

> 人生天地间，忽如远行客。
>
> （《青青陵上柏》）

天，先天；始，无始。

人的一生往往是事情未来前，胡思乱想；既来了，乱七八糟；已过了，悠悠忽忽。人生活最好不想。不想，一种是醉生梦死，行尸走肉，此为吾所不取；一种是拼命工作，而忘掉生活。

哲学家是生活中的艺术家，哲人最爱而且最喜欢解决生死问题。佛说吾辈凡人沉沦在生死海中。所谓解决生死、了生死（了，有二解：一是明

---

① 颜延之（384—456）：字延年，琅琊临沂（今属山东）人。南朝宋诗人，与谢灵运并称"颜谢"。因官封金紫光禄大夫，世称颜光禄。著有《颜光禄集》。

② 徵士：指不接受朝廷徵辟的隐士。

白,一是解决),宗教是解决生死,吾辈不能,只有沉沦其中。

"人生天地间,忽如远行客。"这是诗人中的哲人。哲人观察人生的结果——"忽如远行客"。西洋有人说,在我活时没有死,在我死时没有活,不用怕。孔子说"未知生焉知死"(《论语·先进》),在未死之前,是"如远行客";走不动躺下了,完了。但没有到家呀!宗教讲的是到家,吾辈凡人不讲到家,只有走。如山中结伴旅客,遇瘴气,越走伴越少,但你不能管,只有走。人生没有完成,没有成熟,活到百岁若不死还有长进。到死为止,可并不是到死会成熟。

初以为中国人太不文学;后以为不哲学,也不然;今又以为不科学。对了,中国人不严肃,不科学。一个人吃东西、读书、做事,都不要弄得疲乏伤力,这不但妨碍人身体健康,而且也减少兴趣。

"忽如远行客",理想是家,虽到不了,然而永远在追求,无论在全人类或个人都是如此。

> 人生如归云,空行杂徐疾。
> 薄暮俱到山,各不见踪迹。
>
> (陈简斋《晚晴》)

此四句用客观说明,而思想偏于消极,为什么说"如归云"不说"出山云"? 没有"古诗十九首"有力。人生只有走,没有到家。

"人生天地间,忽如远行客",是说明,是批评;是文学的,也是科学的,如化学之分析,还有是非喜怒之可言吗?[①] 所以,有时哲人也和科学家一样,破坏完整而割裂分析之,只是表现说明一个"真"。水是 H_2O,这与你赞成不赞成、喜欢不喜欢没关系,它就是这样。

---

① 叶嘉莹此处有按语:此数句指"人生天地间,忽如远行客",仍有感情。

第四节

陶诗与酒

　　天地间一切事物有创作,没有照抄;有重生(复活),没有重现。新灵魂、旧躯壳,或旧灵魂、新躯壳,乃重生,而再现一切都是旧的。狗拿耗子固然多管闲事,但必由于猫不管事。

　　"王孙游兮不归,春草生兮萋萋",楚辞《招隐士》中句;"终朝采绿,不盈一匊","三百篇"《小雅·采绿》中句。"采绿何曾盈一掬,王孙归去已无家",此为现代诗人覃寿堃(字孝方)①之诗句,覃之诗用典盖讽"五四"。

　　作诗文用典,有正用,有反用。有的用典只成为一种符号,一为炫学,一为文陋(掩饰自己的浅陋),炫学不免文陋。人不读书是可怜;读书太多书作怪,也可怕。

　　余作诗偶用一特殊字句便害怕,以为古人没这样用过。余近作绝句:

　　　　从古有生多草率,当春无日不风沙。
　　　　东陵自是真奇士,种得青门五色瓜。②

　　"东陵"即秦东陵侯邵平,"青门"乃汉长安城东门。秦亡后,邵平为布衣,种瓜于长安城东。(事见《史记·萧相国世家》。)渊明《饮酒二十首》其

---

　　① 覃寿堃(1878—1959):字孝方,清朝进士,曾任北洋政府教育部秘书、参事,1917年任河南教育厅厅长。1921年调任山东教育厅厅长,1922年4月去职。

　　② 此诗为《绝句四首》其一(1947),见《顾随全集》卷一,石家庄:河北教育出版社,2014年第1版,第468页。

一有:"邵生瓜田中,宁似东陵时。"余以前用典好反用。近来余之用典正用而用出新的意思来了——即使种瓜也好,但不草率,也不怕风沙,虽由侯爷降为平民也不怕。

余又近作绝句:

> 几日先生未出门,芳草萋萋没旧痕。
> 但得夕阳无限好,何须惆怅近黄昏。①

"芳草萋萋"亦用楚辞《招隐士》之典,"夕阳""黄昏"则用李商隐②《登乐游原》"夕阳无限好,只是近黄昏"之典。夕阳之美时间虽然短,不是还好吗?难道因近黄昏就不好了么?

不但近世人,人生支离破碎,因循苟且,自古而然。偷生苟活,十个有九个如此。然生命是宝贵的,而又这样短促,偷生苟活是敷衍。人最不可敷衍自己,敷衍人还可以,老敷衍自己就要完。不偷生苟且,先从不敷衍自己入手。有几个人不草率,无论胸襟、作为都光明磊落?不草率,光明磊落,这样人世才不荒凉寂寞。

人对失败所取态度应如诸葛武侯,"鞠躬尽瘁,死而后已"(《后出师表》),而在中国能如此者甚少。还有一种就是失败了否定外物,吃不着葡萄说酸。再有一种就是否定自我,否定外物亦不易,于是自己打自己,如阿Q。否定外物,外物现在,越得不到越觉好,又加一层失败。否定自己根本抹杀,倒也是清源正本之法,但活着不是死么?又不能麻木,所以否定自我也得不到成功。于是再假借外物,《赤壁赋》所谓"唯江上之清风与山间之明月,耳得之而为声,目遇之而成色,取之无尽,用之不竭"。但这还不成,

---

① 此诗当为《绝句四首》其二(1947),见《顾随全集》卷一,石家庄:河北教育出版社,2014年第1版,第468页。顾随课堂所讲盖为草稿,修改后曾寄致周汝昌,首句为"溪流活活出新源"。

② 李商隐(812—858):字义山,号玉谿生,又号樊南生,祖籍怀州河内(今河南沁阳),生于郑州(今属河南)。唐朝诗人,与杜牧合称"小李杜",与温庭筠合称"温李",著有《玉谿生诗集》。

你住在江上吗？你住在山间吗？打鱼的住在江上了，而未必能欣赏清风；砍柴的住在山里了，而未必能欣赏明月。要欣赏还要有那种欣赏心情。这也不易做到，于是需要麻醉。富贵寿考、吉祥如意，此盖皆为理想，不能得到。理想不能成为事实，这是失败，于是需要麻醉，即使不能无我，至少可忘我。所以古今中外诗人都爱酒。

法国恶魔派诗人波特来尔（Baudelaire）有散文诗——《你醉吧》[①]：

> 永远地陶醉吧，
>
> 这就是一切，
>
> 永远而唯一的一切。
>
> 为了不去感到时间那可怕的沉重
>
> ——它折断了您的肩膀
>
> 　　并把您向地下弯曲。
>
> 您应该没有幻想地去陶醉。
>
> 醉于何物？
>
> ——美酒、诗歌，
>
> 　　还是德性，
>
> 　　随您便，但是——
>
> 　　快陶醉吧！
>
> 如果有时在宫殿的石阶下，
>
> 在沟壑的草丛中，
>
> 在您房间呆滞的孤独里，
>
> 醉意减弱或消失了，
>
> ——您醒了过来……

---

① 《你醉吧》，盖用亚丁的译文。

那么请您去问问，
　　问风、问浪；
　　问星、问鸟、问钟表；
　　问所有在逃遁、呻吟的；
　　问所有在滚动、歌唱的；
　　问所有在高谈、鸣叫的：
　　——"什么时辰了？"

那么，风、浪、星、鸟、钟
　　便回答您说：
　　"是陶醉的时间了！
　　"为了不做时间的
　　愚昧糊涂的奴隶，
　　快陶醉吧！
　　永远地陶醉吧！
　　"醉于美酒？醉于诗歌？还是醉于道德？
　　随您便，
　　但是请您快陶醉吧。"

　　忘掉世间一切，甚至忘了自己本身，这就是醉。醉的方法有很多，文学、艺术、宗教、道德、事业，但这也非人人可能，其简而易举、雅俗共赏者唯有酒，连野蛮民族都有酒。

　　诗人多好饮酒。何也？其意多不在酒。

　　陶诗篇篇说酒，然其意岂在酒？凡抱有寂寞心的人皆好酒。世上无可恋念，皆不合心，不能上眼，故逃之于酒。

　　陶诗《饮酒二十首》第一首：

> 忽与一觞酒，日夕欢相持。

这就是有寂寞心的人对酒的一点欢喜。这样看，陶渊明虽为儒家，然亦不免此。如此，更可明其"寄酒为迹"①之意。寄酒为迹，迹在外，内——真，外——迹。

"一艺成名"，若是为了生活，这没有什么了不得。

庄子言：技也，近乎道矣。②

如王羲之③写字，一肚子牢骚不平之气（失败的悲哀），都集中在字上了；八大山人④的画亦然。在别的方面都失败了，然而在这方面得到极大成功。假如分析其心理，这就是一种"报复"心理。在哲学、伦理学上讲，报复不见得好；但若善于利用，则不但可"一艺成名"，甚且"近乎道矣"。

天下最厉害之事莫过于报复。"怨毒之于人，甚矣哉！"（司马迁《史记·伍子胥列传》）"怨"可矣，而曰"怨毒"。对人世取报复态度可造成多种人：一种如张献忠，在四川杀人也是报复，幼年曾在此受辱；然而也可能造就王右军、八大山人、太史公。

右军一生苦痛得很，他思想、见解都好，作有《誓墓文》，辞官不作时誓祖墓曰：若真为官，祖宗不以为子孙。⑤他事业失败了，而写字成功了。世上一切给人掣肘、破坏，而这方面你们无从掣肘、无从破坏。不用说学右军

---

① 萧统《陶渊明集序》："有疑陶渊明诗篇篇有酒。吾观其意不在酒，亦寄酒为迹者也。"
② "技近乎道"，庄子无是说，疑为依据《庄子》有关技、道言论提炼而得。《庄子·养生主》有言："道也，进乎技矣。"《庄子·天地》有言："故通于天者，道也；顺于地者，德也；行于万物者，义也；上治人者，事也；能有所艺者，技也。技兼于事，事兼于义，义兼于德，德兼于道，道兼于天。"
③ 王羲之（303—361）：字逸少，琅琊临沂（今属山东）人。东晋书法家，后世尊为"书圣"。因曾为会稽内史，领右将军，世称王会稽、王右军。
④ 八大山人（1626？—1705）：即朱耷，明宗室后裔，明亡后一度为僧，清初画坛"四僧"之一。八大山人为其晚年所用之号，寓意深刻。盖其于画作署名时，常把"八大"和"山人"竖着连写，前二字连写似"哭"字，又似"笑"字，而后二字连写则似"之"字，合之则为"哭之笑之"，即哭笑不得之意。
⑤ 王羲之《誓墓文》："自今之后，敢渝此心，贪冒苟进，是有无尊之心而不子也。子而不子，天地所不覆载，名教所不得容。信誓之诚，有如皦日！"

学不好,你没有他那种愤慨。

太史公《史记》也是个"迹"。一肚皮愤恨,不但苦痛悲哀,简直是仇恨。如写汉高祖,真是草头皇帝,几如子贡所说"纣之不善,不如是之甚也"(《论语·子张》)。好文章其实也没什么了不得,只是说出点真格的来。以《史记》之失"真",而在艺术上得到极大成功。

曹孟德若事业失败,其诗一定更成功。①

陶渊明诗中之酒,亦"迹"也。而此与寻常怨毒者、报复者不同,即在某一时候得到调和,冲淡了,然而偶然也仍不免圭角锋芒也。

或曰陶诗和平,犹不足信。

陶渊明心中有许多不平事,所差的是自己不愿把自己气死。人不生气除是橡皮人、木头人,而诗人是有血有肉而且感觉最锐敏的人,与一般俗人往来何能不生气?而又不甘于为俗人气死,所以喝酒、赋诗。其和平之作不是和平,而是悲哀;至于慷慨之作,则根本非和平,如其《咏荆轲》:

> 燕丹善养士,志在报强嬴。
> 招集百夫良,岁暮得荆卿。
> 君子死知己,提剑出燕京。
> 素骥鸣广陌,慷慨送我行。
> 雄发指危冠,猛气冲长缨。
> 饮饯易水上,四座列群英。
> 渐离击悲筑,宋意唱高声。
> 萧萧哀风逝,澹澹寒波生。
> 商音更流涕,羽奏壮士惊。
> 心知去不归,且有后世名。
> 登车何时顾,飞盖入秦庭。

---

① 叶嘉莹此处有按语:我也如此想。

>凌厉越万里,逶迤过千城。
>图穷事自至,豪主正怔营。
>惜哉剑术疏,奇功遂不成。
>其人虽已没,千载有余情。

朱子曰:"陶渊明诗,人皆说是平淡,据某看他自豪放,但豪放得来不觉耳。"(《朱子语类》卷一百四十)所以有人说,心气不平和时读陶诗,更不平和。

《饮酒二十首》小序云:

>余闲居寡欢,兼比夜已长,偶有名酒,无夕不饮。顾影独尽,忽焉复醉。既醉之后,辄题数句自娱,纸墨遂多,辞无诠次。聊命故人书之,以为欢笑尔。

陶渊明之散文为魏文帝后第一人。魏晋散文好,如《水经注》《颜氏家训》《世说新语》。陶渊明文品高,不是甜,而有神韵。甜则易俗,甜俗,易为世人所喜。陶渊明文章好,而切忌滑口读过,是玩味的;柳子厚也是玩味的,不宜朗诵。陶公相传作《续搜神记》,其中《桃花源记》一篇,文笔真写得好。此盖珠混鱼目之法。余以为《续搜神记》非陶公作,陶盖不肯作此。零碎见到陶公之散文及诗前小序,瓜熟蒂落,水到渠成,这一点便为人所不及。

"余闲居寡欢",一上来便不调和。陶绝非脾气平和之人,又加"兼比夜已长",这样活不了,只有两条路:不为屈子之沉江,只有逃之于酒。陶之"偶有名酒,无夕不饮",与有酒为仙、无酒学佛不同,"为仙""学佛"那是无主张,与陶毫厘相差,天地悬隔,如曹操之与伊尹①。

---

① 伊尹:伊氏,名挚,尹为官名,商初大臣,辅政安民五十余载,治国有方,世称贤相。

对亡者纪念，提起来是光华灿烂，想起来是伤感凄凉。人都说陶渊明冲澹，自余观之，他亦有其伤感、悲哀、愤慨。抒情诗中不有伤感气氛几不可能，如吃河豚须去毒，但去毒太净就不香了。抒情诗中之伤感盖即如烟、酒、河豚之毒，去之则不美。陶公《饮酒二十首》，除一点哲理外，仍不外伤感、悲哀、愤慨。

"闲居寡欢""比夜已长"，人最怕的是无聊寂寞，此盖一事之两面：工作若为其兴趣所在，如此方可不感到寂寞无聊。陶既不能为生活而奔波，又找不到有兴趣所在之工作；若能有朋友说说还好，但一个人思想愈深、感觉愈敏、情感愈真，愈不易得到一知心之友，这样高人不易得。有某人求余赠言，余问："说假的说真格的？"答："当然说真的。"余曰："你出若不能做一个宋江，就做一个喽啰。"而苦的是一般有思想、有感觉、有性情的人，他既不能跟人跑，也找不到人跟他跑。

从前以为陶必有与常人不同处，但今觉其似与老杜一鼻孔出气。他心中时而是乌鸦的狂噪，时而是小鸟的歌唱；时而松弛，时而紧张。但以之评其诗则不可，他诗还没有这么大差异，只是时而严肃，时而随便；时而高兴，时而颓唐；时而松弛，时而紧张。

对别人诗，有人喜欢，有人不喜欢；有的喜欢，有的不喜欢。而对渊明，没人说不好。他的诗中只能说某几篇最好，但不能说某篇不好。

运生会归尽，终古谓之然。
世间有松乔，于今定何间。
故老赠余酒，乃言饮得仙。
试酌百情远，重觞忽忘天。
天岂去此哉，任真无所先。
云鹤有奇翼，八表须臾还。
自我抱兹独，僶俛四十年。
形骸久已化，心在复何言。

此陶公《连雨独饮》,敢情陶在饮酒时有此种趣味,盖真得酒中趣者。这就是艺术家和哲学家和宗教家不同处。

我们的苦恼皆从尘俗中得来,而饮酒可摆脱——"天岂去此哉,任真无所先。"("哉",或本作"幾"。此二句不好解。)老杜写高了兴,有时来一句,什么也不是,可是是老杜。陶似不应有此种句。陶举重若轻;老杜倒能举重,而不能若轻;白乐天不能举重,脸红脖粗真泄气。(白乐天写诗讨懒,老杜便不然。)若老杜写"饮得仙",则"字向纸上皆轩昂"(韩愈《卢郎中云夫寄示送盘谷子诗两章歌以和之》)。

余虽说为人生而艺术,但当创作、欣赏到极得意处,便忘了人生,只想它是文艺不是?是美不是?中国人说文人"玩物丧志"(《尚书·旅獒》),而西洋说文人"不道德"。有人说这不对,是"无道德"。无道德是零(0),不道德是负(一),二者不同。这纵不是强辩,也是诡辩,如此岂非说文学与道德不相干?(但尚不敢如此说。)酒不见得是好,但要喝就喝出个味儿;人生不见得都是好的,但既生活就要观察、就要尝出个滋味来。此与宗教家、科学家之要消灭世界上某种事物不同。

客观去看,文学不但允许一部分罪恶存在,而且还要去观察、欣赏、享受它。"月黑杀人地,风高放火天"[①],比那无聊文人饮酒看花还不道德,它之存在,便因其得到其中意、味、趣。"月黑杀人地""饮中仙",宗教不承认,而文学承认。

笑可以解纷。笑是松懈,不严肃,不紧张。严肃纵不完全紧张,也是一部分紧张。

[①] 此二句盖见于元代鞞然子《栩掌录》,字句略有出入:"欧阳公与人行令,各作诗两句,须犯徒以上罪者。一云:'持刀哄寡妇,下海劫人船。'一云:'月黑杀人夜,风高放火天。'"

第五节

陶诗之平淡

陶诗比之杜诗总显得平淡了,如泉水与浓酒。浓酒刺激虽大,而一会儿就完,反不如水之味永。陶诗若比之曹诗是平凡多了,但平凡中有其神秘。

陶诗"譬如食蜜,中边皆甜"(《四十二章经》),之所以"中边皆甜",即因平淡而有韵味,平凡而又神秘。一切韵味皆从平淡中来。曹、杜诗其中有句,纵不致摇头亦不能点头,漠然而已。

平淡而有韵味,平凡而又神秘,此盖为文学最高境界。陶诗盖作到此地步了。

激昂慷慨,深刻了,好吧?激昂慷慨恐怕还是"客气"(孟子所谓"浩然之气"盖"主气"),如啤酒、汽水之冒沫。人日日在空气中,而从不感觉其存在,它"冒沫"吗?不。鱼生于水,而人游泳纵好亦是"客气",客气不能持久。

热烈,深刻了,不得了吧?而这也不可靠,至少是反常。常、非常、反常,三者中后二者往往相近为一。无论多么非常、反常的,总有个"常"在;而且非常、反常不可为法。热烈是非常,到某种时间、某种场合、对某事物热烈。

热烈是一种消耗,这种情感平常禁不起,盖亦不能持久。至于深刻,我们顶爱讥笑人浮浅、不深刻,其实自己想一想,这种深刻也是不正常的。在困苦、艰难、变乱、压迫甚至摧残之下,这人才能深刻,就如同山上的树。

平地之树木与山间之松柏,人谓山间畸形之松曰"奇古",曰"偃盖"①,其实因平地之树木得地利,根直下故枝亦直上;山中树木根不得直下,故枝亦不能正常发育,且因山风劲烈之摧折,故形成此非常之形。知此为不自然,即知文人之深刻亦为不自然也,是受了摧残压迫。②

英雄造时势,时势造英雄。其实造时势是英雄,英雄亦还为时势所造。一切热烈、深刻之人亦皆为时势所造。曹公太伟大了,杜工部亦然。李义山诗美,黄山谷诗苦。在我们读山谷诗时,总觉与之不相近。

陶公没受过摧残压迫吗?也受过。而读起来总觉得不如曹、杜之热烈、深刻。此为先天抑人力修养?盖二者兼而有之。

> 采菊东篱下,悠然见南山。
> 　　　　　　（《饮酒二十首》其五）

千古名句,也是千古的谜。究为何意,无人懂。悠然的是什么?若作见鸡说鸡、见狗说狗,岂非小儿?更非渊明。"采菊东篱下,悠然见南山",可以说是把小我没入大自然之内了,是与大自然合而为一了。人或以为此句乃抬头而见南山就写出来,其实绝不然,绝非偶然兴到、机缘凑泊之作。人与南山平时已物我两忘,精神融洽,有平时酝酿的功夫,适于此时一发之耳。素日已得其神理,偶然一发,此盖其酝酿之功也。

人着急是没用的,着急对事实盖没有多大帮助。我们把事情看得平淡一点,这并不是残忍。要说残忍,还有比天地更残忍的么?而人以为是平常。什么是平常?看惯了就平常。如刽子手杀人亦然。少所见,多所怪——见骆驼云马肿背。把事情该看得平淡一点,自然一点,一切不得不

---

① 杜甫《题李尊师松树障子歌》:"阴崖却承霜雪干,偃盖反走虬龙形。老夫平生好奇古,对此兴与精灵聚。"《艺文类聚》卷八八《抱朴子》:"天陵偃盖之松,太谷倒生之柏,皆为天齐其长,地等其久。"唐段成式《酉阳杂俎》卷十八《木篇》:"松命根下遇石则偃盖,不必千年也。"

② 叶嘉莹此处有按语:慨乎言之。

然之事亦皆自然而然,在环境条件下也就自然而然如此了。

我们伤感悲哀,是因我们看到其不得不然,而不知其即自然而然。知其为不得不然,但并非麻木懈怠,不严肃,而是我们的感情经过理智的整理了。陶盖能把不得不然看成为自然而然。①

古今哲人会批评生活,了解生活,认识生活,但这种人在世上对生活是一个旁观者,不能深入生活核心,是一个最不会生活的人。这一点文学家、艺术家亦然。这样说对之并非轻视。一个哲学家往往是诗人,此等人无论在何种社会状况下总归是有闲阶级。而真正活在生活的核心的人是无闲的。

人世一切学问皆从看、见得来,尤其是见(见解、真知灼见)。禅宗好问"你见了什么","看"是第一步,"见"是观察的结果、观察的所得。"尽信书,则不如无书"(《孟子·尽心下》)。哲学家也许看到生活核心,然绝未生活到生活的核心。一个哲人、诗人,至少在他创作时是旁观者,也许当他未创作前是一个活在生活核心者,但到他写时,便已撤出到人生阵线之外了。

观察人生、批评人生("批评"不如改为"说明"),批评是有是非善恶之见。而中国诗没有,不但无善恶,且无喜乐,这是顶好的修养,也许是中国的中庸吧。所以中国士大夫阶级都会这一手(涵养,十年读书,十年养气②),不过涵养结果成橡皮国民了,如阿Q然。但那是流弊。应该不是无是非、无善恶之见,是不生是非善恶之见;不是无喜怒哀乐之情,是不发喜怒哀乐之情。

"喜怒哀乐之未发,谓之中;发而皆中节,谓之和。"(《中庸》一章)喜怒

---

① 叶嘉莹此处有按语:此语亦极为深入有得。
② 《晨报副刊》1926年2月1日发表李四光致该报主编徐志摩的书信,反驳鲁迅所言其任京师图书馆副馆长月薪五百元一事,信末写道:"我听说鲁迅先生是当代比较有希望的文士。中国的文人,向来有作'捕风捉影之谈'的习惯,并不奇怪。所以他一再笑骂,我都能忍受。不答一个字。暗中希望有一天他自己查清事实,知道天下人不尽像鲁迅先生的镜子里照出来的模样。到那个时候,也许这个小小的动机,可以促鲁迅先生作十年读书,十年养气的工夫。也许中国因此可以产生一个真正的文士。"

>>> "采菊东篱下,悠然见南山",千古名句,也是千古的谜。可以说是把小我没入大自然之内了,是与大自然合而为一了。图为明朝王世昌《归去来辞》。

哀乐发就完了吗?不,那不是艺术。鲁迅先生说:"世上如果还有真要活下去的人们,就先该敢说,敢笑,敢哭,敢怒,敢骂,敢打!"(《华盖集·忽然想到(五)》)那是近代思想。他不是不懂中庸,懂得很深而反说,他有他的意思。人做到"和"已不易,而中国人所谓"道"、所谓"圣"是"未发谓之中",既能"中",那么"发"之自然"和"。鲁迅说"敢说,敢笑,敢哭,敢怒,敢骂,敢打",可没说乱说、乱笑、乱哭、乱怒、乱骂、乱打呀!

诗人感情要热烈,感觉要锐敏,此乃余前数年思想,因情不热,感不敏则成常人矣。近日则觉得除此之外,诗人尚应有"诗心"。"诗心"二字含义甚宽,如科学家之谓宇宙,佛家之谓道。有诗心亦有二条件,一要恬静(恬静与热烈非二事,尽管热烈,同时也尽管恬静),一要宽裕。这样写出作品才能活泼泼的。感觉锐敏固能使诗心活泼泼的,而又必须恬静宽裕才能"心"转"物"成诗。一方面说活泼泼的,一方面说恬静,而二者非二事。若但为恬静宽裕而不活泼,则成为死人,麻木不仁,必须二者打成一片。

老杜诗好而有的躁,毛躁得很,即因感觉太锐敏(不让蚊子踢一脚)。陶渊明则不然。二人皆写贫病,杜写得热烈锐敏,陶则恬静中热烈,如其《拟古九首》其三:

> 仲春遘时雨,始雷发东隅。
> 众蛰各潜骇,草木纵横舒。
> 翩翩新来燕,双双入我庐。
> 先巢固尚在,相将还旧居。
> 自从分别来,门庭日荒芜。
> 我心固匪石,君情定如何。

陶渊明房子被火焚,再建成,燕子复来。欢喜与凄凉并成一个,在此心境中写出的诗。陶写诗总不失其平衡,恬静中极热烈。末二句"我心固匪石,君情定如何",与燕子谈心,凄凉已极而不失其恬静者,即因音节关系。音节与诗之情绪甚相关。陶诗音节和平中正,老杜绝不成。至如"暗飞萤自照,水宿鸟相呼"(《倦夜》)二句,乃杜诗中最好的,不多见,虽不能说老杜诗之神品,而亦为极精致者。若心躁不但不能"神",连"精"都做不到。

或谓陶渊明乃隐逸诗人。① 此不足以尽括渊明。余所见渊明是积极的、进取的,如其《咏荆轲》之"雄发指危冠,猛气冲长缨";"凌厉越万里,逶迤过千城";"其人虽已没,千载有余情"。枝节固非全体,而不能说枝节不属全体。

或曰陶渊明诗冲澹、恬澹(冲,和;恬,安静),恬澹偏于消极,而陶是积极的。如其《荣木》末章云:

先师遗训,余岂云坠!
四十无闻,斯不足畏。
脂我名车,策我名骥;
千里虽遥,孰敢不至!

其《荣木·自序》又云:

荣木,念将老也。日月推迁,已复九夏;总角闻道,白首无成。

故陶诗之冲澹,其白如日光七色,合而为白,简单而神秘。

中国真是一个神秘的民族,神秘到自己不知其神秘了。说中国人爱和平,而中国的内战最多。神秘!

中国文学是简单而又神秘,然所谓简单非浅薄,所谓神秘非艰深。中国文学对"神秘"二字是"日用而不知"(《易传·系辞传》),而又非"习矣而不察焉"(《孟子·尽心上》),"习矣而不察"是根本不明白。吾人所追求者为刀之刃、锥之颖,略差即非。

---

① 钟嵘《诗品》卷中:"每观其文,想其人德。世叹其质直。至如'懽言醉春酒'、'日暮天无云',风华清靡,岂直为田家语邪? 古今隐逸诗人之宗也。"

第六节

饮酒二十首

陶公《饮酒二十首》,第一首"衰荣无定在",为二十首之总起,述饮酒之故:

> 衰荣无定在,彼此更共之。
> 邵生瓜田中,宁似东陵时。
> 寒暑有代谢,人道每如兹。
> 达人解其会,逝将不复疑。
> 忽与一觞酒,日夕欢相持。

其意若叹:世事多变化,不若酒中之有真味也。人世无常(此"常"与前所云之"常"[平常]不同,此"常"是永恒),除哲学、文学、艺术外,在人世中最易得到的是酒,虽不见得从中能得到永恒,而至少可忘掉无常。

诗必使空想与实际合二为一,否则不会亲切有味。故幻想必要使之与经验合二为一。经验若能成为智慧则益佳。陶诗耐看耐读,即能将经验变为智慧。

老杜诗嗡嗡地响,陶则不然。陶诗如铁炼钢,真是智慧,似不使力而颠扑不破。陶集中不好者少,如其"衰荣无定在,彼此更共之。邵生瓜田中,宁似东陵时",好!

英唯美派诗人沃尔特·佩特(W. Pater)说喜欢碧玉般燃烧着的火焰,

虽燃烧而是沉静的。① 老杜是大块的煤,而尚嫌句法有点作态、拿捏,山东人叫做"做势"。西洋总使点劲,中国似自然而然。陶渊明更自然,陶诗尚朴,更自然,毫无作态。"衰荣无定在,彼此更共之"是说理,是散文,而写成诗了。深刻、严肃,而表现得自在。

陶渊明真好,而其好处尚不在乎此。

《饮酒二十首》第一首言"衰荣",第二首言"善恶":

> 积善云有报,夷叔在西山。
> 善恶苟不应,何事空立言。
> 九十行带索,饥寒况当年。
> 不赖固穷节,百世当谁传。

"积善云有报","善恶苟不应,何事空立言"。《易传》有云:"积善之家必有余庆,积不善之家必有余殃。"(《文言传》)《书经》有云:"谦受益,满招损。"(《大禹谟》)为世人说法,不得不有"报",儒、佛皆然,耶教天堂、地狱亦然。无论哲学、宗教皆讲"报",而在世法,有时证明"报"是不可靠的,因善有时恶报,恶有时善报。"善有善报,恶有恶报",这不可能,就不可靠,就不可信。但难道因此就不做好人吗?还要做。无所为(去声)而为(平声),这是最高的境界,但也就是最苦的境界。人吃苦希望甜来,但甜不一定来,而且还一定不来;但还要吃苦,这便是热烈、深刻。但陶写来还是平淡。无论多饿,无论遇见多爱吃的东西,也还要一口口慢慢吃;人说话、作文也还要一句句慢慢说,不必激昂慷慨说,不也可以说出来吗?

---

① 沃尔特·佩特(1839—1894):英国文学家、文艺批评家,19世纪唯美主义代表人物,倡导"为艺术而艺术",著有哲理小说《享乐主义者马利乌斯》、文艺批评论文集《文艺复兴:艺术与诗的研究》。在作为唯美主义宣言的《文艺复兴:艺术与诗的研究》一书结论部分,佩特写道:"我们生命中真实的东西,经过精炼,成为闪闪发光的磷火……这种强烈的、宝石般的火焰一直燃烧着,能保持这种心醉神迷的状态,这是人生的成功。"

伯夷、叔齐①,该说夷、齐,而陶诗说"夷叔","夷叔在西山",没关系。"不赖固穷节,百世当谁传","君子固穷"(《论语·卫灵公》),"固"即"素贫贱"之"素",就是为吃苦而吃苦。

"道",用此字者甚多,往平实说,实即生活下去之态度与方法,此即道。(漫天要价,就地还钱,商人之道。)

《饮酒二十首》之第三首:

> 道丧向千载,人人惜其情。
> 有酒不肯饮,但顾世间名。
> 所以贵我身,岂不在一生。
> 一生复能几,倏如流电惊。
> 鼎鼎百年内,持此欲何成。

首句首字"道"紧接前首之"固穷节",此"固穷节"盖即其"道"。"向千载","向",近也。"道丧向千载,人人惜其情","惜其情",旧注:"惜情以为别用,不用之于道也。"②余以为此注不甚佳,但另外又无更佳之讲法。"有酒不肯饮,但顾世间名",道,在我;名,在人。而古今人多舍其在我而求其在人。衣求舒适,而人穿衣求别人看。"鼎鼎百年内,持此欲何成",此指"不饮酒"而"顾名",即不求其在我而求其在人。现在唱戏老求别人叫好,所以演不好。西洋某剧家说自己演戏不要管观众那些傻子。凡舍其在我而求其在人,无一可靠。

《饮酒二十首》之第四首:

---

① 伯夷、叔齐(生卒年不详),商末孤竹君二子。兄弟二人让国以逃,武王灭商后,义不食周粟,采薇而食,饿死于首阳山。《论语·公冶长》:"伯夷叔齐不念旧恶,怨是用希。"邢昺疏引《春秋少阳篇》:"伯夷姓墨,名允,字公信。伯,长也;夷,谥。叔齐名智,字公达,伯夷之弟,齐亦谥也。"

② 明黄文焕《陶诗析义》卷三:"'惜'字搜出瘦根,留情以为别用,故不复用之于道。"

> 栖栖失群鸟，日暮犹独飞。
> 徘徊无定止，夜夜声转悲。
> 厉响思清远，去来何依依。
> 因值孤生松，敛翮遥来归。
> 劲风无荣木，此荫独不衰。
> 托身已得所，千载不相违。

"去来何依依"之"何依依"，一作"何所依"，亦通。一个人理想太高或生活不得意，总觉得自己是孤独寂寞，得不到帮助同情。帮助同情盖亦人之所为万物之灵，碰也许碰着，但不可去找，可遇而不可求；自己来则可，去找别人则不可。其实天地间成功、失败、帮助、同情，可把它看淡一点，都是可遇而不可求。理想最高的人，没人跟他抱同一理想，他走的路须人伴他一同走。如走高山，越来伴儿越少，回头看看，没人，孤单。孤单是当然，爬一个山看看人就少一点，最后也许只剩一个人了。陶比之于"失群鸟"，盖亦有此感。要高要远，当然要认真努力，自然不肯休息，也不想休息，但人心得有所寄托。人最可怕是无聊，但什么是无聊？即精神得不到寄托时。某人说，世界上有一人爱我，我就能活下去；反之若能爱人亦可。如既无人爱又不爱人，便失去生活勇气。（如寡妇守其独子，失去便不能生存。）我们信仰宗教，也是找寄托；求吃饱饭，也是寄托；张献忠杀人，也是寄托。中国人好打牌，有一个人很有希望，但后来什么都不干，只打牌，便因其失去寄托。

陶诗中说此"失群鸟"，"因值孤生松，敛翮遥来归"。松在中国是清高象征[①]，故"敛翮遥来归"。"劲风无荣木，此荫独不衰"，"荫"，不是枝叶，但因叶而有。"荫不衰"，松不为环境所屈服。鸟象征人，松是其寄托。"衰荣"不可靠，"善恶"没有报，所寄托者"固穷"。（若真正"固穷"，该连酒也不要。）西洋人说要想打破无聊，只有努力去工作。这比"积善之家必有余庆，

---

① 叶嘉莹此处有按语：不只清高且劲直。

积不善之家必有余殃"数句更可靠一点,真实性更大。然此事说起容易,做起很艰难,想起也很可怕。工作,有几人在真正努力工作?工作,想起来真可怕,什么时候算完——"死而后已"。那么,人生是罚下吃苦力来了?但圣贤通人情,陶亦然。"日暮犹独飞""因值孤生松""托身已得所",很平常,而可爱、可敬亦因此故。好逸而恶劳,人之情也,但破除无聊还只有去工作,所以工作和休息有连带关系。

余自谓如盲人引路,可别人不知瞎子苦痛,还要向瞎子问路。而瞎子虽不识路,但还要走下去。余日常读书写字,也无从说起,真没的可说。人工作,努力到要疲劳为止,或疲劳为止,无论练字、读书皆然。一天写两千字,练得筋疲力尽,三天就停止,完了,还不如一天只写二十字,还没尽兴,明儿再说吧。人工作不要把自己弄得厌烦了,疲倦了。勉强,值得恭敬,而且有时也该勉强;但勉强不是正常,是反常。虽然有时也要抻一抻自己的劲。

陶之"固穷"是勉强。[①] 知命,安命,不是消极,是积极的,而此积极是艺术的、科学的,心不别落。这话不是没出息。

好逸恶劳,我们要在其中斟酌出一个劳逸相当的路子来,这是哲学,也是科学。陶渊明讲"固穷",讲"躬耕",这是劳;但也要休息,什么是休息——酒。人也并不反对休息。

《饮酒二十首》之第五首:

> 结庐在人境,而无车马喧。
> 问君何能尔,心远地自偏。
> 采菊东篱下,悠然见南山。
> 山气日夕佳,飞鸟相与还。
> 此中有真意,欲辨已忘言。

[①] 叶嘉莹此处有按语:此语得加解释。

《饮酒二十首》之第六首:

> 行止千万端,谁知非与是。
> 是非苟相形,雷同共誉毁。
> 三季多此事,达士似不尔。
> 咄咄俗中愚,且当从黄绮。

"雷同共誉毁",言一誉之则众誉之,一毁之则众毁之,以耳为目,是非无定也。"咄咄俗中愚,且当从黄绮","黄绮",黄石公、绮里季,古隐士。

《饮酒二十首》之第七首:

> 秋菊有佳色,裛露掇其英。
> 泛此忘忧物,远我遗世情。
> 一觞虽独进,杯尽壶自倾。
> 日入群动息,归鸟趋林鸣。
> 啸傲东轩下,聊复得此生。

"秋菊有佳色,裛露掇其英","掇",采也;"泛此忘忧物","泛",浮也;"啸傲东轩下,聊复得此生","得",失之反,丧之反;"得此生",保生。

《饮酒二十首》之第八首:

> 青松在东园,众草没其姿。
> 凝霜殄异类,卓然见高枝。
> 连林人不觉,独树众乃奇。
> 提壶挂寒柯,远望时复为。
> 吾生梦幻间,何事绁尘羁。

"凝霜殄异类","殄",灭。"吾生梦幻间,何事继尘羁","继""緤"同,系也。

《饮酒二十首》之第九首:

> 清晨闻叩门,倒裳往自开。
> 问子为谁欤,田父有好怀。
> 壶浆远见候,疑我与时乖。
> 褴缕茅檐下,未足为高栖。
> 一世皆尚同,愿君汩其泥。
> 深感父老言,禀气寡所谐。
> 纡辔诚可学,违己讵非迷。
> 且共欢此饮,吾驾不可回。

写田父来访。"褴缕茅檐下,未足为高栖。一世皆尚同,愿君汩其泥",乃设为田父相劝之辞。"深感父老言,禀气寡所谐。纡辔诚可学,违己讵非迷。且共欢此饮,吾驾不可回",乃陶公答辞。"禀气",犹言禀性。"谐",和、同。余以为同学吸收力强而思索力弱。对上下四旁都要想到。陶公"禀气寡所谐",我们也这样成吗?不成。"纡辔诚可学"之"纡辔",犹孟子所谓"诡遇"(《孟子·滕文公下》)①,屈己以从人之意。舍己为人是牺牲,屈己从人是世俗,二者不同。世间多为后者,而前者少。"违己讵非迷"之"迷",惑也。

陶有的诗其"崛"不下于老杜,如其"且共欢此饮,吾驾不可回"。然此仍为平凡之伟大,念来有劲。常人多仅了解"悠然见南山",非真了解。

《论语》子曰:"富而可求也,虽执鞭之士,吾亦为之;如不可求,从吾所

---

① 《孟子·滕文公下》御者王良谓赵简子之言曰:"吾为之范我驰驱,终日不获一;为之诡遇,一朝而获十。《诗》云:'不失其驰,舍矢如破。'我不贯与小人乘,请辞。"诡遇,不按规矩射猎禽兽,喻指不以正道猎取名利。

好。"(《述而》)杨恽《报孙会宗书》:"人生行乐耳,须富贵何时?"杨恽与孔子"从吾所好"不同,孔子有吃苦忍辱,杨恽只是放纵。而陶渊明真是儒家精神,比韩愈、杜甫通。陶渊明圆通冲澹,而所说仍不及孔子缓和。陶究竟是诗人,孔子"从吾所好"是伟大哲人之诗人态度。

《饮酒二十首》之第十首:

> 在昔曾远游,直至东海隅。
> 道路迥且长,风波阻中涂。
> 此行谁使然,似为饥所驱。
> 倾身营一饱,少许便有余。
> 恐此非名计,息驾归闲居。

此为譬说。譬说深入(思想)浅出(表现),经济。陶曾为刘牢之[①]参军。"倾身营一饱,少许便有余"之"倾身",犹言尽力。[②] "恐此非名计","名计"之"名",即"名言"之"名"。

《饮酒二十首》之第十一首:

> 颜生称为仁,荣公言有道。
> 屡空不获年,长饥至于老。
> 虽留身后名,一生亦枯槁。
> 死去何所知,称心固为好。
> 客养千金躯,临化消其宝。
> 裸葬何足恶,人当解意表。

---

① 刘牢之(?—402):字道坚,彭城(今江苏徐州人)。东晋名将,桓玄掌权时被夺兵权,拜征东将军、会稽太守,后自缢而死。刘牢之"一人而三反",为后世所诟病。
② 叶嘉莹此处有按语:倾身比尽力更有过之。"力",人所有之一部分而已;"身",则人之全体。

"颜生称为仁","称",去声。"客养千金躯","客养",谓不以其道,客者,非主之意。陶诗真沉痛,真严肃,真好。"人当解意表","表",外。人读书、听讲皆当"人当解意表"。俗说要找一年麻烦是盖房,找一天麻烦是请客。讲书如解剖,如化学分析。譬如一鸟,看其飞,听其叫,岂不甚好? 而一解剖之便无活鸟矣。人听讲要把死鸟再听活了。

《饮酒二十首》之第十二首:

> 长公曾一仕,壮节忽失时。
> 杜门不复出,终身与世辞。
> 仲理归大泽,高风始在兹。
> 一往便当已,何为复狐疑。
> 去去当奚道,世俗久相欺。
> 摆落悠悠谈,请从余所之。

汉张挚,字"长公";后汉杨伦,字"仲理"。杨伦讲授大泽中,弟子至千余人。"达则兼善天下,穷则独善其身",前者成人,后者成己。成己然后始能成人,不能成人,便当成己。成己,近于佛之"自利";成人,近于佛之"利他"。是哲学的,也是艺术的。佛是因果的,先后的;儒家则也是因果,但也是相互的。佛必要利他、牺牲,儒则不能成人则成己。陶此诗所表现是儒家精神,而不是宗教精神,不是牺牲。

《饮酒二十首》之第十三首:

> 有客常同止,取舍邈异境。
> 一士长独醉,一夫终年醒。
> 醒醉还相笑,发言各不领。
> 规规一何愚,兀傲差若颖。
> 寄言酣中客,日没烛当秉。

"有客常同止,取舍邈异境",此二句"似诗的散文"(西洋有散文的诗)。平常说写诗写成散文,诗不高,其实还是其散文根本就不高。陶诗为诗中散文最高境界。"发言各不领","领",悟、会、了解。"醒醉还相笑",世间皆然;"发言各不领",这是人生最大悲哀。"规规一何愚,兀傲差若颖","规规",清醒;"兀傲",醉;"差",比较之辞;"颖",特出。以陶渊明之严肃(如诗曰"吾驾不可回"),而有时要做糊涂,应把两者参成一个——小事糊涂,大事不糊涂。天下没有一个人本身没有矛盾的。

平常写诗都是伤感、悲哀、牢骚,若有人能去此伤感、悲哀、牢骚而仍能写成好诗真不容易,如烟中之毒素,提出之后味也便减少了;若仍能成为诗,那是最高的境界。文艺将来要发展成为没有伤感、悲哀、牢骚,而仍能成为好的文学作品。

《饮酒二十首》之第十四首:

> 故人赏我趣,挈壶相与至。
> 班荆坐松下,数斟已复醉。
> 父老杂乱言,觞酌失行次。
> 不觉知有我,安知物为贵。
> 悠悠迷所留,酒中有深味。

"班荆坐松下","班荆",布草。"悠悠迷所留,酒中有深味","迷所留","留",佛所说"住",俗谓之停顿。人之身体、精神必有所"住"。喝酒之后还有所停顿,但仍是"迷所留",的确在天地间而忘掉在天地之间了。这是佛家涅槃、法喜、"禅悦"境界。做人、治事、治学,若不达此境界不会成功。反正要"悠悠迷所留",此中"有深味"才行。不是无所留,不是没味,是有所留,有深味,而不自知。

《饮酒二十首》之第十五首"贫居":

>贫居乏人工,灌木荒余宅。
>班班有翔鸟,寂寂无行迹。
>宇宙一何悠,人生少至百。
>岁月相催逼,鬓边早已白。
>若不委穷达,素抱深可惜。

"贫居乏人工,灌木荒余宅","荒"字真用得好。使用文字大家有同样的方便,而我们看不出是修养不到。陶是瓜熟蒂落,水到渠成。"宇宙一何悠,人生少至百","悠",(1)久,时间;(2)远,空间。此处为"久"意,表示时间。"若不委穷达,素抱深可惜","委",弃。若不能将"穷达"二字抛开,这样活着真可惜。陶公真是多情人,说尽众生烦恼,佛之烦恼。陶能"委穷达",而曰"深可惜",为一般人可惜。[①]士、君子、士大夫、读书人,陶渊明才真当得起。他伤感、悲哀、牢骚,我们允许,因为他是为众生如此,哀众生之痛苦。读陶渊明诗不能只看"采菊东篱下,悠然见南山"一面。

《饮酒二十首》之第十六首:

>少年罕人事,游好在六经。
>行行向不惑,淹留遂无成。
>竟抱固穷节,饥寒饱所更。
>敝庐交悲风,荒草没前庭。
>披褐守长夜,晨鸡不肯鸣。
>孟公不在兹,终以翳吾情。

"少年罕人事,游好在六经","游",即《论语》"游于艺"(《述而》)之"游","游"不是习,而与习有关;习是有心,游是自然的,"游于水中"而忘掉

---

① 叶嘉莹此处有按语:亦是先生自己一番体验。

自己在水中。"行行向不惑,淹留遂无成","无成",一方面是思想,一方面是事业。"孟公不在兹,终以翳吾情","翳",蒙蔽之意,说连孟公这样的友人也没有,内心之情最终无法表达。

《饮酒二十首》之第十七首:

> 幽兰生前庭,含薰待清风。
> 清风脱然至,见别萧艾中。
> 行行失故路,任道或能通。
> 觉悟当念还,鸟尽废良弓。

"行行失故路,任道或能通","道",人各有道,如人各有其生活方法。"觉悟当念还,鸟尽废良弓"二句,说尽人生。你不要气。冬日则饮汤,夏日则饮水,你也气么?冬天的公园就很少人去,你何必生气?世上事根本就如此,理智一点好了,伤感牢骚何必?

第三句真好,"脱"字轻妙。若用"突",突然至,胡涂得很。可惜"见别萧艾中"一句也是说明了。

《饮酒二十首》之第十八首:

> 子云性嗜酒,家贫无由得。
> 时赖好事人,载醪祛所惑。
> 觞来为之尽,是谘无不塞。
> 有时不肯言,岂不在伐国。
> 仁者用其心,何尝失显默。

《饮酒二十首》之第十九首:

> 畴昔苦长饥,投耒去学仕。

> 将养不得节,冻馁固缠己。
> 是时向立年,志意多所耻。
> 遂尽介然分,拂衣归田里。
> 冉冉星气流,亭亭复一纪。
> 世路廓悠悠,杨朱所以止。
> 虽无挥金事,浊酒聊可恃。

"畴昔苦长饥,投耒去学仕","耒",农器。"将养不得节,冻馁固缠己","将",亦养也。"是时向立年,志意多所耻",三十而立,"志意多所耻",真沉痛。文人到无耻就成了文痞,就完了。

诗之好坏不以难懂易懂而分优劣。"知足更励前,知止以不止"——余近作《和陶公饮酒诗》第十九首中句。老子曰:"知足不辱,知止不殆"(《道德经》四十四章),余之意为因"知足"而更向前,因"知止"才能不止,即孟子"人有不为也,而后可以有为"(《孟子·离娄下》)之意。

《饮酒二十首》之第二十首:

> 羲农去我久,举世少复真。
> 汲汲鲁中叟,弥缝使其淳。
> 凤鸟虽不至,礼乐暂得新。
> 洙泗辍微响,漂流逮狂秦。
> 诗书复何罪,一朝成灰尘。
> 区区诸老翁,为事诚殷勤。
> 如何绝世下,六籍无一亲。
> 终日驰车走,不见所问津。
> 若复不快饮,空负头上巾。
> 但恨多谬误,君当恕醉人。

陶公《饮酒二十首》越写越有力、越响。

人皆谓杜甫为诗圣。若在开合变化、粗细兼收上说,固然矣;若在言有尽而意无穷上说,则不如称陶渊明为"诗圣"。

以写而论,老杜可谓"诗圣";若以态度论之,当推陶渊明。老杜是写,是能品而几于神;陶渊明则根本是神品。

《人间词话》引昭明太子评陶诗语:"抑扬爽朗,莫之与京";引王无功[①]称薛收[②]《白牛溪赋》:"嵯峨萧瑟,真不可言"。文学要有此两种气象。老杜有时是嵯峨萧瑟,李白是抑扬爽朗;白乐天若是抑扬爽朗,韩退之就是嵯峨萧瑟;李贺当然并非抑扬爽朗,嵯峨萧瑟近之矣;苏东坡若是抑扬爽朗,黄山谷就是嵯峨萧瑟。他们不过有时如此。真够得上抑扬爽朗的只有陶渊明。这四个字要自己去感觉。

古人云:"兴于诗。"(《论语·泰伯》)"兴"者,起也。陶诗"兴"。

读陶公《饮酒》诗,与其说陶公是诗人,不如说是散文家;与其说是文人,不如说是思想家;与其说是思想家,不如说是……

---

① 王绩(585—644):字无功,号东皋子,绛州龙门(今山西河津)人。唐朝诗人,嗜酒,自作《五斗先生传》,撰《酒经》《酒谱》。
② 薛收(591—624):字伯褒,薛道衡之子,蒲州汾阴(今山西万荣)人。初唐"十八学士"之一。

第八讲

《文选》精华

知惭愧。(《孛经》)

惭耻之服,于诸庄严最为第一。(《遗教经》)

欲知佛性义,当观时节因缘。时节若至,佛性现前。(《涅槃经》)

粗中之粗,凡夫境界。粗中之细及细中之粗,菩萨境界。细中之细,是佛境界。(马鸣禅师《大乘起信论》)

人心要细,但要大,小气不好。《论语》有言曰:"如有周公之才之美,使骄且吝,其余不足观也已。"(《泰伯》)一切文学艺术固可积极地发展"才""美",但同时消极地要打破"骄""吝",小之完成自我,大之完成全人类发展。

六朝前,"文"就是文字;六朝时,"文"就是文学,包括散文、韵文、诗歌(《文选》之"文"与《说文》之"文"是截然不同的);六朝后自唐代起,诗、文分家。

梁昭明太子萧统的《文选》所选为历代著名的文章,从所选可看出选者的去取褒贬,可看出选者的立场、观点、世界观。

萧统,梁武帝萧衍①之子。萧衍有三子:萧统、萧纲、萧绎②,萧梁父子

---

① 萧衍(464—549):字叔达,小字练儿,南朝兰陵(今江苏常州)人,南朝萧梁政权建立者,谥称武帝。梁武帝萧衍倾力佛学,长于经史,亦工诗文,著有《梁武帝御制集》。

② 萧绎(508—554):字世诚,小字七符,自号金楼子,南朝兰陵(今江苏常州)人,萧衍第七子,谥称元帝。南朝梁文学家,著有《金楼子》。

之著名犹曹魏父子之著名。萧氏父子,博学能文,在当时起的作用很大,六朝文学的兴盛与萧氏父子的提倡是很有关的,犹曹氏父子之在魏的作用(曹操、曹丕、曹植,在文学上实际曹植影响更大)。萧氏父子均尊崇佛教,这就使他们的思想受束缚更大。

《文选》对后人的影响很大。唐时已很崇尚《文选》,杜甫"熟精文选理"(《宗武生日》),韩愈所谓"非三代两汉之书不敢观"(《答李翊书》)也是针对《文选》而言。到清朝有"选学",读《文选》成为一门学问。清代散文有两派:桐城派、文选派。"文选派"以《文选》为标准,"选学"后成为骈文的代词。这与桐城派的散行文相对,桐城派提倡"古文",即指散文。两派针锋相对,互相攻讦。(其实,骈文中还有两派:严格的一派,文章有上句必对下句,大半是四字、六字句,后发展为四六文;另有比较自由的一派。骈文字句工整,节拍清晰,在修辞、句法上亦大有可学之处。)没有一个知识分子不读《文选》,直到"五四"。五四运动提出两个口号——"桐城谬种""选学妖孽"(钱玄同《致陈独秀函》)①。

胡适有语云:

不作言之无物的文字。(《建设的文学革命论》)

言中之物——实,内容;物外之言——文章美。

凡事物皆有美观、实用二义。由实用生出美观,即文化、文明。没有美观也成,然而非有不可。天下没有纯美观、无实用而能存在之事物,反之亦然;故美观越到家,实用成功也越大。纯艺术品到最优美地步似无实用,然其与人生实有重要关系,能引起人优美、高尚情操,使之向前、向上,可以

---

① 《新青年》第二卷第六号"通信"栏发表有钱玄同攻击当时旧派文人、支持陈独秀文学改良的《致陈独秀函》,其中有语云:"具此识力,而言改良文艺,其结果必佳良无疑。唯选学妖孽,桐城谬种,见此又不知若何咒骂。虽然,得此辈多咒骂一声,便是价值增加一分也。"之后,钱玄同在《新青年》发表文章,多次重申"选学妖孽,桐城谬种",且成为反对旧文学的流行用语。

为堕落之预防剂,并不止美观而已。故天地间事物,实用中必有美观,美观中必有实用,美观、实用得其中庸之道即生活最高标准。

所谓"选学妖孽,桐城谬种"者,以其过重美观、不重实用。其实,美观、实用二者,皆是"雅洁",殊途而同归。古典,雅洁乃其特色,如《论语》"非曰能之,愿学焉"(《先进》)。雅洁,不但文言,白话亦须如此。然流弊乃至于空泛,只重外表,不重内容,缺少言中之物。实际说来,文章既无不成其为"物之言",又无不成其为"言之物"。

"五四"而后,有些白话文缺少物外之言,而言中之物又日趋浅薄。鲁迅先生是诗人,故能有物外之言;是哲人,故能有言中之物。《阿Q正传》所写不止是中国人劣根性,是全世界人类劣根性。鲁迅先生写小说个性不清楚(莎氏写戏剧年龄不清楚),然而可以原谅。天地间人、事、物,原无十全。原谅人是一种痛苦,被原谅是一种愉快,人皆愿得人原谅,然须能自己做到能被人原谅地步。"是以君子恶居下流,天下之恶皆归焉。"(《论语·子张》)无论儒家所谓"物欲",佛家所谓"无明",公教所谓"原罪",皆须战胜,故曰"自胜者强"(《道德经》卅三章)。

第一节

李陵(少卿)《答苏武书》①

子卿足下：勤宣令德，策名清时，荣问休畅，幸甚幸甚。远托异国，昔人所悲，望风怀想，能不依依！昔者不遗，远辱还答，慰诲勤勤，有逾骨肉。陵虽不敏，能不慨然！

自从初降，以至今日，身之穷困，独坐愁苦，终日无睹，但见异类。韦韝毳幙，以御风雨。膻肉酪浆，以充饥渴。举目言笑，谁与为欢？胡地玄冰，边土惨裂，但闻悲风萧条之声。凉秋九月，塞外草衰。夜不能寐，侧耳远听，胡笳互动，牧马悲鸣，吟啸成群，边声四起。晨坐听之，不觉泪下。嗟乎子卿！陵独何心，能不悲哉！与子别后，益复无聊。上念老母，临年被戮；妻子无辜，并为鲸鲵。身负国恩，为世所悲。子归受荣，我留受辱，命也何如！身出礼仪之乡，而入无知之俗，违弃君亲之恩，长为蛮夷之域，伤已！令先君之嗣，更成戎狄之族，又自悲矣！功大罪小，不蒙明察，孤负陵心，区区之意，每一念至，忽然忘生。陵不难刺心以自明，刎颈以见志，顾国家于我已矣。杀身无益，适足增羞，故每攘臂忍辱，辄复苟活。左右之人，见陵如此，以为不入耳之欢，来相劝勉。异方之乐，祇令人悲，增忉怛耳。嗟乎子卿！人之相知，贵相知心。前书仓卒，未尽所怀，故复略而言之。

昔先帝授陵步卒五千，出征绝域，五将失道，陵独遇战。而裹万里之粮，帅徒步之师，出天汉之外，入强胡之域。以五千之众，对十万

---

① 李陵(前134—前74)：字少卿，陇西成纪(今甘肃天水)人，李广之孙。汉武帝天汉二年(前99)秋，李陵率军与匈奴作战，败而降匈奴。其后曾与被匈奴扣留的苏武数次相见。汉昭帝始元六年(前81)，苏武得归，修书劝李陵归汉，李陵以此书作答。

>>> 李陵率军与匈奴作战,败而降匈奴,曾与被匈奴扣留的苏武数次相见,苏武得归,修书劝李陵归汉,李陵以此书作答。图为清朝任伯年《苏武牧羊》。

之军,策疲乏之兵,当新羁之马。然犹斩将搴旗,追奔逐北,灭迹扫尘,斩其枭帅。使三军之士,视死如归。陵也不才,希当大任,意谓此时,功难堪矣。匈奴既败,举国兴师,更练精兵,强逾十万。单于临阵,亲自合围。客主之形,既不相如;步马之势,又甚悬绝。疲兵再战,一以当千,然犹扶乘创痛,决命争首,死伤积野,余不满百,而皆扶病,不任干戈。然陵振臂一呼,创病皆起,举刃指房,胡马奔走,兵尽矢穷,人无尺铁,犹复徒首奋呼,争为先登。当此时也,天地为陵震怒,战士为陵饮血。单于谓陵不可复得,便欲引还。而贼臣教之,遂便复战。故陵不免耳。

昔高皇帝以三十万众,困于平城,当此之时,猛将如云,谋臣如雨,然犹七日不食,仅乃得免。况当陵者,岂易为力哉?而执事者云云,苟怨陵以不死。然陵不死,罪也;子卿视陵,岂偷生之士,而惜死之人哉?宁有背君亲,捐妻子,而反为利者乎?然陵不死,有所为也,故欲如前书之言,报恩于国主耳。诚以虚死不如立节,灭名不如报德也。昔范蠡不殉会稽之耻,曹沫不死三败之辱,卒复勾践之仇,报鲁国之羞。区区之心,切慕此耳。何图志未立而怨已成,计未从而骨肉受刑,此陵所以仰天椎心而泣血也。

足下又云:汉与功臣不薄。子为汉臣,安得不云尔乎?昔萧樊囚絷,韩彭葅醢,晁错受戮,周魏见辜,其余佐命立功之士,贾谊亚夫之徒,皆信命世之才,抱将相之具,而受小人之谗,并受祸败之辱,卒使怀才受谤,能不得展。彼二子之遐举,谁不为之痛心哉!陵先将军,功略盖天地,义勇冠三军,徒失贵臣之意,到身绝域之表。此功臣义士所以负戟而长叹者也!何谓不薄哉?

且足下昔以单车之使,适万乘之虏,遭时不遇,至于伏剑不顾,流离辛苦,几死朔北之野。丁年奉使,皓首而归。老母终堂,生妻去帷。此天下所希闻,古今所未有也。蛮貊之人,尚犹嘉子之节,况为天下之主乎?陵谓足下,当享茅土之荐,受千乘之赏。闻子之归,赐不过二百万,位不过典属国,无尺土之封,加子之勤。而妒功害能之臣,尽为万户侯,亲戚贪佞之类,悉为廊庙宰。子尚如此,陵复何望哉?且汉厚诛陵以不死,薄赏子以守节,欲使远听之臣,望风驰命,此实难矣。所以每顾而不悔者也。陵虽孤恩,汉亦负德。昔人有言:"虽忠不烈,视死如归。"陵诚能安,而主岂复能眷眷乎?男儿生以不成名,死则葬蛮夷中,谁复能屈身稽颡,还向北阙,使刀笔之吏,弄其文墨邪?愿足下勿复望陵!

嗟呼子卿!夫复何言!相去万里,人绝路殊。生为别世之人,死为异域之鬼,长与足下生死辞矣!幸谢故人,勉事圣君。足下胤子无恙,勿以为念,努力自爱。时因北风,复惠德音。李陵顿首。

《昭明文选》卷第四十一"书上"载《答苏武书》。

作文章需理论、法度,然"徒法不足以自行"(《孟子·离娄上》),亦须"修辞立其诚"(《易传·文言传》),"临文不讳"(《礼记·曲礼上》)。

文章华丽易,苦辣难。

文章中《左氏传》《史记》《前汉书》,真好。

《左氏传》甜,而甜得有神韵,好。(平常人甜,品易低下。)韵文有神韵,易;散文有神韵,难。欧阳修文章有时颇有神韵。其《伶官传序》:

呜呼!盛衰之理,虽曰天命,岂非人事哉?……夫祸患常积于忽微,而智勇多困于所溺,岂独伶人也哉!

道理并不深,而有神韵,平淡而好。Charming,媚人的、可爱的,日本译为"爱娇"。文章写甜了时可如此。甜则易俗,然甜俗易为世人所喜。陶渊明文品高,不是甜,而有神韵。

《史记》是辣,尤其《项羽本纪》。辣不是神韵,是深刻。写《高祖本纪》,高祖虽成功,然处处表现其无赖;项羽虽是失败,而处处表现出是英雄。英雄多不是被英雄打倒,而是被无赖打倒。

《汉书》是苦,蓬荬菜,咬春①之柳花菜。

近代人文章,周作人是甜,鲁迅先生是辣,而《彷徨》中《伤逝》一篇则近于苦矣。

李陵《答苏武书》,十足悲苦,又有一点辩白,而病亦在此。人与人之间原用不着辩白、解释,相信好了,不相信活该。以悲苦心情写辩白言辞,所得是愤慨。

愤慨、悲苦,无用。悲苦虽也没用,但还好;愤怒是火,足以自燃,且为无效之燃烧,是徒然的浪费。余赞成悲苦,因为悲苦(悲苦不是悲哀)是一种基础。人应能忍受悲苦,翻过来,则可以之为基础而有伟大成功。诚如《孟子·尽心上》所云"独孤臣孽子,其操心也危,其虑患也深"。("危",不敢安闲。)

李陵文章之首段、二段一连叙出七个"悲"字,第二段更有"陵独何心,能不悲哉"一语,自己说出悲来,读者更须于其中咀嚼出苦味,方不负此文章。

首段"荣问休畅","问",疑当与"闻"同。

第二段"胡地玄冰","玄"字用得好。冰必连底冻,始呈玄色(青黑色);薄冻,则白色。方苞②有一篇文章写宁古塔,写得好。李陵"边土惨裂,但闻悲风萧条之声",亦写得好。

外界动人者:声、色。动,缘于耳、目。声自声,色自色,原与人无关,而由于耳、目,遂能动人,东坡《赤壁赋》所谓"耳得之而为声,目遇之而成色"。

---

① 咬春:立春节俗,即在立春日吃象征春意的菜蔬食品,以示迎春。
② 方苞(1668—1749):字凤九,又字灵皋,号望溪,安徽桐城人。清朝散文家,桐城派散文创始人,与刘大櫆、姚鼐合称"桐城三祖",著有《方望溪先生全集》。

写声应使人如闻其声,写色应使人如见其色。能,则是成功;否,则是失败。感人显著,莫过于色;而感人之微妙,莫过于声。瞎子比聋子聪明,悲多汶(贝多芬,Beethoven)[①],虽聋而为大音乐家,盖有"心耳"。(悲氏一生悲苦。)

《文选》卷四十有繁钦[②]《与魏文帝笺》。繁,音婆。繁钦,字休伯。魏文帝有《答繁钦书》(魏文帝集无单行,在《全上古三代秦汉三国六朝文》及《汉魏六朝百三名家集》中皆有),二书即讨论声、色,且为人之声、色,讨论歌女、艺伎、歌舞。文人对声、色感觉特别锐敏。

人人未必天生有文人天才,然人人几乎可以修养成文人。魏文帝天才不太高,而修养超过魏武、陈王。真正第一个为文学而文学的开山宗师是魏文帝。《左传》《史记》虽是散文,而终究是史。杨恽《报孙会宗书》、李陵《答苏武书》、司马迁《报任少卿书》等,文章好,而其意不在"文"。

分析、欣赏。所有的文学,若去做综合的欣赏,是文学的;若去分析,是科学的。"文",加上一"学"字,亦是科学的矣,如植物、植物学。

魏文帝天才虽浅,修养功深,故敢作《典论·论文》,颇自负。其《典论·自序》文章亦好,而《文选》何以不选?人写自己愤慨、悲哀,皆能成好文章。没有写自己骄傲写得好的,而《典论·自序》好;再就是尼采(Nietzsche)《我怎么这么聪明》。魏文帝及尼采,脑子特别清楚。文章美,第一要以清楚为基础。如写字,首要横平竖直;作文,首要清楚。此虽非"美",而是"白"。(儒家所谓"白受采",一切"采"是一切美德,而必先有"白"。)

昭明之不选《答繁钦书》,盖昭明有一点儿头巾气。昭明评渊明"《闲情》一赋,白璧微瑕"(《陶渊明集序》)[③],东坡讥昭明曰:"小儿强作解事。"(《题文选》)[④]魏文帝《答繁钦书》,较露骨耳,盖昭明没看懂。(而昭明选傅

---

① 悲多汶:即贝多芬。贝多芬(1770—1827),德国音乐家,维也纳古典乐派代表人物,集古典音乐之大成,同时开辟了浪漫音乐之道路,对世界音乐发展有重要作用。
② 繁钦(? —218):字休伯,颍川(今河南禹县)人。东汉文学家,善写诗赋,长于书牍,著有《定情诗》。
③ 萧统《陶渊明集序》:"白璧微瑕,唯在《闲情》一赋。"
④ 苏轼《题文选》:"渊明《闲情赋》正所谓《国风》好色而不淫,正使不及《周南》,与屈宋何异?而统乃讥之,此乃小儿强作解事者。"

毅[字武仲]①《舞赋》,读时觉上古舞是使人精神向上的。近代跳舞使人堕落。)

曹氏父子,武帝诗好,文帝文好,陈王稍差。萧氏父子(梁武帝萧衍、昭明太子萧统、简文帝纲、元帝绎),昭明太子不及武帝衍,且不及简文帝纲。(欲知末路文人情况,可读简文帝传及其文。简文帝没过过一天太平日子。)六朝短赋(小品赋)当以萧氏父子所作为佳,而昭明不及其两位令弟梁简文帝萧纲、梁元帝萧绎。纲、绎二人写声、色,真写得好。

盈天地之间皆声、色也,与吾人"缘"最密切。若对声、色无亲密感,不能做精密观察。如此则连普通人都不够,何能做文人?魏文帝文写声、色偏于享乐、阴柔。李陵此文所写偏于悲苦的、阳刚的,而写得真清楚。

读文章要立住脚,不能顺流而下。李陵以下数句写得好:

> 凉秋九月,塞外草衰。夜不能寐,侧耳远听,胡笳互动,牧马悲鸣,吟啸成群,边声四起。

初听风声、草声沙沙一片;再细听,其中还有区别。"侧耳远听"数句,越听越远,如石入水之波,越荡越大越远。

汉魏六朝人无论诗文,凡写景皆有中心。后人远近层次不清,故不易见佳。不要站在事物外而去描写。

《金刚经》有语:

> 我昔于然灯佛所,乃至无有少法可得。

"无有少法可得",即无法不得之意。一拳打开无尽藏,一切珍宝皆吾

---

① 傅毅(?—90?):字武仲,扶风茂陵(今陕西兴平)人。东汉辞赋家,博学多才,著有诗、文、赋等28篇,以描写歌舞场面之《舞赋》最为著名。

有。又大慧宗杲禅师说：

　　　　无逐日长进底禅。(《宗门武库》)①

《论语》则有言曰：

　　　　回也闻一以知十,赐也闻一以知二。(《公冶长》)

"二"者,非一之谓;"十"者,多数之意。《中庸》谓"自成"(自我完成)②,是最大努力。此为上智人说法(天赋)。

从谂禅师(赵州和尚)说：

　　　　老僧行脚时,除二时粥饭是杂用心处,除外更无别用心处。若不如是,大远在。(《五灯会元》卷四)

《论语》云：

　　　　造次(造次,仓促也)必于是,颠沛必于是。(《里仁》)

从谂禅师又说：

　　　　老僧把一枝草作丈六金身(佛身)用,把丈六金身作一枝草用。(《五灯会元》卷四)

---

① 《宗门武库》："师一日云：'我这里无逐日长进底禅。'遂弹指一下云：'若会去便罢参。'"
② 《中庸》廿五章："诚者自成也,而道自道也。诚者,物之终始,不诚无物。是故君子诚之为贵。"

鲁迅先生颇能以"一枝草作丈六金身用",如《阿Q正传》,《易传》所谓"其称名也小,其取类也大"(《系辞传》)。古文人中将"丈六金身作一枝草用",唯太史公能之。如其《项羽本纪》写项羽大破秦军于邯郸一段:

(项)羽乃悉引兵渡河,皆沉船,破釜甑,烧庐舍,持三日粮,以示士卒必死,无一还心。于是至则围王离,与秦军遇,九战,绝其甬道,大破之,杀苏角,虏王离。……诸侯军救巨鹿下者十余壁,莫敢纵兵。及楚击秦,诸将皆从壁上观。楚战士无不一以当十。楚兵呼声动天,诸侯军无不人人惴恐。于是已破秦军,项羽召见诸侯将,入辕门,无不膝行而前,莫敢仰视。

此一段文字,不但锋棱俱出,简直风雷俱出,然不见太史公写时之慌乱困难。不论诸子之说理,屈子之抒情,左氏、司马之记事,皆能以安闲写紧张。虽遇艰难复杂,皆能举重若轻。读时亦不可紧张,忽略古人用心。

散句易于散漫,故白话文不能增长人意气。(唱戏中"京白"是京白,而绝非京话。白话文不是白话。)排句整饬,然排句玩熟了,易成滥调,当注意。为文须用排句以壮其"势",用散句以畅其"气"。故李陵《答苏武书》之文字骈散兼行:

身出礼仪之乡,而入无知之俗,违弃君亲之恩,长为蛮夷之域,伤已!令先君之嗣,更成戎狄之族,又自悲矣!

恰是孙过庭①《书谱》所云:"导之则泉注,顿之则山安。"

---

① 孙过庭(646—691):名虔礼,以字行,江苏吴郡(今江苏苏州)人。唐朝书法家,擅楷、行体,尤长草书,著有《书谱》二卷,已佚,今存《书谱序》。

其后,李陵又言:

> 功大罪小,不蒙明察,孤负陵心,区区之意,每一念至,忽然忘生。陵不难刺心以自明,刎颈以见志,顾国家于我已矣。杀身无益,适足增羞,故每攘臂忍辱,辄复苟活。

"愧无半策匡时难,唯余一死报君恩。"(《明史纪事本末》记施邦曜语)李陵一句"顾国家于我已矣",真是心死、死心。若能翻出身来,即忠君死义、败子回头,大放光明;否则,万世不得翻身。

> 大死底人却活时如何?(赵州从谂禅师语)①

置之死地而后生,才是真活。李陵降北时是想活,而降了是活不了。大死的人想活而活不起来,身体虽活而精神上戴上枷梏,实是大死。鲁迅先生说:"虽生之日,犹死之年。"(《朝花夕拾》小引)

读文不但要看其技术,犹当看其所抱文心。余有《书〈老学庵笔记〉李和儿事后》②一首七绝:

> 秋风瑟瑟拂高枝,白袷单寒又一时。
> 炒栗香中夕阳里,不知谁是李和儿。

伍子胥③说:

---

① 《碧岩录》:"赵州问投子:'大死底人却活时如何?'投子云:'不许夜行,投明须到。'"

② 《书〈老学庵笔记〉李和儿事后》(1943),见《顾随全集》卷一,石家庄:河北教育出版社,2014年第1版,第451页。陆游《老学庵笔记》卷二载李和八事:"故都李和炒栗,名闻四方。他人百计效之,终不可。绍兴中,陈福公及钱上阁恺出使虏庭,至燕山,忽有两人持炒栗各十裹来献,三节人亦人得一裹,自赞曰:'李和儿也。'挥涕而去。"

③ 伍子胥(?—前484):名员,字子胥,春秋时期吴国大夫。其父、兄为楚平王所害,伍子胥只身逃至吴国,初辅佐阖闾,继事吴王夫差,后为夫差赐死。

> 吾日暮途远,吾故倒行而逆施之。(《史记·伍子胥列传》)

如此是活到邪路去了。"日暮途远,倒行逆施",虽是鲁莽灭裂,不可为法,而大可同情。自信不足,方欲取信于人;然自信不足,何能取信于人?但说不做,何能令人信?如伍子胥"倒行逆施",虽非道德君子,然敢作敢为,尚不失为"磊落英雄"。一篇《答苏武书》,李陵无一句如此。

《答苏武书》一方面是辩白,一方面是负气。辩白不足取,负气处尚可观。作辩论文字,不能授人以柄,与人以隙。(鲁迅先生《热风》可看。)

王猛①从苻坚②,并不辩白,态度倒好,有涵养。不想取信于人,而天下后世人自能谅之,此王猛所以为王猛也。冯道③,五代长乐老,无耻已极,然亦尚有可取。尝谓契丹主曰:"此世虽佛出亦救不得,唯皇帝救得。"④人民真受其益。盖棺之论,难言之矣。不求见信、见谅于人,而天下之后世人自能信之、谅之,至圣豪杰皆能如此。

李陵《答苏武书》或谓是六朝人伪作,此不可信。即使非李陵,亦必汉人作。文气发皇,绝非魏晋以后人所能有。盖汉人为文,亦好大喜功也。魏晋文章清新,与其谓为春天雨后草木发生,勿宁谓为北方秋天雨后晴明气象,天朗气清,天高气爽。六朝文章成熟,尤其在技术方面(修辞)。李陵《答苏武书》既非魏晋清新,又非六朝成熟,而颇有发皇之气。

---

① 王猛(325—375):字景略,北海郡(今山东寿光)人。前秦丞相,政治家、军事家,辅佐苻坚励精图治成就帝业。

② 苻坚(338—385):字永固,略阳临渭(今甘肃天水)人。十六国时期前秦君主,在位期间国力大增,一度统一北方。

③ 冯道(882—954):字可道,自号长乐老,瀛洲景城(今河北沧州)人。冯道历仕后唐、后晋(契丹)、后汉、后周四朝,身事十君,三入中书,五封公爵,人称官场"不倒翁"。

④ 欧阳修《新五代史》卷五十四《冯道传》:"耶律德光尝问道曰:'天下百姓如何救得?'道为俳语以对曰:'此时佛出救不得,唯皇帝救得。'人皆以谓契丹不夷灭中国之人者,赖道一言之善也。"

第二节

杨恽(子幼)《报孙会宗书》

恽材朽行秽,文质无所厎,幸赖先人余业,得备宿卫。遭遇时变,以获爵位,终非其任,卒与祸会。足下哀其愚矇,赐书教督以所不及,殷勤甚厚。然窃恨足下不深惟其终始,而猥随俗之毁誉也。言鄙陋之愚心,则若逆指而文过,默而自守,恐违孔氏各言尔志之义。故敢略陈其愚,惟君子察焉!

恽家方隆盛时,乘朱轮者十人,位在列卿,爵为通侯,总领从官,与闻政事。曾不能以此时有所建明,以宣德化。又不能与群僚同心并力,陪辅朝庭之遗忘,已负窃位素飡之责久矣。怀禄贪势,不能自退,遂遭变故,横被口语,身幽北阙,妻子满狱。当此之时,自以夷灭不足以塞责,岂得全其首领,复奉先人之丘墓乎?伏唯圣主之恩,不可胜量。君子遊道,乐以忘忧;小人全躯,说以忘罪。窃自念过已大矣,行已亏矣,长为农夫以没世矣。是故身率妻子,戮力耕桑,灌园治产,以给公上。不意当复用此为讥议也。

夫人情所不能止者,圣人弗禁。故君父至尊亲,送其终也,有时而既。臣之得罪,已三年矣。田家作苦,岁时伏腊,烹羊炮羔,斗酒自劳。家本秦也,能为秦声。妇赵女也,雅善鼓琴,奴婢歌者数人,酒后耳热,仰天抚缶而呼呜呜。其诗曰:"田彼南山,芜秽不治。种一顷豆,落而为萁。"人生行乐耳,须富贵何时?是日也,拂衣而喜,奋袖低昂,顿足起舞,诚淫荒无度,不知其不可也。恽幸有余禄,方籴贱贩贵,逐什一之利。此贾竖之事,汙辱之处,恽亲行之。下流之人,众毁所归,不寒而慄。虽雅知恽者,犹随风而靡,尚何称誉之有?董生不云乎:

"明明求仁义,常恐不能化民者,卿大夫之意也;明明求财利,常恐困乏者,庶人之事也。"故道不同不相为谋。今子尚安得以卿大夫之制而责仆哉?

夫西河魏土,文侯所兴,有段干木、田子方之遗风,凛然皆有节概,知去就之分,顷者足下离旧土,临安定。安定山谷之间,昆夷旧壤,子弟贪鄙,岂习俗之移人哉!于今乃睹子之志矣。方当盛汉之隆,愿勉旃,无多谈。

《昭明文选》卷第四十一"书上"载《报孙会宗书》。

东坡云:

> 万人如海一身藏。
> (《病中闻子由得告不赴商州三首》其一)

人总得有个信仰,虽然自己也许不觉得。一个人若对自己不忠实,绝不会对人忠实;若不会为自己做事,绝不会为人做事。善于欺人的人,时时在欺骗他自己。人必得有信仰,无论信仰什么都不要紧。杨恽明知全身免祸、明哲保身的道理而故犯,只是不甘心。武断、盲从,都是暗于知人心。我们应当通人情、知人心。

郑板桥[①]说:

> 聪明难,糊涂尤难,由聪明而转入糊涂尤难。(郑板桥题书《难得糊涂》)

---

① 郑燮(1693—1765):字克柔,号板桥,江苏兴化人。清朝诗人、书画家,"扬州八怪"之一,著有《板桥诗钞》《板桥词钞》等。

鲁迅先生留日回来,在"五四"以前装糊涂,装得很好。但"五四"以后,写起文章来,就不是那样了。时代是最不客气的试金石。如巴金①、张资平②的小说,懵(矇)事有余,传世则不足。鲁迅先生的小说也许懵事不成,但足以传世。

庸人自扰。糊涂该打倒,世界上一切事都让糊涂人弄坏了。聪明也要不得,我们要的是智慧。聪明可以做成智慧,但智慧可以生出艺术哲学,聪明不成。最好是由聪明转入糊涂,但聪明人多不肯,明知故犯。鲁迅先生《阿Q正传》署名巴人,大家议论这是谁。人在旁边议论纷纷,鲁迅先生仍坐在他的公事桌边,毫不动声色。(鲁迅先生说笑话,自己绝不笑。)

唐人故事说,一人为其世伯所训,诫其勿浮动苛薄,于此时有持刺③李过庭者谒老人。老人忘其为某人之子,正寻思间,彼曰:当是李趋的儿子。④(《论语》有"鲤趋而过庭"。⑤)俗曰"忍俊(儁)不禁",此之谓也。这是明知故犯。杨恽就这样把命玩掉了。

五臣注:

> 恽见废,内怀不服。其后有日蚀之变,人告恽"骄奢不悔过,日蚀之咎,此人所致",下廷尉按验,又得与会宗书,宣帝恶之,遂腰斩之。

"此人所致","致",vt.(及物动词);"至",vi.(不及物动词)。"不致",致使之"致",莫能"致"而"至"。

---

① 巴金(1904—2005):原名李尧棠,字芾甘,四川成都人。现代文学家,著有《爱情三部曲》《激流三部曲》《随想录》等。
② 张资平(1893—1959):字秉声,广东梅县人。现代文学家,创造社代表人物,著有《梅岭之春》《爱力圈外》等。
③ 刺:名帖,犹如今之名片。
④ 赵璘《因话录》:"唐姚岘有文学而好滑稽,遇机即发。仆射姚南仲,廉察陕郊。岘初释艰服后见,以宗从之旧。延于中堂,吊罢,未语及他事。陕当两京之路,宾客无时。门外忽投刺云:'李过庭。'南仲曰:'过庭之名甚新,未知谁家子弟?'左右皆称不知。又问岘知之乎,岘初犹俯首颦眉,顷之,自不可忍,敛手言曰:'恐是李趋儿。'南仲久方悟而大笑。"
⑤ 《论语·季氏》:"(子)尝独立,鲤(孔子之子)趋而过庭。"后因以"过庭"指承受父训或径指父训。

要晓得作者文心,方才不致对作品曲解、误解,才懂得作者何以如此写。

第一段:

> 恽材朽行秽,文质无所厎,幸赖先人余业,得备宿卫。

"文质无所厎","文质",柳子厚《捕蛇者说》:"永州之野产异蛇,黑质而白章。""厎",即砥,磨炼。

"得备宿卫","宿卫",侍从武臣,日本曰"御前大臣"。霍禹(霍光之子)谋反,恽报告,因获宿卫之位。

> 言鄙陋之愚心,则若逆指而文过,默而自守,恐违孔氏各言尔志之义。

"逆指而文过","指"与"旨"相近。

"默而自守","自守",五臣作"息乎",宜从。

"恐违孔氏各言尔志之义","义",深;"意",浅。

几句写来,清清楚楚,干干净净,结结实实。后人的文章在"结实"方面,往往不及秦汉魏晋。

先生好打牌,学生说:"先生打牌呀?"先生说:"书房里安可打牌!再说也没牌呀。"——越说越泄气。这样作文章不成,和"一读之欲呕再读之昏昏睡去矣"(李涵秋《文字感想》)①一样。

---

① 鲁迅《热风·"以震其艰深"》:"上海租界上的'国学家',以为做白话文的大抵是青年,总该没有看过古董书的,于是乎用了所谓'国学'来吓呼他们。《时报》上载着一篇署名'涵秋'的《文字感想》,其中有一段说:

新学家薄国学为不足道故为钩辀格磔之文以震其艰深也一读之欲呕再读之昏昏睡去矣。

领教。我先前只以为'钩辀格磔'是古人用他来形容鹧鸪的啼声,并无别的深意思;亏得这《文字感想》,才明白这是怪鹧鸪啼得'艰深'了,以此责备他的。但无论如何,'艰深'却不能令人'欲呕',闻鹧鸪啼而呕者,世固无之……呕吐的原因决不在乎别人文章的'艰深',是在乎自己的身体里的,大约因为'国学'积蓄得太多,笔不及写,所以涌出来了罢。"李涵秋(1874—1923),名应漳,字涵秋,江苏扬州人。民国初年鸳鸯蝴蝶派代表作家,著有小说《广陵潮》。1922年9月14日,于《时报》副刊《小时报》发表《文字感想》一文,抨击新文学。

中国的祖先崇拜替代了宗教的情绪。(男性中心也是从祖先崇拜里来。)《孝经》《孝经》是汉人的伪作)有语云：

身体发肤，受之父母，不敢毁伤，孝之始也。(《开宗明义章》)

《礼记》云：

战阵无勇，非孝也。(《祭义》)

对不起自己不要紧，怕对不起祖宗。斯提尔纳说："I am my own God."真是"自我"(egoism)。尼采(Nietzsche)亦长此说。中国无此极端之说。

第二段：

当此之时，自以夷灭不足以塞责，岂得全其首领，复奉先人之丘墓乎？伏唯圣主之恩，不可胜量。

"岂得全其首领"，五臣本作"岂意得全首领"。

此数句，先抑后扬。"陵也不才，希当大任，意谓此时，功难堪矣"(李陵《答苏武书》)，先扬后抑。欲擒故纵、欲抑先扬，在擒时、抑时固须用十二分力；纵时、扬时亦不可轻轻放过。

句子不一定是骈句、偶句、排句，而只要整齐、凝炼。整齐是形式，凝炼是精神，我们要的是凝炼。安如磐石，稳如泰山，垂绅正笏。然不可只看其形式，当以心眼观其精神，否则如泥胎木偶矣。

姚鼐①《登泰山记》有句：

苍山负雪明烛天南望晚日照城郭汶水徂徕如画

今课本点句或作：

苍山负雪，明烛天南，望晚日照城郭，汶水、徂徕如画。

非也。前句乃七字：

苍山负雪明烛天，南望晚日照城郭，汶水徂徕如画。

不像散文的散文句，特别有劲。"南望晚日照城郭，汶水徂徕如画"（盖汶水、徂徕，在泰山南），几句似词。而文中喜此句，涩。

茶、咖啡、可可之香皆在涩。加糖不为减少苦味，为增加其涩味，可欣赏品尝。

李陵《答苏武书》太单调，只是气盛。韩愈言"气盛则言之短长与声之高下者皆宜"（《答李翊书》），然此易成油滑，要有涩味。《汉书》有点儿涩，此对"滑"而言。"气盛言宜"之文在六朝并不难得（无论何代，只要略有修养，作者皆可做到），然六朝长处不在此，当注意其涩。

涩比滑好，滑是病；其实涩亦病，而亦药，可以治滑。现在文章连"滑"也够不上。涩与凝炼有关，但凝炼不等于涩。《汉书》比《史记》凝炼，但不生动。（读《史记》注意其冲动，而不是叫嚣。注意其短篇。《史记》是天才，不易学，《汉书》可以学而得。）

---

① 姚鼐(1731—1815)：字姬传，室名惜抱轩，人称惜抱先生，安徽桐城人。清朝桐城派散文集大成者，与方苞、刘大櫆并称"桐城三祖"，著有《惜抱轩文集》。

《报孙会宗书》"当此之时"以下数句,既凝炼又生动,宽猛相济,刚柔相济。

> 君子遊道,乐以忘忧;小人全躯,说以忘罪。

"君子遊道","遊",五臣本作"游"。《论语》"遊于艺"(《述而》),得道而忘道。"君子""小人",一以好坏分,一以贵贱分,一以高下分。

> 是故身率妻子,戮力耕桑,灌园治产,以给公上。

"戮力耕桑","戮",勠。

无论是弄文学还是弄艺术,皆须从六朝翻一个身,韵才长,格才高。刘师培(申叔)①《中古文学史》,从汉至齐梁作得好,只是死在六朝内了。鲁迅先生死了又出来了,活了。

《五灯会元》卷十九:

> (庞居士)后参马祖②,问曰:"不与万法为侣者是甚么人?"祖曰:"待汝一口吸尽西江水,即向汝道。"

马祖乃六祖再传弟子,或称马大师,乃达摩③第九代弟子。《五灯会元》卷十四又记一乐营将与一大师④之对话:

> ……有乐营将出,礼拜起,回顾下马台,曰:"一口吸尽西江水即

---

① 刘师培(1884—1919):字申叔,号左盦,江苏仪征人。近现代学者,其祖、父均为经学家,刘师培继承家学乃至大成,著有《刘申叔先生遗书》。1917年刘师培任教北京大学,讲授中古文学、"三礼"《尚书》和训诂学。

② 马祖(709—788,或688—763):名道一,唐朝禅师,开创南岳怀让洪州宗。俗姓马,世称马大师、马祖。

③ 达摩:古天竺人,南朝梁武帝时东渡中国,为中国禅宗始祖。

④ 一大师:盖指宋代曹洞宗云顶德敷禅师。

不问,请师吞却阶前下马台。"师展两手唱曰:"细抹将来。"

一切均有序。

庄子云,化臭腐为神奇。① 要在平凡中发现神奇,又要在神奇中发现平凡。无论何种学问,皆当如此做,始非"世法"。在我身上发现人,在人身上发现我;而"世法",人、我分别太清。杜牧之②诗云:

　　睫在眼前长不见,道非身外更何求。
　　　　　　　　　　(《登池州九峰楼寄张祜》)

此正如朱熹评孟子所说"是亦不思而已矣"(《孟子精义》)。"心外无物,物外无心",心即物,物即心。(物兼有事、物而言,things。)

杨恽"窃自念"以下数句,其行文之起伏如图:

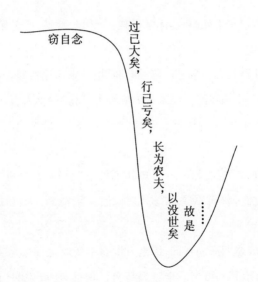

---

① 《庄子·知北游》:"是其所美者为神奇,所恶者为腐朽。臭腐复化为神奇,神奇复化为臭腐。"
② 杜牧(803—853):字牧之,号樊川,京兆万年(今陕西西安)人。曾任司勋员外郎,故又称"杜司勋"。唐朝诗人,与李商隐合称"小李杜",著有《樊川文集》。

天外奇峰即眼前的山,常人用"世眼观物",近则迈越,远则不及。特出的人既能看到天外,又能看到眼前。

文本无法,文成而法立,有法便是印板文字。吾人作文须能赋之以灵魂。

第三段:

> 夫人情所不能止者,圣人弗禁。故君父至尊亲,送其终也,有时而既。臣之得罪,已三年矣。田家作苦,岁时伏腊,烹羊炮羔,斗酒自劳。家本秦也,能为秦声。妇赵女也,雅善鼓琴,奴婢歌者数人,酒后耳热,仰天抚缶而呼呜呜。其诗曰:"田彼南山,芜秽不治。种一顷豆,落而为萁。"人生行乐耳,须富贵何时?是日也,拂衣而喜,奋袖低昂,顿足起舞,诚淫荒无度,不知其不可也。

永嘉禅师语:"生死事大,无常迅速。"①稍一差池,便是来生;故当心眼明澈,能摄能放。

写字当注意长、短、远、近、俯、仰、迎、拒。宋人论诗眼,五言诗第三字,七言诗第五字,传神在此。(《孟子·离娄上》曰:"存乎人者,莫良于眸子。"故重见。)散文亦然,亦须"眼",而其"眼"无定,故最难讲,技术之养成最要紧。

"夫人情所不能止者……不知其不可也"数句,是楔进去的,真好,有劲。此数句过渡,骈而不骈,不骈而骈,然又须能断。摄与放,断与骈,非二,不可死于句下。

"人情",放之四海而皆同,传之万世而不变者,是常。贫贱之极多流为盗贼,其行可诛,其心可悯。李陵只替自己说话,还没说明白;杨恽代天下

---

① 永嘉禅师(665—713):字明道,号玄觉,唐朝禅师。因为浙江永嘉人,人称永嘉玄觉。《坛经·机缘品》:"觉曰:'生死事大,无常迅速。'师曰:'何不体取无生,了无速乎?'曰:'体即无生,了本无速。'师曰:'如是,如是。'"

人说话。

"有时而既","既",善注:"尽也。"毕也,竟也,究也。飘风骤雨不能终日,天地尚如此,何况于人乎?

"田家作苦","田",音佃,种植。

"雅善鼓琴","琴"五臣作"瑟",宜从。

"芜秽不治","治",动词,平声。

"人生行乐耳,须富贵何时","心的满足"谓之"乐"。"须",需,"须"有等待之意。须其来。

"淫荒无度","淫荒",过甚之意。"度",限制。

"恽幸有余禄"后数句,是负气,自弃。自弃,我不成嘛! 自己糟蹋。

"尚何称誉之有",又可说:(1) 尚何有于称誉,(2) 尚有何称誉。句子别扭,而语气加重。此乃句法(grammar)与义法(rhetoric),如"宜其死也"之于"其死也宜哉""其死也固宜"。

"明明求仁义,常恐不能化民者,卿大夫之意也;明明求财利,常恐困乏者,庶人之事也。"此数句本于《孟子》"孳孳为善者,舜之徒也";"孳孳为利者,跖之徒也"(《尽心上》)。

此段结之曰:"故道不同不相为谋。今子尚安得以卿大夫之制而责仆哉?"

末段之"临安定","安定",汉安定县在甘肃平凉。

"愿勉旃","旃",之焉。

第三节

孔融(文举)《论盛孝章书》[①]

岁月不居,时节如流。五十之年,忽焉已至,公为始满,融又过二。海内知识,零落殆尽,唯有会稽盛孝章尚存。其人困于孙氏,妻孥湮没,单子独立,孤危愁苦。若使忧能伤人,此子不得永年矣!《春秋传》曰:"诸侯有相灭亡者,桓公不能救,则桓公耻之。"今孝章实丈夫之雄也,天下谈士,依以扬声,而身不免于幽絷,命不期于旦夕。吾祖不当复论损益之友,而朱穆所以绝交也。公诚能驰一介之使,加咫尺之书,则孝章可致,友道可弘矣。今之少年,喜谤前辈,或能讥评孝章。孝章要为有天下大名,九牧之人,所共称叹。燕君市骏马之骨,非欲以骋道里,乃当以招绝足也。唯公匡复汉室,宗社将绝,又能正之。正之术,实须得贤。珠玉无胫而自至者,以人好之也,况贤者之有足乎?昭王筑台以尊郭隗,隗虽小才而逢大遇,竟能发明主之至心,故乐毅自魏往,剧辛自赵往,邹衍自齐往。向使郭隗倒悬而王不解,临难而王不拯,则士亦将高翔远引,莫有北首燕路者矣。凡所称引,自公所知,而复有云者,欲公崇笃斯义。因表不悉。

[①] 盛孝章,名宪,汉末名士,深为东吴孙氏所忌。孔融与盛孝章友善,忧其不能免祸,故修此书于曹操,以求救援。

《昭明文选》卷第四十一"书上"载《论盛孝章书》。

法郎斯(A. France)①曰：

凡一作者自旧时代转入新时代,纵使有勇往直前、百折不挠之精神,然亦不免伤感凄怆。

知人论世,以破成见。成见:(1) 先天的遗传(传统),(2) 后天之习气。然"药病相治",天下药多而饭少,当用之得当。

鲁迅《而已集》有《魏晋风度及文章与药及酒的关系》一文,乃心理之解剖。刘师培有《中古文学史》论及汉、魏之文。

汉、魏之文不同：

汉:铺张、华丽、气盛,于天气似夏；魏:收敛、清俊、意深,于天气似秋。

"不为已甚","排除异己"。

宋太祖灭南唐,谓李后主曰:"卧榻之侧岂容他人鼾睡。"②故孙策必死孝章。孝章对孙策轻视固不成,漠然亦不成。因其有离心力,不能团结合作。

"此子不得永年矣","得"下五臣本有"复"字,不必从。

"唯有会稽盛孝章尚存","唯"下李善本有"有"字,五臣本无,可从。

"吾祖不当复论损益之友","吾祖"上五臣本有"是"字。

"或能讥评孝章","评"五臣作"平",是。"平",本字；"评",后起。

---

① 法郎斯(1844—1924):今译法郎士,法国作家、文学评论家,著有诗集《金色诗篇》,小说《苔依丝》《诸神渴了》等。
② 杨忆《杨文公谈苑》:"开宝中,王师围金陵,李后主遣徐铉入朝,对于便殿,恳述江南事大之礼甚恭,徒以被病未任朝谒,非敢拒诏。太祖曰:'不须多言,江南有何罪！但天下一家,卧榻之侧,岂可许他人鼾睡！'铉复命。"

>>> 孔融与盛孝章友善,忧其不能免祸,故写此信给曹操。图为清朝徐扬《孔融让梨图》。

"孝章要为有天下大名","要",究、毕竟。

"所共称叹","叹",叹赏、赞赏。

"正之术",五臣本有"之"字,宜从。

"竟能发明主之至心","发",发挥,使其理想成为事实,成就。

"凡所称引","称",述义;"引",举事。

"欲公崇笃斯义也","义"下五臣本有"也"字,宜从。"斯义",五臣注:"招贤之意。"

"因表不悉","表",白;"不悉",不备、不具。

此书信可分五小节:

第一节:开端至"此子不得永年矣",写孝章之近况。是"系驴橛"。①

第二节:"《春秋传》曰"至"友道可弘矣",论孝章宜救。

第三节:"今之少年"至"所共称叹",更申明前意。

第四节:以人才之招致歆动曹公之心,以言告以当从,不如使之乐从。

末尾:结。

---

① 《五灯会元》卷五载夹山见船子事:"山乃散众束装,直造华亭。船子才见,便问:'大德住甚么寺?'山曰:'寺即不住。住即不似。'师曰:'不似,似个甚么?'山曰:'不是目前法。'师曰:'甚处学得来?'山曰:'非耳目之所到。'师曰:'一句合头语,万劫系驴橛。'"

第四节

朱浮(叔元)《为幽州牧与彭宠书》[①]

　　盖闻智者顺时而谋,愚者逆理而动,常窃悲京城太叔以不知足而无贤辅,卒自弃于郑也。伯通以名字典郡,有佐命之功,临民亲职,爱惜仓库,而浮秉征伐之任,欲权时救急,二者皆为国耳。即疑浮相谮,何不诣阙自陈,而为灭族之计乎?

　　朝廷之于伯通,恩亦厚矣,委以大郡,任以威武,事有柱石之寄,情同子孙之亲。匹夫媵母尚能致命一飡,岂有身带三绶,职典大邦,而不顾恩义,生心外叛者乎!伯通与吏民语,何以为颜?行步拜起,何以为容?坐卧念之,何以为心?引镜窥景,何以施眉目?举厝建功,何以为人?惜乎!弃休令之嘉名,造枭鸱之逆谋,捐传叶之庆祚,招破败之重灾,高论尧舜之道,不忍桀纣之性,生为世笑,死为愚鬼,不亦哀乎!

　　伯通与耿侠游俱起佐命,同被国恩。侠游谦让,屡有降挹之言,而伯通自伐,以为功高天下。往时辽东有豕,生子白头,异而献之。

[①] 朱浮《为幽州牧与彭宠书》为东汉初期之文。范晔《后汉书·朱浮传》:"朱浮,字叔元,沛国萧人也。初从光武为大司马主簿,迁偏将军,从破邯郸。光武遣吴汉诛更始幽州牧苗曾,乃拜浮为大将军幽州牧,守蓟城,遂讨定北边。……浮年少有才能,颇欲厉风迹,收士心,辟召州中名宿涿郡王岑之属,以为从事。及王莽时,故吏二千石,皆引置幕府,乃多发诸郡仓谷,廪赡其妻子。渔阳太守彭宠以为天下未定,师旅方起,不宜多置官属,以损军实,不从其令。浮性矜急自多,颇有不平,因以峻文诋之。宠亦狠强,兼负其功,嫌怨转积。浮密奏:宠遣吏迎妻而不迎其母,又受货贿,杀害友人,多聚兵谷,意计难量。宠既积怨,闻之,遂大怒,而举兵攻浮。浮以书质责之。"

行至河东，见群豕皆白，怀惭而还。若以子之功高论于朝廷，则为辽东豕也。今乃愚妄，自比六国。六国之时，其势各盛，廓土数千里，胜兵将百万，故能据国相持，多历年所。今天下几里，列郡几城，奈何以区区渔阳而结怨天子？此犹河滨之民，捧土以塞孟津，多见其不知量也！

方今天下适定，海内愿安，士无贤不肖，皆乐立名于世。而伯通独中风狂走，自捐盛时，内听娇妇之失计，外信谗邪之谀言，长为群后恶法，永为功臣鉴戒，岂不误哉！定海内者无私雠，勿以前事自疑，愿留意顾老母少弟。凡举事无为亲厚者所痛，而为见雠者所快。

《昭明文选》卷第四十一"书上"载《为幽州牧与彭宠书》。

彭宠，汉世祖光武时为渔阳太守，事幽州（即今河北一带）。

朱浮《为幽州牧与彭宠书》首用两骈句——"智者顺时而谋，愚者逆理而动"——作大前提，再用故实以证明之。此为一篇总起，好！"智者顺时而谋，愚者逆理而动"，实则"智"为陪、为宾，"愚"为要、为主。"愚"，(1) 不知足，(2) 无贤辅：

"多见其不知量也"　　　　　　"不知足"
　　　　　　　　　　　　　　　　　　＞愚
"内听娇妇之失计，外信谗邪之谀言"　　"无贤辅"

结尾再以骈句结——"无为亲厚者所痛，而为见雠者所快"——仍好。如此等文字甚少见，甚好。除"文"好外，言中之物亦好，可做格言。

在文中用骈句以求凝炼有二条件：一须有真知灼见，二须有成熟技术。二者缺一不可。否则不是凝炼,是勉强。无技术,不能表现;无知见,则成滥调。

有风趣是好,然必须有真感觉、真思想。文中"辽东白豕"一段,真是神来之笔。文学之好处全在枝繁,不可但记要点。"辽东白豕"以下至"岂不误哉"——气太盛;结尾"愿留意顾老母少弟"——气落下。

"若以子之功高论于朝廷"一句,"功高",五臣本无"高"字,较佳。

此篇虽未免滥调,但好处亦有一二。

鹤见祐辅《思想·山水·人物》(鲁迅先生译)有"读书的方法"一节,开篇说道:

> 先前,算做"人类的殃祸"的,是老,病,贫,死。近来更有了别样的算法,将浪费、无智这些事,都列为人类之敌了。

其后,鹤见祐辅则指出:

> 但在我们以为好事情的事情之中,也往往有犯了意外的浪费的。例如:读书的事,便是其一。
>
> 我在这里所要说起的读书,并不是指聊慰车中的长旅,来看稗史小说那样,或者要排解一日的疲劳,来诵诗人的诗那样,当作消闲的方法的读书。乃是想由书籍得到什么启发,拿书来读的时候的读书。

我们于普通应酬当如走马观花、行云流水,须留精神以修胜业,从读书中要得到启发。而要读书,须讲方法。鹤见祐辅于文中提及若干,其中方法之一"是一面读,一面摘录,做成拔萃簿"。而"比拔萃法更有功效的读书法,是再读":

因为拔萃势必至于照自己写,往往和原文的意义会有不同。再读则不但没有这流弊,且有初读时未曾看出的原文的真意,这才获得的利益。尤其是含蓄深奥的书籍,愈是反复地看,主旨也愈加见得分明。

余之见:书可再读,然要保持新鲜。读书,还须有读后之反省。(研究 to study,欣赏 to appreciate。)

另外,鹤见祐辅亦谈及"乱读"而引穆来(Morley)[①]之言:

在初学者,乱读之癖虽然颇有害,但既经修得一定的专门的人,则关于那问题的乱读,未必定是应加非议的事。因为他的思想,是有了系统的,所以即使漫读着怎样的书,那断片底知识,便自然编入他的思想底系统里,归属于有秩序的系体中。

虽乱读,然所得片断自可编入思想、知识系统中。

---

① 穆来(1838—1923):英国历史学家、政论家,曾任英国自由党内阁大臣。

第五节

曹丕(子桓)《与朝歌令吴质书》

　　五月十八日,丕白:季重无恙。涂路虽局,官守有限,愿言之怀,良不可任。足下所治僻左,书问致简,益用增劳。每念昔日南皮之游,诚不可忘。既妙思六经,逍遥百氏,弹棋闲设,终以六博,高谈娱心,哀筝顺耳。驰骋北场,旅食南馆,浮甘瓜于清泉,沉朱李于寒水。白日既匿,继以朗月,同乘并载,以游后园,舆轮徐动,参从无声,清风夜起,悲笳微吟,乐往哀来,怆然伤怀。余顾而言,斯乐难常,足下之徒,咸以为然。今果分别,各在一方。元瑜长逝,化为异物,每一念至,何时可言!

　　方今蕤宾纪时,景风扇物,天气和暖,众果具繁。时驾而游,北遵河曲,从者鸣笳以启路,文学托乘于后车。节同时异,物是人非,我劳如何!今遣骑到邺,故使枉道相过。行矣自爱。丕白。

《昭明文选》卷第四十二"书中"载《与朝歌令吴质书》。

一　一讲《与朝歌令吴质书》[①]

　　魏文帝曹丕——中国文学批评与散文之开山大师。

　　[①] 顾随讲曹丕《与朝歌令吴质书》叶嘉莹笔记凡二次,今以"一讲《与朝歌令吴质书》""二讲《与朝歌令吴质书》"为小标题,分列前后。

前所讲《答苏武书》《为幽州牧与彭宠书》《报孙会宗书》诸篇,文章好,而其中皆有说理。魏文帝之《与吴质书》(五月十八日)只是抒情,虽散文而有诗之美,可称散文诗。

中国文字整齐、凝炼,乃其特长。如四六骈体,真美,为外国文字所无。可是整齐、凝炼,结果易走向死板,只余形式而无精神。

文帝之《与吴质书》虽整齐、凝炼,而又有弹性、有生气、有生命。鲁迅先生文章即整齐、凝炼中有弹性、有生气。而如明清八股无弹性、无生气。《答苏武书》《报孙会宗书》则有弹性、少凝炼。

人与文均须有情操。曹子桓此文真有情操。情,情感;操,纪律中有活动,活动中有纪律,即所谓操。意志要能训练感情,可是不能无感情。如沈尹默先生论书诗句所言:"使笔如调生马驹。"(《论书诗》)李陵做人、作文皆少情操,《答苏武书》太不能"调"。曹子建满腹怨望之气,诗文让人读了不高兴。

魏文帝《与吴质书》之开端,寒暄、感旧:

> 涂路虽局,官守有限,愿言之怀,良不可任。足下所治僻左,书问致简,益用增劳。

"愿言之怀",出于"愿言思子"(《诗经·邶风·二子乘舟》)。"愿言",语词,补足语气。此但言"愿言",实不可代"思子"成歇后语矣。

有法可学者必有弊,法未学成,反学成其弊习。无法可学反要去学,方为真法。

"妙思"数句,音节好,不关平仄,且有层次:

> 妙思六经,逍遥百氏,弹棋闲设,终以六博。高谈娱心,哀筝顺耳。

>>> 魏文帝曹丕——中国文学批评与散文的开山大师。他的《与吴质书》只是抒情,虽为散文而有诗之美,可称散文诗。文章虽整齐、凝炼,而又有弹性、有生气、有生命。人与文均须有情操,这篇文章真有情操。情,情感;操,纪律中有活动,活动中有纪律,即所谓操。意志要能训练感情,可是不能无感情。图为唐朝阎立本《历代帝王图卷》(局部)。

六朝时人性命不保,生活困难。文人敏感,于此时读书真是"苦行",而于"苦行"中能得"法喜"(禅悦)。别人视为苦,而为者自得其乐。人在安乐中生出,不了解人生;人在苦行中生出,才能真正了解人生。

太平时文章,多叫嚣、夸大;六朝人文章静,一点叫嚣气没有。

沈约《宋书》最可代表六朝作风。人皆谓六朝文章浮华,而沈约《宋书》虽不失六朝风格,然无浮华之病。

六朝人字面华丽、整齐,而要于其中看出他的伤心来。《世说新语》《水经注》《洛阳伽蓝记》(伽蓝为梵文音译,庙),皆可看。北魏杨衒之作《洛阳伽蓝记》[①]漂亮中有沉痛,杨衒之写建筑、写佛教,实写亡国之痛,不可只以浮华视之。(老年人说伤心事与说高兴事同,实最大沉痛。)

若以叫嚣写沉痛感情,必非真伤心。要拿伤心换人同情,必将伤心换为寂寞心,从寂寞中生出一种东西,才能打动人心弦。魏文帝虽贵为天子,而真抱有寂寞心,真敏感,如清代早亡之纳兰性德[②]。

谈话最融洽时是心的接触,故曰"高谈娱心",下字实在好。

"哀筝顺耳","哀",五臣注:"哀筝,谓筝声清也。"清,即凄清之清。"顺耳",五臣注:"所欲则奏,故曰顺耳。"此乃世法,甚浮浅。筝"哀",故能"顺耳",哀与顺有关。(喜剧是浮浅。)"顺耳",实声音与灵魂已交响。

公教之赞美歌[③]、佛教之梵呗[④],皆此故,以音乐表现最高精神。平日谈话虽有音,亦有字,字有字义。乐则仅有音,以音之高下、长短、疾徐表现灵魂的最高境界,此乃语言、文字所不能表现。故每宗教皆曰救灵魂,所谓净土、天堂,皆最高境界,然此究离人太远。儒家大同,是要在尘世上实现

---

① 杨衒之:北平(今天津蓟州一带)人。北魏文学家,精通佛典。所著《洛阳伽蓝记》与郦道元《水经注》、颜之推《颜氏家训》合称"北朝三书"。

② 纳兰性德(1654—1685):原名成德,因避讳改名性德,字容若,号楞伽山人,满洲正黄旗人。清朝词人,被王国维誉为"北宋以来,一人而已",著有《侧帽集》《饮水词》。

③ 赞美歌:基督教举行奉贤仪式或布道之后所演唱的歌曲,通常以《圣经》文字为歌词。

④ 梵呗:亦称赞呗、梵乐、梵音等,佛教举行宗教仪式时在佛菩萨前所唱颂歌。后泛指传统佛教音乐。

净土。罪恶中见出天堂,地狱中见出天堂,此皆最高境界。孔子亦注意乐,"乐云乐云,钟鼓云乎哉"(《论语·阳货》)。可见,音乐可与灵魂交响,岂非顺耳?

"文章本天成,妙手偶得之。"此放翁①《文章》诗句,诗不好,道理是。那么,"哀筝顺耳"(平、平、去、上),瞎猫碰上死老鼠吗?——死猫连死老鼠都碰不上。

创作是快乐,而讲出来难。创作只是心一动便出来了。知、行乃二事。

> 驰骋北场,旅食南馆,浮甘瓜于清泉,沉朱李于寒水。

"旅食南馆"之"旅",有"不当居而居"之义。古诗"井上生旅葵"(汉乐府《十五从军征》),或曰旅葵者,葵不当生于此而生于此谓之旅,盖暂居非常居也。

六朝骈文贵上下句不重复,"浮甘瓜于清泉,沉朱李于寒水"二句嫌复。且人多用之,陈陈相因,了无生气。

《韩非子》曾记晋平公之言曰:"莫乐为人君,唯其言而莫之违。"(《难一》)然乐与哀又与权位何干?接下,魏文帝即云:

> 白日既匿,继以朗月……舆轮徐动,参从无声,清风夜起,悲笳微吟,乐往哀来,怆然伤怀。

真有音节之美,而音节之美不关平仄。"清风夜起,悲笳微吟,乐往哀来,凄然伤怀"四句,比之李陵《答苏武书》"牧马悲鸣,吟啸成群,边声四起。晨坐听之,不觉泪下",先别其异同,然后可言优劣。李陵是扛枪杆的,是愤

---

① 放翁:即陆游。陆游(1125—1210),字务观,号放翁,越州山阴(今浙江绍兴)人。南宋诗人,与尤袤、范成大、杨万里合称"中兴四大家",著有《剑南诗稿》《渭南文集》。

慨;文帝是沉静的,是敏感的。愤慨、沉静,汉魏两朝之文章分野即在此。

汉人文章使"力"。(胡适先生以为汉人文章除王充①《论衡》外,无思想。②)盖汉人注意事功,思想亦基于事实,是"力"的表现。总欲有所作为,向外的多。至魏文帝曹丕不是"力",而是"韵"。"力"与"韵"皆非思想,然"韵"盖与"感"有关。"感"有二种:一为感情,心灵的(灵、心);一为感觉,肉体的(肉、物)。佛说"六根(六触)":眼、耳、鼻、舌、身、意。前五根属于肉,后一根属于灵。"韵"与感觉、感情有关。"月""笛""风",眼、耳、身,一感、心一动(意),则"乐往哀来,怆然伤怀"。

"乐往哀来,怆然伤怀",是无名悲哀。多怀善感,在此处或尚非多怀,实是善感——酒阑灯灺人散。

> 余顾而言,斯乐难常,足下之徒,咸以为然。

得意时心满意足而不骄傲,不得意时羡慕人而不嫉妒;而又非不要好、不上进。得意时自然心满意足而不骄傲。"余顾而言",将其得意及身份皆写出。

《阅微草堂笔记》,腐。

《聊斋志异》,贫。不是无才气、无感觉、无功夫、无思想,而是小器。贫,此盖与人品有关。

行文至末尾,叙修书之情形:

> 方今蕤宾纪时,景风扇物,天气和暖,众果具繁。时驾而游,北遵

---

① 王充(27—96?):字仲任,会稽上虞(今属浙江)人。东汉思想家、文学家,著有《论衡》。

② 胡适《王充的论衡》一文指出:"他(王充)的哲学的宗旨,只是要对于当时一切虚妄的迷信和伪造的假书,下一种严格的批评。凡是真有价值的思想,都是因为社会有了病才发生的,王充所谓'皆起人间有非'。汉代的大病就是'虚妄'。汉代是一个骗子时代。那二百多年之中,也不知造出了多少荒唐的神话,也不知造出了多少荒谬的假书。……王充对于这种虚妄的行为,实在看不上眼。……《论衡》现存八十四篇,几乎没有一篇不是批评的文章。"

河曲,从者鸣笳以启路,文学托乘于后车。节同时异,物是人非,我劳如何! 今遣骑到邺,故使枉道相过。行矣自爱。

写文章要有中心,讲照应。文章行文须如常山之蛇,击首而尾应,击尾而首应①;常山之蛇,首尾相应,牵一发而动全身。此番文字作结,一一叙出"方今之游":时——"方今蕤宾"、事——"时驾而游"、地——"北遵河曲"、人——"从者""文学"(文学之臣),正呼应昔日"南皮之游",点明"物是人非"之慨,诚如所言"常山之蛇,首尾相应"。

文章要力的表现、动的姿态(气象峥嵘),如岑参诗句"风头如刀面如割"(《走马川行奉送封大夫出师西征》),但要"诚"。凡诚的表现都好,只要不是故意自显,应是内心的要求,是"诗法",不是"世法"。西洋所说"生命的跳舞"(the dance of life),即余所谓"力的表现、动的姿态",东坡所谓"气象峥嵘"②。力——内,动——外。内在的力(生命),文字的技术(节奏),二者缺一不可。如:

西海之曲东海东,阴云惨淡卷阴风。
交河骨朽草自白,战地血殷花倍红。

跳舞是"力",是"动",而且有节奏、步伐;溜冰虽有技术而无节奏。有节奏即有纪律——情操。情是热烈的,而操是有节奏的、有纪律的。使热烈的人感情合乎纪律,即诗之最高境界。

魏文帝感情极热烈而又有情操,且是用极冷静的理智驾驭(支配、管

---

① 《孙子兵法》:"故善用兵者,譬如率然。率然者,常山之蛇也,击其首则尾至,击其尾则首至,击其中则首尾俱至。"原以"常山之蛇"喻指用兵之法,强调军队各部分之间接应配合,后转以喻指行文之法。

② 周紫芝《竹坡诗话》:"东坡尝有书与其侄云:'大凡为文,当使气象峥嵘,五色绚烂,渐老渐熟,乃造平淡。'"

理)极热烈的情感,故有情操、有节奏。此需要天才,也需要修养。功深养到,学养功深。

魏文帝《与钟大理书》云:

近日南阳宗惠叔称君侯昔有美玦,闻之惊喜,笑与抃会。当自白书,恐传言未审,是以令舍弟子建因荀仲茂时从容喻鄙旨。

在历史上,人皆痛恨文帝而同情曹植。所谓"盖棺论定",只要批评者不换,则其生前不认识此人,老死后仍不能认识。(虽然批评只是向人家宣布自己偏见,然必须有思想、有感情,人始有偏见。)沈尹默亦有言:

史编要是他人笔,争比当家语意亲。①

然难作翻案文字,如人形容春夏秋冬,必言"熙春、炎夏(朱夏,《尔雅》有"夏日朱明"之语)、凉秋、穷冬"。若必为翻案文字,盖有二因:理智与情感。陆游《追感往事》其五即是如此:

诸公可叹善谋身,误国当时岂一秦。
不望夷吾出江左,新亭对泣亦无人。

禅语云:"金佛不度炉,木佛不度火。"(《景德传灯录》卷二十八)然"豪华落尽见真淳"(元遗山《论诗三十首》其四),金佛度过炉来、木佛度过火来,方见真淳。然真天才不在其内,天才是敏感、早熟。如法国作家法郎斯(A. France)。

---

① 沈尹默诗句:"心画心声岂失真,遗山高论失安仁。史编要是他人笔,争比当家语意亲。"

法郎斯《波那尔之罪》[①],三十岁人写老年人心情,真好。老年人精力衰颓还不要紧,怕的是情绪干枯。不过,衰老没办法,而情绪干枯有办法。人当写一本日记,于老年时察见自己少年心情,便能了解少年心理。而老年人多不肯察觉少年心理,察出也不认账。人之交友多取年龄、性格、心情相同。老年人当了解少年人心情,其不了解是健忘;少年人了解老年人心情难,而又非绝对不能了解。能了解是有天才的人。(余不说天才,一是怕挫折锐气,一是怕助长狂妄。而天才之有,必须承认。然天才的最高思想顶好是宣布给后人施行,他自己有时是不能施行的。)屠格涅夫(Turgenev)著《父与子》,父与子代表两个时代,除去天性的爱以外,谈不到了解。子对父,不用说知道,即使知道而并不谅解;父对子则根本不了解。(中国就没有一本给儿童、给青年读的书。)

负气任性是青年人的勇气,也是青年人的不通。大概不通才有勇气,通了就没有勇气了。

法郎斯天才,敏感、早熟。文帝亦然。

二 二讲《与朝歌令吴质书》

魏文帝曹丕(子桓)散文真是抒情诗,有天才,也有苦心。其《与吴质书》即如此。

人皆以为写散文较诗易,实则不然。"人莫蹞于山而蹞于垤"(《淮南子·人间训》),写散文易于大胆,大步跑,易有漏洞。

魏文帝散文之用字,可为吾人学文模范教师。其用字之好,真如山阴道上,应接不暇,美不胜收。如"涂路虽局,官守有限,愿言之怀,良不可任"

[①] 《波那尔之罪》:今译《波纳尔之罪》,为法郎士成名作,叙写老教授波纳尔爱书如命、乐于救助他人而又不懂人情世故。为了搜求古籍,老教授波纳尔到远方旅行,为救护一个孤女,几乎遭人陷害。

数句及"妙思六经,逍遥百氏,弹棋闲设,终以六博"数句。"妙思六经"之"妙"字,有深、远、高之意;"逍遥"二字叠韵;"优游"与"逍遥"意近似,"优游"亦叠韵("游",即孔子所谓"游于艺"[《论语·述而》]之"游")。文中记游曰"高谈娱心,哀筝顺耳",曰"哀筝"而曰"顺耳",真是顺耳。如京剧反二黄①《乌盆记》②《碰碑》,一拉过门,真悲,真顺耳。至"驰骋北场,旅食南馆",则至屋外矣。"旅食"之"旅"即"井上生旅葵"(汉乐府《十五从军征》)之"旅"。不当居而居者曰"旅","旅食"或谓野餐(picnic)之类。"浮甘瓜于清泉,沉朱李于寒水"二句,人皆喜之。"瓜浮""李沉"固然矣,实不甚好。(今有冰箱,此典已不恰。)六朝文讲对句而上下句意义不同,或为一因一果。如"涂路虽局,官守有限"乃六朝文正宗,而非后世之堆砌。而以曹子桓一位散文大师,写到"浮甘瓜于清泉,沉朱李于寒水","清泉""寒水",二名词一意义,不好,如曰"久矣夫,千百年非一日矣"③,真废话。一篇文章只此二句有缝子,而不能改,没法改,能改曹子桓早改了。

描写时必须找得其唯一恰当之形容词。《与吴质书》中间忆旧一段写"昔日南皮之游",而以学问始——"既妙思六经,逍遥百氏",庄重严肃。非文帝故意夸大、虚伪,盖当时与游者皆学者,故以学问始乃自然。而此一段论文学乃"主中宾",故用一"既"字一点即去,其"主中主"仍为游;若主中主为学,绝不能两句就完。

文帝虽写散文而用写诗之谨严笔法,其用字切合且叙述有层次。其《与吴质书》有层次,一步紧似一步,一步深似一步,绝非堆砌。写文章一堆

---

① 反二黄:京剧声腔板式之一,适于表现悲壮凄怆之情绪。
② 《乌盆记》:京剧老生传统剧目,又名《奇冤报》,又名《定远县》,叙南阳缎商刘世昌行至定远县借宿窑户赵大家。赵见财起意,将其毒死,以尸烧制乌盆。后鞋工张别古要帐索去乌盆。刘鬼魂哭诉,张代为鸣冤,包拯杖毙赵大。
③ 清梁绍壬《两般秋雨庵随笔》卷三:"制义中有所谓墨派者,庸恶陋劣,无出其右。有即以'墨卷'为题作二比文嘲之者。'天地乃宇宙之乾坤,吾心实中怀之在抱,久矣夫,千百年来,已非一日矣。溯往事以追维,曷勿考记载而诵诗书之典籍。元后即帝王之天子,苍生乃百姓之黎元,庶矣哉,亿兆民中,已非一人矣。思入时而用世,曷勿瞻黼座而登廊庙之朝廷。'叠床架屋,的有此病。"

砌便完了。

中国散文家内,古今之中无一人感觉如文帝之锐敏,而感情又如此其热烈者。在历史上人皆痛恨文帝而同情曹植,其实他那位弟弟近之则不逊,远之则怨。故文帝不杀陈王已为仁至义尽。而文帝人真厉害,知陈王无大作为,只能骂街,"秀才造反,三年不成",故留之,而任城王黄鬚儿曹彰被杀。

文帝感觉锐敏、感情热烈,而理智又非常发达。人欲成一伟大思想家、文学家……此三条件必须具备。

曹氏父子,在诗,子桓、子建不及武帝;在文,武帝、子建不及子桓。此篇《与吴质书》叙游部分,先屋内后屋外,先昼后夜,先学后游,由静而动,真有层次,可见其理智。至写到夜间,真写得好,真是文学:

> 白日既匿,继以朗月……舆轮徐动,参从无声,清风夜起,悲笳微吟,乐往哀来,怆然伤怀。

试问何哀?哀者,乐之极也。必感觉锐敏、感情热烈之人始能写出。真是诗一般的散文,是抒情诗。文章写到这儿,不但响,且越来越高、越来越深、越来越远。高已好,深、远尤难。至"余顾而言,斯乐难常,足下之徒,咸以为然",文帝以老大哥自居,而一点不觉得他骄傲,真可爱。至"今果分别,各在一方,乃汝皆不觉,吾独觉之。""每一念至,何时可言",感情真烧起来。文帝真能操纵自己的感情,压便下去,提便起来,后之诗人有此功夫否?有此修养否?最后几句泛语——"今遣骑到邺,故使枉道相过。行矣自爱",也好。

抒情诗式的散文是很好的文人的自白,可看出其生活及内心。

第六节

曹丕(子桓)《与吴质书》

　　二月三日,丕白:岁月易得,别来行复四年。三年不见,《东山》犹叹其远,况乃过之,思何可支!虽书疏往返,未足解其劳结。

　　昔年疾疫,亲故多离其灾,徐陈应刘,一时俱逝,痛可言邪!昔日游处,行则连舆,止则接席,何曾须臾相失。每至觞酌流行,丝竹并奏,酒酣耳热,仰而赋诗,当此之时,忽然不自知乐也。谓百年己分,可长共相保。何图数年之间,零落略尽,言之伤心!顷撰其遗文,都为一集。观其姓名,已为鬼录。追思昔游,犹在心目,而此诸子,化为粪壤,可复道哉!

　　观古今文人,类不护细行,鲜能以名节自立。而伟长独怀文抱质,恬淡寡欲,有箕山之志,可谓彬彬君子者矣。著《中论》二十余篇,成一家之言,辞义典雅,足传于后,此子为不朽矣。德琏常斐然有述作之意,其才学足以著书,美志不遂,良可痛惜。间者历览诸子之文,对之抆泪,既痛逝者,行自念也。孔璋章表殊健,微为繁富。公干有逸气,但未遒耳;其五言诗之善者,妙绝时人。元瑜书记翩翩,致足乐也。仲宣续自善于辞赋,惜其体弱,不足起其文,至于所善,古人无以远过。昔伯牙绝弦于钟期,仲尼覆醢于子路,痛知音之难遇,伤门人之莫逮。诸子但为未及古人,自一时之儁也。今之存者,已不逮矣。后生可畏,来者难诬,然恐吾与足下不及见也。

　　年行已长大,所怀万端。时有所虑,至通夜不瞑,志意何时复类昔日?已成老翁,但未白头耳。光武言:"年三十余,在兵中十岁,所更非一。"吾德不及之,年与之齐矣。以犬羊之质,服虎豹之文;无众星之明,假日月之光;动见瞻观,何时易乎? 恐永不复得为昔日游也。少壮真当努力,年一过往,何可攀援! 古人思炳烛夜游,良有以也。顷何以自娱? 颇复有所述造不? 东望于邑,裁书叙心。丕白。

《昭明文选》卷第四十二"书中"载《与吴质书》。

文帝《与吴质书》当作于汉献帝建安二十二年。

文各有其作风(style)、文气。作风,文章美之显于外者也;文气,文章美之蕴于内者也。

文章美包括:(1) 音节美(念),(2) 文字美(思)。

声调,乃音节美,用口念;字形,乃文字美,用心念、用目观;合为文章美,即所谓物外之言。譬若"兰生幽谷,不为莫服而不芳"(《淮南子·说山训》),使人之意也远。

声调——音节美,念,用口念,用耳听,是口耳之学;字形——文字美,写,用目视,是眼目之学。合口与目更须以心思之,然后可成文章,可言创作、欣赏。

文章美中音节美最重要,故学文须朗读、背诵。学佛须亲眼见佛,念的好坏可代表懂的深浅。

《与吴质书》真是美文。

此文之开端:

> 岁月易得,别来行复四年。三年不见,《东山》犹叹其远,况乃过之,思何可支!

文帝有冷静头脑,锐敏感觉,热烈情感,文人条件俱备。首叙寒暄,短短几语,亦觉韵长。

文人早熟——先衰,敏感——多悲。文帝亦然。

文帝善用对比(contrast),长短、黑白、乐悲。信中"昔日游处"以下,先写乐,后写悲,才更悲。其中有"言中之物"与"物外之言":

言中之物——"徐陈应刘,一时俱逝","顷撰其遗文,都为一集"。"都为一集"之后按"言中之物",当接"观古今文人"。

物外之言——"一时俱逝"之后至"顷撰其遗文"之前一节。"都为一集"与"观古今文人"中加之数句,亦物外之言。

此真是文之所以为"文",而非说理文字。

第三段评伟长①、德琏②、孔璋③、公幹④、元瑜⑤、仲宣诸人之作。

"仲宣续自善于辞赋","续",五臣作"独"。

"既痛逝者,行自念也",二句加于诸人之间,好,可注意。此一断,乃有意。此亦可分二者来讲:(1) 理智,对伟长、德琏二人有褒无贬;(2) 感情,因二人而感到自己有才。人有成有不成,成与不成,皆不免死。文帝理智极清楚,感情极热烈。

"自一时之儁也","自",五臣本作"亦"。"儁",五臣作"儶"。儶,俊。

---

① 伟长:即徐幹。徐幹(170—217),字伟长,北海郡(今山东昌乐附近)人。东汉文学家,"建安七子"之一,长于辞赋,著有《徐伟长集》。

② 德琏:即应玚。应玚(?—217),字德琏,汝南(今属河南)人。东汉文学家,"建安七子"之一,长于辞赋,著有《应德琏集》。

③ 孔璋:即陈琳。陈琳(?—217),字孔璋,广陵射阳(今江苏淮安东南)人。东汉文学家,"建安七子"之一,长于章表书记,著有《陈记室集》。

④ 公幹:即刘桢。刘桢(?—217),字公幹,东平(今山东东平)人。东汉文学家,"建安七子"之一,长于诗歌,著有《刘公幹集》。

⑤ 元瑜:即阮瑀。阮瑀(?—212),字元瑜,陈留尉氏(今属河南)人。东汉文学家,"建安七子"之一,长于章表书记,著有《阮元瑜集》。

如"千人俊、万人杰"。

至"恐吾与足下不及见也"以上,论文坛之过去、现在、将来。

以上论文竟,以下论文颇多伤感之音。

"至通夜不瞑","至"下,五臣本有"乃"字。"瞑",五臣注:"睡也。"瞑、眠古通(如螟虫,乡音读眠)。

"年三十余","年"下,五臣本有"已"字。

"所更非一","更",五臣注:"历也。"《汉书》有"少不更事"。

"动见瞻观",五臣注:"言既非材,而处重位,兴动出入,顾眄甚难。"(盼,视;眄,斜视也。)按:"见"有"被"义。文帝之意谓己之举动出入多为人所注视耳。

"颇复有所述造不","述",述前人之言;"造",作也,创作也。

"东望于邑","于邑",不快,今书作"鬱悒"。

"裁书叙心。丕白",六字为结。

文帝最能以冷静头脑驾驭热烈感情。而六朝多只有冷静头脑没有热烈感情,所写只是很漂亮的一些话,我们并不能受其感动。

《宗门武库》有如下两段文字:

> 叶县省和尚①,严冷枯淡,衲子敬畏之。浮山远②、天衣怀在众时,特往参。时正值雪寒,省诃骂驱逐,以至将水泼旦过,衣服皆湿。其他僧皆怒而去,唯远、怀并叠敷具,整衣复坐于旦过中。省到,诃曰:"你更不去,我打你!"远近前云:"某二人数千里,特来参和尚禅。岂以一杓水泼之便去!若打杀也不去。"省笑曰:"你两个要参禅,即去挂搭。"续请远充典座。

---

① 叶县省和尚:即叶县归省禅师,宋朝临济宗禅师。因伍汝州叶县广教院,世称叶县归省或叶县省和尚。

② 浮山远(990—1067):名法远,号圆鉴,宋朝临济宗禅师,以"浮山九带"闻名于禅林。因卓锡舒州浮山,人称浮山远。

师云:"圆通秀禅师①因雪下,云:'雪下有三种僧:上等底僧堂中坐禅,中等磨墨点笔作雪诗,下等围炉说食。'"

"在众",尚未出世说法时。

"且过",印度语音译,即僧堂。

"敷具",犹言坐具。"敷",布也,铺也。如禅宗言"筑"犹今言"揍"。

"挂搭",挂单。

《宗门武库》乃系大慧宗杲之语录,盖其弟子道谦所记。(大慧禅师,即宗杲大师,盖中国最后大师。)唐宋文体不能表现禅家精神。史书中录人言语,亦多有白话。如:《史记》之"夥颐"②,《晋书》之"宁馨儿"③,《世说》之"冷如鬼手馨"④。(晋人作文法如掘地及泉,自地心冒出。)不用白话不能传出当日精神,故史书雅文亦用之。

一种文字只可表现一种精神。吾人只是稗贩、趸卖、零沽、零售,不对。

---

① 圆通秀禅师(1027—1090):名法秀,号圆通,宋朝云门宗禅师,天衣义怀弟子。因开法东京法云寺,世称法云秀。

② 《史记·陈涉世家》:"(其故人)入宫,见殿屋帷帐,客曰:'夥颐!涉之为王沈沈者!'"夥颐,楚地方言,用于表示惊讶、羡慕、赞美,有"真多呀"之意。

③ 《晋书·王衍传》:"衍字夷甫,神情明秀,总角尝造山涛。涛嗟叹良久,既去,目而送之曰:'何物老妪,生宁馨儿!然误天下苍生者,未必非此人也。'"宁馨儿,晋宋时俗语,这样的孩子。

④ 刘义庆《世说新语·忿狷》:"王司州尝乘雪往王螭许。司州言气少有牾逆于螭,便作色不夷。司州觉恶,便舆床就之,持其臂曰:'汝讵复足与老兄计?'螭拨其手曰:'冷如鬼手馨,强来捉人臂。'"

第七节

曹植(子建)《与吴季重书》

植白:季重足下。前日虽因常调,得为密坐。虽燕饮弥日,其于别远会稀,犹不尽其劳积也。若夫觞酌凌波于前,箫笳发音于后,足下鹰扬其体,凤叹虎视,谓萧曹不足俦,卫霍不足侔也。左顾右眄,谓若无人,岂非吾子壮志哉!过屠门而大嚼,虽不得肉,贵且快意。当斯之时,愿举太山以为肉,倾东海以为酒,伐云梦之竹以为笛,斩泗滨之梓以为筝,食若填巨壑,饮若灌漏卮,其乐固难量,岂非大丈夫之乐哉!然日不我与,曜灵急节。面有逸景之速,别有参商之阔。思欲抑六龙之首,顿羲和之辔,折若木之华,闭濛汜之谷。天路高邈,良久无缘,怀恋反侧,如何如何!

得所来讯,文采委曲,晔若春荣,浏若清风,申咏反覆,旷若复面。其诸贤所著文章,想还所治,复申咏之也,可令意事小吏讽而诵之。夫文章之难,非独今也。古之君子,犹亦病诸。家有千里,骥而不珍焉;人怀盈尺,和氏无贵矣。夫君子而知音乐,古之达论,谓之通而蔽。墨翟不好伎,何为过朝歌而迴车乎?足下好伎,值墨翟迴车之县,想足下助我张目也。

又闻足下在彼,自有佳政。夫求而不得者有之矣,未有不求而得者也。且改辙易行,非良乐之御;易民而治,非楚郑之政,愿足下勉之而已矣。适对嘉宾,口授不悉,往来数相闻。曹植白。

《昭明文选》卷第四十二"书中"载《与吴季重书》。

第一段：

"前日虽因常调"，"常调"，五臣注："谓常戏。"

"觞酌凌波于前，箫笳发音于后"二句，即文帝"觞酌流行，丝竹并奏"（《与吴质书》），而文帝简练。

"足下鹰扬其体，凤叹虎视"，"凤叹"，李善注："叹犹歌也。"五臣本作"凤观"，注："言有和容也。"

"岂非吾子壮志哉"，"吾子"，五臣本作"君子"。

文艺上夸大，生活上奢华，性也。

心上要有秤尺，然须闭门造车，出门合辙。自本心称量而出是闭门造车；《水浒》所谓"普天下伏侍看官"，元遗山《论诗三十首》末章所谓"老来留得诗千首，却被何人校短长"，是出门合辙。不要管观众，只要自本心秤量而出，如此方为文学表现正路。尽可不管观众、听众，而无论如何总得有观众、听众，这是文艺上的"悲哀"。

文艺上的夸大是自本心称量而出，其人美恶未必如此，而在你心上是如此。李白《于阗采花》诗云：

乃知汉地多名姝，胡中无花可方比。

此是夸大，乃自太白心中称量而出，而我们听了承认，此夸大便成功了。李白又有句：

咳唾落九天，随风生珠玉。

（《妾薄命》）

夸大到极点,而我们承认它,不讨厌。

利用想象与联想,可创造出文艺上之夸大。然文艺上的夸大不可太过,须有情操、节制。否则任其自由,则如禅家所言"堕坑落堑"①。

子建之情操、节制不及子桓,其夸大太过,不合辙;渺渺茫茫,不可靠。文艺上夸大可以,然要有情趣。放肆不是情趣。情趣多生自情操、节制。

"面有逸景之速","面",会面;"逸",急驰;"景",影也,景、影古通。

"抑六龙之首,顿羲和之辔,折若木之华,闭濛汜之谷",四句重复,但不是夸大,是浪费。

第二段:

"旷若复面","旷",五臣注:"远也。"

"其诸贤所著文章","其",不做主词,若做主词当在 subordinate(从属状态)。如:

其来也,我见之;其去也,我未之见也。

"我未之见也",否定词在前("吾谁欺?欺天乎?"[《论语·子罕》])。文言文中,第三人称做主词多省。如:

某甲者江南人,(其、彼)有田园在江北,其弟欲有之,某甲患之。

"可令熹事小吏讽而诵之","小吏",五臣作"小史"。

"夫君子而知音乐","知"上,五臣有"不"字。

描写有二种:一为绘画的。如《左传》,似水墨画,有飘逸之致;如云龙,得其神气。然此须高手始能生动,否则易成模糊。一为雕刻的。如《水经

---

① 《续传灯录》卷二载汝州高阳法广禅师事:"僧问:'如何是大悲千手眼?'师曰:'堕坑落堑。'"

注》之写景，近于雕刻，形态清楚、逼真。柳宗元山水游记出自《水经注》，故生动、飘逸之致少，长处在清楚、逼真。如《小石潭记》写鱼：

潭中鱼可百许头，皆若空游无所依。日光下澈，影布石上，怡然不动。

又《小丘记》写石：

其欹然相累而下者，若牛马之饮于溪；其冲然角列而上者，若熊罴之登于山。

用雕刻的表现法写逼真的形态。用"若"字已有点笨，不如"日光下澈，影布石上，怡然不动"十二字。《袁家渴记》：

每风自四山而下，振动大木，掩苒众草，纷红骇绿。

"纷红骇绿"四字，不但不像文，且不像诗；像词，且为二等小词。真固真，而品不高。大概凡逼真的，品就不易高。《始得西山宴游记》之"萦青缭白"四字与"纷红骇绿"句法同，而此句比前句高得太多，"青""白"之色就比"红""绿"高，"萦""缭"又比"纷""骇"好，再加还有"外与天际，四外如一"。柳子厚游记有"萦青缭白"句，东坡诗有"山耶云耶远莫知"（《书王定国所藏烟江叠嶂图》），二者意境相近，而柳文高于苏诗远矣，融四字成一境界，千言万语只是一义。

绘画的，神品；雕刻的，能品。《水浒》近于前者，《红楼》近于后者。

鲁迅先生受西洋作品影响，加以本人之刻峭，且曾学医，故下笔如解剖刀。

第八节

嵇康(叔夜)《与山巨源绝交书》①

  康白:足下昔称吾于颍川,吾常谓之知言。然经怪此意,尚未熟悉于足下,何从便得之也?前年从河东还,显宗、阿都说足下议以吾自代,事虽不行,知足下固不知之。足下傍通,多可而少怪,吾直性狭中,多所不堪,偶与足下相知耳。间闻足下迁,惕然不喜,恐足下羞庖人之独割,引尸祝以自助,手荐鸾刀,漫之膻腥,故具为足下陈其可否。

  吾昔读书,得并介之人,或谓无之,今乃信其真有耳。性有所不堪,真不可强。今空语同知有达人,无所不堪,外不殊俗,而内不失正,与一世同其波流,而悔吝不生耳。老子、庄周,吾之师也,亲居贱职;柳下惠、东方朔,达人也,安乎卑位。吾岂敢短之哉!又仲尼兼爱,不羞执鞭;子文无欲卿相,而三登令尹,是乃君子思济物之意也。所谓达能兼善而不渝,穷则自得而无闷。以此观之,故尧舜之君世,许由之岩栖,子房之佐汉,接舆之行歌,其揆一也。仰瞻数君,可谓能遂其志者也。故君子百行,殊涂而同致,循性而动,各附所安。故有处朝廷而不出,入山林而不反之论。且延陵高子臧之风,长卿慕相如之节,志气所托,不可夺也。

  吾每读尚子平、台孝威传,慨然慕之,想其为人。少加孤露,母兄

---

① 嵇康(224—263):字叔夜,谯国铚(今安徽宿州)人。与阮籍齐名,为"竹林七贤"之一。因官中散大夫,世称嵇中散,著有《嵇中散集》。山涛(205—283),字巨源,与嵇康同为"竹林七贤"中人物,由选曹郎迁官大将军从事中郎(一说迁散骑常侍)时欲举荐嵇康代其原职,嵇康作此书谢绝。

见骄，不涉经学。性复疏懒，筋驽肉缓，头面常一月十五日不洗，不大闷痒，不能沐也。每常小便，而忍不起，令胞中略转乃起耳。又纵逸来久，情意傲散。简与礼相背，懒与慢相成，而为侪类见宽，不攻其过。又读庄老，重增其放。故使荣进之心日颓，任实之情转笃。此由禽鹿少见驯育，则服从教制；长而见羁，则狂顾顿缨，赴蹈汤火。虽饰以金镳，飨以嘉肴，逾思长林而志在丰草也。

阮嗣宗口不论人过，吾每师之，而未能及。至性过人，与物无伤，唯饮酒过差耳。至为礼法之士所绳，疾之如雠，幸赖大将军保持之耳。吾不如嗣宗之贤，而有慢弛之阙；又不识人情，闇于机宜；无万石之慎，而有好尽之累。久与事接，疵衅日兴，虽欲无患，其可得乎？

又人伦有礼，朝廷有法，自唯至熟，有必不堪者七，甚不可者二：卧喜晚起，而当关呼之不置，一不堪也。抱琴行吟，弋钓草野，而吏卒守之，不得妄动，二不堪也。危坐一时，痹不得摇，性复多虱，把搔无已，而当裹以章服，揖拜上官，三不堪也。素不便书，又不喜作书，而人间多事，堆案盈机，不相酬答，则犯教伤义，欲自勉强，则不能久，四不堪也。不喜吊丧，而人道以此为重，己为未见恕者所怨，至欲见中伤者，虽瞿然自责，然性不可化，欲降心顺俗，则诡故不情，亦终不能获无咎无誉如此，五不堪也。不喜俗人，而当与之共事，或宾客盈坐，鸣声聒耳，嚣尘臭处，千变百伎，在人目前，六不堪也。心不耐烦，而官事鞅掌，机务缠其心，世故繁其虑，七不堪也。又每非汤武而薄周孔，在人间不止，此事会显世教所不容，此甚不可一也。刚肠疾恶，轻肆直言，遇事便发，此甚不可二也。以促中小心之性，统此九患，不有外难，当有内病，宁可久处人间邪！又闻道士遗言，饵术黄精，令人久寿，意甚信之；游山泽，观鱼鸟，心甚乐之。一行作吏，此事便废，安能舍其所乐，而从其所惧哉！

夫人之相知，贵识其天性，因而济之。禹不偪伯成子高，全其节也；仲尼不假盖于子夏，护其短也；近诸葛孔明不偪元直以入蜀，华子鱼不强幼安以卿相。此可谓能相终始，真相知者也。足下见直木必不可以为轮，曲者不可以为桷，盖不欲以枉其天才，令得其所也。故四民有业，各以得志为乐，唯达者为能通之，此足下度内耳。不可自见好章甫，强越人以文冕也；已嗜臭腐，养鸳雏以死鼠也。吾顷学养生之术，方外荣华，去滋味，游心于寂寞，以无为为贵。纵无九患，尚不顾足下所好者，又有心闷疾，顷转增笃，私意自试，不能堪其所不乐。自卜已审，若道尽涂穷则已耳。足下无事冤之，令转于沟壑也。

吾新失母兄之欢，意常悽切。女年十三，男年八岁，未及成人，况复多病，顾此恨恨，如何可言！今但愿守陋巷，教养子孙，时与亲旧叙阔，陈说平生，浊酒一杯，弹琴一曲，志愿毕矣。足下若嬲之不置，不过欲为官得人，以益时用耳。足下旧知吾潦倒粗疏，不切事情，自惟亦皆不如今日之贤能也。若以俗人皆喜荣华，独能离之，以此为快，此最近之，可得言耳。然使长才广度，无所不淹，而能不营，乃可贵耳。若吾多病困，欲离事自全，以保余年，此真所乏耳，岂可见黄门而称贞哉！若趣欲共登王涂，期于相致，时为欢益，一旦迫之，必发其狂疾，自非重怨，不至于此也。

野人有快炙背而美芹子者，欲献之至尊，虽有区区之意，亦已疏矣，愿足下勿似之。其意如此，既以解足下，并以为别。嵇康白。

《昭明文选》卷第四十三"书下"载《与山巨源绝交书》。

"苟富贵，无相忘"（《史记·陈涉世家》），故山涛荐嵇康。

嵇叔夜好锻。凡有思想、有感觉的人，其嗜好、其习惯皆是有意的、自觉的、象征的。世上许多事无法改善，硬得和铁一样，怎样能拿来放到火里烧一烧，用钳锤在砧子上凿一凿，炼得它软得如同面条子一样，要它怎样便

>> > "苟富贵,无相忘",故山涛荐嵇康。嵇康好锻,凡有思想、有感觉的人,其嗜好、其习惯,皆是有意的、自觉的、象征的。"士大夫处世,可以百为,唯不可俗,俗便不可医也。"子弟们处世,可以百为,唯不可真。一真,便行不通。图为清朝禹之鼎《竹林七贤图》(局部)中的嵇康等人。

怎样,岂不痛快!

黄山谷曰:"士大夫处世,可以百为,唯不可俗,俗便不可医也。"(《书缯卷后》)子弟们处世,可以百为,唯不可真。一真,便行不通。

鲁迅《野草·立论》讲一个故事:小儿弥月,汤饼会[①]客(饼、面、饵,有甜味的)。客见小儿,或曰将来做官,或曰将来发财。一客谓将来要死的,主人怒捆之。前二人皆假话,后者乃实话却被打。鲁迅接着说:我不想说谎恭维人,也不想说真话挨打。文中老师回答:

那么,你得说:"啊呀!这孩子呵!您瞧!多么……阿唷!哈哈!Hehe! he,hehehehe!"

周作人说,这年头里尽说我爱你不成,最好说天气,还不与人相干。然而天气好坏在个人也有不同处,所以只好"今天天气哈哈哈"。[②]

俗云,打人别打脸,揭人别揭短。此是与世无患、与人无争。又云,西瓜皮打秃子,王八盖刻格子。此则情理难容。

鲁迅先生有与嵇叔夜相似处,他们专拿西瓜皮打秃子的脸,所以到处是仇敌。(鲁迅《魏晋风度及文章与药及酒之关系》,收于《而已集》,北新有活页。)老杜写李白:

不见李生久,佯狂真可哀。
世人皆欲杀,吾意独怜才。
(《不见》)

[①] 汤饼会:旧俗小儿出生三日或满月,设筵招待亲友,中有一道汤饼,故谓之"汤饼筵",或谓之"汤饼会"。后则演变为寿辰之用,成为对长寿的预祝。所谓汤饼,即汤面。

[②] 周作人《看云集·哑巴礼赞》:"语云:'病从口入,祸从口出。'说话不但于人无益,反而有害,即此可见。一说话,话中即含有臧否,即是危险,这个年头儿。人不能老说'我爱你'等甜美的话,——况且仔细检查,我爱你即含有我不爱他或不许他爱你等意思,也可以成为祸根。哲人见客寒暄,但云'今天天气……哈哈哈!'不再加说明,良有以也,盖天气虽无知,唯说其好坏终不甚妥,故以一笑了。"

其实李白尚不至如此,嵇叔夜才真是如此,就因为他爱说真话,好揭人的短处,戳破人的纸老虎。(其实一年三百六十日,百年三万六千场,人都是护着短处生活,人就是在虚伪中鬼混。个人是在护短中生活,社会是在虚伪中过活。)世上一般人都是讳疾忌医。你揭人的短,戳破人的虚伪,虽是求真,却行不通。这样人有四字送他:"愤世疾邪"。这样人看着人都不顺眼,别人看了他也不会顺眼,"你眼中的人,就是人人眼中的你自己"。

然愤世疾邪的人是世上不可少的。这与无聊的名士、狂人截然不同。后者骂世是自我出发,自命不凡,嫌人不称他是天才。这种名士、文人,要说杀就该杀,他们一不如意便使酒骂座。无以名之,只好名曰疯狗,既是疯狗,还是打杀为妙。然要像嵇康、鲁迅他们,说真话,是社会的良医,世人欲杀,哀哉!

为文不可不会利用骈句,此乃中国文字特长,而不可用死。

骈句(parallel sentence),不一定是四六对句。如汪中(容甫)①自述:

俯仰异趣,哀乐由人。(《经旧苑吊马守真》)

汪中为人做秘书,故云。此乃四六骈句,较为自由。骈句意思"对",句法不甚"对"。又如《礼记·礼运》:

货,恶其弃于地也,不必藏于己;力,恶其不出于身也,不必为己。

这是骈句,不是对句。

凡骈句多为警句(佳句),可为格言、座右铭;对句则分量上差。曹丕

---

① 汪中(1744—1794):字容甫,号颂父,江都(今江苏扬州)人。清朝文学家、史学家、清朝骈文中兴代表人物,《哀盐船文》为其骈文绝作。

《典论·论文》：

> 贫贱则慑于饥寒，富贵则流于逸乐。遂营目前之务，而忽百世之功。

此亦骈句，且字数较整齐。（上古则纯朴[from hand to mouth]，糊口度日，目前之务。）欧阳修《五代史·伶官传序》：

> 夫祸患常积于忽微，而智勇多困于所溺。

人有所嗜，必为之累；佛无所溺，故曰大雄、大勇、大智。欧氏此二句是骈句，近于格言，而非警句。欧氏又有：

> 仕宦而至将相，富贵而归故乡。（《相州昼锦堂记》）

此亦骈句，亦近于格言，而亦非警句。读书要看警句，必有与一己之心相合者。

格言是教训，没有感情。如朱用纯①《朱子家训》：

> 黎明即起，洒扫庭除。（第一章）

警句有哲理，凡哲理多带有感情。格言没有感情，是干枯，不是严肃。《礼记》"货，恶其弃于地也，不必藏于己；力，恶其不出于身也，不必为己"二句，也许带有教训意味，然而又有些"劝"的意味。教训不必有感情；劝，要

---

① 朱用纯（1627—1698）：字致一，自号柏庐，昆山（今属江苏）人。明朝理学家、教育家，著有《四书讲义》《朱子家训》等。

有感情色彩,才能感动人心。古圣先贤悲天悯人之心,是多么大的感情。

　　文中散句过多,易于散漫。后人文章散漫,多因不会用骈句。鲁迅、周作人的白话文都有骈句。白话文不是白话,如同京剧中的"京白"不是"京话",京话是散行,京白便有骈句、有锤炼了。而鲁迅、周作人并非有意如此,一写便如此,且便该如此。如《论语》,孔子以为话便该如此说,理便该如此讲。凡自以为了不起的人,都是很浮浅的人。用骈句成心也不成,须瓜熟蒂落,水到渠成,是人工而又要自然。如空手入白刃,必须纯熟,稍一生疏,便害事不浅。然亦不可过熟,过熟易成滥调。熟,易致于烂,乃因不用心;若用心,熟不至烂熟。在有心无心之间来了,便因极熟。

　　骈文又不可用死。

　　骈散,即骈中带散。文用散句,文气流畅。

　　上所举《典论·论文》"贫贱则慑于饥寒,富贵则流于逸乐"二句是骈;"遂营目前之务,而忽百世之功"二句是骈散。"遂营目前之务"是因,"而忽百世之功"是果。杜甫:

　　　　朝回日日典春衣,每日江头尽醉归。
　　　　酒债寻常行处有,人生七十古来稀。
　　　　　　　　　　《曲江二首》其二

　　此后二句不但"骈",简直是"对",但是上下的,不是平行的;字句是平行,意思是上下,亦骈中带散。义山诗:

　　　　露如微霰下前池,风过回塘万竹悲。
　　　　浮世本来多聚散,红蕖何事亦离披。
　　　　　　　　　　《七月二十九日崇让宅宴作》

　　"浮世"二句亦骈中带散。义山学老杜而比老杜还美,且美中有力。

柳子厚"纷红骇绿"(《袁家渴记》),自己骈。

散——流动,如水;骈——凝炼,如石。只散不好,只骈亦不成,应骈散相间。大自然中无美过水与石者,而中国人最能欣赏水与石之美。

处世不可真,而文人是表现性情的,必须真。"世人皆欲杀",不必世人杀,亦必自杀。"若使忧能伤人,此子为不得永年矣"(孔融《论盛孝章书》),岂但忧能伤人,凡感情皆能伤人。现在世上真没有真的感情了,诗人以不说强说、不笑强笑为苦,世人以不说强说、不笑强笑为本分,将本性已剥削殆尽。

不但忧愤能伤人,欢乐亦能伤人,除非不是真欢喜。每日欢喜,摇散精神,如日消雪。然此与夫子所谓"乐天知命",与颜回"不改其乐"之"乐"不同。夫子、颜回之乐,如花之开、水之流,不是摇散精神,是生长,即禅家所谓法喜,即西洋宗教所谓 ecstasy。一人写一快乐的人,说,我今天真高兴,我的心如氢气球一样——一碰就崩了。这是摇散精神。凡真的感情都是侵蚀人的生命的。忧能伤人,只说到一面。故佛教、道教皆要人压制感情,感情是学道的对头、魔头。而学文必须助长之不可。这两面不是不能调和,而终有点儿抵触。学文要助长感情,才能有创作表现;学道必须打倒之,才能有真我、真乐。文人有真性情、真感情,不必世人欲杀,便足以自杀。西洋说文人是蜡烛,由两头点起来,比别人加一倍亮,而不能延长,以其加一倍消耗。

第一段:

"吾常谓之知言",常,always,永远;尝,sometimes,时而、曾经。"常",五臣作"尝"。

"知足下固不知之","故",就;"固",绝对。

"足下傍通","傍通",知己知彼。"傍"字便从自我中心出发。

"直性狭中","中",衷心;"狭中",narrow-minded;"直性狭中"意谓个性太强,知有己、不知有人。

"足下傍通,多可而少怪,吾直性狭中,多所不堪",是骈,意骈。

"偶与足下相知耳"句,字法、修辞、意思,都好。

"间闻足下迁","间",比也,近来。五臣注:"顷也。"

从"足下昔称吾于颍川"至"故具为足下陈其可否",是开端,而关系、性情、近日事情都说清楚了。写文当如此。

第二段:

"得并介之人","并",狂、进取,好帮人忙,好做事;"介",狷,有所不为,不帮人忙,然亦不妨碍人。"并""介"在一句,自己骈。

"或谓无之,今乃信其真有耳","无""有",亦骈。

骈散不在字数、句法,有似骈而非骈、似非骈而实骈者。如:

> 子曰:"富贵而可求也,虽执鞭之士,吾亦为之;如不可求,从吾所好。"(《论语·述而》)

> 美而艳。(《左传》)

陶渊明"纡辔诚可学,违己讵非迷。且共欢此饮,吾驾不可回"(《饮酒二十首》其九),杨恽"人生行乐耳,须富贵何时"(《报孙会宗书》),与孔子"从吾所好"不同。孔子有吃苦忍辱的精神,杨恽只是放纵。儒家"修其天爵而人爵从之"(《孟子·尽心上》),"天爵",可,是情势;"人爵",能,是能力。六朝时陶渊明大诗人真是儒家精神,比韩愈、杜甫通。陶渊明够圆通、冲淡了,而所说仍不及孔子缓和。陶究竟是诗人,负气得很(士多有志,斯固然矣);孔子"从吾所好",是伟大哲人、诗人态度。

道德是内心的约束,礼法是外身的约束。由身的放纵、礼法的约束,便可看出其精神已散漫懈怠。"坐如钟,立如松"是礼法,如此精神才能集

>>> 第一段从"足下昔称吾于颍川"至"故具为足下陈其可否",是开端,而关系、性情、近日事情都说清楚了。写文当如此。第二段"得并介之人","并",狂、进取,好帮人忙,好做事;"介",狷,有所不为,不帮人忙,然亦不妨碍人。然嵇康何不"外不殊俗,而内不失正",外圆内方?都知有这样的人,他自己也说了,可自己做不到。图为元朝赵孟頫书录《与山巨源绝交书》(节选)。

嵇叔夜與山巨源絕交書

康白：足下昔稱吾於潁川，吾嘗
謂之知言。然經怪此，意常不然。
自卜於己，以謂足下：之於吾也前年
從河東還，顯宗、阿都說足下議
以吾自代，事雖不行，知之下不知
足下條通，多可而少，怪吾直性狹
中，多所不堪，偶與足下相知耳。
閒聞足下遷，揚祉不妻，且志怠意
庸人之獨割。刈尸祝以自助，手薦
鸞刀，漫之羶腥，故具為足下陳
其可否。吾菩讀書，得并介之人
或謂無之。今乃信其真。看古性
看，二不堪，真不可強。今空語同知

中。而"礼法岂为吾辈设"①？六朝人就犯这劲，不可为法。然若替他做心理分析，则亦自有其故。鲁迅先生以为乃由愤激生出之矣，世人讲道德、仁义，都是假面具，所以有志之士（血性人）便故意不守礼法。② 世事不坏于真小人，而坏于伪君子。《水浒》一百单八人是真强盗，而不是伪君子。鲁智深是大诗人，"人生行乐耳""从吾所好"。六朝人对礼法不敬，已成无理由的了。鲁迅论魏晋人，六朝已是末流，故不论。

魏武帝比始皇还狠、还辣。蜀、吴二敌手比六国厉害，若是始皇，或者还教二人给灭了。做皇帝不得不摧残、收拾文人，当时文人受老曹收拾最厉害，故志士必激愤而反抗。到晋初司马氏父子，则成"害人之心不可有，防人之心不可无"。（人不可太忠厚，司马炎忠厚，其子惠帝傻。）

嵇叔夜反对司马氏父子。然何不"外不殊俗，而内不失正"，外圆内方？都知有这样人，嵇叔夜自己也说了，可自己做不到。

"而悔吝不生耳"，"悔吝"，犹言悔恨。《易传·系辞》言"吉凶悔吝生于动"，此乃中国最早人生哲学。"好事不如无"（云门文偃禅师语）③，亦是人生哲学。

悔吝，天下无悔吝之人，一种是阿Q式人物，不算。一种是理想人物，所做过事无不对者，圣贤事无不可对人言。常人岂但不敢对人言，简直怕敢想。另一种则是英雄，如曹操一流人物，错就错了，我负责任，决不后悔。我们既不像阿Q那样糊涂，又没有圣贤那样健全人格，又不能像英雄那样

---

① 《晋书·阮籍传》："籍嫂尝归宁，籍相见与别。或讥之，籍曰：'礼岂为我设邪！'"
② 鲁迅《而已集·魏晋风度及文章与药及酒之关系》："因为魏晋时代所谓崇尚礼教，是用以自利，那崇奉也不过偶然崇奉，如曹操杀孔融，司马懿杀嵇康，都是因为他们和不孝有关，但实在曹操司马懿何尝是著名的孝子，不过将这个名义，加罪于反对自己的人罢了。于是老实人以为如此利用，褒渎了礼教，不平之极，无计可施，激而变成不谈礼教，不信礼教，甚至于反对礼教。"
③ "好事不如无"：云门文偃禅师多次使用的禅语。《云门广录》卷中《垂示代语》载："上堂云：'乾坤侧，日月星辰一时黑，怎么生道？'代云：'好事不如无。'"又"或云：'古人道：人人尽有光明在，看时不见暗昏昏，怎么生是光明？'代云：'厨库三门。'又云：'好事不如无。'"卷下《堪辨》载："师问僧：'还有灯笼么么？'僧云：'不可更见也。'师云：'狮狲系露柱。'代云：'深领和尚佛法深心。'代前语云：'好事不如无。'"

坚决,真是平凡的悲哀,具是凡夫。而人味(人情味)最充足的还是那种有平凡的悲哀的"具是凡夫"。圣贤真来了,你和他一起舒服吗?神仙更了不得,英雄也令人害怕,还是"具是凡夫"令人可亲了。

王静安云:

人生过处唯存悔,知识增时只益疑。

(《六月二十七日宿硖石》)

以诗论不佳,以内容论可取,上句是,下句可商量。"知识增时只益疑",还是不是真知识?静安先生治哲学,对人生总之是想过的。"外不殊俗,而内不失正",已是难事,"与一世同其波流,而悔吝不生",更难!

宋真宗时,宰相王旦临殁不著朝服,衣着僧衣,可见其后悔之心,遗命以僧入殓。① 又明末吴伟业②临死,作《贺新郎·病中有感》词,言"竟一钱、不值何须说"③,可见其后怕。不降清也罢,降就降了,何必后悔?与一世同其波流,而悔吝生了,不成。

曹操是担荷;叔夜所说是达人,如行云流水,是"随喜";老子、庄周、柳下惠④、东方朔⑤只是完成自我。完成自我一类人易成玩世不恭。常人有

---

① 吴处厚《青箱杂记》卷一:"王旦遗命,剃发,以僧服敛,家人不欲,止以缁褐一袭纳诸棺而已。"
② 吴伟业(1609—1671):字骏公,号梅村,江苏太仓人。明末清初诗人,与钱谦益、龚鼎孳并称"江左三大家"。其诗以七言歌行最能自成一体,世称"梅村体"。
③ 《贺新郎·病中有感》,全词如下:
　　万事催华发。论龚生、天年竟夭,高名难没。吾病难将医药治,耿耿胸中热血。待洒向、西风残月。剖却心肝今置地,问华佗、解我肠千结。追往恨,倍凄咽。　故人慷慨多奇节。为当年、沉吟不断,草间偷活。艾灸眉头瓜喷鼻,今日须难决绝。早患苦、重来千叠。脱屣妻孥非易事,竟一钱、不值何须说。人世事,几完缺。
④ 柳下惠(前693—前609):展氏,名获,字禽,春秋时期鲁国人。因其食邑柳下,谥号惠,故后称柳下惠。孟子称其为"圣之和者",后世尊之为"和圣"。
⑤ 东方朔(前154—?):字曼倩,平原厌次(今山东惠民)人。汉武帝时文学侍臣,滑稽多智,长于辞赋,著有《答客难》《七谏》等。

人格的分裂,自己骂自己,反对自己,常人一做坏事而有内心牵涉。仲尼、子文①是牺牲自己济世,释、耶都是。老子、庄周无所作为。济世,有所作为;玩世不能做什么,而完成自我,自己一点不受屈;释迦是自己受苦,真伟大。干事的人非是牺牲自己不可,不像圣贤豪杰。现在人,事做不好,就因其但想升官发财,完成自我。

叔夜两种都不能学,玩世不能圆,济世又不能完全无我,我的意识太强,不能牺牲。(自得,自失,爽然自失。)

"所谓达能兼善而不渝","渝",变也,自动。夺,使之变也。

庄子以为人得自天,唯足以能全。得于天者不当破坏,故赞美婴儿是天是全。庄子对婴儿是物格,儿科医生对婴儿是格物。物格不见得真懂,只是"于我心有戚戚焉"(《孟子·梁惠王上》)。"戚戚"是心动了,喜欢的人不见得是好。"吾每读尚子平、台孝威传,慨然慕之",可见心如何戚戚,心动。老子是机心,庄子无机心,六朝乃末流。

"仰瞻数君,可谓能遂其志者也","遂",副词,亦可用为动词。

"且延陵高子臧之风,长卿慕相如之节,志气所讬,不可夺也"以上,历举前贤事迹而加以说明。

以下第三段,乃自述。

"少加孤露。"《诗经》:"舍彼有罪,予之佗矣。"(《小雅·小弁》)毛传:"佗,加也。"马瑞辰《毛诗传笺通释》:"驼、佗古通用。中国古无骆驼,亦无驼字。"驼、驰,朱注②楚辞《涉江》"高驰而不顾"。驰,加也。"少加孤露","加",驰也,被也,受也。

"母兄见骄","见",被动语气(passive voice),如"见欺""动见观瞻";又用作助动词,加重语气。(auxiliary verb:must、will、shall、can、ought to.)

"筋驽肉缓",五臣注:"谓宽缓如驽马也。"

---

① 子文:斗氏,名谷于菟,字子文,春秋时楚国令尹,曾自毁其家以纾楚国之难。
② 朱注:朱熹所著《楚辞集注》。

"不攻其过","攻",五臣注:"击也。"

"故使荣进之心日颓","颓",五臣注:"坠也。""从善如登,从恶如崩。"(《国语·周语下》)"欲求生富贵,须下死工夫。"(《增广贤文》)

"任实之情转笃","任实",五臣注:"用本情也。"盖不勉强之意。"任实",用本情,信意。学文、学道,须在意,不能信意。

"此由禽鹿","由""犹"通。"禽",古"擒"字,飞禽;"兽",鸟兽之总名。

"狂顾顿缨","缨",缰。"顿"不是"断",而"断"是"顿"的结果。

"虽饰以金镳","镳",马衔。

美丽、简明,六朝文兼之。简明乃美丽之本。如嵇叔夜此段中所言:

简与礼相背,懒与慢相成。

二句简明、美丽。至若李谔①所言:

连篇累牍不出月露之形,积案盈箱唯是风云之状。(《上隋高祖革文华书》)

廿字一个意思。又有一段文字:

夫人莫大于为善,为善莫大于修庙,而尤莫大于修二郎庙。夫二郎者,乃大郎之弟、三郎之兄,而老郎之子也。庙有树一株,人皆曰树在庙前,余独谓庙在树后。是为记。(《二郎神庙碑记》)②

像《二郎神庙碑记》,多数作家都不免堕坑落堑。读鲁迅文章,是使死

---

① 李谔(生卒年不详):字士恢,赵郡(今属河北)人。隋朝学者、文学家,其《上隋高祖革文华书》反对文华辞藻,提倡复古。
② 此文盖为晚清淮阳县令韩好古手笔。

尸站起来看见自己的腐烂,锤炼,坚实,有弹性。

散文是因果相生,纵的;骈文是并列的,如汉瓦当文"延年益寿"、周铜盘铭"富贵吉祥"。散,因果相生;骈,甲乙并立,不但无因果关系,简直无关。

"简与礼相背,懒与慢相成"二句,寓散于骈。

"少见驯育,则服从教制;长而见羁,则狂顾顿缨,赴蹈汤火",数句寓骈于散,是因果相生;"虽饰以金镳,飨以嘉肴,逾思长林而志在丰草也",亦寓骈于散,因果相生。

以上二长句以图示:

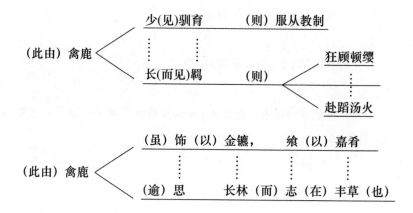

"狂顾顿缨,赴蹈汤火"二句,本可对而不对。凡物反常必贵,而反常又可为妖,差以毫厘,谬以千里。反常而须看不出。

"骈",唯中国有,刘师培《中古文学史》所谓"华夏所独"[①]。韩愈"文起八代之衰"(苏轼《潮州韩文公庙碑》),改骈为散,而如《原道》:

---

① 刘师培《中古文学史·概论》:"此一则明俪文律诗为诸夏所独有,今与外域文学竞长,唯资斯体。"

> 博爱之谓仁,行而宜之之谓义,由是而之焉之谓道。

仍是骈。苦苦思之,骈、散二者应同时并用。柳子厚深于六朝,其《种树郭橐驼传》:

> 虽曰爱之,其实害之;虽曰忧之,其实仇之,故不我若也。

不但骈,不但能把诗的情调融入散文,且能将诗的格律、形式融入散文。韩、柳文实乃寓骈于散,寓散于骈;方散方骈,方骈方散;即骈即散,即散即骈。

六朝的骈文与唐之"四六"不同,"四六"太匠气。而六朝末庾信已匠气,只注意骈,没有散了。其最大的毛病是好用代字,如写桃用"红雨",写柳用"灞岸"。始作俑者,其无后乎?用代字固不始于庾子山,而庾子山用得最多。庾氏境遇可怜,写《哀江南赋》应能动人,而人读后只觉其美,文字华丽,不觉其感情真挚,外有所余者而内有所不足。美男子,美女子,试问去掉其美,还有什么!应从内生出光彩,不是从外面涂上。

骈文成为"四六",实是骈文的堕落。

> 民①一日谓悟②曰:"古人道如一滴投于巨壑,殊不知大海投于一滴耳。老和尚还肯此语否?"悟曰:"你看,争奈他何!"(道行《雪堂行拾遗录》)

禅家语录文章美,似《世说新语》,伟大或不如泰山恒岳,而明秀过之。一丘一壑虽小,而明秀驾泰山恒岳之上。

---

① 民:即密印安民禅师。密印安民,名安民,字密印,北宋临济宗杨岐派高僧。因住峨眉中峰院,故称峨眉中峰民和尚。

② 悟:即圆悟克勤禅师。

"大海投于一滴",由博反约。

人有不知、知、忘三种境况：

（一）习矣而不察焉,终身由之而不知其道。（《孟子·尽心上》）　　不知

（二）日知其所亡,月无忘其所能。（《论语·子张》）　　知

（三）不知不识,顺帝之则。（《诗经·大雅·皇矣》）　　忘

鱼"相忘于江湖"。（《庄子·大宗师》）

人都带点阿Q气,是知道好,还是不知道好？往积极说,还是知道好,先得一分是一分。人言"高山仰止,景行行止"（《诗经·小雅·车辖》）;然禅宗忌讳"从门入",要跳墙过去。

旧作品已失去刺激性,不能启发。启发是生,生于其心。西洋只有从"不知"到"知",没有"忘"。鱼鱼相忘,鱼水相忘。

文章中言中之物——内容,物外之言——文章美。

初学者当先懂言中之物,后懂物外之言。读书之过程：(1) 茫然,(2) 了解（言中之物——内容）,(3) 欣赏（物外之言——文章美）。创作亦然：(1) 茫然,(2) 表达情意,(3) 文章美之表现。第二步只是"是",不是"美"。如唱戏,合板眼未必好。《儿女英雄传》[①],八股气,骈而不化。

"盖所能言者,具于此云。"（陆机《文赋》）

"不诚无物"（《中庸》廿五章）,"不打诳语",作文以诚。

---

① 《儿女英雄传》:清朝满族作家文康的长篇小说。是书以地道北京话书写,内蕴复杂,风格独特。

嵇康《与山巨源绝交书》，事既不足为训，文亦不足为法。仅"此由禽鹿少见驯育，则服从教制；长而见羁，则狂顾顿缨，赴蹈汤火。虽饰以金镳，飨以嘉肴，逾思长林而志在丰草也"一节好。只是"诚"，可取，可爱。

谎与诚非二事，文人最善于说谎。《大学》言"正心，诚意，修身，齐家，治国，平天下"，文人没有下半截功夫，主要是正心、诚意。文人有思想、有感觉、有感情，而无能力、无作为。嵇氏在文中第五段历述"有必不堪者七，甚不可者二"，说不成，真是不成。文人若不能正心、诚意，从根坏起，便不可救药了。文人说谎亦自正心、诚意出发，是虚伪，不是欺骗。

虚伪是文学艺术，欺骗是罪恶。文学艺术从说谎来，而心是"诚"。"大藏"中有佛说《百喻经》，每段故事后皆说明此故事是何用意。(有人标点《百喻经》，改名为《痴花鬘》[①]，删去其说明。)如：

昔有一人，有二百五十头牛，常驱逐水草随时喂食。时有一虎，啖食一牛。尔时牛主即作念言："已失一牛，俱不全足，用是牛为？"即便驱至深坑高岸，排著坑底，尽皆杀之。凡夫愚人亦复如是。受持如来具足之戒，若犯一戒，不生惭愧清净忏悔，便作念言："我已破一戒，既不具足，何用持为？"一切都破无一在者。如彼愚人尽杀群牛无一在者。

前为故事，后为说明。文人则不然，只说故事，不做说明。各子书亦好说故事，皆是诚，借说谎达意。且一个人若不诚，说谎也不会。

第四段：

"唯饮酒过差耳"，"过差"，五臣注："差，失也。"过差，盖过量意。

"幸赖大将军保持之耳"，"大将军"，善注："太祖。"五臣注："司马文

---

① 《百喻经》单行本有1914年金陵刻经处刻本，分上下两卷，系鲁迅断句。1926年王品青校订此书，改名为《痴花鬘》，于上海北新书局铅字印行，鲁迅为作题记。

王。"二人所指皆司马昭。

自然无情,社会更是无情。自然花落,明年尚可重开;社会则一槌打倒,永世不得翻身。

人最好没有感觉,没有血性,像阿Q似的,否则自取苦恼。人是好管闲事的,即如圣贤之悲天悯人,亦岂非好管闲事?

第五段:

"自唯至熟","唯",思,亦可作"维"。

"有必不堪者七,甚不可者二","不堪"者,就个性而言;"不可"者,就情势而言。

"而当关呼之不置","当关",五臣注:"汉置当关之职,欲晓,即至门,呼人使起。"

"素不便书","便",善也。

"则诡故不情","诡",五臣注:"诳。""故"当是作意,即"故意"之"故"也。

"每非汤武而薄周孔",五臣注:"汤与武王以臣伐君,故非之。周公、孔子立礼使人浇竞,故薄之。"

此一段言"七不堪、二不可",概言之如下:

七不堪:(1) 喜晚起,(2) 行吟弋钓(爱自然),(3) 不拘形迹,(4) 不喜作书,(5) 不喜吊丧,(6) 不喜俗人,(7) 心不耐烦。

二不可:(1) 非汤武而薄周孔;(2) 刚肠疾恶,轻肆直言。

嵇叔夜是任性纵情,不愿受约束限制,不能勉强;而社会是束缚,是勉强。用两大剪子修理庭树之办法,则叔夜不得有;若一切任之亦可,而又知其不可,此叔夜之所以痛苦。耳不闻不厌,目不见不烦,难奈者有耳目在也。害人之心不可有,防人之心不可无;害人之心是机心,防人之心何尝不是机心?人自欺犹可,欺人难容;自杀尚可,杀人难容。(其实自杀也不该。)人有时活着要有点自欺,如此还有活着的勇气。六不堪、七不堪,是真不堪,欲入世首须打破此二关。而高洁如蝉,又有何用?人须入世,而不得不磨练。若有感觉,谅人情则多事矣。

"以促中小心之性","促中小心",narrow-minded。此数句,不但愤慨,直是悲哀。

"千斤之弩不为鼷鼠而发机。"①鲁迅千斤之弩竟为鼷鼠而发机,真可怜,真是受不了。

"若道尽途穷则已耳","道尽途穷",五臣注:"谓死也。"

"足下无事冤之","冤",五臣注:"犹枉屈也。"

"令转于沟壑也","转于沟壑",盖言不得其死,非正命之死。

"巧迟不如拙速",而天下道理总是药多而饭少。左思《三都赋》十年而成,凡一部伟大作品皆是巧迟,决无拙速。著作是要巧迟,而练习要拙速。如此,方不致视作为畏途,而"潦倒不能横飞"(蒲松岭《聊斋志异·八大王》)。

"涓涓不塞,将成江河"(《六韬》);"泉涓涓而始流"(《归去来兮辞》),星星之火可以燎原。人要爱惜自己,不可娇惯自己,由爱惜所生是上进,由娇惯所生是懒散。作文还是小事。

文章可分为两类:一类,为读诵(朗诵)的文章;一类,为玩味(欣赏)的文章。前者念着好,而往往说理不周,是音乐的,可以催眠。中国字方块、独体、单音,很难写成音乐性,而若于此中写出音乐性,便成功了。

三代两汉散文著作是有音乐性的;文章发展到六朝,有音乐性,而是用骈;至韩愈退之始能用散文写出音乐性。韩愈是革新也是复古,日光下无新事。凡革新的事情,其中往往有复古精神。若只提倡革新,其中没有复古精神,是飘摇不定的;若只提倡复古,其中没有革新精神,是失败的。韩退之有革新精神,有复古意义。退之文不见得好,而有独到之处。"文起八代之衰"(苏轼《潮州韩文公庙碑》),此语至少有一部分是对的。

陶渊明文章好,而切忌滑口读过,是玩味的;柳子厚文也是玩味的,不

---

① 《三国志·魏志·杜袭传》:"臣闻千钧之弩不为鼷鼠发机,万石之钟不以莛撞起音。"

宜朗诵，眼看心惟，不可用口。柳子厚山水游记出自《水经注》，而与《水经注》不同。《水经注》是自然而然，如生于旷野沃土之树木；柳氏游记是不自然的，如生于石罅瘠土中的树木，臃肿蜷曲；柳氏游记是受压迫的，如生于严厉暴虐父母膝下的子女；《水经注》条达畅茂，即如生于慈爱贤明父母之下的子女。生于石罅瘠土中之树木折枝偃抑，是病态的。《水经注》是健康的，柳子厚游记是病态的，何能滑口读过？

文章无论读诵（音乐）的，还是玩味（造形）的，没有一个好的造形是不会有很深意义的，不能动人。六朝文是偏于音乐的，若更能值得人玩味，便是了不起的文章，如《洛阳伽蓝记》《水经注》。

鲁迅先生文章是病态的；胡适说理文章条达畅茂，而抒情写景不成，胡先生过不掩功。《归震川文集》①浮浅，而条达畅茂。条达畅茂的文章是富于音乐性的，而易成为滥调。

内容——言中之物，须看，了解（看不能只一遍）。凡说理周密、思想深刻之文章，多不宜朗诵。文气、作风——物外之言，须读，欣赏。欣赏不是了解。如看花，不必知其名目、种类，而不妨碍我们欣赏。而有时欣赏所得之了解，比了解之了解更了解。欣赏非了解，但其为了解或在寻常了解之上。

文人所了解的有时为植物学家、科学家所不能了解的。柳子厚山水游记之好，便因其看到了、了解了别人所未见到、未了解的东西。

"气盛则言之短长与声之高下者皆宜"（韩退之《答李翊书》），魏文帝文章宜看，气舒则言之长短与声之高下亦皆宜。苏辙说"气可以养而致"（《上枢密韩太尉书》），而养气要读，而且要整篇整段读，不可一句一句读。"群居终日，言不及义，好行小慧，难矣哉！"（《论语·卫灵公》）说话顶碍学道、学文。"难矣"，难于为仁为道了。

---

① 《归震川文集》：明朝归有光著。归有光（1506—1571），字熙甫，又字开甫，又号项脊生，人称震川先生，昆山（今属江苏）人。明朝中期唐宋派散文家，代表篇目有《先妣事略》《项脊轩志》等。

以上第五段"七不堪""二不可",乃自白;以下第六段乃对山公而言。

"仲尼不假盖于子夏",小善。"勿以善小而不为"①,泰山不让土壤,故能成其高。

"护其短也",护人之短,难。

"曲者不可为桷","桷",橼也。

"此足下度内耳","度内",犹言推己以及人。

《与山巨源绝交书》第二段中有"外不殊俗,而内不失正"之语,嵇叔夜自己承认办不到。至第七段中嵇氏说:

今但愿守陋巷,教养子孙,时与亲旧叙阔,陈说平生,浊酒一杯,弹琴一曲,志愿毕矣。

说到"教养子孙",厨川白村②曾说,日本是幼儿天堂,而是母亲地狱。③

"浊酒一杯,弹琴一曲",不是坏人心术,而是堕人志气,可是真舒服。潦倒,不整饬。人之吃苦是为了愉快,宗教上苦行也是为了精神上愉快、灵魂上自由。(但人享受上太舒服,精神上常不自由。)天下没有为吃苦而吃苦的。"一箪食,一瓢饮,在陋巷,人不堪其忧,回也不改其乐"(《论语·雍也》),此语句子很长,而真好:(1) 思想丰富,(2) 修辞技巧好。

狂,乃进取,然此必须有真气,否则狂妄是"客"气。狷者,有所不为,而结果易成为自私。凡狷而不成为自私的,都是有反省的。"己所不欲,勿施于人"(《论语·颜渊》),此即有反省之狷,是消极的;"己所欲者,施之于人"

---

① 《三国志·蜀书·先主传》裴松之注引《诸葛亮集》载先帝遗诏敕后主:"勿以恶小而为之,勿以善小而不为。唯贤唯德,能服于人。汝父德薄,勿效之。"

② 厨川白村(1880—1923):日本大正时期文艺评论家,著有《出了象牙之塔》《苦闷的象征》《文艺思潮论》等。

③ 厨川白村《出了象牙之塔·从灵向肉和从肉向灵》:"日本是称为'儿童的天国'的——但因此也就是'母亲的地狱'——从婴儿时代起,父母就过于照料,所以无论到什么时候,孩子总没有独立心,达了丁年以上,还靠着父母养赡,不以为意。"

(《新经》),此也仍是反省,唯较积极,是狂。

"大音希声"(《道德经》四十一章),人之聪明不可使尽。

陶渊明淹正,而十二分力量只使十分;老杜十分力量使十二分;《庄子》十二分力量使十二分。《论语》十二分力量只使六七分,有多少话没说出来。词中大晏①、欧阳②高过稼轩,便因力不使尽。文章中《左传》比《史记》高,便因《史记》有多少说多少。不过,所谓"十分聪明别使尽",亦有两种:一是有机心,一是自然的。

日人小泉八云(L. Hearn)《论读书》说:大文章要速读得其气势,小文章要细读得其滋味,读完之后要合上书想我们所得到的印象。《与山巨源绝交书》是大文章,以下讲小文章《重答刘秣陵沼书》。

---

① 大晏:即晏殊。晏殊(991—1055),字同叔,抚州临川(今属江西)人。宋朝词人,被誉为"北宋倚声家初祖",与其子晏几道合称"二晏"或"大小晏",著有《珠玉词》。
② 欧阳:即欧阳修。

第九节

刘峻(孝标)[①]《重答刘秣陵沼书》

刘侯既重有斯难,值余有天伦之戚,竟未之致也。寻而此君长逝,化为异物,绪言余论,蕴而莫传。或有自其家得而示余者,余悲其音徽未沫,而其人已亡;青简尚新,而宿草将列,泫然不知涕之无从也。虽隙驷不留,尺波电谢,而秋菊春兰,英华靡绝。故存其梗概,更酬其旨。若使墨翟之言无爽,宣室之谈有征,冀东平之树,望咸阳而西靡;盖山之泉,闻弦歌而赴节。但悬剑空垅,有恨如何!

《昭明文选》卷第四十三"书下"载《重答刘秣陵沼书》。

文章有的痛快淋漓(老杜诗痛而不快),有的蕴藉缠绵,有的晦涩艰深。蕴藉不是半吞半吐,不是含糊,不是想做不做,也不是做而不肯干,而是适可而止。《史记》有思想,《左传》无思想,只可欣赏其纯文艺。《左氏传》《公羊传》《穀梁传》皆蕴藉,《世说新语》蕴藉。后世宋人笔记近之,陆游《入蜀记》、范成大《吴船录》皆好。蕴藉是自然;痛快、晦涩皆是力,一用力放,一用力敛。鲁迅先生文章骂人真是痛快淋漓,周作人先生文章是蕴藉。鲁迅

[①] 刘峻(462—521):字孝标,以字行,平原(今山东淄博)人。南朝梁学者,以注释《世说新语》而闻名。

先生文章虽非保养品,而是防腐剂。(三代而后,诸葛亮盖第一蕴藉人物。司马懿曰,诸葛是真名士也。① 三国司马懿真是诸葛亮知己。)

嵇叔夜是魏晋人,《与山巨源绝交书》是魏晋文,刘孝标此文是六朝文。六朝文华丽,不易蕴藉,而此文收得真蕴藉,一点也不觉得秃,不觉其不足。

沈尹默《题儿岛氏②所作〈中国文学史〉》云:

莫从高古论风雅,体制何曾有故常。
寂寞心情谁会得,齐梁中晚待平章。

人皆以为六朝至齐梁、唐至中晚是衰落,不然。

《重答刘秣陵沼书》一文,刘孝标作。见《昭明文选》卷四十三。五臣注曰:

初,孝标以仕不得志,作《辨命论》,秣陵令刘沼作书难之,言不由命,由人行之。书答往来非一,其后沼作书未出而死,有人于沼家得书以示孝标,孝标乃作此书答之,故云"重"也。

"刘侯既重有斯难,值余有天伦之戚,竟未之致也","致",五臣注:"至也。"("至",不如"达"也。)

刘孝标作《重答刘秣陵沼书》时,刘沼已死。活人给死人写信,不是无聊,必是寂寞。人写东西,有人赞成固然好,有人反对也好,最怕无响应。孝标所作,沼虽不赞成,而究竟还有人反对,今沼一死,无人言之。

刘孝标《重答刘秣陵沼书》真是寂寞心情。

---

① 晋裴启《语林》载:"诸葛武侯与宣王在渭滨,将战,宣王戎服莅事,使人观武侯,乃乘素舆,着葛巾,持白羽扇,指麾三军,众军皆随其进止。宣王闻而叹曰:'可谓名士矣!'"

② 儿岛氏:儿岛献吉郎。儿岛献吉郎(1866—1931),日本汉学家,著有《支那文学史》《支那文学考——韵文考》等。

禅家有"颂语"云：

彩云影里神仙现，手把红罗扇遮面。
急须著眼看仙人，莫看仙人手中扇。（佛鉴勤和尚语）①

此意即《庄子》所谓"用志不分，乃凝于神"（《达生》）。人类最大的盲目、最大的痛苦莫过于看着这个想着那个。人凡在专一之时，都是一颗寂寞心。青年、中年不甘于寂寞，老年则甘于寂寞，而人在寂寞中未始不有一点小小受用——寂寞中心是静的，可以做事，可以思想。能做轰轰烈烈事业之人，多是冷静的人。

沈兼士先生诗云：

轮囷胆气唯宜酒，寂寞心情好著书。

在文人来说，寂寞心是文人的静的功夫。要静，必须清净，由净得到静，而有所受用。有人以为至此②而已，余以为由净得到静、有所受用，还当有所作为。余常说"天下药多饭少"，清导有余，滋补不足，故当有所作为。鲁迅先生文章若不如炮亦如锥，而本人满面是寂寞。鲁迅先生寂寞心情寂寞得阴森森的，怕人。天机最敏、生机最旺时读此种作品是否合适？可惜的是鲁迅先生不早十年写《呐喊》《彷徨》，如今"夕阳无限好，只是近黄昏"（李商隐《登乐游原》），如菊花，虽好，终不免凄凉。

《重答刘秣陵沼书》一文，全文仅一百四十八字。

---

① 宋朝道行《雪堂行拾遗录》载："圆悟在五祖为座元，有僧请益风穴'语默涉离微，如何通不犯'因缘。偶佛鉴来，悟曰：'勤兄可为颂出，布施他。'鉴即颂曰：'彩云影里神仙现。手把红罗扇遮面。急须著眼看仙人。莫看仙人手中扇。'悟深喜之。"佛鉴勤和尚(1059—1117)，名慧勤，北宋临济宗杨岐派代表人物。徽宗赐号"佛鉴"，世称佛鉴慧勤。与佛眼清远、佛果克勤并称"法演下三佛"。

② 按：此，指"静"。

自"刘侯既重有斯难"至"蕴而莫传"为第一部分,写答书之由;

自"或有自其家得而示余者"至"泫然不知涕之无从也"为第二部分,承上义;

自"虽隙驷不留"至"更酬其旨"为第三部分,述答书之旨;

自"若使墨翟之言无爽"至"闻弦歌而赴节"为第四部分,述希望;

末二句,写幻灭。

写文章先要清顺,文章一坑一块不成,成糨子也不成,清顺又要有顿挫。(胡适之文清顺,流利有余,顿挫不足,有物内之言,也能表现,只是少文章美。)此文"寻而"后有四个短句:

此君长逝,化为异物,绪言余论,蕴而莫传。

"绪",《文选》五臣注曰:"遗也。""绪言"与"余论"同义,而必须如此写,此中国方块字声音的必然现象。若只说"绪言",改为"绪言蕴而莫传",六字句,便顿挫不足矣。六朝文多四字一读(句用"。"、读用",")有顿挫。顿挫好,而有时少年不易做到,少年文字,气象峥嵘。少年老成,老年颠狂,真无道理。

写文章首先要流利,然后始可求顿挫。文章尺幅有千里之势,尤其短篇要如此。《公羊》《榖梁》短,《左氏传》长,而读《公羊》《榖梁》并不觉其短,全在顿挫,个个字锤炼而出。此在曹子桓已最成熟,六朝乃汉末遗风,承其余绪。六朝人坚刚不如曹子桓,而优美容或过之。

第一部分中,"蕴而莫传","蕴",藏也,《论语》有"韫椟而藏诸"(《子罕》),又常言"蕴藉风流"。

下段"音徽未沫","徽",美也。音形于外,徽藏于内。"沫",止也,楚辞有"身服义而未沫"(《招魂》)之语。"音徽未沫,而其人已亡",沉痛。

刘氏此文多处用典。一般用典是偷懒,而杰出的天才用之不在此列,他用典给我们的是象征,是暗示。用典有两种:其一,for example;其二,for indication。For example 是抄录，例如嵇叔夜《与山巨源绝交书》中举"元直入蜀"一段。For indication 是暗示，我们要知道原来典故，然后在文章中别人一说，我们想起从前印象，如此才成为象征。文中"尺波电谢"之"谢"有拒绝接受之意。而花开花谢，人死，亦谢也。中国一切都是象征。象征（symbol），是符号（symbolic，形容词，象征的；symbolism，象征主义）。外国除形的象征外，还有声的象征。汉字有形、音、义，形、音、义皆有象征，中国戏曲之勾脸是象征，不是野蛮。而此文整个文章是象征，刘氏此文象征寂寞心，不然何必给死人写信？即因活人便无一知己。（司马懿知诸葛最深，知之极故恨之深，因处在敌位。）

"一个死人要不活在活人的心上，是真的死了。"所谓"三不朽"——立德、立功、立言（立德，思想；立功，事业；立言，文章）——是瞎说，必须能活在活人心上才算没死，否则纵使有书在也是死了，如《王文成公全书》虽在，王氏在中国是死了，而在日本却还活着。① 烈士殉国、人之守节，便因死人活在活人心上。

  音徽未沫，而其人已亡；青简尚新，而宿草将列，泫然不知涕之无从也。

数句写来，真是动人，真是悲哀。

文中言刘秣陵文章真是：

  秋菊春兰，英华靡绝。

此二句出自屈原《九歌·礼魂》："春兰兮秋菊，长无绝兮终古。"《九歌》

---

① 王文成公：即王守仁，文成为其谥号，有《王文成公全书》。明末朱舜水远渡日本，将阳明学传至日本，至今影响犹存。

>>> 刘峻《重答刘秣陵沼书》中言刘秣陵的文章真是"秋菊春兰,英华靡绝"。此二句出自屈原《九歌》:"春兰兮秋菊,长无绝兮终古。"春兰、秋菊,是各时有各时美好的东西。这二句虽自《九歌》来,而意义不同,不是说花开不谢、人永不死。人总是要死的,春兰秋菊是生命的延续。生的延续,是自然的。图为明朝钱榖《梅花水仙图》。

中祀神,"传芭兮代舞",女巫传花而舞,春兰、秋菊,是各时有各时美好的东西。现在祀神一点象征也没有,象征唤起人的精神。刘氏此二句虽自《九歌》来,而意义不同,不是说花开不谢,人永不死。人总是要死的,春兰秋菊是生命的延续。生的延续,是自然的。(一人长生,是该死的。)五臣注此二句曰:

> 言文章之美,如兰菊英妙之华,永无绝也。

文章美真是"春兰秋菊"二句。人死而文章不死,精神不死,给人的影响永存。《九歌》及刘氏此文用春兰秋菊,虽意义不同,但皆是唤起精神,给予暗示。

俗谓六朝文浮华——浮而不沉,华而不实。(沉实要有内容、有思想、有感觉。深刻的思想,锐敏的感觉,有一样即有内容。)近来余觉得此评不对。六朝文章美,有内容,沉痛得很。"秋菊春兰,英华靡绝"二句,沉痛第一。人是死了,虽然书还在,然究竟能看到兰菊之美的有几人?能欣赏兰菊之美的有几人?能有几人真能知道花之美?花开给我们看,真是冤枉!它对得起我们,我们对不起它!"时见此一株花,与梦相似",此南泉语陆亘言。①南泉俗家姓王,真是大师。此言美丽、沉痛、深刻。秋菊春兰,人人说好,而人人看此一株也与梦相似。

> 虽隙驷不留,尺波电谢,而秋菊春兰,英华靡绝。故存其梗概,更酬其旨。

---

① 南泉(748—834):法号普愿,唐朝禅宗高僧,与百丈怀海、西堂智藏并称为马祖门下"三大士"。晚年卓锡池州南泉山,弘化一方,人称普愿或南泉禅师。陆亘(764—834),字景山,吴郡(今江苏苏州)人。南泉晚年传法池州之时与陆亘关系密切。《景德传灯录》卷八:"陆亘大夫向师道:'肇法师甚奇怪,道万物同根,是非一体。'师指庭前牡丹华云:'大夫,时人见此一株华如梦相似。'陆罔测。"

"虽""而""故",用得真好。可惜活人虽是活着的,而死人是死了;活人虽有"存其梗概,更酬其旨"之心(酬,报也,答也),而死人未必有知,故有下面一段:

若使墨翟之言无爽,宣室之谈有征,冀东平之树,望咸阳而西靡;盖山之泉,闻弦歌而赴节。

墨家重鬼神。"墨翟之言无爽,宣室之谈有征",谓魂而有灵,死而有知。"冀东平之树,望咸阳而西靡",李善注:"《圣贤冢墓记》曰:东平思王冢在东平。无盐人传云:思王归国京师,后葬,其冢上松柏西靡。"此处善注有误,"思王归国京师",当作"王归国思京师"。(参看胡克家①《文选考异》)"东平之树,望咸阳而西靡;盖山之泉,闻弦歌而赴节",亦神而有灵之意。鬼神之事,我们不论有没有,只论信不信。人最大的快乐、安定是信、信仰,最痛苦是希望而不相信。希望是痛苦的,不是快乐的;是动摇的,不是安定的。安定虽非积极快乐,而是消极快乐。鲁迅先生《彷徨·伤逝》写希望而害怕,即因希望而无定。刘氏此文写"若使""墨翟之言""宣室之谈","冀""东平之树""盖山之泉",是希望而不相信,是最痛苦的。

刘氏此文在表现上真好。表现是自然,作者是无心的自然流露,而读者是有意的领会;表现不是暴露。诗人见到花想到美人,禅师见到花悟到禅机,而花本无意,诗人、禅师见到花,说是便都是,说不是便都不是。陆机《文赋》谓:

石韫玉而山辉,水怀珠而川媚。

---

① 胡克家(1756—1816):字果泉,鄱阳(今属江西)人。清朝学者、刻书家,刊刻《文选》与《资治通鉴》,著有《文选考异》。

"韫""怀"与表现正是两面,"韫""怀"是作者无心流露,"山辉""川媚"则是读者有意领会,山无意于辉,水无意于媚。无心流露、有心领会是遇合,是机缘,佛与基督尚不能说法使所有人感动,何况凡人?(而其实遇合、机缘,原是极简单的事。)刘氏写此文若真正绝望,一了百了,也就完了。有希望是痛苦,孝标有此等希望而痛苦,是"石韫玉""水怀珠",其文章的表现力自然如彼之凝重。

　　骈文到凝重已不易,而做到凝重只做到一半,最难的是要使人感到颤动。此在作者做到是最大成功,在读者领会是最大欢喜。(律诗凝重,老杜律诗《春望》"国破山河在,城春草木深",凝重而颤动。)

　　文之结束二句,向死者赠剑。死者无知,则不必赠剑;死者有知,则赠剑死者可知。今明知死者虽无知而还要"悬剑空垅",真是"有恨如何",令人颤动!故开头余即说:此文收得真蕴藉,一点也不觉得秃,不觉其不足。

　　言说之极,因言遗言。(马鸣禅师《大乘起信论》)

第十节

李康(萧远)《运命论》①

夫治乱运也,穷达命也,贵贱时也。故运之将隆,必生圣明之君。圣明之君,必有忠贤之臣。其所以相遇也,不求而自合;其所以相亲也,不介而自亲。唱之而必和,谋之而必从,道德玄同,曲折合符,得失不能疑其志,谗构不能离其交,然后得成功也。其所以得然者,岂徒人事哉?授之者天也,告之者神也,成之者运也。

夫黄河清而圣人生,里社鸣而圣人出,群龙见而圣人用。故伊尹,有莘氏之媵臣也,而阿衡于商。太公,渭滨之贱老也,而尚父于周。百里奚在虞而虞亡,在秦而秦霸,非不才于虞而才于秦也。张良受黄石之符,诵三略之说,以游于群雄,其言也,如以水投石,莫之受也;及其遭汉祖,其言也,如以石投水,莫之逆也。非张良之拙说于陈项,而巧言于沛公也。然则张良之言一也,不识其所以合离?合离之由,神明之道也。故彼四贤者,名载于箓图,事应乎天人,其可格之贤愚哉?孔子曰:"清明在躬,气志如神。嗜欲将至,有开必先。天降时雨,山川出云。"诗云:"唯岳降神,生甫及申;唯申及甫,唯周之翰。"运命之谓也。岂唯兴主,乱亡者亦如之焉。幽王之惑褒女也,祆始于夏庭。曹伯阳之获公孙强也,征发于社宫。叔孙豹之瞎竖牛也,祸成于庚宗。吉凶成败,各以数至。咸皆不求而自合,不介而自亲矣。

---

① 李康(196?—265?):字萧远,中山(今属河北)人。三国时期魏文学家,曾作《游山九吟》,今存《运命论》一篇。《运命论》意在探讨国家治乱与士人个人出处的关系。

昔者，圣人受命河洛曰：以文命者，七九而衰；以武兴者，六八而谋。及成王定鼎于郏鄏，卜世三十，卜年七百，天所命也。故自幽厉之间，周道大坏，二霸之后，礼乐陵迟。文薄之弊，渐于灵景；辩诈之伪，成于七国。酷烈之极，积于亡秦；文章之贵，弃于汉祖。虽仲尼至圣，颜冉大贤，揖让于规矩之内，闾闾于洙、泗之上，不能过其端；孟轲、孙卿体二希圣，从容正道，不能维其末，天下卒至于溺而不可援。夫以仲尼之才也，而器不周于鲁卫；以仲尼之辩也，而言不行于定哀；以仲尼之谦也，而见忌于子西；以仲尼之仁也，而取雠于桓魋；以仲尼之智也，而屈厄于陈蔡；以仲尼之行也，而招毁于叔孙。夫道足以济天下，而不得贵于人；言足以经万世，而不见信于时；行足以应神明，而不能弥纶于俗；应聘七十国，而不一获其主；驱骤于蛮夏之域，屈辱于公卿之门，其不遇也如此。及其孙子思，希圣备体，而未之至，封己养高，势动人主。其所游历诸侯，莫不结驷而造门；虽造门犹有不得宾者焉。其徒子夏，升堂而未入于室者也。退老于家，魏文侯师之，西河之人肃然归德，比之于夫子而莫敢间其言。故曰：治乱运也；穷达命也；贵贱时也。而后之君子，区区于一主，叹息于一朝。屈原以之沉湘，贾谊以之发愤，不亦过乎！

然则圣人所以为圣者，盖在乎乐天知命矣。故遇之而不怨，居之而不疑也。其身可抑，而道不可屈；其位可排，而名不可夺。譬如水也，通之斯为川焉，塞之斯为渊焉，升之于云则雨施，沉之于地则土润。体清以洗物，不乱于浊；受浊以济物，不伤于清。是以圣人处穷达如一也。夫忠直之迕于主，独立之负于俗，理势然也。故木秀于林，风必摧之；堆出于岸，流必湍之；行高于人，众必非之。前监不远，覆车继轨。然而志士仁人，犹蹈之而弗悔，操之而弗失，何哉？将以遂志而成名也。求遂其志，而冒风波于险涂；求成其名，而历谤议于当时。彼所以处之，盖有算矣。子夏曰："死生有命，富贵在天。"故道之将行也，命之将贵也，则伊尹、吕尚之兴于商周，百里、子房之用于秦汉，不求而自得,不徼而自遇矣。道之将废也,命之将贱也,岂独君子耻之而弗为乎?盖亦知为之而弗得矣。凡希世苟合之士,蘧蒢戚施之人,俛仰尊贵之颜,逶迤势利之间,意无是非,赞之如流;言无可否,应之如响。以窥看为精神,以向背为变通。势之所集,从之如归市;势之所去,弃之如脱遗。其言曰:名与身孰亲也?得与失孰贤也?荣与辱孰珍也?故遂絜其衣服,矜其车徒,冒其货贿,淫其声色,脉脉然自以为得矣。盖见龙逢、比干之亡其身,而不唯飞廉、恶来之灭其族也。盖知伍子胥之属镂于吴,而不戒费无忌之诛夷于楚也。盖讥汲黯之白首于主爵,而不惩张汤牛车之祸也;盖笑萧望之跋躓于前,而不惧石显之绞缢于后也。

　　故夫达者之筭也,亦各有尽矣。曰:凡人之所以奔竞于富贵,何为者哉?若夫立德必须贵乎?则幽、厉之为天子,不如仲尼之为陪臣也。必须势乎?则王莽、董贤之为三公,不如扬雄、仲舒之闉其门也。必须富乎?则齐景之千驷,不如颜回、原宪之约其身也。其为实乎?则执杓而饮河者,不过满腹;弃室而洒雨者,不过濡身;过此以往,弗能受也。其为名乎?则善恶书于史册,毁誉流于千载;赏罚悬于天道,吉凶灼乎鬼神,固可畏也。将以娱耳目、乐心意乎?譬命驾而游五都之市,则天下之货毕陈矣。褰裳而涉汶阳之丘,则天下之稼如云矣。椎紒而守敖庾、海陵之仓,则山坻之积在前矣。扱衽而登钟山、蓝田之上,则夜光玙璠之珍可观矣。夫如是也,为物甚众,为己甚寡,不爱其身,而啬其神。风惊尘起,散而不止。六疾待其前,五刑随其后。利害生其左,攻夺出其右,而自以为见身名之亲疏,分荣辱之客主哉。天地之大德曰生,圣人之大宝曰位,何以守位曰仁,何以正人曰义。故古之王者,盖以一人治天下,不以天下奉一人也。古之仕者,盖以官行其义,不以利冒其官也。古之君子,盖耻得之而弗能治也,不耻能治而弗得也。原乎天人之性,核乎邪正之分,权乎祸福之门,终乎荣辱之算,其昭然矣。故君子舍彼取此。若夫出处不违其时,默语不失其人,天动星迴而辰极犹居其所,玑旋轮转,而衡轴犹执其中,既明且哲,以保其身,贻厥孙谋,以燕翼子者,昔吾先友,尝从事于斯矣。

《昭明文选》卷第五十三"论三"载《运命论》。

人有"命",人所生的时代、环境、风气即其命运,能摆脱当时风气的,非妖怪即英雄。(文章风气亦然。)

命——由生到死,长;时——偶然,短。

"运命","运",天地运流(自然的);"命",人命(人为的)。

对所谓运命的认识有三种:

(一) 神的。一切由神主宰。

(二) 自然的(玄学的。玄学,非科学,亦非哲学)。"莫之为而为""莫之致而至"(《孟子·万章上》),不相信有神的主宰,也不相信自己的把握,即如《庄子》所云:"适来,夫子时也;适去,夫子顺也。"(《养生主》)

(三) 科学的(近代的)。

Fate,运命;fatalist,运命论者。西洋之 fatalist 多是悲观的,以为人在天地间是最渺小的,短短的生命,小小的身体,无论你是圣贤、英雄,终归于死,凡事之不可挽回者皆归于命。

中国古代墨家事鬼神,不是为鬼而事鬼,是为人;儒家敬鬼神而远之,也是为人;神道设教,也仍是为人。《论语·微子》篇子夏曰:

死生有命,富贵在天。

子夏之原意谓多活不必欢喜,早死也不必悲哀。我们应把死生富贵之心抛开,做点儿别的事情,活一天干一天,把心地打扫干净。"死生有命,富贵在天"八个字,颇似佛之扫除妄念。方生方灭是妄念,妄念把人的精力凌迟了。精神的专一从统一做起,平常人只注意生命、富贵,要扫除妄念,精修胜业。儒家并非真相信运命,没有纯神的运命论,中国传统的运命论是自然的、玄的,我们要用智慧、思想对传统道德进行新评价。

王阳明提出"知行合一",认为"知"了便能行。其实"信"了也能"行",不"行"还是不"信"。

苏东坡有一文,说自己纵步力疲,就林止息,虽未至目的地而曰"此间有甚么歇不得处"①。如我们夏天走路,忽然遇到有树荫清泉的地方,喝点儿泉水休息休息,岂不舒服?走长途日暮途穷忽遇乡村野店,吃点儿饭,喝三杯酒,一觉好睡,岂不舒服?舒服么?舒服。而到家么?没到。庄子是只此而止,不求到家;而孔子则不然。《论语·宪问》曰:

> 子路宿于石门。晨门曰:"奚自?"子路曰:"自孔氏。"曰:"是知其不可而为之者与?"

"知其不可而为之"——此晨门评夫子者。对晨门之评,胡适曾说:"认得这个真孔丘,一部《论语》都可废。"(《尝试集·孔丘》)"知其不可而为之",不是傻,是伟大。孔子所言"知命"是不妄求、不妄为,而不是不求、不为。

《运命论》之开篇三句曰:

> 夫治乱运也,穷达命也,贵贱时也。

此是一段之总起,同时并为全篇之大旨。

文章的层次与系统不同,层次只是文字上的功夫,中国文章无层次而

---

① 苏轼《记游松风亭》:"余尝寓居惠州嘉祐寺,纵步松风亭下,足力疲乏,思欲就林止息,望亭宇尚在木末,意谓是如何得到?良久忽曰:'此间有甚么歇不得处?'由是如挂钩之鱼,忽得解脱。若人悟此,虽兵阵相接,鼓声如雷霆,进则死敌,退则死法,当甚么时也不妨熟歇。"

有系统,有中心思想。文章的中心思想,作"论",需点明;作"纪",可暗示;作"史"只是要真实、生动,不要用自己意见去征服别人,只把事实点出,自然形成别人的意见。《左氏传》并不点明中心思想,尤其末后"君子曰"①。作论则不同,贾谊《过秦论》之结尾说:"一夫作难而七庙隳,身死人手,为天下笑,何也?仁义不施而攻守之势异也。"陆士衡的《辨亡论》仿之,大旨亦置于最后,此种写法冒险。《运命论》将一篇大旨置于篇首。

《运命论》首三句总起之后,"故运之将隆"至"必有忠贤之臣"数句为前提;"其所以相遇也"至"谗构不能离其交,然后得成功也"数句为发挥;"其所以得然者"至"成之者运也"数句为结束。("道德玄同","玄同",默契,不言而喻。"曲折合符","曲折",指心思。"其所以得然者","然",如此。此处"然",指以上发挥之部分。)

文中用故实,在纯文学中是为求美,在议论文是举例作证。连用典故,行文上要有排比,其顺序或依时代,或依事类。文章当用排比而又不可堆砌,"导之则泉注,顿之则山安"(孙过庭《书谱》),文如水流山立。《过秦论》即如此。排比与堆砌,真如鲁迅所谓:肉麻与有趣,相去一间耳。② 散文中之排比,或有因果相生,有因果相生则不显堆砌。如韩愈《原道》开篇即曰:

博爱之谓仁,行而宜之之谓义,由是而之焉之谓道,足乎己无待于外之谓德。

如此排比而绝无堆砌。以修辞论,此胜过《运命论》开头之前三句。

文人是冒险的。凡事皆有分际、限度。文人创作时觉得不这样写不成,此非对读者而言,是自己心里觉得不如此写不行,而写出之后由读者一

---

① 《左传》行文末尾处常有一段议论文字,以"君子曰"开头。"君子曰"实为《左传》对所载人物史事发表评论的一种独特形式。

② 鲁迅《朝花夕拾》后记:"人说,讽刺和冷嘲只隔着一张纸,我以为有趣和肉麻也一样。"

看,有分际、有限度,如悬崖勒马,要分际恰好,离太远让人觉得没劲,而过了掉下去,摔死了。太史公、老杜有时皆不免"过",《汉书》是不够,只有《左传》真了不得。

作文如蜂酿蜜,当博采。文章之表现当动人,使人相信。而读文章,若只注意形式、音节之美,则容易受其蛊惑而忽略其内容。当以近代头脑读古人书。古文形式、音节好,而说理未必是。若孙过庭《书谱》中论学书:

有学而不能者矣,未有不学而能者也。

形式、音节、说理,须均好。(即领袖之用人才亦如是:"有求而不得者矣,未有不求而得者也。""求则得之,舍则失之。"[《孟子·尽心上》]领袖不是作威作福的,是为造福人群的。"以一人治天下,不以天下奉一人",人溺己溺,人饥己饥。不得已而求其次,领袖亦当以事业为前提,不可以个人福利为前提。此非一手一足之力,故必有辅佐。明思宗云:"朕非亡国之君,诸臣皆亡国之臣也。"①就凭这句话,思宗便是亡国之君。弈棋下子,脚步一乱,求生反死。思宗求治太急,用人不专,知人不明,人才求而不得,盖亦由知人不明。)

《论语》中孔子曰:

学而时习之。

学,由勉强而得自然的过程谓之学。上智,不学不能;下愚,学而不能;

---

① 清朝龚炜《巢林笔谈》卷下载:"明怀宗言:'朕非亡国之君,诸臣皆亡国之臣。'甚矣,其自恕也!孟子曰:'不信仁贤,则国空虚。'又曰:'不用贤则亡。'皆专责其君之词也。崇祯朝,未尝无仁贤,而信之不专,用之不久,则偾事之小人日益进,而国亡矣。此所谓虽有善者,亦未如何之候,而概责之曰'诸臣皆亡国之臣'哉!且亦思用此亡国之臣者谁乎?奈何其不自反也?故帝之贤,贤在死社稷,而言乎亡国,则不得但诿罪于诸臣。"明怀宗,即亡国之君明思宗朱由检,清廷改其庙号为"怀宗"。

我们是学然后勉强而得。只觉勉强,不得自然,是功夫不到;只有自然,没有勉强,不是天才就是不长进;由勉强得自然是大自在。如练拳的式子是不舒服的,功夫练到家则自在舒服;禅宗戒律束缚人,而大师则行所无事。老杜的律诗亦然。(现在的诗无格律,倒自由,可是也未能好。)自由要不妨害他人自由,自由便是很严的戒律。高深的地方不是玄,若"玄",不是欺骗便是偷懒;或者以为玄乃玄妙,实是不肯追求。即俗之迷信,亦有象征意味:红,象征吉,如花如火,是发皇;白,象征哀,如霜如雪,是冷静。禅家有"透网金鳞"之话头:

僧问:"透网金鳞以何为食?"师曰:"罗笼不肯住,呼唤不回头,并非不落网,而要透出去。"①

出家是要半路出家,"并非不落网,而要透出去"。透网之金鳞,是穿透罗网穿梭式一直向前。而平常人活了不肯死,死了不肯活,落入罗网就透不出去。"死"的人却如何得"活"?生,有生命、生活二义,今所谓"死"是生活的死,则虽生命存在亦犹死也。透网金鳞,得大自在,而并非成为余故乡所谓"没事人儿"②了。"没事人儿",就是有生命而没有生活。透网金鳞还要精修猛进,人不可不吃饭,而不可吃饱了便成"没事人儿"。吃饭也许艰难,但绝不是伟大。

文章应有:(1) 义理(内容),(2) 文字美。

英人谓英国文章至沃尔特·佩特(W. Pater)则"盛服大殓,寿终正寝"。此言虽不能说不严肃,但也很刻薄,也很公平,便因生命、生活都没有了。

---

① 《五灯会元》卷十五载奉先深禅师事:"师同明和尚到淮河,见人牵网,有鱼从网透出。师曰:'明兄,俊哉!一似个衲僧相似。'明曰:'虽然如此,争如当初不撞入网罗好!'师曰:'明兄,你欠悟在。'明至中夜方省。"宋朝道行《雪堂行拾遗录》载:"僧曰:'有问透网金鳞以何为食?'答曰:'罗笼不肯住,呼唤不回头。'"

② 没事人儿:方言俗语,"没"读如"mú"。亦可说"没事身儿",甚之曰"不觉没事身儿",其深意即没有感觉的人。

文字弹性的大小便是活动力的大小,六朝文便近于"盛服大殓"。而刘孝标《重答刘秣陵沼书》乃士大夫"盛服"而未"大殓",生命力毫不减少。曹子桓文亦然。

文人写作所用语言,所走的有两条路:一是从旧书本子上学得,另一则活的语言。退之虽称"文起八代之衰"(苏轼《潮州韩文公庙碑》),而"非三代两汉之书不敢观"(《答李翊书》),尚非活的语言,与六朝文路子同,唯标准不同耳。余对《史》《汉》①《庄子》只是理智上觉得好,理智、感情都觉得好的是曹子桓、鲁迅,清峻峭厉,而鲁迅走的也是古典派。韩退之革新是复古;鲁迅先生是跳过"八家"回到《文选》,是"白话"而不是活的语言;《海上花列传》《九尾龟》②是用当时活的语言写的。

---

① 《史》《汉》:《史记》与《汉书》。
② 《海上花列传》,韩邦庆所著;《九尾龟》,张春帆所著,二者均为清代叙述上海青楼妓院生活的狭邪小说,均为吴方言小说。

附一　说张岱文

　　姚简叔画千古，人亦千古。戊寅，简叔客魏为上宾。余寓桃叶渡，往来者闵汶水、曾波臣一二人而已。简叔无半面交，访余，一见如平生欢，遂榻余寓。与余料理米盐之事，不使余知。有空，则拉余饮淮上馆，潦倒而归。京中诸勋戚大老、朋侪缁衲、高人名妓与简叔交者，必使交余，无或遗者。与余同起居者十日，有苍头至，方知其有妾在寓也。简叔塞渊不露聪明，为人落落难合，孤意一往，使人不可亲疏。与余交不知何缘，反而求之不得也。访友报恩寺，寺册叶百方，宋元名笔。简叔眼光透入重纸，据梧精思，面无人色。及归，为余仿苏汉臣一图：小儿方据澡盆浴，一脚入水，一脚退缩欲出；宫人蹲盆侧，一手掖儿，一手为儿擤鼻涕；旁坐宫娥，一儿浴起伏其膝，为结绣裾。一图，宫娥盛装端立有所俟，双鬟尾之；一侍儿捧盘，盘列二瓯，意色向客；一宫娥持其盘，为整茶锹，详视端谨。复视原本，一笔不失。(《姚简叔画》)

　　中国人固有文学美——骈文，而后之小品文亦美。
　　小品文长长短短，参差不齐，先不要看它的新奇，要看它的干净。小品文之美，以简洁明净为根本，而不善学者，适得其病。
　　张岱①此文开篇一句"姚简叔画千古，人亦千古"，这样文句可说是打

---

① 张岱(1597—1679)：字宗子，又字石公，号陶庵，浙江山阴(今浙江绍兴)人。明末清初文学家，犹长于文，著有《陶庵梦忆》《西湖梦寻》等。

>>> 张岱此文开篇一句"姚简叔画千古,人亦千古",这文句可说是打破文言、白话界限,而境界是古典。图为明朝姚简叔《南山图》。

破文言、白话界限，而境界是古典。"画千古，人亦千古"，上句是主，下句是宾，而先从下句写，其实宾即主，主即宾，宾主合一，人不千古，画不能千古。以文讲，有宾主；以意讲，没宾主。接下，张岱叙与简叔之交往："简叔无半面交，访余，一见如平生欢，遂榻余寓。与余料理米盐之事，不使余知。有空，则拉余饮淮上馆，潦倒而归。"又写简叔之为人："简叔塞渊，不露聪明，为人落落难合，孤意一往，使人不可亲疏。""塞渊"，深厚之意，见于《诗经》"其心塞渊"（《邶风·燕燕》）。待其见书画，则"眼光透入重纸，据梧精思，面无人色"。"据梧"，出《庄子》，"梧"盖桌案。见宋元人册叶后，简叔归，乃自画一幅，"复视原本，一笔不失"。

余读《左传》《国策》《史记》《汉书》，只得其神气，而字句找不到证明；而读张氏之文，连字句也好像找到了。张氏这种文章字句，不是古人尤其不是"八家"，中间杂有类似白话之文言。既如此，该接近大众，而离大众甚远，非有修养之人不能见其佳处。若但看外表，一学便浑身是病，与大众无缘。这种革命不是革新。

一个大诗人，大文人使用语言最自由而且完善，要敢用别人所不敢用的字句。"赋诗必此诗，定非知诗人"（苏轼《书鄢陵王主簿所画折枝二首》其一），至少不是伟大诗人。一切最高境界是无限，但做到无限没几个人，有能者，亦有大小之别。司马迁《史记》上至帝王将相下至游侠滑稽，《平准书》写日常生活，以文字论，《史记》不如左氏；以包容之广大论，左氏不如《史记》。晚明人在使用文字上近于无限，而内容境界不成，不完整，所谓完整是调和。（桐城派写文章忌讳小说气、小品气、尺牍气，近人写白话文该忌讳报纸气。西洋人骂教授，说教授的小说一肚子定理、教条。）

我国文字愈来离语言愈远。《史记》与语言尚接近，引用古书多所改削，其中多用汉当时俗语。大文人敢用口语中字句去写文章，可是他用上便成为古典——必得有这样本领才配用俗语，才配用方言。由此观之，凡作文最善于利用方言俗语者都是身上古典气极重之人。司马迁写《史记》雅洁之至。一切古典皆雅洁。一切美的基本条件就是"洁"，所谓"白受采"

(《礼记·礼器》)、"绘事后素"(《论语·八佾》)。"洁",诚然不是艺术最高境界,而是艺术起码功夫。一个大作家使用俗语用得雅洁,故能成为古典。不知文者以为大众化了,知古文的人看来是古典。

鲁迅与托尔斯泰都以为大众文学不要文人包办或代办,但这是理想。天衣无缝,这不可能;同样,想从大众中产生活的文学,这也不可能[①],所以近来能用、敢用俗语之人都是古典修养很深的人。太史公于书无所不读,上知天文,下知地理,中知人事,读破万卷书,然后能用、敢用方言俗语。鲁迅亦然。某人画一漫画,题曰"鲁迅先生对于小品",图绘先生手执一大笔上有"小大由之"四字而扫落叶。鲁迅先生曾写:"脖颈最细,古人则于此斫之;臀肉最肥,古人则于此打之。"(《华盖集·忽然想到(一)》)粗的话而用得好,像六朝小品,用方言俗语都成古典的。你不是鲁迅,最好不要文言、白话乱使。

蜂采百花成蜜,各种文章美都要采取。"日知其所亡,月无忘其所能"(《论语·子张》);"勿忘,勿助长"(《孟子·公孙丑上》);"欲速则不达"(《论语·子路》)。

---

① 叶嘉莹此处有按语:现已证明可能。

附二 简说鲁迅书简

秉中兄：

九日惠函已收到。生丁此时此地，真如处荆棘中，国人竟有贩人命以自肥者，尤可愤叹。时亦有意，去此危邦，而眷念旧乡，仍不能绝裾径去，野人怀土，小草恋山，亦可哀也。日本为旧游之地，水木明瑟，诚足怡心，然知之已稔，遂不甚向往，去年颇欲赴德国，亦仅藏于心。今则金价大增，且将三倍，我又有眷属在沪，并一婴儿，相依为命，离则两伤，故且深自韬晦，冀延余年，倘举朝文武，仍不相容，会当相偕以泛海，或相率而授命耳。盛意甚感，但今尚无恙，请释远念，并善自珍摄为幸。此布，即颂

曼福不尽。

令夫人均此致候。

迅 启上 二月十八日

夜读鲁迅先生书简。

先生书简：愤慨、伤感、幽默。

常人在危险时不能幽默，对大人时不敢幽默。

要想国家强大起来，必须我们自己先强起来。

鲁迅先生是诗人，而且是地道的中国诗人。鲁迅先生原是"个人"，是ironic,讽刺，而其后一变而为前进主义，此与高尔基(Gorky)颇相似。然二人又稍不同。G乃无产阶级，鲁迅先生则否。此外，鲁迅先生又为伤感主义，好发牢骚，发感慨。伤感之人最易改变，一阵儿过去便完了，而鲁迅非

常执拗,如"脚行"①(行,音杭),无论你说什么,我要这个价儿。

短篇小说,莫泊桑(Maupassant),冷;契柯夫(Chekhov),伤感;鲁迅,热烈而辛辣。不怕没话说,就怕不说时不想、说时没思想。鲁迅并非大天才,而能奠定新小说基础,跳过古人的境界。(唐人小说记李白见贺知章②,投刺书"东海钓鳌客",大天才③。而曰"以天下无义气丈夫为饵",言大而无当。)

今人为诗作文,一不能跳过古人境界,二不能自创新境界,此阵线之薄弱可知。吾人应能跳出古人范围,以后创作即使不是新诗,亦应另有新体。旧诗之阵线已是不攻自破,鲁迅对旧的作品常取唾弃态度,而余对旧作品虽不唾弃,而为其悲哀。温柔敦厚是好,而不适于现在的时代环境。中国作品在道德上可尊重,而在历史上可悲观。(史实——历史真实;臆说——臆度之辞。臆说虽与事实不合,而必合情理。如苏轼言舜为天子,将杀人,皋陶曰"杀之"三,舜曰"赦之"三。④ 虽为臆度之辞而真合情理。)

---

① 脚行:旧时以代人运送重物为业者。
② 贺知章(659—744):字季真,号四明狂客,越州永兴(今浙江萧山)人。初唐诗人,以绝句见长。与张若虚、张旭、包融并称"吴中四士"。
③ 王谠《唐语林》卷五:"李白开元中谒宰相,封一版,上题曰:'海上钓鳌客李白。'宰相问曰:'先生临沧海,钓巨鳌,以何物为钩线?'白曰:'风波逸其情,乾坤纵其志。以虹霓为线,明月为钩。'又曰:'何物为饵?'白曰:'以天下无义气丈夫为饵。'宰相悚然。"
④ 苏轼《刑赏忠厚之至论》:"当尧之时,皋陶为士。将杀人,皋陶曰杀之,三;尧曰宥之,三。故天下畏皋陶执法之坚,而乐尧用刑之宽。"

附三 翻译文学

> 人愈死于自己,愈能活于天主。(《师主篇》卷二)

人是自私的,将自私的心杀死,才能好好活着。自私使国家不成国家,团体不成团体,不但此也,甚至父子兄弟相残。

不要以为"人愈死于自己,愈能活于天主"这两句翻译得不通,其实译得太好了。翻译当如此。佛经以南北朝姚秦①鸠摩罗什(梵语 Kumārajiva)②所译最佳。鸠摩罗什原为外国人,其所译《阿弥陀经》可一读,此乃小乘经,乃"净土四经"③之一。《阿弥陀经》译本甚多,今所传有三四种之多。我们不是把它当宗教书看,乃是将它当文学书看,真是散文诗。一般不信佛的人对经虽不积极赞成,也不积极反对。

翻译佛经极能保存印度原文之音节与意义。佛经开头是"如是我闻",汉语"是"字承上,佛经"是"字启下。言"如是我闻"者,确为我所闻,且我闻与你闻不同,反正"我闻如是"。然不言"我闻如是",而言"如是我闻",盖印度之语法。

自从译佛经,已开我国新语法,现在译西洋文亦然。用外国句法创造中国句法,一面不失外国精神,一面替中国语文开一条新路。

---

① 姚秦:十六国时期羌族贵族姚苌所建政权。因王室为姚姓,故称姚秦。又因立国于前秦之后,史称后秦。

② 鸠摩罗什(344?—413?):生于西域龟兹(今新疆库车),十六国时期高僧,一生潜心钻研佛典,译有《大品般若经》《法华经》《金刚经》等经书。

③ "净土四经":《无量寿经》《观无量寿经》《阿弥陀经》净土三经合《曾贤行愿品》,称为"净土四经"。

若民族文化低落,则人连本国文字都不会使。有人说,没有一个大诗人是用外国文字写诗的,而印度的泰戈尔(Tagore)[①]用英文写诗,曾获诺贝尔奖金。甘地(Gandhi)[②]比他高,甘地的意志精神全是宗教表现,他留学英国,不穿西服,穿印度褊衫,自拐纺车。

[①] 泰戈尔(1861—1941):印度诗人,著有诗集《吉檀迦利》《新月集》《飞鸟集》和长篇小说《沉船》等。

[②] 甘地(1869—1948):印度民族独立运动领导人和印度国家大会党领袖,其所倡导的"非暴力不合作"主张影响深远。

附四　文学界之二现象

文学是人生之影像。

"功遂身退,天之道"(《道德经》九章),中国普通所说"天"是"自然"。人自少而壮、而老、而衰、而死亡,亦天之道,若于此而感慨,适见其不通(不达)而已。

现在中国文学界有两种现象:一是以文学为"玩儿票",功成名就、名利双收之后便把文学抛在一边了;还有一种是他在文学上一有点成就就不长进了,这就该放弃,不该永远把持此园地。其实该去了,只要你以前哪一点东西对得起人,人准对得起你。想保持王冕宝座,也得你自己努力呀!古人云,物有不可忘,或有不可不忘。公子有恩于人,愿公子之忘之也;人有恩于公子,愿公子勿忘之也。① 忘恩未必是故意,可是不知怎么就忘了。

文学是自由职业、爱美职业(amateur)。其实就是"票友""大爷高乐",可是别叫别人受不了,不要成为猪八戒啃砂锅片儿。文学谈不到什么权利义务,工作报酬。

一个作家晚年作品绝不会和早年完全一样,不是更好,就是较坏。不过有时虽坏,但可看出他仍在努力。

---

① 《史记·魏公子列传》:"客有说公子曰:'物有不可忘,或有不可不忘。夫人有德于公子,公子不可忘也,公子有德于人,愿公子忘之也。'"